HARLAN COBEN

Ich finde dich

GOLDMANN
Lesen erleben

Buch

Sie war die Liebe seines Lebens, die einzige Frau, für die er je wirklich etwas empfunden hat. Doch dann, wie aus dem Nichts, beschloss Natalie, einen anderen Mann zu heiraten. Jake Fisher war am Boden zerstört. Und musste Natalie auch noch versprechen, sie nie wieder zu kontaktieren, nicht einmal nach ihr zu suchen.

Sechs Jahre lang hat Jake sich an dieses Versprechen gehalten, hat sich voll und ganz auf seine Karriere als College-Professor konzentriert, hat alles getan, um Natalie zu vergessen. Als er jedoch durch einen Zufall auf die Todesanzeige von Natalies Mann Todd stößt, steigt er in das nächste Flugzeug. Auf Todds Beerdigung will er wenigstens einen letzten Blick auf Natalie werfen. Doch als die trauernde Witwe ihren Schleier hebt, fällt Jake aus allen Wolken – an Todds Grab steht eine völlig andere. Eine sichtlich erschütterte Frau, die dem angesehenen Arzt seit zwölf Jahren eine liebende Ehefrau war. Und die ganz offensichtlich noch nie von Natalie gehört hat.

Alles, was Jake über die Liebe seines Lebens zu wissen glaubte, ist dahin. Natalie hat ihn angelogen. Sie selbst ist spurlos verschwunden, und der einzige, den er nach ihr fragen könnte, liegt tot in einem Sarg. Doch Jake lässt nicht locker. Und macht sich trotz mehrerer unmissverständlicher Warnungen auf eine verhängnisvolle Suche, die nicht nur sein Leben für immer verändern wird …

Weitere Informationen zu Harlan Coben
sowie zu lieferbaren Titeln des Autors
finden Sie am Ende des Buches.

Harlan Coben

Ich finde dich

Thriller

Deutsch
von Gunnar Kwisinski

GOLDMANN

Die Originalausgabe erschien 2013
unter dem Titel »Six Years« bei Dutton,
a member of Penguin Group USA (Inc.), New York.

Dieses Buch ist auch als E-Book erhältlich.

MIX
Papier aus verantwortungsvollen Quellen
FSC® C014496
FSC
www.fsc.org

Verlagsgruppe Random House FSC® N001967
Das FSC®-zertifizierte Papier *Pamo House* für dieses Buch
liefert Arctic Paper Mochenwangen GmbH.

9. Auflage
Taschenbuchausgabe Mai 2015
Wilhelm Goldmann Verlag, München,
in der Verlagsgruppe Random House GmbH

Redaktion: Anja Lademacher
Umschlaggestaltung: UNO Werbeagentur, München
Umschlagmotiv: © David Baker / Trevillion Images
Th · Herstellung: Str.
Druck und Einband: GGP Media GmbH, Pößneck
Printed in Germany
ISBN 978-3-442-48258-0
www.goldmann-verlag.de

Besuchen Sie den Goldmann Verlag im Netz

Für Brad Bradbeer

Ohne Dich, lieber Freund, gäbe es keinen Win.

EINS

Ich saß in der hintersten Kirchenbank und sah zu, wie die einzige Frau, die ich je lieben würde, einen anderen Mann heiratete.

Natalie kam ganz in Weiß – wie auch sonst – und sah so hinreißend aus, dass ich es nie wieder vergessen würde. In ihrer Schönheit hatten sich schon immer Grazilität und eine ruhige Kraft vereint, aber da oben, auf der Empore vor dem Altar, sah sie so ätherisch aus, als wäre sie nicht von dieser Welt.

Sie biss sich auf die Unterlippe. Mir gingen die ruhigen Vormittage durch den Kopf, an denen sie, nachdem wir uns geliebt hatten, in mein hellblaues Hemd geschlüpft und mit mir nach unten gegangen war. Wir hatten uns in die Essecke gesetzt und die Zeitung gelesen, bis sie schließlich zu ihrem Skizzenblock gegriffen und angefangen hatte, mich zu zeichnen. Auch dabei hatte sie sich so auf die Unterlippe gebissen.

Zwei Hände griffen in meine Brust, packten mein ausgemergeltes Herz und brachen es entzwei.

Warum war ich hier?

Glauben Sie an Liebe auf den ersten Blick? Ich auch nicht. Ich glaube allerdings an die große, mehr als rein körperliche Anziehung auf den ersten Blick. Ich glaube, dass man sich gelegentlich – ein, vielleicht zwei Mal im Leben – ungestüm, ursprünglich und unmittelbar zu einem Menschen hingezogen fühlt – stärker als durch Magnetismus. So war es mir mit Natalie ergangen. Manchmal ist das schon alles. Dann kommt nichts mehr. Doch gelegentlich steigert sich diese Anziehung noch, die Energie nimmt zu, bis sich alles in ein heiß loderndes Flammenmeer verwandelt, dessen Wahrhaftigkeit unverkennbar ist.

Und manchmal vertut man sich und hält Ersteres für Letzteres.

Ich war so naiv gewesen zu glauben, wir würden ewig zusammenbleiben. Ich, der ich nie wirklich an langfristige Bindungen geglaubt und alles dafür getan hatte, mir diese Fesseln niemals anlegen zu lassen, hatte vom ersten Moment an – na ja, jedenfalls nach nicht einmal einer Woche – gewusst, dass dies die Frau war, neben der ich Tag für Tag aufwachen wollte, dass ich mein Leben ihrem Wohlergehen widmen wollte. Sie war die Frau – ja, mir ist klar, wie kitschig das klingt –, ohne die ich keinen Schritt mehr gehen konnte, die Frau, deren Gegenwart jede noch so prosaische Handlung mit Magie erfüllte.

Zum Kotzen dieser Kitsch, oder?

Vorne sprach ein Pfarrer mit kahlrasiertem Kopf, das Rauschen in meinen Ohren war jedoch so laut, dass ich kein Wort verstand. Ich starrte Natalie an. Ja, ich wollte, dass sie glücklich wird. Und das war kein reines Lippenbekenntnis, nicht die Lüge, mit der wir uns selbst gern besänftigen, wenn wir in Wahrheit der Geliebten, die uns verschmäht, alles Unglück dieser Welt wünschen. Ich meinte es ernst. Hätte ich wirklich angenommen, dass Natalie ohne mich ein glücklicheres Leben führen könnte, hätte ich sie gehen lassen, auch wenn es mich zerstört hätte. Aber genau das glaubte ich nicht, ganz egal, was sie sagte oder tat. Ja, vielleicht war auch das nur ein Rechtfertigungsmechanismus, mit dem wir versuchen, uns zu besänftigen, eine weitere Lüge, die dazu diente, uns zu beruhigen.

Natalie sah mich nicht ein einziges Mal an, aber ich meinte einen angestrengten Zug um ihren Mund entdecken zu können. Sie wusste, dass ich in der Kirche war. Sie wandte den Blick keinen Moment von ihrem zukünftigen Ehemann ab, dessen Name Todd lautete, wie ich kürzlich erfahren hatte. Ich kann den Namen Todd nicht ausstehen. Todd. Wahrscheinlich nannten seine Freunde ihn Toddy, Todd-Man oder den Toddster.

Todds Haare waren zu lang, und er trug einen Drei- bis Viertagebart, den einige Menschen als hip und andere, zu denen ich mich zählte, zum Reinschlagen fanden. Sein Blick glitt geschmeidig und selbstgefällig über die Gäste hinweg, bevor er, tja, an mir hängen blieb, wo er einen Moment taxierend verharrte, bis er zu dem Schluss kam, dass ich nicht der Mühe wert war.

Warum war Natalie zu ihm zurückgekehrt?

Natalies Schwester Julie war die Brautjungfer. Sie hielt einen Blumenstrauß in beiden Händen und stand mit einem leblosen, roboterhaften Lächeln auf dem Podium. Wir waren uns nie begegnet, ich kannte sie jedoch von Fotos und hatte ein paar Mal mitgehört, als Natalie mit ihr telefonierte. Auch Julie wirkte etwas überrascht und verblüfft von der Entwicklung. Ich versuchte, ihr in die Augen zu sehen, doch sie starrte mit leerem Blick ins Nichts.

Ich konzentrierte mich wieder auf Natalies Gesicht, und sofort detonierten in meiner Brust kleine Sprengsätze. Bum, bum, bum. Mann, was für eine bescheuerte Idee, hierherzukommen. Als der Trauzeuge die Ringe präsentierte, wurde der Druck auf meiner Brust so stark, dass ich kaum noch Luft bekam.

Genug davon.

Wahrscheinlich war ich hier, um es mit eigenen Augen zu sehen. Dass das nötig war, hatte ich vor Kurzem auf die harte Tour gelernt. Mein Vater war vor fünf Monaten an einem schweren Herzinfarkt gestorben. Bis dahin hatte er keinerlei Probleme mit dem Herzen gehabt und war auch sonst in guter Verfassung gewesen. Ich weiß noch, wie ich aus dem Wartezimmer in den Behandlungsraum des Arztes gebeten worden war, der mir die niederschmetternde Nachricht übermittelt und mich gefragt hatte, ob ich meinen toten Vater noch einmal sehen wollte. Dasselbe hatte man mich später auch im Beerdigungsinstitut gefragt. Ich hatte Nein gesagt. Wahrscheinlich wollte ich mich nicht an seinen Anblick auf der Bahre oder im Sarg erinnern. Ich wollte ihn so in Erinnerung behalten, wie ich ihn gekannt hatte.

Im Nachhinein musste ich dann allerdings feststellen, dass ich Schwierigkeiten hatte, seinen Tod zu akzeptieren. Er war so voller Energie, so voller Leben gewesen. Nur zwei Tage vor seinem Tod waren wir gemeinsam bei einem Eishockeyspiel der New York Rangers gewesen – Dad hatte eine Dauerkarte –, das Spiel war in die Verlängerung gegangen, wir hatten gekreischt und geschrien, und – wie konnte dieser Mann plötzlich tot sein? Manchmal fragte ich mich, ob da nicht jemandem ein Fehler unterlaufen war oder ob es sich um einen riesengroßen Schwindel handelte und mein Dad noch irgendwo lebte. Ich weiß, dass das ein unsinniger Gedanke ist, aber die Verzweiflung treibt manchmal seltsame Blüten, und wenn man ihr auch nur den kleinsten Spielraum lässt, fängt die Fantasie an, Alternativszenarien zu entwerfen.

In gewisser Weise belastete mich also die Tatsache, dass ich die Leiche meines Vaters nicht gesehen hatte. Diesen Fehler wollte ich keinesfalls wiederholen. Aber – um in dem etwas überstrapazierten Bild zu bleiben – diesmal hatte ich die Leiche gesehen. Und es gab keinen Grund, bei ihr noch den Puls zu fühlen oder irgendwie anderweitig daran herumzudoktern.

Ich versuchte, so unauffällig wie möglich zu verschwinden. Das ist nicht einfach, wenn man ein Meter siebenundneunzig groß und, um es mit Natalies Worten zu sagen, »wie ein Holzfäller gebaut« ist. Ich habe große Hände. Natalie hatte sie geliebt. Sie hatte sie genommen und war die Linien in meiner Handfläche nachgefahren. Sie sagte, es wären echte Hände, Männerhände. Sie hatte sie auch gezeichnet, weil sie, wie sie sagte, viel über mein Leben erzählten, darüber, dass ich in einem Arbeiterhaushalt aufgewachsen war, über den Job als Türsteher eines lokalen Clubs, mit dem ich mein Studium am Lanford College finanziert hatte, und irgendwie auch über die Tatsache, dass ich jetzt dort der jüngste Professor im Fachbereich Politikwissenschaft war.

Ich taumelte aus der kleinen, weißen Kapelle in die warme Sommerluft. Sommer. War das am Ende vielleicht alles gewesen? Eine sommerliche Affäre? Aber wir waren keine sexhungrigen Jugendlichen in einem Ferienlager, sondern zwei erwachsene Menschen auf der Suche nach Ruhe und Einsamkeit – sie, um sich ihrer Kunst zu widmen, ich, um meine politikwissenschaftliche Dissertation zu schreiben –, die sich kennengelernt und heftig ineinander verliebt hatten, und jetzt, wo es auf September zuging, tja, auch die besten Dinge im Leben gehen irgendwann zu Ende. Unsere ganze Beziehung hatte etwas Unwirkliches gehabt, schließlich waren wir beide aus unseren normalen Leben herausgetreten und hatten damit auch den Alltag weit hinter uns gelassen. Vielleicht waren die Gefühle deshalb so überwältigend gewesen. Vielleicht hatte die Tatsache, dass unser Aufenthalt in dieser Seifenblase abseits der Realität zeitlich begrenzt war, unsere Beziehung besser und intensiver gemacht. Vielleicht erzähle ich hier aber auch nur völligen Unsinn.

In der Kirche brandete Jubel und Applaus auf. Das riss mich aus meiner Erstarrung. Der Gottesdienst war zu Ende. Todd und Natalie waren jetzt Herr und Frau Stoppelbart. Gleich würden sie den Mittelgang entlangschreiten. Ich fragte mich, ob Reis geworfen werden würde. Nichts für Todd wahrscheinlich. Der Reis könnte seine Frisur durcheinanderbringen oder sich in den Bartstoppeln verfangen.

Noch einmal: Hier hatte ich genug gesehen.

Ich ging zur Rückseite der weißen Kapelle und verschwand genau in dem Moment aus dem Blickfeld, als die Flügeltür geöffnet wurde. Ich starrte auf die Lichtung. Es gab dort nichts zu sehen, außer, tja, eine Lichtung. Mit Bäumen dahinter. Die Hütten lagen hinter dem Hügel. Die Kapelle gehörte zu dem Künstler-Refugium, in dem Natalie wohnte. Meine Hütte lag im Schriftsteller-Refugium ein Stück die Straße hinab. Beide Refugien waren ehemalige Vermonter Farmen, auf denen nebenbei auch jetzt noch etwas ökologischer Landbau betrieben wurde.

»Hallo, Jake.«

Ich drehte mich zu der wohlbekannten Stimme um. Natalie stand keine drei Meter von mir entfernt. Schnell warf ich einen Blick auf ihre linke Hand. Als hätte sie meine Gedanken gelesen, hob sie sie und präsentierte mir den Ehering.

»Glückwunsch«, sagte ich. »Ich freu mich für dich.«

Sie ging nicht auf meine Bemerkung ein. »Unfassbar, dass du gekommen bist.«

Ich breitete die Arme aus. »Ich hatte gehört, dass fantastische Horsd'œuvres gereicht werden sollen. Die lasse ich mir nicht gern entgehen.«

»Urkomisch.«

Ich zuckte die Achseln, während mein Herz zu Staub zerfiel und vom Wind verweht wurde.

»Alle haben gesagt, dass du dich niemals blicken lassen würdest«, sagte Natalie. »Aber ich wusste, dass du kommst.«

»Ich liebe dich immer noch«, sagte ich.

»Ich weiß.«

»Und du liebst mich auch noch.«

»Das tu ich nicht, Jake. Siehst du das hier?«

Sie streckte mir den Finger ins Gesicht.

»Schatz?« Todd und seine Gesichtsbehaarung kamen um die Ecke. Als er mich sah, runzelte er die Stirn. »Wer ist das?«

Es war offensichtlich, dass er sehr genau Bescheid wusste.

»Jake Fisher«, sagte ich. »Herzlichen Glückwunsch zur Vermählung.«

»Woher kenne ich Sie?«

Ich überließ es Natalie, diese Frage zu beantworten. Sie legte ihm die Hand auf die Schulter und sagte: »Jake hat uns im Refugium oft Modell gestanden. Wahrscheinlich hast du ihn auf dem einen oder anderen Bild gesehen.«

Seine Stirn war noch immer gerunzelt. Natalie stellte sich vor ihn und sagte: »Ich möchte noch ein paar Worte mit Jake reden. Ich komme dann sofort nach.«

Todd sah mich noch einmal an. Ich rührte mich nicht. Ich wich nicht zurück. Ich wandte den Blick nicht ab.

Widerwillig sagte er: »Okay, aber mach nicht zu lang.«

Er musterte mich noch mit einem strengen Blick, bevor er hinter der Kapelle verschwand. Natalie sah mich an. Ich deutete auf die Stelle, wo Todd gerade verschwunden war.

»Scheint ein netter Kerl zu sein«, sagte ich.

»Was willst du hier?«

»Ich musste dir noch einmal sagen, dass ich dich liebe«, sagte ich. »Ich musste dir sagen, dass ich dich immer lieben werde.«

»Es ist aus, Jake. Du wirst eine Andere finden. Du wirst darüber hinwegkommen.«

Ich sagte nichts.

»Jake?«

»Ja?«

Sie legte den Kopf schief. Sie wusste genau, welche Wirkung das auf mich hatte. »Versprich mir, dass du uns in Ruhe lässt.«

Ich sah sie nur stumm an.

»Versprich mir, dass du uns nicht folgst, nicht anrufst und nicht einmal eine E-Mail schickst.«

Der Schmerz in meiner Brust nahm zu. Er wurde stechend und heiß.

»Versprich es mir, Jake. Versprich mir, dass du uns in Ruhe lässt.«

Sie sah mir in die Augen.

»Okay«, sagte ich. »Versprochen.«

Ohne ein weiteres Wort drehte Natalie sich um und ging zurück zum Eingang der Kapelle und zu dem Mann, den sie gerade geheiratet hatte. Ich musste mich einen Moment sammeln und atmete tief durch. Ich versuchte, Zorn zu empfinden, das Ganze zu verstehen, alle Gedanken daran abzuschütteln, ich wollte ihr sagen, dass *sie* den größten Schaden davontrug. All das spielte ich in Gedanken durch. Schließlich versuchte ich, vernünftig mit der Situation umzugehen, obwohl ich wusste, dass das alles nur Teil einer Taktik war, die dazu diente, den Gedanken zu verdrängen, dass ich mein Leben lang untröstlich sein würde.

Ich wartete so lange hinter der Kapelle, bis ich davon ausgehen konnte, dass alle verschwunden waren. Dann ging ich wieder nach vorne. Der kahlgeschorene Pfarrer stand auf der Treppe. Natalies Schwester Julie stand neben ihm. Sie legte mir eine Hand auf den Arm. »Alles in Ordnung?«

»Alles bestens«, sagte ich.

Der Pfarrer lächelte mir zu. »Ein wundervoller Tag für eine Hochzeit, finden Sie nicht auch?«

Ich sah blinzelnd in die Sonne. »Da haben Sie wohl recht«, sagte ich, wandte mich ab und ging.

Ich würde tun, was Natalie von mir verlangte. Ich würde sie in Ruhe lassen. Ich würde zwar jeden Tag an sie denken, aber nie versuchen, sie zu erreichen, ich würde noch nicht einmal im Internet nach ihr suchen. Ich würde mein Versprechen halten.

Sechs Jahre lang.

ZWEI

Sechs Jahre später

Die größte Veränderung in meinem Leben begann zwischen 15:29 und 15:30 Uhr, auch wenn ich das damals natürlich noch nicht wissen konnte.

Mein Erstsemester-Seminar über die *Hintergründe moralischen Denkens* war gerade zu Ende. Ich verließ die Bard Hall. Der Tag war wie geschaffen dafür, ihn auf dem Campus zu verbringen. Die Sonne strahlte auf einen klaren Massachusetts-Nachmittag herab. Auf dem *Quad*, der großen, zentralen Rasenfläche des Colleges, fand ein Ultimate-Frisbee-Spiel statt. Am Rand lagen Studenten wie von einer riesigen Hand verstreut im Gras. Musik erklang. Es war, als wäre die Campus-Werbebroschüre zum Leben erwacht.

Ich liebe solche Tage, aber – wer tut das nicht?

»Professor Fisher?«

Ich drehte mich um. Sieben Studenten saßen in einem Halbkreis auf dem Rasen, in der Mitte die junge Frau, die mich angesprochen hatte.

»Wollen Sie sich nicht zu uns setzen?«, fragte sie.

Ich winkte lächelnd ab. »Danke, aber meine Sprechstunde beginnt gleich.«

Ich ging weiter. Ich wäre sowieso nicht geblieben, obwohl ich mich an einem so wunderschönen Tag gern zu ihnen gesetzt hätte. Doch die Beziehung zwischen Professoren und Studenten ist eine komplexe, und, Entschuldigung, das mag jetzt etwas hart klingen, ich wollte einfach nicht *so ein* Professor sein, wenn Sie verstehen, was ich meine – so ein Professor, der etwas zu viel mit den Studenten abhängt, sich gelegentlich auf Verbindungspartys blicken lässt und womöglich bei der Parkplatz-Party nach einem Football-Spiel der College-Mannschaft noch eine Runde Bier ausgibt. Ein Professor sollte hilfsbereit und zugänglich sein, aber weder Kumpel noch Elternersatz.

Als ich ins Clark House kam, begrüßte Mrs Dinsmore mich mit altvertraut finsterer Miene. Mrs Dinsmore, ein klassischer alter Drache, war wahrscheinlich schon seit Hoovers Präsidentschaft Sekretärin des Fachbereichs Politikwissenschaft. Sie musste mindestens zweihundert sein, wirkte aber nur halb so alt, so ungeduldig und garstig, wie sie sich aufführte.

»Einen wunderschönen guten Tag, Zuckerschnittchen«, begrüßte ich sie. »Gibt's was Neues?«

»Die Post liegt auf Ihrem Schreibtisch«, sagte Mrs Dinsmore. Auch ihre Stimme klang verdrießlich. »Außerdem steht die übliche Schlange von Studentinnen vor Ihrer Bürotür.«

»Okay, danke.«

»Sieht aus wie beim Vortanzen für die Rockettes.«

»Schon klar.«

»Ihr Vorgänger war nicht so zugänglich.«

»Ach, machen Sie mal halblang, Mrs Dinsmore. Als Student war ich auch dauernd bei ihm.«

»Ja, aber Ihre Shorts hatten zumindest eine angemessene Länge.«

»Wovon Sie damals ein wenig enttäuscht waren, oder?«

Mrs Dinsmore versuchte, sich ein Lächeln zu verkneifen. »Gehen Sie mir einfach aus den Augen, ja?«

»Sie können es ruhig zugeben.«

»Soll ich Ihnen einen Tritt in den Hintern verpassen? Raus mit Ihnen.«

Ich warf ihr eine Kusshand zu und ging durch die Hintertür, um den Studenten, die sich für die Freitags-Sprechstunde angemeldet hatten, nicht in die Arme zu laufen. Ich habe jeden Freitag von 15 bis 17 Uhr eine »offene« Sprechstunde, Zeit, um über alle Themen zu reden, neun Minuten pro Student, keine thematischen Vorgaben, keine Anmeldeliste. Einfach reinschauen und hinten anstellen. Jeder hatte neun Minuten, um mit mir zu sprechen, und eine Minute, um zu gehen und den Nächsten reinzuschicken. Wenn jemand mehr Zeit brauchte, ich die Dissertation betreute oder sonst irgendetwas war, konnte man bei Mrs Dinsmore einen Termin für ein längeres Gespräch vereinbaren.

Um Punkt 15 Uhr ließ ich die erste Studentin herein. Sie wollte über die Theorien von Locke und Rousseau sprechen, über zwei Philosophen, die inzwischen bekannter durch ihre Reinkarnationen in der Fernsehserie *Lost* waren als für ihre Theorien. Die zweite Studentin hatte keinen echten Grund hier zu sein, außer um – ich sage es ganz direkt – zu schleimen. Ich war versucht, während des Gesprächs die Hand zu heben und zu sagen: »Backen Sie mir doch lieber ein paar Kekse«, andererseits hatte ich durchaus Verständnis für sie. Die dritte Studentin wollte um eine Note feilschen: Sie meinte, für ihre Zwei-plus-Hausarbeit hätte sie eine Eins minus bekommen müssen, obwohl ich ihr eigentlich eher eine glatte Zwei hätte geben sollen.

So lief das. Manche Studenten kamen vorbei, um etwas zu lernen, manche, um mich zu beeindrucken, manche zum Feilschen, manche einfach nur zum Plaudern – alles bestens. Ich bilde mir kein Urteil über sie aufgrund dieser Besuche. Das wäre falsch. Ich behandele alle Studenten gleich, die durch diese Tür kommen, denn unser Job ist es zu *lehren*, und wenn es dabei mal nicht um Politikwissenschaft geht, dann geht es womöglich um so etwas wie kritisches Denken oder sogar – keuch! – um das Leben selbst. Wenn die Studenten innerlich bereits völlig gefestigt und selbstsicher zu uns kämen, was könnten wir ihnen dann noch beibringen?

»Es bleibt bei der Zwei plus«, sagte ich, als sie ihren Sermon beendet hatte. »Ich würde aber wetten, dass Sie die Note mit dem nächsten Essay verbessern können.«

Der Wecker summte. Wie gesagt, ich halte mich strikt an die Zeitvorgabe. Es war genau 15:29 Uhr. Daher wusste ich im Rückblick so genau, wann es begonnen hatte – zwischen 15:29 Uhr und 15:30 Uhr.

»Vielen Dank, Professor«, sagte sie und erhob sich, um zu gehen. Auch ich stand auf.

Seit ich vor vier Jahren zum Leiter des Fachbereichs berufen wurde, hat sich mein Büro kein bisschen verändert. Der Raum sieht noch genauso aus, wie ich ihn von meinem Vorgänger und Mentor Professor Malcolm Hume übernommen habe, der unter einer Regierung Außenminister, unter einer anderen Stabschef im Weißen Haus gewesen war. Er atmete immer noch diese wundervoll nostalgische Atmosphäre akademischer Unordnung aus antiken Globen, übergroßen Folianten, vergilbten Manuskripten, Postern, die sich von der Wand lösten, und edlen Bilderrahmen mit Porträts bärtiger Männer. Im Raum stand kein Schreibtisch, nur ein großer Eichentisch, der Platz für zwölf Personen bot – exakt die Anzahl, die an meinem Dissertationsseminar teilnahm.

Es herrschte ein totales Durcheinander. Ich hatte das Zimmer nicht neu eingerichtet, weniger weil ich meinen Mentor ehren wollte, wie die meisten Leute hier glaubten, sondern weil ich erstens zu faul war und wirklich Besseres zu tun hatte, zweitens, weil ich weder wirklich einen eigenen Stil hatte noch Familienfotos, die ich aufhängen wollte, und mir dieser »der Arbeitsplatz ist der Spiegel des Menschen«-Unsinn vollkommen egal war und – wäre er mir nicht egal gewesen – dieses Büro, so wie es war, mich tatsächlich genau widerspiegelte und ich drittens eine gewisse Unordnung dem individuellen Ausdruck eher für zuträglich erachtete. Sterilität und Ordnung hemmen die Spontaneität der Studenten. Das Durcheinander schien die Offenheit meiner Studenten zu fördern – in dieser wirren und chaotischen Umgebung, so dachten sie offenbar, würden meine albernen Darlegungen schon keinen allzu großen Schaden anrichten.

Der wichtigste Grund war jedoch der, dass ich faul war und Besseres zu tun hatte.

Wir beide standen also an dem großen Eichentisch und schüttelten uns die Hände. Sie hielt meine Hand eine Sekunde länger als notwendig, also zog ich sie absichtlich schnell zurück. Nein, so etwas passiert nicht täglich. Aber es kommt vor. Inzwischen bin ich fünfunddreißig, aber als ich anfing, als junger Professor in den Endzwanzigern, kam es häufiger vor. Erinnern Sie sich an die Szene in *Jäger des verlorenen Schatzes*, wo eine Studentin sich »LOVE YOU« auf die Augenlider geschrieben hatte? Etwas Ähnliches ist mir im ersten Semester auch passiert. Außer dass das erste Wort nicht LOVE gewesen war und das zweite nicht »YOU« sondern »ME«. Ich bilde mir nichts darauf ein. Wir Professoren haben hier extrem viel Macht. Männer, die dem verfallen oder glauben, solche Aufmerksamkeiten in irgendeiner Form verdient zu haben (das ist nicht sexistisch gemeint, aber es handelt sich fast ausschließlich um Männer), sind normalerweise erheblich unsicherer und bedürftiger als irgendwelche Studentinnen mit Vaterkomplex, die einem hier gelegentlich über den Weg laufen.

Als ich mich wieder hinsetzte und auf den nächsten Studenten wartete, warf ich einen kurzen Blick auf den Computer-Monitor auf der rechten Seite des Tischs. Der Browser zeigte die Homepage des Colleges. Sie war recht klassisch gestaltet. Die Diashow links zeigte Studenten aller Nationen, Religionen, Konfessionen und beiderlei Geschlechts beim fröhlichen gemeinsamen Lernen, bei Freizeitaktivitäten, mit Professoren und so weiter. Oben befanden sich das Logo des Colleges und die Gebäude mit dem größten Wiedererkennungswert, vor allem natürlich die berühmte Johnson Chapel, eine größere Version der Kapelle, in der ich Natalies Hochzeit beigewohnt hatte.

Am rechten Bildschirmrand wurden Nachrichten aus dem College eingeblendet, und genau in dem Moment, als Barry Watkins, der nächste Student auf der Anmeldeliste, den Raum betrat und sagte: »Yo, Prof, was geht?«, entdeckte ich dort eine Todesanzeige, die mich stutzen ließ.

»Hey, Barry«, sagte ich, ohne den Blick vom Bildschirm abzuwenden. »Nehmen Sie Platz.«

Er setzte sich und legte die Füße auf den Tisch. Er

wusste, dass mich das nicht störte. Barry kam jede Woche. Wir unterhielten uns über Gott und die Welt. Seine Besuche waren eher als harmlose Therapiesitzungen einzuordnen, als dass sie akademische Zwecke verfolgten, aber auch dagegen hatte ich nichts einzuwenden.

Ich schaute mir die Anzeige auf dem Bildschirm genauer an. Das briefmarkengroße Foto des Verstorbenen machte mich stutzig. Ich erkannte ihn nicht – nicht auf diese Entfernung –, aber er sah relativ jung aus. Das war bei den Todesanzeigen des Colleges allerdings nicht ungewöhnlich. Oft wurde kein aktuelles Bild benutzt, sondern ein altes Jahrbuchfoto eingescannt. In diesem Fall sah man jedoch auf den ersten Blick, dass das nicht der Fall war. Die Frisur entstammte nicht den Sechzigern oder Siebzigern. Es war auch kein Schwarz-Weiß-Foto, wie in den Jahrbüchern bis 1989.

Wir sind nur ein kleines College, rund vierhundert Studenten pro Jahrgang. Vielleicht deshalb oder weil ich mich sowohl als ehemaliger Student und als Professor dem College verbunden fühlte, traf es mich persönlich, wenn jemand von hier starb.

»Yo, Teach.«

»Sekunde, Barry.«

Das ging jetzt von seiner Zeit ab. Ich benutzte einen tragbaren Basketball-Timer mit großer Digitalanzeige, wie man ihn aus den Sporthallen im ganzen Land kennt. Ein Freund hatte ihn mir geschenkt, weil er, vermutlich aufgrund meiner Größe, angenommen hatte, dass ich Basketball spielte. Das tat ich nicht, aber ich war vernarrt in die Uhr. Sie war so eingestellt, dass sie automatisch von neun Minuten herunterzählte, und jetzt stand sie bei 8:49.

Ich klickte auf das kleine Foto. Als die größere Version auf dem Bildschirm erschien, gelang es mir, ein überraschtes Stöhnen zu unterdrücken.

Der Name des Verstorbenen war Todd Sanderson.

Ich hatte Todds Nachnamen aus dem Gedächtnis verdrängt – auf der Hochzeitseinladung stand damals nur »Todd und Natalies Vermählung!«, aber, Mann, das Gesicht kannte ich. Die hippen Bartstoppeln waren verschwunden. Auf dem Foto war er glattrasiert und trug fast einen Bürstenschnitt. Ich fragte mich, ob das Natalies Einfluss war – sie hatte sich immer über meine Bartstoppeln beschwert, weil sie auf der Haut kratzten. Aber dann fragte ich mich sofort, warum ich mir Gedanken über so etwas Blödsinniges machte.

»Die Uhr tickt, Teach.«

»Sekunde noch, Barry. Und nennen Sie mich nicht Teach.«

Der Anzeige zufolge war Todd zweiundvierzig gewesen. Das waren ein paar Jahre mehr, als ich erwartet hatte. Natalie musste jetzt vierunddreißig sein – sie war ein Jahr jünger als ich. Ich hatte angenommen, dass auch Todd ungefähr in unserem Alter war. Offensichtlich war Todd der *Tight End* der College-Football-Mannschaft gewesen und hatte es bis in die letzte Bewerbungsrunde für ein Rhodes-Stipendium für die Universität in Oxford geschafft. Beeindruckend. Er hatte seinen Abschluss im Fachbereich Geschichte mit summa cum laude gemacht, eine Wohltätigkeitsorganisation namens *Fresh Start* gegründet und war im letzten Studienjahr Präsident von *Psi U* gewesen, der Studentischen Verbindung, in der auch ich Mitglied gewesen war.

Todd war nicht nur ein ehemaliger Lanford-Student, wir

waren sogar in derselben Verbindung gewesen. Wie kam es, dass ich nichts davon gewusst hatte?

In der Anzeige stand noch mehr, viel mehr, aber ich übersprang alles bis zur letzten Zeile:

> Die Beerdigung findet am Sonntag in Palmetto Bluff, South Carolina, nahe Savannah, Georgia, statt. Mr Sanderson hinterlässt eine Frau und zwei Kinder.

Zwei Kinder?

»Professor Fisher?«

Barrys Stimme hatte einen eigenartigen Unterton. »Entschuldigung, ich war gerade …«

»Schon gut, Mann, kein Problem. Ist mit Ihnen alles okay?«

»Ja, mir geht's gut.«

»Sicher? Sie sind ganz schön blass, Mann.« Barry nahm die Turnschuhe vom Tisch und legte die Hände darauf. »Hey, soll ich nicht lieber ein andermal wiederkommen?«

»Nein«, sagte ich.

Ich wandte mich vom Bildschirm ab. Das musste warten. Natalies Mann war jung gestorben. Das war traurig, oder vielleicht sogar tragisch, aber es hatte nichts mit mir zu tun. Es war kein Grund, meine Arbeit liegen zu lassen oder meinen Studenten Unannehmlichkeiten zu bereiten. Natürlich hatte die Nachricht mich aus dem Konzept gebracht – nicht nur die von Todds Tod, sondern auch die, dass er auf meine Alma Mater gegangen war. Das mochte ein aberwitziger Zufall sein, eine weltbewegende Enthüllung war es allerdings nicht.

Vielleicht stand Natalie einfach auf Lanford-Männer.

»Also, was liegt an?«, fragte ich Barry.

»Kennen Sie Professor Byrner?«

»Klar.«

»Er ist ein totaler Vollpfosten.«

Das stimmte, auch wenn ich es so nicht formulieren würde. »Worum geht's denn?«

In der Anzeige hatte nichts über die Todesursache gestanden, aber darüber erfuhr man in den Anzeigen des Colleges häufig nichts. Trotzdem würde ich später noch einmal nachsehen. Wenn sie dort nicht genannt wurde, fand ich vielleicht im Internet etwas Genaueres.

Aber warum wollte ich eigentlich mehr darüber wissen? Was änderte das schon?

Am besten hielt ich mich da raus.

Jedenfalls konnte ich das Ende meiner Sprechstunde kaum erwarten. Als Barrys Zeit um war, machte ich weiter. Ich versuchte, den Gedanken an die Todesanzeige beiseitezuschieben und mich auf die anderen Studenten zu konzentrieren. Ich war nicht gut in Form, aber das merkten die Studenten nicht. Studenten können sich genauso wenig vorstellen, dass Professoren ein richtiges Leben führen, wie sie sich vorstellen können, dass ihre Eltern Sex haben. Was irgendwie auch ganz gut so war. Andererseits bemühte ich mich unablässig, ihnen beizubringen, dass sie ihren Horizont erweitern sollten. Es ist eine Eigenart des Menschen, sich selbst für einzigartig und sehr komplex zu halten und alle anderen für leicht durchschaubar. Was natürlich ein Irrtum ist. Wir alle haben unsere Träume, Hoffnungen, Bedürfnisse, Begierden und Sehnsüchte. Jeder von uns ist auf seine eigene Art verrückt.

Meine Gedanken schweiften ab. Die Zeiger der Uhr

schleppten sich so mühsam voran, als würde ich mich im langweiligsten Seminar zu Tode langweilen. Nach der Sprechstunde um Punkt 17 Uhr setzte ich mich wieder an den Computer. Ich klickte auf die Todesanzeige, so dass sie komplett auf dem Bildschirm erschien.

Nein, die Todesursache wurde nicht genannt.

Seltsam. Manchmal fand man Hinweise in den Spendenaufrufen. Wenn dort zum Beispiel stand, statt Blumen bitten wir um Spenden an die Amerikanische Krebsgesellschaft oder so etwas. Aber auch da entdeckte ich nichts. Es gab auch keinen Hinweis auf Todds Beruf, aber auch das hatte nicht viel zu sagen.

Die Bürotür wurde aufgerissen, und Benedict Edwards, Professor aus dem Fachbereich Geisteswissenschaft und mein bester Freund, kam herein. Er hatte nicht geklopft, was er allerdings noch nie getan hatte und auch nicht für notwendig erachtete. Freitags um fünf gingen wir oft zusammen in die Bar, in der ich während des Studiums als Türsteher gearbeitet hatte. Sie war damals noch funkelnagelneu, hip und total angesagt gewesen. Jetzt war sie alt, heruntergekommen und etwa so hip und angesagt wie ein Betamax-Videorekorder.

Körperlich war Benedict praktisch genau das Gegenteil von mir – klein, zierlich und Afroamerikaner. Seine Augen wurden durch eine riesige Ameisenmensch-Brille vergrößert, die an eine Schutzbrille aus dem Chemielabor erinnerte. Zu dem zu groß geratenen Schnurrbart und dem fluffigen Afrolook hatte ihn vermutlich Apollo Creed inspiriert. Seine Finger waren schlank wie die einer Klavierspielerin, um seine Füße hätte ihn eine Ballerina beneidet, und selbst ein Blinder hätte ihn nicht für einen Holzfäller gehalten.

Trotzdem – oder vielleicht gerade deshalb – war Benedict ein absoluter Womanizer und riss mehr Frauen auf als ein Rapper mit einem Radio-Hit.

»Was ist los?«, fragte Benedict.

Ich übersprang die »Nichts«- oder »Was soll schon los sein«-Phase und kam direkt auf den Punkt. »Hast du je von einem Todd Sanderson gehört?«

»Ich glaube nicht. Wer soll das sein?«

»Ein Ehemaliger. Seine Todesanzeige ist auf der Homepage.«

Ich drehte den Bildschirm in seine Richtung. Benedict rückte die Schutzbrille zurecht. »Nein, den kenne ich nicht. Wieso?«

»Erinnerst du dich an Natalie?«

Seine Miene verfinsterte sich einen Moment lang. »Den Namen hast du ja schon ewig …«

»Ja, schon gut. Jedenfalls ist er – war er – ihr Mann.«

»Der Kerl, für den sie dich hat sitzen lassen?«

»Ja.«

»Und jetzt ist er tot?«

»Sieht so aus.«

»Damit«, sagte Benedict und zog eine Augenbraue hoch, »ist sie ja wieder zu haben.«

»Wie einfühlsam.«

»Ich mache mir Sorgen. Du bist mein bester Wingman. Ich kann zwar reden und die Ladys umgarnen, aber du siehst gut aus. Ich kann unmöglich auf dich verzichten.«

»Wie einfühlsam«, wiederholte ich.

»Rufst du sie an?«

»Wen?«, fragte ich.

»Condoleezza Rice. Wen schon? Natalie.«

»Ja, klar doch. Dann sag ich so was wie: ›Hey, ich hab gehört, dass der Typ, für den du mich hast sitzen lassen, tot ist. Hättest du Lust, mit mir ins Kino zu gehen?‹«

Benedict las die Todesanzeige. »Warte.«

»Was ist?«

»Hier steht, sie hat zwei Kinder.«

»Und?«

»Das macht es natürlich komplizierter.«

»Kannst du jetzt mal aufhören?«

»Zwei Kinder. Da könnte sie fett geworden sein.« Benedict sah mich mit den vergrößerten Augen an. »Weißt du, wie Natalie jetzt aussieht? Ich meine, zwei Kinder. Ein bisschen stämmig wird sie da wohl schon sein, oder?«

»Woher soll ich das wissen?«

»Äh … na, wie jeder andere auch – Google, Facebook und so weiter.«

Ich schüttelte den Kopf. »Ich hab nicht geguckt.«

»Was? Das macht doch jeder. Verdammt, sogar ich mach das mit all meinen Verflossenen.«

»Und das Internet verkraftet diese Datenmengen?«

Benedict grinste: »Ich hab natürlich einen eigenen Server.«

»Einen? Jetzt untertreibst du aber.«

Ich sah eine gewisse Traurigkeit in seinem Lächeln. Mir ging ein Abend in der Bar durch den Kopf, an dem er ziemlich viel getrunken und dann eine ganze Weile ein recht abgegriffenes Foto angestarrt hatte, das er sonst hinten in seinem Portemonnaie versteckte. Ich hatte ihn gefragt, wer das war. »Die einzige Frau, die ich je lieben werde«, hatte er gelallt. Dann steckte er das Foto wieder hinter die Kreditkarten, und obwohl ich ihn ein paar Mal behutsam darauf angesprochen hatte, verlor er nie wieder ein Wort darüber.

Damals hatte er genauso gegrinst.

»Ich habe es Natalie versprochen«, sagte ich.

»Was hast du ihr versprochen?«

»Dass ich die beiden zufrieden lasse. Dass ich mich nicht nach ihnen erkundige oder sie auf irgendeine Art behellige.«

Benedict überlegte. »Wie's aussieht, hast du dein Versprechen gehalten, Jake.«

Ich sagte nichts. Vorhin hatte Benedict gelogen. Er checkte die Facebook-Seiten seiner ehemaligen Freundinnen nicht, und wenn doch, tat er es ohne große Begeisterung. Aber einmal, als ich in sein Büro geplatzt war – genau wie er, klopfe auch ich nie an, wenn ich ihn sehen will –, war er gerade auf Facebook. Mit einem kurzen Blick erfasste ich, dass er auf der Facebook-Seite der Frau war, deren Foto er im Portemonnaie gehabt hatte. Benedict hatte den Browser sofort geschlossen, ich würde aber wetten, dass er die Seite häufig besuchte. Wahrscheinlich täglich. Ich würde wetten, dass er sich jedes neue Foto ansah, das die einzige Frau, die er je lieben würde, auf ihrer Seite postete. Ich würde wetten, dass er ihr Leben auch heute noch verfolgte, sich Bilder von ihrer Familie ansah, von dem Mann, mit dem sie das Bett teilte, und dass er sie genauso anstarrte wie damals das Foto aus seinem Portemonnaie. Ich kann das alles nicht beweisen, es ist nur ein Gefühl, aber ich glaube nicht, dass ich mit dieser Einschätzung weit danebenliege.

Wie ich schon sagte, ist jeder von uns auf seine eigene Art verrückt.

»Was willst du mir damit sagen?«, fragte ich ihn.

»Ich will damit nur sagen, dass diese ganze ›Die beiden‹-Nummer jetzt vorbei ist.«

»Natalie ist schon lange kein Teil meines Lebens mehr.«

»Ist das dein Ernst?«, fragte Benedict. »Musstest du ihr auch versprechen zu vergessen, was du damals für sie empfunden hast?«

»Ich dachte, du hättest Angst, deinen besten Wingman zu verlieren.«

»So gut siehst du auch wieder nicht aus.«

»Gemeiner Mistkerl.«

Er stand auf. »Wir Geisteswissenschaftler wissen alles.«

Mit diesen Worten ließ Benedict mich allein. Ich stand auf, trat ans Fenster und blickte auf die Mensa hinunter. Ich betrachtete die vorbeigehenden Studenten und überlegte, wie ich es oft mache, wenn ich eine schwierige Entscheidung treffen musste, welchen Rat ich ihnen geben würde, wenn sie sich in dieser Situation befänden. Plötzlich stürzte alles ohne jede Vorwarnung auf mich ein – die weiße Kapelle, ihre Frisur, ihr Ringfinger vor meinem Gesicht, der Schmerz, die Sehnsucht, die Emotionen, die Liebe, das Leid. Ich bekam weiche Knie. Ich hatte gedacht, dass ich mich nicht mehr nach ihr sehnte. Sie hatte mich damals zerschmettert, aber ich hatte die Einzelteile aufgesammelt, mich wieder zusammengesetzt und mein Leben fortgesetzt.

Wie dumm von mir, jetzt so etwas zu denken. Wie selbstsüchtig und unangebracht. Die Frau hatte gerade ihren Mann verloren, und ich Schwein dachte nur daran, was das für mich bedeuten könnte. Lass gut sein, sagte ich mir. Vergiss es und sie. Lass die Vergangenheit ruhen.

Aber das konnte ich nicht. Es war einfach nicht meine Art.

Das letzte Mal hatte ich Natalie auf einer Hochzeit gesehen. Jetzt würde ich sie auf einer Beerdigung wiedersehen. Manche Leute mögen darin eine gewisse Ironie des Schicksals erkennen – ich gehörte nicht dazu.

Ich ging zurück zum Computer und buchte einen Flug nach Savannah.

DREI

Das erste Anzeichen dafür, dass etwas nicht stimmte, zeigte sich während der Grabrede.

Palmetto Bluff war eigentlich kein Ort, sondern eine riesige bewachte Wohnanlage. Das neu erbaute »Dorf« war hübsch, sauber, gepflegt und historisch korrekt – was dem Ort ein steriles, falsches Disney-Flair verlieh. Alles wirkte ein wenig zu perfekt. Die strahlende weiße Kapelle – ja, noch so eine – lag so malerisch am Hang, dass sie … tja … wie gemalt aussah. Die Hitze hingegen war nur zu real – ein lebendes, atmendes Etwas wie ein schwüler, feuchtwarmer Vorhang.

In einem flüchtigen Moment der Vernunft fragte ich mich noch einmal, warum ich hier runtergekommen war, wischte dann jedoch alle Zweifel beiseite. Schließlich war ich schon hier, damit hatte sich die Frage erledigt. Das Inn von Palmetto Bluff sah aus wie eine Filmkulisse. Ich trat in die hübsche Bar und bestellte bei der hübschen Bardame einen Scotch ohne Wasser und ohne Eis.

»Sind Sie wegen der Beerdigung hier?«, fragte sie.

»Ja.«

»Tragisch.«

Ich nickte und starrte in meinen Whisky. Die hübsche Bardame verstand den Hinweis und stellte keine weiteren Fragen.

Ich bin stolz darauf, ein aufgeklärter Mensch zu sein. Ich glaube nicht an Schicksal, Bestimmung oder sonstigen abergläubischen Hokuspokus, trotzdem saß ich hier und rechtfertigte mein impulsives Verhalten genau damit. Ich *musste* hier sein, sagte ich mir. Etwas hatte mich gezwungen, in dieses Flugzeug zu steigen. Warum, wusste ich nicht. Ich hatte mit eigenen Augen gesehen, wie Natalie einen anderen Mann heiratete, und trotzdem konnte ich es nicht akzeptieren. Es war der intuitive Wunsch, einen Schlussstrich zu ziehen. Vor sechs Jahren hatte Natalie mich mit einer kurzen Notiz abserviert, in der stand, dass sie ihren alten Verehrer heiraten würde. Am nächsten Tag hatte ich die Einladung zu ihrer Hochzeit bekommen. Kein Wunder, dass sich das alles irgendwie … unvollständig anfühlte. Und jetzt war ich hier, in der Hoffnung, vielleicht einen Schlussstrich ziehen, zumindest aber das Bild vervollständigen zu können.

Faszinierend, welch vernünftige Begründungen wir finden, wenn wir etwas unbedingt wollten.

Aber was genau wollte ich hier eigentlich?

Ich trank meinen Scotch aus, bedankte mich bei der hübschen Bardame und machte mich auf den Weg zur Kapelle. Natürlich hielt ich Abstand – ich mag zwar furchtbar, gefühllos und selbstsüchtig sein, aber doch nicht so sehr, dass ich eine trauernde Witwe beim Begräbnis ihres Ehemanns störte. Ich stellte mich hinter einen großen Baum – genauer gesagt, hinter eine der großen Fächerpalmen, denen der Ort seinen Namen verdankte – und traute mich noch nicht einmal, die Trauergäste mit verstohlenen Blicken zu betrachten.

Als das Eröffnungslied erklang, ging ich davon aus, dass die Luft halbwegs rein war. Ein kurzer Blick bestätigte meine Vermutung. Die Trauergemeinde war in der Kapelle. Ich näherte mich der Eingangstür und hörte einen Gospelchor singen. Er war, kurz gesagt, großartig. Unsicher, was genau ich tun sollte, drückte ich vorsichtig gegen die Tür zur Kapelle, die natürlich unverschlossen war – was hatte ich auch erwartet? Also ging ich hinein. Beim Eintreten senkte ich den Kopf und hielt mir eine Hand vors Gesicht, als müsste ich mich kratzen.

Eine wahrlich armselige Vorstellung.

Und außerdem völlig überflüssig. Die Kapelle war rappelvoll. Ich stand hinten bei den anderen Spätankömmlingen, die keinen Platz mehr gefunden hatten. Der Chor beendete die ergreifende Hymne, und ein Mann – ein Pfarrer, Priester oder was auch immer – trat in die Kanzel. Er begann, Todd als »fürsorglichen Arzt, guten Nachbarn, großzügigen Freund und wunderbaren Familienvater« zu preisen. Arzt? Das hatte ich nicht gewusst. Der Geistliche schwärmte weiter über Todds Stärken – seine Wohltätigkeitsarbeit, seine einnehmende Persönlichkeit, seinen offenen Geist, die Fähigkeit, jedem das Gefühl zu geben, etwas Besonderes zu sein, seine Bereitschaft, die Ärmel hochzukrempeln und anzupacken, wenn jemand Hilfe brauchte, ganz egal, ob er ein Freund oder ein Fremder war. Ich verbuchte das natürlich unter der üblichen Begräbnis-Märchenstunde, aber ich sah, dass den Trauernden Tränen in den Augen standen und dass sie bei den Worten des Geistlichen leicht nickten, als wäre es ein Lied, das nur sie hörten.

Ich versuchte, von meinem Platz hinten in der Kapelle einen Blick auf Natalie zu erhaschen. Aber es waren zu viele Köpfe im Weg, und da ich nicht auffallen wollte, duckte ich mich wieder. Ich war in die Kapelle gekommen, hatte mich umgesehen und mir sogar die lobenden Worte über den Verstorbenen angehört. Reichte das nicht? Was wollte ich hier noch?

Es war Zeit zu gehen.

»Die erste Trauerrede«, sagte der Mann in der Kanzel, »hält jetzt Eric Sanderson.«

Ein blasser Teenager – ich hätte ihn auf sechzehn Jahre geschätzt – stand auf und trat aufs Podium. Mein erster Gedanke war, dass Eric Todd Sandersons (und damit auch Natalies) Neffe sein musste, aber diese These wurde bereits durch den Eröffnungssatz des Jungen torpediert.

»Mein Vater war mein Held …«

Vater?

Ich brauchte ein paar Sekunden. Die Gedanken sind nur schwer davon abzubringen, sich immer entlang derselben ausgetretenen Wege zu bewegen. Als ich jung war, hatte mein Vater versucht, mich mit einem alten Rätsel in die Irre zu führen. »Ein Mann und sein Sohn haben einen Autounfall. Der Vater stirbt. Der Junge wird ins Krankenhaus gebracht. Der diensthabende Chirurg lehnt es ab, ihn zu operieren, weil er sein Sohn sei. Wie ist das möglich?« Das meine ich, wenn ich von ausgetretenen Wegen rede. Für die Generation meines Vaters war dieses Rätsel vermutlich mittelmäßig schwer, für jemanden meines Alters war die Antwort – der diensthabende Chirurg ist eine Chirurgin und die Mutter des Jungen – so offensichtlich, dass ich schon damals laut aufgelacht hatte. »Und jetzt, Dad? Spielst du mir etwas von deinen 8-Spur-Kassetten vor?«

Hier war es ähnlich. Wie konnte ein Mann, der erst sechs Jahre mit Natalie verheiratet war, einen Sohn im Teenageralter haben? Antwort: Eric war Todds Sohn, nicht Natalies. Entweder war Todd vorher schon einmal verheiratet, zumindest aber hatte er ein Kind mit einer anderen Frau.

Wieder versuchte ich, Natalie in der ersten Reihe zu entdecken. Ich reckte den Hals, doch dann seufzte die Frau neben mir verärgert, weil sie sich gestört fühlte. Auf dem Podium drehte Eric noch einmal richtig auf. Er sprach so eindringlich und bewegend, dass in der ganzen Kapelle kein Auge trocken blieb. Na ja, außer meinen.

Und weiter? Sollte ich hier einfach stehen bleiben, der Witwe mein Beileid aussprechen… sie dadurch vollkommen aus dem Konzept bringen und sie in ihrer Trauer stören? Wie stand mein selbstsüchtiges Ich dazu? Wollte ich ihr wirklich in die Augen sehen, während sie den Verlust der Liebe ihres Lebens beweinte?

Wohl eher nicht. Ich sah auf die Uhr. Mein Rückflug ging heute Abend. Ja, schnell rein und wieder raus. Kein Chaos, kein Getue, keine Übernachtung, keine Hotelkosten. Die Billigversion eines Schlussstrichs.

Natürlich würden manche Leute mutmaßen, ich hätte unsere Affäre unverhältnismäßig idealisiert. Das wäre verständlich. Objektiv betrachtet könnte da durchaus etwas dran sein. Doch das Herz ist nicht objektiv. Als jemand, der die großen Denker, Theoretiker und Philosophen unserer Zeit verehrt, würde ich mich niemals dazu herablassen, ein so abgedroschenes Axiom zu bemühen wie: *Ich weiß es einfach*. Tatsache ist aber, dass ich *es weiß*. Ich weiß, was zwischen Natalie und mir passiert ist. Ich sehe es mit klarem Blick, ganz ohne rosarote Brille, und genau deshalb ergibt das, was sich dann entwickelt hat, keinen Sinn.

Mit anderen Worten, ich begriff immer noch nicht, was da geschehen war.

Als Eric zu Ende gesprochen hatte und wieder Platz nahm, hallte noch eine Zeitlang leises Schniefen und Schluchzen durch die blendend weiße Kapelle. Der Geistliche trat wieder in die Kanzel und forderte die Trauergäste mit einer universell verständlichen Geste auf, sich zu erheben. Als die Gemeinde aufstand, nutzte ich die kurze Unruhe und verließ die Kapelle. Ich ging den Weg zurück bis zur Fächerpalme und lehnte mich auf der von der Kapelle abgewandten Seite an den Stamm.

»Geht's Ihnen nicht gut?«

Ich drehte mich um und sah die Bardame vor mir. »Doch, alles in Ordnung, danke.«

»Toller Mann, der Doc.«

»Ja«, sagte ich.

»Standen Sie ihm nahe?«

Ich antwortete nicht. Ein paar Minuten später wurde die Tür der Kapelle geöffnet. Der Sarg wurde in die gleißende Sonne gerollt. Als er sich dem Leichenwagen näherte, stellten die Sargträger, zu denen auch Todds Sohn Eric gehörte, sich um ihn herum auf. Ihm folgte eine Frau mit einem großen, schwarzen Hut. Sie hatte ihren Arm um ein Mädchen von etwa vierzehn Jahren gelegt. Neben der Frau stand ein großer Mann und stützte sie. Der Mann hatte eine gewisse Ähnlichkeit mit Todd. Ich nahm an, dass es sein Bruder und seine Schwester waren, aber das war nur geraten. Die Träger hoben den Sarg an und schoben ihn in den Leichenwagen. Die Frau mit dem schwarzen Hut und das Mädchen wurden zum ersten Wagen geleitet. Der vermeintliche Bruder öffnete ihnen die Tür und stieg nach ihnen ein. Dann folgte Eric. Ich betrachtete den Rest der Trauergemeinde, der aus der Kapelle strömte.

Natalie war immer noch nicht zu sehen.

Ich dachte mir nichts dabei. Manchmal kam die Ehefrau als Erste aus der Kirche, direkt hinter dem Sarg, manchmal legte sie sogar die Hand darauf, und manchmal kam sie als Letzte, weil sie wartete, bis die Kirche leer war, und erst dann den Gang entlangschritt. Ich weiß noch, dass meine Mutter beim Begräbnis meines Vaters mit niemandem reden wollte. Sie war sogar durch einen Seiteneingang verschwunden, um dem Gedränge der Verwandten und Freunde zu entgehen.

Ich beobachtete, wie die Trauernden aus der Kapelle kamen. Ihr Kummer war, wie die Südstaaten-Hitze, zu einem lebendigen, atmenden Etwas geworden. Er war greifbar und aufrichtig. Diese Menschen waren nicht nur aus Höflichkeit gekommen. Dieser Mann hatte ihnen etwas bedeutet. Sein Tod hatte sie erschüttert – aber was hatte ich auch erwartet? War ich davon ausgegangen, dass Natalie mich für einen Loser verlassen hatte? War es nicht besser, gegen diesen geliebten Heiler verloren zu haben als gegen einen zwielichtigen Schwachkopf?

Gute Frage.

Die Bardame stand immer noch neben mir. »Woran ist er gestorben?«, flüsterte ich.

»Das wissen Sie nicht?«

Ich schüttelte den Kopf. Schweigen. Ich sah sie an.

»Ermordet«, sagte sie.

Das Wort hing in der schwülen Luft und weigerte sich zu verschwinden. Ich wiederholte es: »Ermordet?«

»Ja.«

Ich öffnete den Mund, schloss ihn, setzte noch einmal an. »Von wem?«

»Er wurde erschossen. Glaube ich wenigstens, aber ganz

sicher bin ich mir nicht. Die Polizei weiß nicht, wer es war. Sie glaubt, es könnte ein missglückter Einbruch gewesen sein. Sie wissen schon, ein Typ, der das Haus ausräumen wollte und nicht wusste, dass jemand da war.«

Eine gewisse Benommenheit machte sich in mir breit. Der Menschenstrom aus der Kapelle war versiegt. Ich starrte zur Tür und wartete darauf, dass Natalie erschien.

Das tat sie aber nicht.

Der Geistliche kam heraus und schloss die Tür hinter sich. Er ging zum Leichenwagen und stieg auf der Beifahrerseite ein. Der Wagen fuhr los, und die Limousine folgte ihm.

»Gibt es einen Seitenausgang?«, fragte ich.

»Was?«

»Die Kapelle. Hat sie einen Seitenausgang?«

Sie runzelte die Stirn. »Nein«, sagte sie. »Sie hat nur diese eine Tür.«

Der Trauerzug hatte sich in Bewegung gesetzt. Wo zum Teufel war Natalie?

»Wollen Sie nicht mit zum Friedhof?«, fragte die Bardame.

»Nein«, sagte ich.

Sie legte mir eine Hand auf den Arm. »Sie sehen aus, als könnten Sie einen Drink brauchen.«

In dem Punkt konnte ich ihr kaum widersprechen. Ich taumelte hinter ihr her in die Bar und sank auf denselben Hocker wie bei meinem ersten Besuch. Sie schenkte mir noch einen Scotch ein. Ich behielt den Trauerzug, die Kapellentür und den kleinen Marktplatz im Auge.

Keine Natalie.

»Ich heiße übrigens Tess.«

»Jake«, sagte ich.

»Und woher kennen Sie Mr Sanderson?«

»Wir sind auf dasselbe College gegangen.«

»Wirklich?«

»Ja. Wieso?«

»Sie sehen jünger aus.«

»Das bin ich auch. Wir haben uns bei einem Ehemaligentreffen kennengelernt.«

»Oh, okay, klingt logisch.«

»Tess?«

»Ja?«

»Kennen Sie Dr. Sandersons Familie?«

»Eric, sein Sohn, ist eine Weile mit meiner Nichte gegangen. Netter Bursche.«

»Wie alt ist er?«

»Sechzehn oder siebzehn. Was für eine Tragödie. Er stand seinem Vater sehr nahe.«

Ich wusste nicht, wie ich das Thema ansprechen sollte, also fragte ich einfach direkt: »Kennen Sie Dr. Sandersons Frau?«

Tess legte den Kopf schief. »Sie nicht?«

»Nein«, log ich. »Ich bin ihr nie begegnet. Dr. Sanderson und ich kannten uns ja nur von den Veranstaltungen am College. Er ist immer alleine dorthin gekommen.«

»Für jemanden, der ihn nur von ein paar Veranstaltungen am College kannte, wirken Sie aber ganz schön mitgenommen.«

Ich wusste nicht, was ich darauf sagen sollte, also versuchte ich Zeit zu gewinnen, indem ich einen kräftigen Schluck von meinem Whisky nahm. Dann sagte ich: »Es ist nur so, na ja, bei der Trauerfeier eben habe ich sie gar nicht gesehen.«

»Woher wollen Sie das wissen?«

»Was?«

»Sie haben gerade gesagt, dass Sie ihr nie begegnet sind. Woher wollen Sie dann wissen, ob sie dort war?«

Mann, ich konnte das wirklich nicht gut. »Er hat mir Fotos von ihr gezeigt.«

»Die können aber nicht sehr gut gewesen sein.«

»Wie meinen Sie das?«

»Sie war doch da. Ist mit Katie zusammen gleich hinter dem Sarg gewesen.«

»Katie?«

»Ihre Tochter. Eric war einer von den Sargträgern. Dann kam Dr. Sandersons Bruder mit Katie und Delia.«

Die drei hatte ich natürlich gesehen. »Delia?«

»Dr. Sandersons Frau.«

In meinem Kopf drehte sich alles. »Ich dachte, sie heißt Natalie?«

Die Bardame verschränkte die Arme und sah mich stirnrunzelnd an. »Natalie? Nein. Sie heißt Delia. Die beiden haben sich auf der Highschool kennengelernt. Sie ist gleich hier um die Ecke aufgewachsen. Sie sind schon ewig verheiratet.«

Ich starrte sie nur an.

»Jake?«

»Was?«, sagte ich.

»Sind Sie sicher, dass Sie auf der richtigen Beerdigung sind?«

VIER

Ich fuhr zurück zum Flughafen und nahm den geplanten Flug nach Hause. Was hätte ich auch sonst tun sollen? Wahrscheinlich hätte ich am Grab an die Witwe herantreten und sie fragen können, warum ihr geliebter, verstorbener Mann vor sechs Jahren die Liebe meines Lebens geheiratet hatte, das war mir jedoch etwas unpassend erschienen. So viel Feingefühl habe ich dann doch. Mein Ticket war nicht rückerstattbar und mein Gehalt als College-Professor bescheiden, außerdem hatte ich mehrere Seminare und diverse Sprechstundenanmeldungen am folgenden Vormittag. Daher quetschte ich mich missmutig in einen der »Express«-Jets, die für Menschen meiner Größe einfach zu klein waren, zog die Beine an, so dass es mir vorkam, als befänden sich meine Knie praktisch unter meinem Kinn, und flog zurück Richtung Lanford. Ich wohne in einem dieser austauschbaren Campus-Häuser aus verwaschenem Backstein. Die Einrichtung könnte man als »funktional« bezeichnen. Sie war halbwegs sauber und komfortabel und mit einer dieser Sofagarnituren aus Zwei- und Dreisitzern ausgestattet, die in Möbelgroßmärkten entlang der Highways häufig für $ 699 angeboten wurden. Das alles machte wohl eher einen unscheinbaren als regelrecht negativen Eindruck, aber vielleicht rede ich mir auch das nur ein. In der kleinen Küche gab es eine Mikrowelle und einen Grillofen – und sogar einen echten Backofen, den ich allerdings noch nie benutzt hatte –, und die Geschirrspülmaschine ging oft kaputt.

Wie Sie sich sicher denken können, lade ich nicht oft Gäste zu mir nach Hause ein, was nicht heißt, dass ich keine Verabredungen oder sogar richtige Beziehungen habe. Allerdings waren die meisten von ihnen mit einem Verfallsdatum von höchstens drei Monaten versehen. Manche Leute mag die Tatsache, dass Natalie und ich etwas über drei Monate zusammen waren, bedeutsam erscheinen – ich gehöre nicht dazu. Nein, ich verzehre mich nicht vor Gram. Ich weine mich nicht in den Schlaf. Ich bin, so sage ich mir, darüber hinweg. Aber, so abgedroschen das auch klingen mag, ich empfinde doch oft eine gewisse innere Leere. Und – ob es Ihnen gefällt oder nicht – ich denke immer noch jeden Tag an sie.

Und nun?

Der Mann, der die Frau meiner Träume geheiratet hatte, war allem Anschein nach mit einer anderen Frau verheiratet – ganz abgesehen davon, dass er, tja, verstorben war. In anderen Worten: Natalie war nicht beim Begräbnis ihres Ehemanns gewesen. Das müsste doch eigentlich irgendeine Reaktion in mir auslösen, oder?

Ich erinnerte mich an mein sechs Jahre altes Versprechen. Natalie hatte gesagt: »Versprich mir, dass du uns in Ruhe lässt.« Uns. Nicht ihn oder sie. Uns. Auf die Gefahr hin, kaltherzig zu klingen oder die Worte zu sehr auf die Goldwaage zu legen – aber ein »uns« gab es nicht mehr. Todd war tot. Und ich war der festen Überzeugung, dass das Versprechen damit, so es denn überhaupt noch galt, für null und nichtig erklärt werden musste, weil dieses »uns« nicht mehr existierte.

Ich fuhr den Computer hoch – ja, er war alt – und tippte Natalie Avery in die Suchmaschine. Eine Liste mit Links erschien. Ich fing an, sie durchzusehen, war aber schnell entmutigt. Auf der alten Website ihrer Galerie fand ich noch ein paar Gemälde von ihr. Aber in den letzten, tja, sechs Jahren war nichts Neues dazugekommen. Ich entdeckte ein paar Artikel über Vernissagen und Ähnliches, aber auch die waren alt. Ich klickte auf ein paar neuere Links, aber einer führte zu einer 79-jährigen Natalie Avery, die mit einem Mann namens Harrison verheiratet war. Die andere war 66 und mit einem Thomas verheiratet. Es gab auch noch einige der Links, die man für fast jeden Namen fand: Ahnenforschung, Ehemaligenseiten von Highschools, Colleges, Universitäten und so weiter.

Aber im Endeffekt fand ich nichts, was ich für relevant hielt.

Was war mit meiner Natalie geschehen?

Ich beschloss, Todd Sanderson zu googeln. Er war tatsächlich Arzt – genauer Chirurg. Beeindruckend. Er hatte eine eigene Praxis in Savannah, Georgia, und war dem dortigen Memorial University Medical Center angegliedert. Sein Spezialgebiet waren Schönheitsoperationen. Ich konnte nicht sagen, ob es dabei um ernste Dinge wie Gaumenspalten oder ob es um Titten ging. Ich wusste auch nicht, ob das irgendeine Rolle spielte. In sozialen Netzwerken war Dr. Sanderson nicht sehr aktiv. Er war weder bei Facebook noch bei LinkedIn oder Twitter angemeldet.

Ein paar Treffer verwiesen auf Todd Sanderson und seine Frau Delia in verschiedenen Funktionen bei einer Wohltätigkeitsorganisation namens *Fresh Start*, aber insgesamt war auch da nicht viel zu holen. Ich gab seinen und Natalies

Namen zusammen ein. Null Komma nix. Ich lehnte mich zurück und überlegte. Dann versuchte ich es mit dem Namen des Sohnes Eric Sanderson. Er war noch jung, daher machte ich mir keine allzu großen Hoffnungen, nahm aber an, dass er eine Facebook-Seite hatte. Das war ein Ansatz. Eltern hatten häufiger keinen Facebook-Account, aber ich kannte kaum einen Studenten, der darauf verzichtete.

Ein paar Minuten später landete ich einen Volltreffer. Eric Sanderson, Savannah, Georgia.

Das Profilbild war, wie vielsagend, ein Foto von Eric und seinem Vater Todd. Beide präsentierten sich breit grinsend und im Kampf mit einem großen, schweren Fisch, den sie in die Kamera zu halten versuchten. Ein gemeinsamer Angeltrip von Vater und Sohn, dachte ich und verspürte den Schmerz des Mannes, der selber gerne Vater wäre. Im Hintergrund des Bildes ging die Sonne unter, so dass die Gesichter der beiden im Schatten lagen, trotzdem spürte ich die Zufriedenheit durch den Bildschirm hindurch. Ein seltsamer Gedanke zuckte durch meinen Kopf.

Todd Sanderson war ein guter Mensch gewesen.

Natürlich war es nur ein Foto, und natürlich wusste ich, in welchem Ausmaß Menschen gute Laune oder sogar ganze Lebensentwürfe vorspiegeln konnten, aber hier spürte ich wahre Güte.

Ich sah mir die anderen Fotos auf Erics Facebook-Seite an. Die meisten zeigten ihn und seine Freunde – hey, er war ein Teenager – in der Schule, bei Partys, bei Sportveranstaltungen. Sie kennen das. Warum ziehen auf Fotos heutzutage eigentlich alle einen Schmollmund oder machen irgendwelche Gesten mit den Händen? Was soll das? Eine alberne Frage, aber die Gedanken gehen oft ihre eigenen Wege.

Eines der Fotoalben auf der Facebook-Seite trug den schlichten Titel FAMILIE. Es umfasste einen langen Zeitraum. Auf den ersten Bildern war Eric noch ein Baby. Dann kam seine Schwester dazu. Eine Reise nach Disney World, weitere Angeltrips, Familienfeiern, die Konfirmation, Fußballspiele. Ich sah alle durch.

Nirgends hatte Todd lange Haare – nicht auf einem einzigen Foto. Außerdem war er immer ordentlich glattrasiert.

Was bedeutete das?

Keine Ahnung.

Ich klickte auf Erics Pinnwand oder wie auch immer man die Startseite nannte. Es gab Dutzende Beileidsbekundungen.

»Dein Dad war der Beste, tut mir furchtbar leid.«

»Wenn ich irgendetwas für dich tun kann …«

»RIP, Dr. S. Sie waren ein Hammer.«

»Ich werde nie vergessen, wie dein Dad meiner Schwester geholfen hat.«

Dann sah ich einen Eintrag, bei dem ich innehielt.

»Was für eine sinnlose Tragödie. Ich werde die Grausamkeit der Menschen nie verstehen.«

Ich klickte auf »ältere Postings«. Nach sechs weiteren stach mir wieder eins ins Auge:

»Ich hoffe, sie schnappen das A…loch, das ihm das angetan hat, und grillen ihn.«

Ich öffnete eine weitere Suchmaschine und versuchte, mehr herauszubekommen. Nach kurzer Zeit stieß ich auf einen Zeitungsartikel:

Mord in Savannah

Chirurg ermordet

Der Chirurg und Humanist Dr. Todd Sanderson wurde gestern Nacht in seinem Haus ermordet. Die Polizei vermutet, dass er die Täter bei einem Einbruch überraschte.

Jemand versuchte meine Haustür zu öffnen, die abgeschlossen war. Ich hörte das Rascheln der Fußmatte – originell, wie ich war, hatte ich den Ersatzschlüssel darunter versteckt –, dann wurde der Schlüssel ins Schloss gesteckt und die Tür geöffnet. Benedict kam herein.

»Hey«, sagte er. »Surfst du nach Pornos?«

Ich runzelte die Stirn. »Kein Mensch sagt heute noch ›surfen‹.«

»Ich bin halt ein bisschen altmodisch.« Benedict ging zum Kühlschrank und nahm sich ein Bier heraus. »Wie war dein Ausflug?«

»Erstaunlich«, sagte ich.

»Erzähl.«

Das tat ich. Benedict war ein großartiger Zuhörer. Er gehörte zu den Menschen, die wirklich jedes Wort aufnahmen, sich die ganze Zeit auf dich – und nur auf dich – konzentrierten und nicht unterbrachen. Das war nicht gespielt – und er tat das auch nicht nur bei seinen engsten

Freunden. Menschen faszinierten ihn. Und genau das sehe ich als seine größte Stärke als Lehrer. Wahrscheinlich wäre es jedoch passender, es als seine größte Stärke als Don Juan anzusehen. Weibliche Singles sind gegen viele Aufreiß-Maschen immun, nicht aber gegen einen Mann, dem das, was sie sagen, wirklich wichtig ist. Das können sich alle Möchtegern-Gigolos hinter die Ohren schreiben.

Als ich fertig war, trank Benedict einen kräftigen Schluck von seinem Bier. »Wow. Also … wow. Mehr kann ich dazu nicht sagen.«

»Wow?«

»Ja.«

»Bist du sicher, dass du nicht doch Professor für englische Sprache bist?«

»Dir ist schon klar«, sagte er bedächtig, »dass es höchstwahrscheinlich eine vollkommen logische Erklärung dafür gibt, oder?«

»Zum Beispiel?«

Er rieb sich das Kinn. »Vielleicht ist Todd einer von diesen Typen mit mehreren Familien, die nichts voneinander wissen.«

»Hä?«

»Schwerenöter, die viele Frauen und Kinder haben, von denen eine in sagen wir Denver und die andere zum Beispiel in Seattle lebt. Er teilt sich die Zeit zwischen beiden Familien auf, und die merken nichts davon. Kannst du in *Dateline* sehen. Bigamisten. Oder Polygamisten. Viele bleiben jahrelang unentdeckt.«

Ich verzog das Gesicht. »Wenn das deine vollkommen logische Erklärung ist, würde ich jetzt gern die weit hergeholte hören.«

»Auch wieder wahr. Wie wäre es denn, wenn ich dir die naheliegendste nenne?«

»Die naheliegendste Erklärung?«

»Ja.«

»Immer her damit.«

Benedict breitete die Hände aus: »Es ist nicht derselbe Todd.«

Ich sagte nichts.

»Du kannst dich nicht mehr an seinen Nachnamen erinnern, stimmt's?«

»Stimmt.«

»Tja, woher willst du dann wissen, ob es derselbe Mann ist? Todd ist nicht unbedingt ein seltener Name. Überleg doch mal, Jake. Sechs Jahre nach einem einschneidenden Ereignis siehst du ein Foto, dabei spielt dir dein Gehirn einen Streich, und voilà, du hältst ihn für deinen Erzfeind.«

»Er ist nicht mein Erzfeind.«

»*War* nicht dein Erzfeind. Er ist tot, du weißt schon. Daher Vergangenheitsform. Du wolltest die naheliegendste Erklärung hören?« Er beugte sich vor. »Hier liegt eine Verwechslung vor.«

Darüber hatte ich natürlich auch schon nachgedacht. Ich hatte sogar Benedicts Betrügerischer-Bigamist-Erklärung in Betracht gezogen. Beide waren nicht logischer als … als was? Welche Möglichkeiten gab es denn noch? Welche anderen naheliegenden, plausiblen oder weit hergeholten Erklärungen gab es denn noch?

»Und?«

»Klingt logisch.«

»Siehst du?«

»Dieser Todd – Dr. Todd Sanderson – sah anders aus als

Natalies Todd. Er hatte kürzere Haare. Außerdem war er glattrasiert.«

»Dann passt es doch.«

Ich wandte den Blick ab.

»Was ist?«

»Irgendwie überzeugt mich das nicht so richtig.«

»Wieso nicht?«

»Erstens wurde der Mann ermordet.«

»Und? Wenn überhaupt, dann spricht das für und nicht gegen meine Polygamisten-Theorie. Er hat die falsche Frau verärgert und rums.«

»Ach komm, dass es so einfach ist, glaubst du doch selbst nicht.«

Benedict lehnte sich zurück. Er zupfte sich mit zwei Fingern an der Unterlippe. »Sie hat dich wegen eines anderen Mannes verlassen.«

Ich wartete, dass er weitersprach. Als er das nicht tat, sagte ich: »Äh, ja, du Schlauberger, das ist mir durchaus bekannt.«

»Das war eine schwierige Zeit für dich.« Er klang bedrückt, versonnen. »Ich versteh das. Ich versteh das besser, als du glaubst.« Ich musste an das Foto denken, an seine verlorene Liebe und daran, wie viele von uns einen solchen Kummer in sich tragen, ohne es sich anmerken zu lassen. »Ihr beiden wart verliebt. Daher kannst du es nicht akzeptieren, dass sie dich wegen eines anderen Mannes verlassen hat.«

Wieder runzelte ich die Stirn, spürte aber gleichzeitig, wie sich meine Brust zusammenzog. »Und du bist sicher, dass du nicht doch Psychologie-Professor bist?«

»Du willst das unbedingt. Du sehnst dich so sehr nach

dieser zweiten Chance – der Chance auf Erlösung –, dass du nicht in der Lage bist, die Wahrheit zu erkennen.«

»Und welche Wahrheit soll das sein, Benedict?«

»Sie ist weg«, sagte er schlicht. »Sie hat dich verlassen. Nichts von alldem ändert irgendetwas daran.«

Ich schluckte, versuchte, durch diese Woge kristallklarer Realität, die auf mich einstürzte, hindurchzutauchen. »Ich glaube, es steckt mehr dahinter.«

»Als da wäre?«

»Weiß ich nicht«, gab ich zu.

Benedict dachte einen Moment lang darüber nach. »Aber du wirst nicht aufhören zu versuchen, es herauszubekommen, stimmt's?«

»Doch, das werde ich«, sagte ich. »Aber heute nicht. Und morgen wahrscheinlich auch noch nicht.«

Benedict zuckte die Achseln, stand auf, holte sich noch ein Bier. »Gut, dann raus mit der Sprache. Was hast du als Nächstes vor?«

FÜNF

Auf die Frage hatte ich keine Antwort, außerdem war es spät geworden. Benedict schlug vor, in eine Bar zu gehen und uns die Nacht mit ein paar Drinks um die Ohren zu schlagen. Ich hätte die Ablenkung gut gebrauchen können, musste aber noch Essays benoten und lehnte ab. Ich schaffte gerade drei von den Essays, bis mir auffiel, dass ich mich nicht richtig konzentrieren konnte und es meinen Studenten gegenüber nicht fair war, in dieser Verfassung ihre Arbeit zu benoten.

Ich machte mir ein Sandwich und versuchte noch einmal, Natalies Namen zu googeln, dieses Mal über eine »Bilder«-Suche. Ich fand ein altes Porträtfoto von ihr. Der Anblick traf mich tief, daher klickte ich es schnell weg. Ich fand ein paar von ihren alten Gemälden. Viele zeigten meine Hände oder meinen Rumpf. Die schmerzhaften Erinnerungen schlichen sich nicht auf leisen Sohlen heran, sie rannten die Tür ein und stürzten sich alle gleichzeitig auf mich. Die Art, wie sie den Kopf auf die Seite legte, die Sonnenstrahlen, die durchs Oberlicht in ihr Studio fielen, ihre konzentrierte Miene, wenn sie arbeitete, und das verschmitzte Lächeln, wenn sie eine Pause machte. Ich brach vor Schmerz fast zusammen. Ich vermisste sie so sehr. Ich vermisste sie so, dass ich physische Schmerzen verspürte – und mehr als das. In den letzten sechs Jahren war es mir meistens gelungen, diese Erinnerungen zu verdrängen, aber plötzlich war die Sehnsucht wieder da und ebenso präsent wie der Tag, an dem wir uns im Refugium zum letzten Mal geliebt hatten.

Scheiß drauf.

Ich wollte sie sehen, ganz egal, welche Konsequenzen das hatte. Wenn Natalie tatsächlich in der Lage war, mir ein zweites Mal in die Augen zu sehen und mich wieder wegzuschicken, tja, dann konnte ich mich immer noch um dieses Problem kümmern. Aber nicht jetzt. Nicht heute Nacht. Jetzt musste ich sie erst einmal finden.

Okay, immer schön der Reihe nach. Ich musste das in Ruhe durchdenken. Was war jetzt zu tun? Zuerst musste ich herausbekommen, ob Todd Sanderson wirklich Natalies Todd war. Schließlich gab es tatsächlich diverse Hinweise darauf, dass es sich, wie Benedict nahegelegt hatte, einfach um eine Verwechslung handelte.

Doch wie konnte ich das eine oder andere beweisen oder widerlegen?

Ich musste mehr über Todd wissen. Zum Beispiel: Was hätte Dr. Todd Sanderson, Arzt, der mit seiner Frau und seinen zwei Kindern in Savannah lebte, vor sechs Jahren in einem Künstler-Refugium zu suchen gehabt? Ich musste weitere Fotos von ihm sehen. Ich musste mehr über ihn in Erfahrung bringen, und beginnen würde ich …

Hier. Hier in Lanford.

Das war die Lösung. Schließlich hatte das College immer noch sämtliche Studentenakten, die allerdings nur vom Studenten selbst oder mit dessen Erlaubnis eingesehen werden konnten. Ich hatte mir meine vor ein paar Jahren angeschaut. Eigentlich stand nichts Erwähnenswertes drin, außer dass mein Spanischprofessor aus dem ersten Studienjahr – Spanisch hatte ich danach abgewählt – vermutete, dass ich »Anpassungsprobleme« hätte und mir ein Besuch beim College-Psychologen eventuell helfen könnte. Das war natürlich Blödsinn gewesen. Ich war furchtbar schlecht in Spanisch – Fremdsprachen sind meine akademische Achillesferse –, und man durfte nach dem ersten Studienjahr ein Fach abwählen, ohne dass es in den Notendurchschnitt einging. Der Professor hatte den Vermerk handschriftlich eingetragen, was es für mich irgendwie noch schlimmer machte.

Aber zurück zur Sache.

Es könnte etwas in Todds Akte stehen, das mir etwas über ihn verriet. Ich musste nur an die Akte herankommen.

Wenn Sie jetzt fragen: »Was sollte das sein?«, müsste ich antworten: »Ich habe keinen blassen Schimmer.« Trotzdem wäre es ein Anfang.

Und was weiter?

Das Naheliegendste: Versuche herauszubekommen, was mit Natalie ist. Falls sie noch glücklich mit *ihrem* Todd verheiratet war, konnte ich die ganze Sache sofort fallen lassen. Das war doch wohl der direkteste Weg. Die Frage lautete nur: Wie sollte ich das angehen?

Ich setzte eine frühere Online-Suche fort und hoffte, auf eine Adresse oder einen Hinweis zu stoßen, fand aber absolut nichts. Angeblich verbringen wir heutzutage ja unser ganzes Leben online, aber in Natalies Fall musste ich feststellen, dass das nicht zutraf. Wenn eine Person im Dunkeln bleiben wollte, konnte sie das. Man musste einen gewissen Aufwand betreiben, konnte sich dem Raster aber entziehen und unsichtbar werden.

Die nächste Frage lautete: Warum sollte jemand diesen Aufwand betreiben?

Ich überlegte, ob ich ihre Schwester anrufen sollte, falls ich ihre Telefonnummer herausbekäme, aber was hätte ich dann sagen sollen? »Hi, äh, hier ist Jake Fisher, die alte, äh, Flamme Ihrer Schwester. Äh, ist Natalies Mann zufällig vor Kurzem gestorben?«

Das wäre dann doch etwas sehr plump.

Ich erinnerte mich, wie ich ein Telefonat zwischen den beiden Schwestern mitgehört hatte, in dem Natalie Julie in vertraulichem Ton von mir vorgeschwärmt hatte: »Ey, warte mal, bis du meinen wunderbaren Freund kennenlernst…« Und, ja, wir haben uns ja dann schließlich auch noch kennengelernt. Irgendwie. Bei Natalies Hochzeit mit einem anderen Mann.

Natalies Vater war tot. Ihre Mutter? Das gleiche Problem wie bei ihrer Schwester. Freunde und Freundinnen? Das war auch so eine Sache. Natalie und ich hatten unsere gemeinsame Zeit fast ausschließlich in den Refugien in Kraftboro, Vermont, verbracht. Ich hatte in dem einen Refugium an meiner politikwissenschaftlichen Dissertation geschrieben, Natalie arbeitete im benachbarten Refugium, einer umgebauten Bio-Farm, an ihrer Kunst. Ursprünglich sollte ich sechs Wochen bleiben. Ich blieb doppelt so lange, erstens, weil ich Natalie kennengelernt hatte, und zweitens, weil meine Konzentration auf das Schreiben völlig unmöglich geworden war, nachdem ich Natalie kennengelernt hatte. Ich war nie in ihrer Heimatstadt im Norden New Jerseys gewesen, und sie hatte mich nur auf einen kurzen Besuch auf den Campus begleitet. Unsere Beziehung hatte die Seifenblase in Vermont nie verlassen.

Ich sehe das allgemeine Kopfnicken ganz genau. Ah, denken Sie, das erklärt alles. Es war eine Sommerromanze in einer vollkommen unwirklichen Welt bar jeder Verantwortung und jedes Realitätsbezugs. Unter solchen Umständen blühen sowohl Liebe als auch Besessenheit schnell auf – meist ohne Wurzeln zu schlagen, so dass sie verwelken, sobald der kühle September sich ankündigt. Und Sie sagen mir, dass Natalie mit größerer Einsicht gesegnet war, weil sie diese Tatsache erkannt und akzeptiert hatte und ich nicht.

Ich habe vollstes Verständnis für diese Haltung. Aber ich kann nur entgegnen, dass sie in diesem Fall nicht zutrifft.

Natalies Schwester hieß Julie Pottham. Vor sechs Jahren war Julie verheiratet und hatte einen Sohn im Säuglingsalter. Ich suchte ihren Namen im Internet. Dieses Mal dauerte es nicht lange. Julie wohnte in Ramsey, New Jersey. Ich notierte mir ihre Telefonnummer auf einem Zettel – genau wie Benedict bin auch ich manchmal ein bisschen altmodisch – und starrte sie an. Vor meinem Fenster hörte ich Studenten lachen. Es war Mitternacht. Zu spät für einen Anruf. Wahrscheinlich war es sowieso besser, eine Nacht darüber zu schlafen. In der Zwischenzeit musste ich Essays korrigieren und mich noch auf das morgige Seminar vorbereiten. Ich musste mich um mein Leben kümmern.

Der Versuch einzuschlafen war zum Scheitern verurteilt. Ich konzentrierte mich auf die Korrekturen. Die meisten Essays waren zum Einschlafen langweilig und voraussagbar, geschrieben, um all die auswendig gelernten Vorgaben eines Highschool-Lehrers zu erfüllen. Unsere Studenten waren alle Spitzenschüler, die wussten, wie man auf der

Highschool eine Einser-Arbeit schrieb – alle hatten eine Einleitung, einen klaren Satzbau, waren gut strukturiert und zeigten auch sonst alles, was einen Essay gut und so unglaublich langweilig machte. Wie schon erwähnt, besteht meine Arbeit darin, sie zum kritischen Denken zu erziehen. Das war mir schon immer wichtiger, als sie die Details der Philosophien von, sagen wir, Hobbes oder Locke lernen zu lassen. Die konnte man jederzeit nachlesen und sich so wieder ins Gedächtnis rufen. Ich legte eher Wert darauf, dass meine Studenten lernten, die Lehren von Hobbes und Locke zu respektieren, um sie dann komplett zu zerreißen. Sie sollten nicht nur über den Tellerrand schauen, sondern den Teller verlassen, indem sie ihn zerdepperten.

Manche hatten das begriffen. Die meisten bisher nicht. Aber, hey, wenn sie das auf Anhieb richtig hinbekämen, was sollte ich ihnen dann noch beibringen?

Um vier Uhr morgens ging ich ins Bett und tat so, als hätte der Schlaf eine Chance. Um sieben hatte ich eine Entscheidung getroffen. Ich würde Natalies Schwester anrufen. Ich erinnerte mich an ihr mechanisches Lächeln in der weißen Kapelle, ihr blasses Gesicht und wie sie die Frage gestellt hatte, ob es mir gut ginge, als würde sie verstehen, was in mir vorging. Sie könnte vielleicht sogar eine Verbündete sein.

Egal, was hatte ich schon zu verlieren?

Gestern Nacht war es für einen Anruf zu spät gewesen. Jetzt war es zu früh. Ich duschte und machte mich für mein Acht-Uhr-Seminar über das *Rechtsstaatsprinzip* in der Vitale Hall fertig. Ich würde Julie direkt nach dem Seminar anrufen.

Ich hatte erwartet, das Seminar wie im Schlaf abhalten zu

können. Natürlich war ich in Gedanken nicht bei der Sache, und ehrlich gesagt war acht Uhr für die meisten Studenten eigentlich auch zu früh. Heute jedoch nicht. Heute war die Gruppe besonders lebhaft, Hände schossen in die Höhe, gut formulierte Argumente und Gegenargumente wurden ohne Feindseligkeit vorgebracht. Ich ergriff natürlich nicht Partei. Ich moderierte und staunte. Die Studenten waren wie im Rausch. Im frühmorgendlichen Seminar schleppte sich der Sekundenzeiger häufig wie durch Sirup voran. Heute hätte ich die Hand ausstrecken und den verdammten Zeiger aufhalten wollen, damit er nicht so dahinraste. Die Studenten genossen jeden Moment. Die anderthalb Stunden vergingen wie im Flug, und mir wurde wieder einmal bewusst, was für ein Glück ich hatte, diesen Job zu haben.

Glück im Beruf, Pech in der Liebe. Oder so ähnlich.

Ich ging zu meinem Büro im Clark House, um dort zu telefonieren. Vor Mrs Dinsmores Schreibtisch blieb ich stehen und bedachte sie mit meinem besten »Verführer«-Lächeln. Sie runzelte die Stirn und sagte: »Und so was klappt heutzutage bei alleinstehenden Frauen?«

»Was, dieses bezaubernde Lächeln?«

»Ja.«

»Manchmal«, sagte ich.

Sie schüttelte den Kopf. »Und da erzählen sie einem immer, man solle sich keine Sorgen über die Zukunft machen.« Mrs Dinsmore seufzte und rückte einen Papierstapel zurecht. »Okay, tun wir einfach mal so, als wäre ich jetzt ganz heiß und erregt. Was wollen Sie?«

Ich versuchte, das Bild der heißen und erregten Mrs Dinsmore wieder aus dem Kopf zu bekommen. Es war nicht einfach. »Ich muss mir eine Studentenakte ansehen.«

»Haben Sie die Erlaubnis des Studenten?«

»Nein.«

»Daher das bezaubernde Lächeln.«

»Exakt.«

»Ist es einer Ihrer aktuellen Studenten?«

Ich erneuerte das Lächeln. »Nein. Er hat nie bei mir studiert.«

Sie zog eine Augenbraue hoch.

»Genaugenommen hat er vor zwanzig Jahren seinen Abschluss gemacht.«

»Das soll jetzt ein Witz sein, oder?«

»Seh ich aus, als würde ich Witze machen?«

»Wenn ich ehrlich bin, sehen Sie aus, als litten Sie an Verstopfung. Wie heißt der Student?«

»Todd Sanderson.«

Sie lehnte sich zurück und verschränkte die Arme. »Kann es sein, dass ich gerade erst seine Todesanzeige auf den Ehemaligen-Seiten gelesen habe?«

»Durchaus möglich.«

Mrs Dinsmore betrachtete mein Gesicht. Mein Lächeln war verschwunden. Ein paar Sekunden später setzte sie sich die Lesebrille wieder auf und sagte: »Ich guck mal, was ich tun kann.«

»Danke.«

Ich ging in mein Büro und schloss die Tür. Jetzt gab es keine Ausrede mehr. Es war fast 10 Uhr. Ich zog den Zettel aus der Tasche und sah die Nummer an, die ich gestern Abend aufgeschrieben hatte. Ich nahm das Mobilteil, drückte die Null, wartete auf das Freizeichen und wählte.

Ich hatte versucht, mir die richtigen Worte zurechtzulegen, aber sie hatten alle vollkommen irre geklungen. Also musste ich improvisieren. Es klingelte zwei Mal, dann drei Mal. Wahrscheinlich würde Julie nicht rangehen. Wer ging schon noch an ein Festnetztelefon, insbesondere bei einem Anruf von einer unbekannten Nummer? Die Anruferkennung würde Lanford College zeigen, und ich konnte nicht sagen, ob sie das abschrecken oder ermutigen würde, sich zu melden.

Beim vierten Klingeln nahm jemand ab. Ich umklammerte das Mobilteil fester und wartete. Eine Frauenstimme sagte zaghaft: »Hallo?«

»Julie?«

»Wer spricht da bitte?«

»Hier ist Jake Fisher.«

Nichts.

»Ich bin mal mit Ihrer Schwester gegangen.«

»Wie, sagten Sie, war Ihr Name?«

»Jake Fisher.«

»Sind wir uns mal begegnet?«

»Gewissermaßen. Na ja, wir waren beide bei Natalies Hochzeit …«

»Ich versteh das nicht. Wer genau sind Sie?«

»Bevor Natalie Todd geheiratet hat, waren sie und ich, äh, da waren wir zusammen.«

Schweigen.

»Hallo?«, sagte ich.

»Ist das ein Witz?«

»Was? Nein. In Vermont. Ihre Schwester und ich …«

»Ich weiß nicht, wer Sie sind.«

»Sie haben oft mit Ihrer Schwester telefoniert. Einmal habe ich sogar gehört, wie Sie sich über mich unterhalten haben. Und nach der Hochzeit haben Sie mir die Hand auf den Arm gelegt und gefragt, ob alles in Ordnung ist.«

»Ich habe keine Ahnung, wovon Sie reden.«

Inzwischen hielt ich das Mobilteil so fest, dass ich Angst hatte, es würde zersplittern. »Wie ich schon sagte, waren Natalie und ich damals …«

»Was wollen Sie? Warum rufen Sie an?«

Wow, das war eine wirklich gute Frage. »Ich will Natalie sprechen.«

»Was?«

»Ich will nur sichergehen, dass es ihr gut geht. Ich habe Todds Todesanzeige gesehen und wollte ihr einfach … ich weiß nicht … mein Beileid ausdrücken.«

Wieder herrschte Schweigen. Irgendwann hielt ich es nicht mehr aus.

»Julie?«

»Ich weiß nicht, wer Sie sind und wovon Sie reden, aber rufen Sie mich nicht wieder an. Haben Sie das verstanden? Nie wieder.«

Sie legte auf.

SECHS

Ich versuchte, noch einmal anzurufen, aber Julie nahm nicht ab.

Ich verstand das nicht. Hatte sie mich wirklich vergessen? Das bezweifelte ich. Hatte ich sie mit meinem unerwarteten Anruf verängstigt? Ich wusste es nicht. Die ganze Unterhaltung war ziemlich surreal und unheimlich gewesen. Ich wäre nicht überrascht gewesen, wenn Julie mir gesagt hätte, dass Natalie nichts von mir wissen wolle, dass ich mich geirrt habe und Todd noch am Leben sei, oder sonst irgendetwas in der Art. Aber dass sie angeblich nicht einmal wusste, wer ich war?

Wie war das möglich?

Und jetzt? Zunächst einmal: Beruhige dich. Tief durchatmen. Ich musste meine Zweifronten-Strategie fortsetzen: Erstens herausbekommen, was mit dem kürzlich verstorbenen Todd Sanderson geschehen war, zweitens Natalie suchen. Wenn Letzteres gelang, wäre Ersteres natürlich hinfällig. Sobald ich Natalie gefunden hatte, würde ich alles erfahren. Ich überlegte, wie ich vorgehen sollte. Die Internet-Suche nach ihr hatte nichts ergeben. Auch ihre Schwester war offenbar eine Sackgasse. Welche Möglichkeiten hatte ich noch? Ich wusste es nicht, aber wie schwer konnte es heutzutage schon sein, eine Adresse herauszubekommen?

Dann hatte ich eine Idee. Ich rief die College-Website auf und sah mir die Stundenpläne der Lehrveranstaltungen an. In einer Stunde gab Professor Shanta Newlin ein Seminar.

Ich summte Mrs Dinsmore über die Gegensprechanlage an.

»Was ist? Glauben Sie etwa, die Akte wäre so schnell hier?«

»Nein, darum geht's nicht. Ich frage mich, ob Sie wissen, wo Professor Newlin ist.«

»Soso. Das wird ja immer interessanter. Sie wissen schon, dass sie verlobt ist, oder?«

Das hätte ich mir ja denken können. »Mrs Dinsmore …«

»Nun machen Sie sich mal nicht gleich ins Hemd. Sie ist mit ihrem Doktorandenseminar im *Valentine* frühstücken.«

Das *Valentine* war die Cafeteria auf dem Campus. Ich eilte über den *Quad* darauf zu. Es war eigenartig. Als Professor musste man immer ansprechbar sein. Man musste immer freundlich bleiben, jedem seiner Studenten zulächeln oder zuwinken. Man musste sich an jeden Namen erinnern. Man war auf eine seltsame Art prominent, wenn man auf dem Campus herumlief. Ich würde gern behaupten, dass es mir egal war, muss aber zugeben, dass ich die Aufmerksamkeit im Allgemeinen genoss und meine Rolle ziemlich ernst nahm. Also achtete ich selbst jetzt darauf, gehetzt, besorgt und unruhig, wie ich war, dass sich kein Student schlecht behandelt fühlte.

Ich mied die beiden großen Speisesäle. Die waren für die Studenten. Die Professoren, die ihnen manchmal Gesellschaft leisteten, kamen mir immer etwas verzweifelt vor. Ich hatte meine Grenzen, deren Verlauf zugegebenermaßen manchmal verschwommen, schwer erkennbar oder beliebig erscheinen mochte, trotzdem zog ich Grenzen und blieb auf meiner Seite. Professor Newlin, die in jeder Hinsicht spitze war, würde sich ähnlich verhalten, deshalb war ich sicher, dass sie sich mit ihren Doktoranden in einen der hinteren Speisesäle zurückgezogen hatte, die solchen Interaktionen zwischen Dozenten und Studenten vorbehalten waren.

Sie waren im Bradbeer-Saal. Auf dem Campus ist jedes Gebäude, jeder Raum, Stuhl, Tisch, jedes Regal und jeder Ziegel nach jemandem benannt, der irgendwann Geld gespendet hatte. Manche Leute reagierten gereizt darauf. Mir gefiel es. Diese efeugeschmückte Institution war auch so schon isoliert genug. Es schadet nichts, gelegentlich ein bisschen von der Welt da draußen, von der kalten, monetären Realität, hereinzulassen.

Ich spähte durchs Fenster hinein. Als Shanta Newlin mich sah, hob sie einen Finger, um mir zu sagen, dass sie noch eine Minute bräuchte. Ich nickte und wartete. Fünf Minuten später wurde die Tür geöffnet, und die Studenten strömten heraus. Shanta blieb im Eingang stehen. Nachdem alle Studenten gegangen waren, sagte sie: »Begleite mich ein paar Schritte. Ich muss noch wohin.«

Das tat ich. Shanta Newlin hatte einen der beeindruckendsten Lebensläufe, die ich je gesehen hatte. Sie hatte in Stanford ihren Abschluss gemacht, dabei ein Rhodes-Stipendium für ein Promotionsstudium bekommen, mit dem sie an der Columbia Law School Jura studiert hatte. Hinterher hatte sie sowohl für die CIA wie auch für das FBI gearbeitet, bevor sie unter der letzten Regierung als Staatssekretärin im Innenministerium tätig war.

»Also, was gibt's?«

Mit einem kurzen Nicken forderte Shanta mich auf, mein Anliegen vorzubringen.

»Ich suche jemanden. Eine alte Freundin. Die üblichen Sachen habe ich schon probiert: Google, Verwandte anrufen und so weiter. Ich finde ihre Adresse nicht.«

»Und da hast du gedacht, ich könnte dir mit meinen alten Kontakten vielleicht helfen.«

»So in der Art«, sagte ich. »Na ja, eigentlich genau das.«

»Wie heißt sie?«

»Natalie Avery.«

»Wann hast du sie zum letzten Mal gesehen? Hast du vielleicht noch eine alte Adresse?«

»Vor sechs Jahren.«

Shanta ging weiter mit militärischem Schritt, kerzengeradem Rücken und sehr schnell. »War sie die Eine, Jake?«

»Wie bitte?«

Ein leichtes Lächeln umspielte ihre Lippen. »Weißt du, warum ich es nach unserem ersten Date nicht weiter probiert habe?«

»Das war kein richtiges Date«, sagte ich. »Es war eher ein ›Lass uns mal sehen, ob wir ein Date machen wollen‹-Date.«

»Was?«

»Vergiss es. Ich dachte, du hättest es nicht weiter probiert, weil du kein Interesse hattest.«

»Äh, das muss ich verneinen. Ich verrate dir, was ich an dem Abend gesehen habe: Du bist ein toller Typ, witzig, clever, mit Vollzeitjob und zum Sterben schönen blauen Augen. Weißt du, wie viele alleinstehende, heterosexuelle Männer ich kennengelernt habe, auf die diese Kriterien zutreffen?«

Ich wusste nicht, was ich sagen sollte, also hielt ich den Mund.

»Aber ich habe es gespürt. Vielleicht lernt man so etwas in der Ausbildung zum Polizeidienst. Ich achte auf die Körpersprache. Und ich bemerke viele Kleinigkeiten.«

»Was hast du gespürt?«

»Du bist ein Mängelexemplar.«

»Autsch, besten Dank.«

Sie zuckte die Achseln. »Manche Männer verehren ihre alten Geliebten, andere – nicht viele, aber ein paar – zerfrisst die Sehnsucht förmlich. Und damit werden sie für eventuelle Nachfolgerinnen in erster Linie ewige Problemfälle.«

Ich sagte nichts.

»Diese Natalie Avery, die du plötzlich unbedingt finden musst«, sagte Shanta, »ist das deine alte Flamme?«

Wieso hätte ich in dem Punkt lügen sollen? »Ja.«

Sie blieb stehen und sah zu mir auf. »Und es schmerzt sehr?«

»Unvorstellbar.«

Shanta Newlin nickte, ging wieder los und ließ mich stehen. »Spätestens heute Abend bekommst du ihre Adresse.«

SIEBEN

Im Fernsehen kehrt der Polizist immer wieder an den Tatort zurück. Oder halt – wenn ich jetzt darüber nachdenke, war das doch eigentlich der Täter. Egal. Ich befand mich in einer Sackgasse, also hielt ich es für eine gute Idee, noch einmal dorthin zurückzukehren, wo alles begonnen hatte.

Zu den beiden Refugien in Vermont.

Von Lanford brauchte man nur eine Dreiviertelstunde bis zur Grenze nach Vermont, aber von dort waren es noch über zwei Stunden bis zu dem Ort, an dem Natalie und ich uns kennengelernt hatten. Der Norden Vermonts ist ländlich geprägt. Ich bin in Philadelphia aufgewachsen, und Natalie stammte aus den New Yorker Vororten im Norden New Jerseys. Das Landleben in dieser Form war uns fremd. Natürlich könnte ein objektiver Beobachter an dieser Stelle noch einmal darauf hinweisen, dass die Liebe an einem so abgeschiedenen Ort trügerisch sein kann. Ich könnte dem zustimmen oder anführen, dass in Abwesenheit anderer Zerstreuungsmöglichkeiten – wie zum Beispiel … sagen wir … allem – die Liebe unter dem Gewicht zu großer Zweisamkeit ersticken könnte. Und dass dies nicht geschah, könnte ich dann wiederum als Beleg dafür anführen, dass es sich um etwas viel Tiefgründigeres gehandelt haben musste als eine reine Sommerromanze.

Die Sonne senkte sich schon, als ich auf der Route 14 an

meinem damaligen Refugium vorbeifuhr. Die knapp drei Hektar große ehemalige »Subsistenz-Farm« wurde vom »Writer-in-Residence« Darly Wanatick geführt, der unter anderem Kritiken über die Arbeit der Refugien-Bewohner verfasste. Für alle, die es nicht wissen: *Subsistenzwirtschaft* ist eine Form der Landwirtschaft, bei der die Bewohner auf der Farm gerade genug für sich selbst anbauen, so dass nichts für die Vermarktung übrig bleibt. Kurz gesagt: Man baut es an, man isst es und verkauft es nicht. Für alle, die nicht wissen, was ein *Writer-in-Residence* ist oder was ihn dazu qualifiziert, die Texte der Bewohner zu kritisieren: Nun, Darly gehörte das Grundstück, und er schrieb für das örtliche Anzeigenblatt, den *Kraftboro Grocer*, eine wöchentliche Einkaufs-Kolumne. Das Refugium beherbergte jeweils sechs Schriftsteller gleichzeitig. Jeder Schriftsteller hatte ein Schlafzimmer im Hauptgebäude und eine Hütte zum Arbeiten. Abends trafen sich alle zum gemeinsamen Essen. Das war auch schon alles. Es gab kein Internet, kein Fernsehen, kein Telefon, zwar elektrisches Licht, aber keine Autos und absolut keinen Luxus. Kühe, Schafe und Hühner liefen wild auf dem Grundstück herum. Anfangs war es wohltuend und entspannend, und ich genoss die elektronikfreie Abgeschiedenheit für ungefähr, na ja, drei Tage, dann fingen meine Gehirnzellen an einzurosten und den Dienst aufzugeben. Die zu Grunde liegende Theorie besagte offenbar, dass ein Autor, sobald man ihn dieser entsetzlichen Langeweile aussetzte, Rettung in seinem Notizheft oder seinem Laptop suchen und große Textmengen produzieren würde. Das funktionierte auch eine Weile, dann kam es mir vor, als hätte man mich in Einzelhaft gesperrt. Ich verbrachte einen ganzen Nachmittag damit, eine

Ameisenkolonie zu beobachten, die Brotkrümel über den Boden meiner »Arbeitshütte« schleppte. Ich war so gefesselt von diesem Unterhaltungsprogramm, dass ich an strategischen Orten in den Zimmerecken weitere Brotkrümel platzierte, um neue Insekten-Staffellauf-Routen zu generieren.

Das Abendessen mit meinen Schriftstellerkollegen bot keine echte Atempause. Sie waren alle affektierte Pseudo-Intellektuelle, die den nächsten großen amerikanischen Roman schrieben, und wenn das Thema meiner nichtfiktionalen Dissertation aufgeworfen wurde, landete es mit einem *Plopp* wie ein großer Haufen Eselsdung auf dem alten Küchentisch, um dann geflissentlich ignoriert zu werden. Diese großen amerikanischen Romanautoren lasen gelegentlich aus ihren Werken. Die Werke waren prätentiöser, weitschweifiger, egozentrischer Humbug, in einer Prosa, die noch am besten Folgendes ausdrückte: »Seht mich an! *Bitte* seht mich endlich an!« Ich habe das natürlich nie laut ausgesprochen. Bei ihren Lesungen hatte ich eine Miene äußersten Entzückens aufgesetzt, ganz ruhig dagesessen und so in regelmäßigen Abständen genickt – einerseits, um weise und interessiert zu wirken, vor allem aber, um nicht einzuschlafen. Ein Autor namens Lars schrieb ein sechshundertseitiges Gedicht über die letzten Tage Adolf Hitlers im Führerbunker aus der Perspektive von Eva Brauns Hund. Der Anfang seiner Lesung bestand aus zehnminütigem Bellen.

»Es bringt die Leute in die richtige Stimmung«, erläuterte er, womit er recht hatte, wenn er damit meinte, seine Zuhörer in Stimmung zu bringen, ihm kräftig aufs Maul zu hauen.

Natalies Künstler-Refugium war anders. Es nannte sich *The Creative Recharge Colony* und hatte sehr viel eher die

Aura einer hippieesken Müsli-, Hanf- und »Kumbaya«-Kommune. Die Künstler verbrachten ihre Pausen mit Arbeit im Bio-Garten (wobei die Künstler ihre Inspiration nicht nur aus den selbst angebauten *Nahrungs*mitteln zogen). Abends versammelten sie sich am Feuer und sangen Lieder von Frieden und Harmonie, bei denen selbst Joan Baez einen Würgreiz bekommen hätte. Interessanterweise brachten sie Fremden ein gewisses Misstrauen entgegen (was womöglich mit dem Kraut zusammenhing, das sie dort zusätzlich biologisch anbauten), und manche Angestellte traten sehr wachsam und gelegentlich sogar mit ausgeprägter Schärfe auf. Das Grundstück erstreckte sich über fast fünfzig Hektar, hatte ein Hauptgebäude, sehr komfortable *Hütten* – also kleine Häuschen mit Kaminen und Veranden –, einen Swimmingpool, der so gebaut war, dass er wie ein natürlicher Teich aussah, eine Cafeteria mit fantastischem Kaffee und einer großen Auswahl an Sandwiches, die alle wie Kaninchenfutter mit Hobelspänen schmeckten. Und an der Grenze zur Ortschaft Kraftboro stand eine weiße Kapelle, in der man sich, so es denn gewünscht war, vermählen lassen konnte.

Als Erstes fiel mir auf, dass die Einfahrt nicht mehr ausgeschildert war. Das bunt bemalte CREATIVE RECHARGE-Schild, das eher an ein Sommerlager für Kinder erinnerte, war verschwunden. Eine dicke Kette versperrte mir den Weg. Ich fuhr an den Straßenrand, stellte den Motor ab und stieg aus. Neben der Einfahrt standen mehrere BETRETEN VERBOTEN-Schilder, die dort allerdings auch damals schon gewesen waren. Die Kette und das fehlende Willkommensschild verliehen den Verbotsschildern jetzt jedoch eine gewisse Bedrohlichkeit.

Ich wusste nicht recht, was ich tun sollte.

Der Weg bis zum Hauptgebäude war knapp einen Kilometer lang. Ich konnte den Wagen hier stehen lassen, zu Fuß hingehen und nachsehen, was los war. Aber was hätte das gebracht? Ich war seit sechs Jahren nicht mehr hier gewesen. Wahrscheinlich war das Refugium verkauft worden, und der neue Eigentümer legte Wert auf Privatsphäre. Vielleicht war das alles.

Etwas seltsam kam es mir trotzdem vor.

Was würde es schon schaden, kurz hinzugehen und an die Tür des Hauptgebäudes zu klopfen? Andererseits waren die dicke Kette und die BETRETEN VERBOTEN-Schilder keine HERZLICH WILLKOMMEN-Fußmatte. Ich überlegte noch, was ich tun sollte, als ein Streifenwagen aus Kraftboro neben mir hielt. Zwei Polizisten stiegen aus. Einer war klein, stämmig mit aufgeblähten Fitnessstudio-Muskeln, der andere groß, dünn mit nach hinten gegelten Haaren und einem kleinen Stummfilmschauspieler-Schnurrbart. Beide trugen Piloten-Sonnenbrillen, so dass ich ihre Augen nicht sehen konnte.

Der Stämmige zog seine Hose kurz hoch und sagte: »Kann ich Ihnen helfen?«

Beide starrten mich mit strengen Blicken an. Zumindest nahm ich an, dass es strenge Blicke waren. Ich konnte ja ihre Augen nicht sehen.

»Ich wollte zum Creative-Recharge-Refugium.«

»Zum was?«, fragte der Stämmige. »Wieso?«

»Weil ich meiner Kreativität ein bisschen auf die Sprünge helfen wollte.«

»Sie halten sich wohl für besonders witzig.«

Seine Stimme klang etwas zu aggressiv, seine Haltung

gefiel mir nicht, und ich wusste auch nicht, woher sie rührte, außer vielleicht, dass sie in einer Kleinstadt arbeiteten und ich, abgesehen von ein paar alkoholisierten Minderjährigen, vermutlich der Erste war, den sie drangsalieren konnten.

»Nein, Officer«, sagte ich.

Der Stämmige sah den Dünnen an. Der Dünne schwieg. »Sie müssen die falsche Adresse haben.«

»Ich bin mir ziemlich sicher, dass es hier war«, sagte ich.

»Es gibt hier kein ›Creative Recharge‹. Es ist geschlossen.«

»Was denn nun?«, fragte ich.

»Wie bitte?«

»Ist es die falsche Adresse«, sagte ich, »oder wurde das Refugium geschlossen?«

Die Frage gefiel dem Stämmigen nicht. Er riss sich die Sonnenbrille vom Kopf und zeigte damit auf mich. »Wollen Sie mich verarschen?«

»Ich suche nur mein Refugium.«

»Ich weiß nichts von irgendeinem Refugium. Das Land gehört schon ewig den Drachmans, mindestens seit … wie lange schon, Jerry? Seit fünfzig Jahren?«

»Mindestens«, sagte der Dünne.

»Ich war vor sechs Jahren hier«, sagte ich.

»Davon weiß ich nichts«, sagte der Stämmige. »Ich weiß nur, dass Sie sich auf einem Privatgrundstück befinden, und wenn Sie es nicht sofort verlassen, werde ich Sie festnehmen.«

Ich sah auf meine Füße. Ich stand weder in der Einfahrt noch auf sonst irgendeinem Privatgrundstück. Ich stand auf der Straße.

Der Dünne kam näher – zu nah. Ich gebe zu, dass ich mich unsicher fühlte, aber bei meiner Arbeit als Türsteher hatte ich eins gelernt: Lass dir niemals anmerken, dass du Angst hast. In Bezug auf gefährliche Tiere hörte man das immer wieder, und – glauben Sie mir – es gab keine gefährlicheren Tiere als Menschen, die zur »Entspannung« in einen Nachtclub gingen. Obwohl mir das Ganze also überhaupt nicht gefiel, ich vollkommen auf verlorenem Posten stand und nur irgendwie ungeschoren aus der Sache herauskommen wollte, wich ich keinen Millimeter zurück, als der Stämmige bis auf eine Handbreit an mich herankam. Das passte ihm nicht. Ich blieb einfach stehen und blickte auf ihn hinab. Tief hinab. Das passte ihm noch weniger.

»Zeigen Sie mir einen Ausweis, Hitzkopf.«

»Warum?«, fragte ich.

Der Stämmige sah den Dünnen an. »Jerry, ruf die Zentrale an, sie sollen das Autokennzeichen überprüfen.«

Jerry nickte und ging zum Streifenwagen.

»Wieso?«, fragte ich. »Ich versteh das nicht. Ich suche doch nur das Refugium.«

»Sie haben zwei Möglichkeiten«, sagte der Stämmige. »Erstens …«, er hob einen Wurstfinger, »… Sie zeigen mir jetzt ohne weitere Widerrede einen Ausweis. Oder zweitens …«, ja, ein zweiter Wurstfinger, »… ich nehme Sie wegen widerrechtlichen Betretens eines Privatgrundstücks fest.«

Mir kam das Ganze sehr eigenartig vor. Ich sah mich um und entdeckte eine Sicherheitskamera an einem Baum, die auf uns gerichtet war. Das gefiel mir nicht. Es gefiel mir absolut nicht, aber man gewann nichts dadurch, dass man sich einen Polizisten zum Feind machte. Ich musste den Mund halten.

Ich griff in die Hosentasche, um mein Portemonnaie rauszuziehen, als der Stämmige die Hand hob und sagte: »Ruhig. Immer hübsch langsam.«

»Was?«

»Greifen Sie in die Tasche, aber machen Sie keine schnellen Bewegungen.«

»Das soll doch jetzt ein Witz sein, oder?«

So viel zum Mundhalten.

»Seh ich aus, als würde ich Witze machen? Greifen Sie mit zwei Fingern hinein. Daumen und Zeigefinger. Und ganz langsam.«

Das Portemonnaie steckte tief in meiner Hosentasche. Es dauerte eine Weile, bis ich es mit zwei Fingern herausgeklaubt hatte.

»Ich warte«, sagte er.

»Moment noch.«

Schließlich hatte ich das Portemonnaie in der Hand und reichte es ihm. Er fing an, es durchzusehen, als wäre er auf einer Schnitzeljagd. Bei meinem College-Ausweis aus Lanford blieb er hängen, sah erst das Foto, dann mich an und runzelte die Stirn.

»Sind Sie das?«

»Ja.«

»Jacob Fisher?«

»Alle nennen mich Jake.«

Stirnrunzelnd betrachtete er mein Foto.

»Ich weiß«, sagte ich. »Es ist schwer, diese rohe, animalische Attraktivität auf ein Foto zu bannen.«

»Sie haben einen College-Ausweis.«

Da ich keine Frage gehört hatte, beantwortete ich keine.

»Für einen Studenten scheinen Sie mir ein bisschen alt zu sein.«

»Ich bin kein Student. Ich bin Professor. Sehen Sie, da unten steht ›Personal‹.«

Der Dünne kam vom Streifenwagen zurück. Er schüttelte den Kopf. Ich nahm an, es bedeutete, dass die Überprüfung des Kennzeichens kein Ergebnis gebracht hatte.

»Was führt denn einen großen Professor in unseren kleinen Ort?«

Mir kam etwas in den Sinn, das ich im Fernsehen gesehen hatte. »Ich müsste noch einmal kurz in meine Hosentasche greifen. Darf ich?«

»Wozu?«

»Das sehen Sie dann.«

Ich zog mein Smartphone heraus.

»Was wollen Sie damit?«, fragte der Stämmige.

Ich richtete es auf ihn und drückte die Aufnahme-Taste. »Das ist eine Direktverbindung zu meinem Computer, Officer.« Das war gelogen. Das Video wurde nur im Handy gespeichert, aber Teufel noch mal. »Alles, was Sie sagen und tun, können meine Kollegen sich dort live ansehen.« Alles gelogen – aber gut gelogen. »Ich würde wirklich zu gern wissen, warum Sie mir so viele Fragen stellen und meinen Ausweis sehen wollen.«

Der Stämmige setzte die Sonnenbrille wieder auf, als könnte sie seine Wut verbergen. Seine Lippen waren so fest aufeinandergepresst, dass sie zitterten. Er gab mir mein Portemonnaie zurück und sagte: »Uns hat eine Beschwerde erreicht, dass Sie verbotenerweise ein Grundstück betreten hätten. Obwohl wir Sie auf privatem Grund und Boden angetroffen haben und Sie uns ein Märchen über ein nicht existierendes Refugium aufgetischt haben, lassen wir es bei einer Ermahnung bewenden. Bitte verlassen Sie das Grundstück. Einen schönen Tag noch.«

Der Stämmige und der Dünne gingen zurück zu ihrem Streifenwagen. Sie setzten sich hinein und warteten. Ich hatte keine Wahl. Ich stieg in meinen Wagen, ließ ihn an und fuhr davon.

ACHT

Ich fuhr nicht weit.

Ich fuhr in die Ortschaft Kraftboro. Sollte es hier jemals einen unerwarteten, massiven Investitionsschub geben, könnte der Ort sich mit sehr viel Glück auf das Niveau einer amerikanischen Kleinstadt erheben. So sah es hier aus wie die Kulisse eines alten Films. Ein Barbershop-Quartett mit Strohhüten, das singend durch die Straßen zog, hätte einen kaum überrascht. Es gab eine Gemischtwarenhandlung (auf dem Schild stand tatsächlich »Gemischtwaren«), eine alte Mühle mit einem (unbemannten) Besucherzentrum, eine Tankstelle, in der sich auch ein Friseur (mit einem einzigen Frisierstuhl) befand, und ein Buchladen mit Café. Der Buchladen war klein, daher konnte man dort nicht lange schmökern, aber in einer Ecke stand ein Tisch, an dem Natalie und ich oft gesessen, Zeitung gelesen und Kaffee getrunken hatten. Cookie, eine Bäckerin, die aus der großen Stadt geflohen war, und ihre Partnerin Denise führten den Laden. Sie hatten oft *Redemption's Son* von Joseph Arthur oder *o* von Damien Rice gehört, und nach einer Weile hatten Natalie und ich angefangen, die Musik – Achtung, Kitschalarm – als »unsere« Alben zu bezeichnen. Ich fragte mich, ob Cookie immer noch da war. Cookie hatte Scones gebacken, die Natalie für die besten der Welt hielt. Andererseits fand Natalie alle Scones toll.

Ich hingegen habe immer noch Schwierigkeiten, sie von altem, trockenem Brot zu unterscheiden.

Sehen Sie? Wir hatten auch unsere Meinungsverschiedenheiten.

Ich parkte am Ende der Straße und stapfte den Weg hinauf, den ich vor sechs Jahren heruntergetaumelt war. Der bewaldete Pfad war etwa hundert Meter lang. Auf der Lichtung sah ich die wohlbekannte weiße Kapelle am Rande des Grundstücks, von dem man mich gerade verwiesen hatte. Offenbar war gerade ein Gottesdienst oder ein Meeting beendet. Ich beobachtete, wie die Teilnehmer aus dem Gebäude kamen und blinzelnd ins Licht der untergehenden Sonne traten. Soweit ich wusste, war die Kapelle nicht konfessionsgebunden. Man könnte sagen, dass sie eher utilitaristisch als unitaristisch wirkte, eher wie ein zweckmäßiger Versammlungsort als wie ein Haus tiefer, religiöser Andacht.

Ich wartete, lächelte, als ob ich dazugehörte, und nickte wie die Liebenswürdigkeit in Person, als ungefähr zehn Personen an mir vorbei, und dann den Pfad hinuntergingen. Ich sah in ihre Gesichter, erkannte aber niemanden von vor sechs Jahren wieder, was ja eigentlich auch keine Überraschung war.

Eine große Frau mit strengem Dutt wartete auf den Stufen zur Kapelle. Weiter freundlich lächelnd ging ich auf sie zu.

»Kann ich Ihnen helfen?«, fragte sie.

Gute Frage. Was hatte ich hier zu finden gehofft? Es war ja nicht so, dass ich einen Plan hätte.

»Suchen Sie Reverend Kelly?«, fragte sie. »Der ist nämlich im Moment nicht da.«

»Arbeiten Sie hier?«, fragte ich.

»Gewissermaßen. Ich bin Lucy Cutting, die Schriftführerin. Es ist allerdings eine ehrenamtliche Tätigkeit.«

Ich rührte mich nicht.

»Kann ich irgendetwas für Sie tun?«

»Ich weiß nicht, wie ich es formulieren soll …«, fing ich an. »Vor sechs Jahren bin ich hier auf einer Hochzeit gewesen. Ich kannte die Braut, aber nicht den Bräutigam.«

Ihre Augen verengten sich leicht – eher neugierig als misstrauisch. Ich fuhr fort:

»Jedenfalls habe ich vor ein paar Tagen eine Todesanzeige für einen Todd gesehen. Und das war auch der Name des Bräutigams. Todd.«

»Todd ist ein recht gängiger Name«, sagte sie.

»Ja, natürlich, aber in der Todesanzeige war auch ein Foto des Verstorbenen. Es sah aus wie … ich weiß, wie das klingt, aber es sah aus … als wäre es der Mann, der damals meine Bekannte geheiratet hat. Das Problem ist, dass ich Todds Nachnamen nie erfahren habe, also weiß ich nicht genau, ob er es war. Falls er es aber war, würde ich ihr gern mein Beileid aussprechen.«

Lucy Cutting kratzte sich die Wange. »Können Sie sie nicht einfach anrufen?«

»Ich wünschte, das könnte ich, aber das geht nicht.« Ich hielt mich an die Wahrheit. Es fühlte sich gut an. »Erstens weiß ich nicht, wo Natalie – so hieß die Braut –, wo sie jetzt wohnt. Sie hat auch seinen Nachnamen angenommen, daher finde ich sie nicht. Und außerdem, um ganz offen zu sein, hatte ich mal was mit dieser Frau.«

»Verstehe.«

»Falls das in der Todesanzeige also nicht ihr Ehemann war …«

»Könnte es Komplikationen geben, wenn Sie sich plötzlich melden«, beendete sie den Satz für mich.

»Ganz genau.«

Sie überlegte. »Und wenn es ihr Mann war?«

Ich zuckte die Achseln. Sie kratzte sich weiter die Wange. Ich versuchte, möglichst harmlos zu wirken, sogar schüchtern, was bei jemandem meiner Größe nicht besonders gut klappt. Beinah hätte ich angefangen zu blinzeln.

»Vor sechs Jahren war ich hier noch nicht«, sagte sie.

»Oh.«

»Aber wir können in den Terminkalender sehen. Die Buchführung war hier immer einwandfrei – jede Hochzeit, Taufe, Konfirmation, jedes Abendmahl, jede Beschneidung – das wurde alles ordentlich verzeichnet.«

Beschneidung? »Das wäre wunderbar.«

Sie führte mich die Stufen hinab. »Erinnern Sie sich noch an das Datum der Hochzeit?«

Natürlich erinnerte ich mich. Ich nannte es ihr.

Wir kamen in ein kleines Büro. Lucy Cutting öffnete einen Aktenschrank, suchte einen Moment darin und zog einen Kalender heraus. Als sie ihn durchblätterte, sah ich, dass sie recht hatte. Die Aufzeichnungen waren makellos. Es gab Spalten für das Datum, die Art der Veranstaltung, die Teilnehmer, Anfangs- und Schlusszeiten – und alles in einer Handschrift, die fast an Kalligraphie grenzte.

»Dann gucken wir mal, was wir hier haben …«

Sie setzte sich umständlich ihre Lesebrille auf, befeuchtete sich den Zeigefinger mit der Zunge wie eine Schulmeisterin, blätterte noch ein paar Mal um, bis sie die gesuchte Seite hatte. Derselbe Finger glitt die Seite herunter. Als sie die Stirn runzelte, dachte ich mir: Uh-oh …

»Sind Sie sicher, was das Datum betrifft?«, fragte sie.

»Absolut.«

»Ich sehe hier keine Hochzeit an dem Tag. Zwei Tage vorher gab es eine. Zwischen Larry Rosen und Heidi Fleisher.«

»Die ist es nicht«, sagte ich.

»Kann ich Ihnen helfen?«

Beim Klang der Stimme schraken wir beide auf.

Lucy Cutting sagte: »Oh, hallo, Reverend. Ich hatte Sie gar nicht so früh zurückerwartet.«

Ich drehte mich um, sah den Mann und hätte ihn fast vor Freude umarmt. Volltreffer. Es war der Geistliche mit dem rasierten Kopf, der Natalies Hochzeit vollzogen hatte. Er streckte die Hand aus, um meine zu schütteln, sah mich mit einem routinierten Lächeln an, das allerdings kurz flackerte, als er mir ins Gesicht sah.

»Hallo«, sagte er zu mir. »Ich bin Reverend Kelly.«

»Jake Fisher. Wir sind uns schon einmal begegnet.«

Er setzte eine skeptische Miene auf und wandte sich wieder an Lucy Cutting. »Was gibt's denn, Lucy?«

»Ich wollte für diesen Gentleman etwas nachschlagen«, fing sie an. Er hörte geduldig zu. Ich musterte sein Gesicht, konnte aber nicht genau sagen, was ich darin sah, außer dass er irgendwie versuchte, seine Gefühle unter Kontrolle zu bringen. Als sie fertig war, wandte er sich an mich und hob beide Hände. »Wenn wir keine Aufzeichnungen darüber haben …«

»Sie waren da«, sagte ich.

»Wie bitte?«

»Sie haben die Zeremonie geleitet. Da sind wir uns begegnet.«

»Ich erinnere mich nicht. Aber wir haben hier so viele Feiern. Sie werden das verstehen.«

»Nach der Hochzeit standen Sie mit der Schwester der Braut vor der Kapelle. Einer Frau namens Julie Pottham. Als ich vorbeikam, sagten Sie, es wäre ein wunderbarer Tag für eine Hochzeit.«

Er zog eine Augenbraue hoch. »Wie sollte ich das nur vergessen haben?«

Sarkasmus steht Geistlichen im Allgemeinen nicht besonders gut, bei Reverend Kelly saß er jedoch wie angegossen. Ich fragte weiter: »Die Braut hieß Natalie Avery. Sie war Malerin und hat eine Zeit im Creative-Recharge-Refugium verbracht.«

»Im was?«

»Im Creative Recharge. Denen gehört doch das Grundstück hier, stimmt's?«

»Wovon reden Sie? Das Land gehört dem Ort.«

Ich wollte keinen Streit über Urkunden und Grundstücksgrenzen anfangen, also probierte ich eine andere Herangehensweise. »Die Hochzeit wurde erst sehr kurzfristig angemeldet. Vielleicht steht sie deshalb nicht in den Büchern?«

»Tut mir leid, Mr ...?«

»Fisher. Jake Fisher.«

»Mr Fisher. Erstens, selbst wenn sie erst in letzter Sekunde angemeldet wurde, stünde sie mit Sicherheit in den Büchern. Zweitens, also ... ich bin etwas verwirrt ... Wonach genau suchen Sie eigentlich?«

Lucy Cutting antwortete für mich: »Nach dem Nachnamen des Bräutigams.«

Er warf ihr einen finsteren Blick zu. »Wir sind kein Auskunftsbüro, Miss Cutting.«

Sie sah angemessen beschämt zu Boden.

»Sie müssen sich an die Hochzeit erinnern«, sagte ich.

»Tut mir leid, aber das tue ich nicht.«

Ich trat näher und starrte auf ihn hinunter. »Doch, das tun Sie. Da bin ich mir sicher.«

Ich hörte die Verzweiflung in meiner Stimme, und das gefiel mir nicht. Reverend Kelly versuchte, mir in die Augen zu sehen, schaffte es aber nicht ganz. »Unterstellen Sie mir, dass ich lüge?«

»Sie erinnern sich«, sagte ich. »Warum helfen Sie mir nicht?«

»Ich erinnere mich nicht«, sagte er. »Aber warum sind Sie so versessen darauf, die Frau eines anderen Mannes zu finden, eine seit Kurzem verwitwete Frau, falls Ihre Geschichte wahr sein sollte?«

»Um ihr mein Beileid auszusprechen.«

Meine Worte hingen hohl und träge in der schwülen Luft. Niemand rührte sich. Niemand sagte etwas. Schließlich brach Reverend Kelly das Schweigen.

»Ganz egal, warum Sie diese Frau suchen, wir werden uns nicht daran beteiligen.« Er trat einen Schritt zurück und deutete auf die Tür. »Es wäre wohl besser, wenn Sie jetzt gehen.«

Wieder einmal taumelte ich betrogen und mit gebrochenem Herzen den Pfad zum Dorf hinunter. Ich hatte sogar ein gewisses Verständnis für das Verhalten des Reverends. Falls er sich an die Hochzeit erinnerte – und ich nahm an, dass er das tat –, würde er Natalies verlassenem Ex keine Informationen zukommen lassen, die besagter Ex nicht sowieso schon hatte. Meine Hypothese mochte etwas extrem erscheinen, aber sie war zumindest plausibel. Ich fand jedoch keinerlei plausible, weit hergeholte oder sonstige Erklärung dafür, warum Lucy Cutting in den fast perfektionistisch geführten Aufzeichnungen keinen Hinweis auf Todds und Natalies Vermählung gefunden hatte. Und warum um alles in der Welt hatte niemand je etwas vom Creative-Recharge-Refugium gehört?

Ich bekam das einfach nicht zusammen.

Was tun? Ich war in der Hoffnung hergekommen … ja, in welcher Hoffnung eigentlich? Erstens in der Hoffnung, Todds Nachnamen zu erfahren. Damit hätte ich der Sache ein schnelles Ende setzen können. Ansonsten … vielleicht stand ja jemand anders hier noch mit Natalie in Kontakt? Auch dieser Weg könnte zu einem schnellen Ende führen.

»Versprich es mir, Jake. Versprich mir, dass du uns in Ruhe lässt.«

Das waren die letzten Worte, die die Liebe meines Lebens zu mir gesagt hatte. Die allerletzten. Und jetzt stand ich hier, sechs Jahre später, an dem Ort, an dem alles angefangen hatte, um mein Wort zu brechen. Ich horchte einen Moment lang in mich hinein, um die Ironie darin zu entdecken, fand sie aber nicht.

Als ich ins Ortszentrum kam, stieg mir der Duft von frischem Gebäck in die Nase. Das *Kraftboro Bookstore Café*. Natalies Lieblings-Scones. Ich überlegte kurz und beschloss, dass es einen Versuch wert war.

Als ich die Tür öffnete, läutete eine kleine Glocke, doch das Geräusch war schnell verklungen. Elton John sang, dass der Name des Kindes Levon sei und er ein guter Mann werden würde. Mir lief ein kalter Schauer den Rücken hinab. Beide Tische waren besetzt, also auch unser alter Lieblingstisch. Ich starrte ihn an, stand einfach nur wie ein Idiot da und glaubte einen Moment lang, Natalies Lachen zu hören. Ein Mann mit einer kastanienbraunen Baseballkappe versuchte, hinter mir das Café zu betreten, was nicht möglich war, da ich noch in der Tür stand.

»Äh, Verzeihung«, sagte er.

Ich trat zur Seite und ließ ihn vorbei. Ich sah zur Kaffeetheke hinüber. Eine Frau mit wilden Locken in einem, tja, lila Batikhemd hatte mir den Rücken zugewandt. Kein Zweifel, es war Cookie. Mein Herz schlug schneller. Sie drehte sich um, sah mich und lächelte. »Was darf es sein?«

»Hi, Cookie.«

»Hey.«

Schweigen.

»Erinnern Sie sich an mich?«, fragte ich.

Sie wischte sich mit einem Geschirrtuch Zuckerguss von der Hand ab. »Ich habe kein gutes Personengedächtnis. Bei Namen ist es noch schlimmer. Was möchten Sie?«

»Ich bin öfter hier gewesen«, sagte ich. »Vor sechs Jahren. Meine Freundin hieß Natalie Avery. Wir haben immer dort am Ecktisch gesessen.«

Sie nickte, allerdings nicht so, als erinnerte sie sich. Sie nickte so, als wollte sie einen Irren besänftigen. »Hier gehen viele Gäste ein und aus. Einen Kaffee? Donut?«

»Natalie war ganz vernarrt in Ihre Scones.«

»Einen Scone also. Blaubeere?«

»Ich bin Jake Fisher. Ich habe hier meine Dissertation über das Rechtsstaatsprinzip geschrieben. Sie haben mich oft danach gefragt. Natalie war Künstlerin im Refugium. Direkt da in der Ecke hat sie oft ihren Skizzenblock ausgepackt und gezeichnet.« Ich deutete in die Richtung, als würde das eine Rolle spielen. »Vor sechs Jahren. Im Sommer. Verdammt, Sie waren doch diejenige, die mich auf Natalie aufmerksam gemacht hat.«

»Mhm«, sagte sie, während sie mit den Fingern an ihrer Halskette spielte, als wäre sie ein Rosenkranz. »Wissen Sie, das ist der Vorteil, wenn man Cookie genannt wird. So einen Namen vergessen die Leute nicht. Den merkt man sich. Der Nachteil ist, dass alle denken, weil sie sich an meinen Namen erinnern, müsste ich mich auch an ihren erinnern. Wissen Sie, was ich meine?«

»Ja, schon«, sagte ich. »Sie erinnern sich wirklich nicht an mich oder Natalie?«

Sie schenkte sich die Antwort. Ich sah mich im Café um. Die Leute an den Tischen begannen, mich anzustarren. Der Typ mit der kastanienbraunen Baseballkappe stand bei den Zeitschriften und tat so, als würde er nichts hören. Ich wandte mich wieder an Cookie.

»Einen kleinen Kaffee, bitte.«

»Keinen Scone?«

»Nein danke.«

Sie nahm eine Tasse und goss Kaffee hinein.

»Sind Sie noch mit Denise zusammen?«, fragte ich.

Sie erstarrte.

»Sie hat auch gelegentlich oben im Refugium gearbeitet«, sagte ich. »Daher kenne ich sie.«

Ich sah, wie Cookie schluckte. »Wir haben nie im Refugium gearbeitet.«

»Natürlich haben Sie das. Im Creative Recharge, gleich den Pfad hier hinauf. Denise hat uns Kaffee und Scones gebracht.«

Als die Tasse voll war, stellte sie sie vor mir auf den Tresen. »Hören Sie, Mister, ich muss hier arbeiten.«

Ich beugte mich zu ihr hinüber. »Natalie war ganz vernarrt in Ihre Scones.«

»Das sagten Sie bereits.«

»Sie haben die ganze Zeit mit ihr darüber gesprochen.«

»Ich spreche mit vielen Leuten über meine Scones, okay? Tut mir leid, dass ich mich nicht mehr an Sie erinnern kann. Wahrscheinlich hätte ich höflich sein und ein bisschen schauspielern sollen: ›Ja, aber selbstverständlich erinnere ich mich an Sie und Ihre Freundin. Sie hat meine Scones so gerne gemocht, wie geht's Ihnen denn so?‹ Das hab ich aber leider nicht getan. Hier ist Ihr Kaffee. Möchten Sie sonst noch etwas?«

Ich zog meine Visitenkarte mit sämtlichen Telefonnummern heraus. »Falls Ihnen doch noch etwas einfällt…«

»Möchten Sie sonst noch etwas?«, wiederholte sie zunehmend gereizt.

»Nein.«

»Dann macht das einen Dollar fünfzig. Einen schönen Tag noch.«

NEUN

Jetzt verstehe ich, wenn Menschen behaupten, sie würden sich verfolgt fühlen.

Woher ich das wusste? Vielleicht Intuition. Ich spürte es in meinem Echsenhirn. Ich spürte es fast körperlich. Außerdem folgte mir, seit ich Kraftboro verlassen hatte, derselbe Wagen – ein Chevrolet-Transporter mit Vermonter Nummernschildern.

Ich hätte es nicht beschwören können, glaubte aber, dass der Fahrer eine kastanienbraune Baseballkappe trug.

Ich wusste nicht, was ich tun sollte. Es war dunkel, daher konnte ich das Kennzeichen nicht lesen. Wenn ich langsamer wurde, wurde auch er langsamer. Wenn ich schneller wurde, wurde auch er schneller, tja, Sie wissen schon, was ich meine. Dann hatte ich eine Idee. Ich hielt an einer Raststätte, um zu sehen, was mein Verfolger tun würde. Der Transporter wurde langsamer, fuhr dann aber weiter und verschwand.

Also verfolgte er mich vielleicht doch nicht.

Als ich noch etwa zehn Minuten von Lanford entfernt war, klingelte mein Handy. Im Auto lief es direkt über die Bluetooth-Freisprechanlage des Radios – es hatte ewig gedauert, bis ich das eingerichtet hatte –, daher sah ich in der Radio-Anzeige, dass es Shanta Newlin war. Sie hatte versprochen, mir spätestens heute Abend Natalies Adresse zu geben. Ich drückte kurz einen Knopf am Lenkrad, um den Anruf anzunehmen.

»Hier ist Shanta«, sagte sie.

»Ja, ich weiß. Ich hab so eine Anruferkennung.«

»Und da hab ich immer gedacht, ich hätte in meiner Zeit beim FBI ganz neue Dinge gelernt«, sagte sie. »Wo bist du gerade?«

»Ich bin auf dem Rückweg nach Lanford.«

»Auf dem Rückweg von wo?«

»Ist eine lange Geschichte«, sagte ich. »Hast du die Adresse?«

»Deshalb rufe ich an«, sagte Shanta. Im Hintergrund hörte ich etwas – vielleicht eine Männerstimme. »Ich hab sie noch nicht.«

»Oh?«, sagte ich. Was hätte ich auch sonst sagen sollen? »Gibt's irgendwelche Probleme?«

Nach einer Pause, die einen Moment zu lange dauerte, sagte sie: »Gib mir einfach bis morgen früh Zeit.« Dann legte sie auf.

Was zum Teufel?

Ihr Ton gefiel mir nicht. Und die Tatsache, dass eine Frau mit allerbesten Kontakten zum FBI bis morgen früh brauchte, um die Adresse einer zufällig ausgewählten Frau in Erfahrung zu bringen, gefiel mir ebenso wenig. Mein Smartphone piepte und signalisierte, dass ich eine E-Mail bekommen hatte. Ich ignorierte es. Ich bin kein Musterknabe oder so etwas, aber wenn ich fahre, schreibe ich nie SMS oder E-Mails. Vor zwei Jahren wurde ein Student aus Lanford schwer verletzt, als er beim Fahren eine SMS schrieb. Die junge Frau auf dem Beifahrersitz, eine Erstsemesterstudentin aus meinem Rechtsstaats-Seminar, war bei dem Unfall umgekommen. Aber auch bevor mir noch einmal so überdeutlich vor Augen geführt worden war, wie dumm, wenn nicht gar kriminell fahrlässig das Simsen während der Fahrt war, hatte ich es vermieden. Ich fahre gerne Auto. Ich mag die Einsamkeit und die Musik. Denn trotz der gerade erwähnten Bedenken bezüglich des Technologie-Entzugs müssten wir uns viel häufiger ausklinken. Mir ist klar, dass das wie die Nörgelei eines alten Mannes klingt, der sich darüber beklagt, dass in jeder Gruppe von Studenten praktisch alle Nachrichten an unsichtbare Dritte schreiben, weil sie auf Kosten ihrer Begleiter ständig auf der Jagd nach etwas noch Interessanterem sind, auf einer nicht enden wollenden Suche nach grüneren digitalen Weiden, in der vergeblichen Hoffnung, den Duft ferner Rosen zu erhaschen. Aber ich bleibe dabei, dass ich selten stärker in mir ruhe, mehr mit mir im Reinen bin, sozusagen ganz Zen bin, als in den Momenten, in denen ich mich zwinge, mich auszuklinken.

Jetzt suchte ich gerade einen Radiosender und entschied mich für einen, der New Wave und Alternative Rock aus den Achtzigern spielte. *General Public* fragte soeben, wo die *Tenderness* geblieben sei. Das fragte ich mich auch. Wo war die Zärtlichkeit? Und, was das betraf, wo war Natalie?

Offensichtlich schnappte ich langsam über.

Ich parkte vor meiner Bleibe – ich nannte es nicht mein Haus oder meine Wohnung, weil es ein Campus-Quartier war und sich auch so anfühlte. Die Nacht hatte sich herabgesenkt, der Campus war jedoch gut beleuchtet. Ich checkte die neu angekommene E-Mail. Sie war von Mrs Dinsmore. Der Betreff lautete:

Hier ist die Studentenakte, die Sie sehen wollten

Gute Arbeit, du scharfes Luder, dachte ich, klickte auf die Nachricht und las den kompletten Text:

Wie viele Erklärungen brauchen Sie denn noch? »Hier ist die Studentenakte, die Sie sehen wollten.«

Ganz offensichtlich lautete die Antwort: keine.

Auf dem kleinen Handy-Display konnte ich die angehängte Datei nicht erkennen, also ging ich schnell hinein, um sie auf dem Laptop anzusehen. Ich steckte den Schlüssel ins Schloss, öffnete die Haustür und schaltete das Licht an. Aus irgendeinem Grund rechnete ich damit, dass es drinnen wie auf einem Schlachtfeld aussehen würde, weil jemand, wie man so sagte, die ganze Bude auf den Kopf gestellt hatte. Ich hatte eindeutig zu viele Krimis gesehen. Meine Bleibe war, wenn man es freundlich ausdrücken wollte, unscheinbar.

Ich ging direkt zum Laptop und rief die E-Mails auf, öffnete die Mail von Mrs Dinsmore und lud den Anhang herunter. Wie schon erwähnt, hatte ich mir vor Jahren meine eigene Studentenakte angesehen. Ich fand es damals etwas beunruhigend, Kommentare von Professoren zu lesen, die man mir als Student vorenthalten hatte. Ich nehme an, das College war irgendwann zu dem Schluss gekommen, es wäre zu aufwendig, sämtliche Akten zu lagern. Und so hatten sie sie digitalisiert.

Ich fing ganz vorne an, mit Todds erstem Studienjahr. Es gab eigentlich nichts wirklich Spektakuläres, außer, na ja, dass Todd ein wirklich spektakulärer Student war. Seine

Noten lauteten ausnahmslos Eins plus. Kein Erstsemesterstudent bekam durchgängig die Note Eins plus. Professor Charles Powell merkte an, dass Todd ein »außergewöhnlicher Student« wäre. Professor Ruth Kugelmass schwärmte: »Ein ganz besonderer Bursche.« Selbst Professor Malcolm Hume, der nicht für unverdientes Lob zu haben war, kommentierte: »Todd Sanderson ist fast übernatürlich begabt.« Wow. Ich fand das eigenartig. Ich war wirklich ein guter Student gewesen, in meiner Akte hatte es jedoch nur eine Anmerkung gegeben – und die war negativer Natur. Wenn alles seinen Gang ging, hielten die Professoren sich einfach zurück und gaben sich mit der Note zufrieden. Die Faustregel in Studentenakten lautete offenbar: »Wenn es nichts Negatives zu sagen gibt, sag nichts.«

Bei dem guten, alten Todd war das allerdings anders.

Das erste Semester im zweiten Studienjahr lief nach dem gleichen Muster ab – unglaubliche Noten –, dann kippte es plötzlich. Neben dem zweiten Semester stand ein großes FREIGESTELLT.

Freigestellt?

Hm. Ich suchte nach einer Erklärung, las aber lediglich, dass es sich um »private Gründe« handelte. Das war seltsam. In einer Studentenakte belässt man es nur selten – wenn überhaupt – bei »privaten Gründen«. Schließlich ist die Akte vertraulich und für Dritte unzugänglich. Zumindest sollte sie das sein. Und so konnte man hier ganz offen formulieren.

Warum wurde mit Todds Freistellung also so behutsam umgegangen?

Normalerweise handelt es sich bei »privaten Gründen« um finanzielle Probleme oder eine Krankheit, entweder des

Studenten selbst oder eines engen Verwandten, wobei sowohl physische als auch mentale Krankheiten in Frage kamen. Solche Gründe werden in den Personalakten eines Studenten jedoch immer genannt. Hier allerdings nicht.

Interessant.

Oder auch nicht. Erstens war man mit privaten Angelegenheiten vor zwanzig Jahren vermutlich diskreter umgegangen. Und zweitens … na ja, wen interessierte es? Was in aller Welt sollte Todds Auszeit im zweiten Studienjahr damit zu tun haben, dass er Natalie geheiratet hatte, dann gestorben war und eine andere Ehefrau hinterlassen hatte?

Als Todd aufs College zurückkehrte, gab es weitere Kommentare von Professoren – jetzt aber keine mehr, auf die ein Student stolz hätte sein können. Er wirke »abwesend«, bescheinigte ihm ein Professor. Ein anderer merkte an, dass Todd offensichtlich »verbittert« und »nicht derselbe wie früher« wäre. Es wurde auch der Vorschlag gemacht, Todd solle sich eine weitere Auszeit nehmen, um »die Situation« zu klären. Niemand erwähnte jedoch, worin diese »Situation« bestand.

Mit einem Klick blätterte ich zur nächsten Seite. Todd musste vor dem Disziplinarausschuss erscheinen. Manche Colleges lassen disziplinarische Angelegenheiten von studentischen Gremien klären, wir haben dafür einen turnusmäßig wechselnden, dreiköpfigen Professorenausschuss. Im Laufe des letzten Jahres war ich zwei Monate lang Mitglied dieses Ausschusses gewesen. In den meisten Fällen, die uns vorgelegt wurden, ging es um eine der beiden großen Campus-Epidemien: Alkoholkonsum von Minderjährigen oder Täuschungsversuche bei Hausarbeiten und Prüfungen. Dazu kamen ein paar Diebstähle, Androhung von

Gewalt und unterschiedliche Formen sexueller Aggression oder Gewalt, die nicht so gravierend waren, dass man Polizei oder Gerichte einschalten musste.

Bei dem Fall, der damals vom Disziplinarausschuss verhandelt worden war, ging es um eine Auseinandersetzung zwischen Todd und einem anderen Studenten namens Ryan McCarthy, der mit Prellungen und einer gebrochenen Nase ins Krankenhaus eingewiesen worden war. Das College verlangte eine lange Suspendierung oder sogar den Verweis vom College, doch der dreiköpfige Professorenausschuss ließ Todd ungeschoren davonkommen. Das überraschte mich. Es gab weder ein Protokoll der Anhörung, noch fanden sich in der Akte Einzelheiten darüber oder über die folgenden Beratungen. Auch das überraschte mich.

Die Entscheidung war handschriftlich in der Akte vermerkt:

Todd Sanderson, ein herausragendes Mitglied der Studentenschaft des Lanford Colleges, wurde von einem schweren Schicksalsschlag getroffen. Er ist unserer Ansicht nach jedoch dabei, ins Leben zurückzufinden. Vor Kurzem hat er in Zusammenarbeit mit einem Fakultätsmitglied eine Wohltätigkeitsorganisation gegründet, um Wiedergutmachung für die begangenen Handlungen zu leisten. Er versteht die Auswirkungen seiner Handlungen, und nicht zuletzt aufgrund der außerordentlichen, mildernden Umstände in seinem Fall sind wir gemeinsam zu dem Schluss gekommen, dass Todd Sanderson nicht des Colleges verwiesen wird.

Mein Blick wanderte zum unteren Seitenrand, um nachzusehen, welcher Professor für den Ausschuss unterzeichnet hatte. Ich verzog das Gesicht. Professor Eban Trainor. Das hätte ich mir denken können. Ich kannte Trainor nur zu gut. Wir waren nicht die besten Freunde.

Wenn ich mehr über diesen »schweren Schicksalsschlag« oder über diese Entscheidung wissen wollte, musste ich mit Eban reden. Ich konnte mir Schöneres vorstellen.

Es war spät, trotzdem hatte ich keine Bedenken, Benedict zu wecken. Er hatte keinen Festnetzanschluss, sondern nur ein Handy, das er ausschaltete, wenn er sich schlafen legte. Nach dem dritten Klingeln meldete er sich.

»Was gibt's?«

»Eban Trainor«, sagte ich.

»Was ist mit ihm?«

»Kann er mich immer noch nicht ausstehen?«

»Das nehme ich doch stark an. Wieso?«

»Ich muss ihm ein paar Fragen über meinen Kumpel Todd Sanderson stellen. Was meinst du, kannst du da ein paar Kanten abschleifen?«

»Kanten abschleifen? Was glaubst du, warum man mich den Sandmann nennt?«

»Weil die Studenten in deinen Seminaren dauernd einschlafen.«

»Hey, du verstehst es aber, jemandem Honig um den Bart zu schmieren, wenn du ihn um einen Gefallen bittest. Ich ruf dich morgen an.«

Wir legten auf. Ich lehnte mich zurück, wusste nicht, was ich als Nächstes tun sollte, als mein Rechner mit einem Piepton die Ankunft einer E-Mail ankündigte. Eigentlich wollte ich sie ignorieren. Wie die meisten Leute, die ich kannte, bekam ich rund um die Uhr jede Menge unwichtiger E-Mails. Zweifelsohne gehörte auch diese dazu.

Ich betrachtete die E-Mail-Adresse des Absenders:

RSvonJA@ymail.com

Ich starrte darauf, bis meine Augen zu tränen anfingen. Meine Ohren rauschten. Alles um mich herum war still, viel zu still. Ich starrte weiter auf den Monitor, aber die Buchstaben veränderten sich nicht.

RSvonJA@ymail.com

Ich hatte sofort begriffen, was die Buchstaben bedeuteten: *Redemption's Son* von Joseph Arthur – das Album, das Natalie und ich so oft im Café gehört hatten.

Im Betreff stand nichts. Meine Hand fand die Maus. Ich versuchte, den Cursor auf der E-Mail zu platzieren, um sie zu öffnen, musste jedoch erst einmal mein Zittern unter Kontrolle bringen. Ich atmete tief durch und zwang meine Hand, ruhig zu bleiben. Der Raum verharrte fast erwartungsvoll in der gedämpften Stille. Ich schob den Cursor auf die E-Mail und klickte darauf.

Als ich sie sah, stockte mir das Herz.

Auf dem Bildschirm standen vier Worte. Mehr nicht, nur vier Worte, doch diese vier Worte zerteilten meine Brust wie die Sense des Schnitters, so dass ich keine Luft mehr bekam. Ich sackte auf dem Stuhl zusammen, als die Worte auf dem Bildschirm mein Starren erwiderten:

Du hast es versprochen.

ZEHN

Die E-Mail war nicht unterzeichnet. Aber was bedeutete das schon. Schnell klickte ich auf den Antworten-Button und tippte:

Natalie? Ist alles in Ordnung? Schick mir eine kurze Nachricht.

Ich klickte auf »Senden«.

Sie erwarten sicher, dass ich Ihnen jetzt ausführlich darlege, wie langsam sich die Zeit dahinschleppte, während ich auf ihre Antwort wartete. Doch so war es nicht. Dafür ging es einfach zu schnell. Drei Sekunden später hörte ich bereits das Piepen meines E-Mail-Programms. Mein Herz raste. Dann sah ich den Absender:

Mailer Daemon

Ich öffnete die Mail mit einem Klick, obwohl ich wusste, was ich finden würde:

Mail delivery failed … Die folgende Adresse existiert nicht …

Fast hätte ich dem Computer einen Stoß versetzt wie einem Süßigkeiten-Automaten, der das gewünschte Milky Way nicht herausrückt. Stattdessen rief ich laut: »Nein!« Ich wusste nicht, was ich tun sollte, saß einfach nur da und hatte das Gefühl zu ertrinken. Ich wurde immer weiter in die Tiefe gezogen und konnte nicht einmal die Arme bewegen, um mich wieder an die Oberfläche zu kämpfen.

Dann begann ich wieder zu googeln. Ich probierte es noch einmal mit der E-Mail-Adresse und diversen Variationen, aber es war reine Zeitverschwendung. Schließlich las ich ihre E-Mail noch einmal:

Du hast es versprochen.

Das hatte ich. Aber warum hatte ich dieses Versprechen gebrochen? Ein Mann war gestorben. Vielleicht war es ihr Ehemann. Vielleicht aber auch nicht. War das ein Grund, das Versprechen zu brechen, das ich ihr gegeben hatte? Vielleicht. Vielleicht war es das gewesen – bis jetzt. Aber mit ihrer E-Mail hatte Natalie klargestellt, dass ich noch daran gebunden war. Das war der Zweck dieser Mail. Natalie hatte mich ermahnt. Sie erinnerte mich an mein Versprechen, weil sie wusste, dass ich es nicht nur leichtfertig dahergesagt hatte.

Deshalb hatte sie mir dieses Versprechen ja abgenommen.

Ich ließ mir alles noch einmal durch den Kopf gehen. Ich dachte über das Begräbnis, den Besuch in Vermont und die Studentenakte nach. Was ergab sich aus alldem? Ich hatte keinen Schimmer. Ursprünglich hatte ich all dies als Rechtfertigung dafür angesehen, mein Wort nicht mehr halten zu müssen, aber seit ich die E-Mail erhalten hatte, konnte ich mich nicht mehr herausreden. Natalies Nachricht hätte kaum deutlicher sein können.

Du hast es versprochen.

Zaghaft fuhr ich mit dem Finger über die Worte auf dem Bildschirm. Wieder kam es mir vor, als würde mein Herz zerbersten. Dumm gelaufen, Alter. Also gut, ich würde ihrer Aufforderung ungeachtet des gebrochenen Herzens Folge leisten. Ich würde sie in Ruhe lassen. Ich würde mich zurückziehen. Ich würde mein Wort halten.

Ich legte mich ins Bett und schlief fast sofort ein. Ja, ich war selbst überrascht, glaube aber, dass die vielen Schläge, die ich hinnehmen musste, seit ich die Todesanzeige gesehen hatte, sowie der Strudel aus Erinnerungen und Gefühlen, aus Gram und Verwirrung, mich zermürbt hatten wie einen Boxer, der zwölf Runden lang Treffer an Kopf und Körper einstecken musste. Am Ende klappte ich einfach zusammen.

Anders als Benedict vergaß ich oft, mein Handy auszustellen. Um 8 Uhr morgens riss mich sein Anruf aus dem Schlaf.

»Eban hat widerstrebend zugestimmt, sich mit dir zu treffen.«

»Hast du ihm gesagt, worum es geht?«

»Wie sollte ich. Du hast mir nicht gesagt, worum es geht.«

»Ach, richtig.«

»Du hast um neun ein Seminar. Er erwartet dich hinterher in seinem Haus.«

Ich spürte ein Stechen in meiner Brust. »In seinem Haus?«

»Ja, ich dachte mir schon, dass dir das nicht passt. Er hat aber darauf bestanden.«

»Was für ein Mistkerl.«

»So schlimm ist er gar nicht.«

»Er ist ein geiler Bock.«

»Und was bitte soll daran schlecht sein?«

»Du machst nicht solche Sachen wie er.«

»Du weißt gar nicht, was er macht. Geh einfach hin, sei freundlich und hol dir deine Information.«

Benedict legte auf. Ich checkte meine E-Mails und SMS. Nichts. Diese ganze seltsame Episode in meinem Leben hatte eine surreale, traumartige Qualität angenommen. Ich bemühte mich, dieses Gefühl abzuschütteln. Um 9 Uhr musste ich das Seminar über *Recht und die Verfassung* abhalten. Das hatte jetzt Vorrang. Ich würde es erst einmal hinter mich bringen. Kurz darauf sang ich sogar unter der Dusche. Ich zog mich an und ging breit lächelnd und mit hoch erhobenem Kopf über den Campus. Mein Schritt war beschwingt. Die Sonne tauchte alles in ein warmes, himmlisches Licht. Ich lächelte weiter. Ich lächelte das Backsteingebäude an, das sich danach sehnte, von Efeu überwachsen zu werden. Ich lächelte die Bäume an, den üppigen Rasen, die Statuen der berühmten Ehemaligen, und ich lächelte auf die Sportplätze unten im Tal herab. Wenn Studenten Hallo sagten, begrüßte ich sie mit solchem Eifer, dass sie Angst bekamen, ich wollte sie zu irgendeiner Religion bekehren.

Zu Beginn des Seminars stellte ich mich vorne in den Raum und rief: »Ich wünsche Ihnen allen einen guten Morgen!« wie eine wiedergeborene Cheerleaderin, die zu viel Red Bull intus hatte. Die Studenten musterten mich neugierig. Allmählich jagte ich mir selbst Angst ein, also versuchte ich, ein wenig herunterzukommen.

Du hast es versprochen.

Und was ist mit dir, Natalie? Lag in deinen Worten und Handlungen nicht auch zumindest ein unausgesprochenes Versprechen an mich? Wie kannst du ein Herz fangen und es dann einfach zerquetschen? Ja, ich bin erwachsen. Ich kenne die Risiken, die man eingeht, wenn man sich verliebt. Aber wir haben Dinge gesagt. Wir haben Dinge gefühlt. Das waren keine Lügen. Und doch … du hast mich verlassen. Du hast mich zu deiner Hochzeit eingeladen. Warum? Warum diese Grausamkeit … oder wolltest du mir einbläuen, dass es Zeit war weiterzuziehen und dich zu vergessen?

Ich bin weitergezogen. Ich habe mir in die Brust gegriffen, mir das Herz herausgerissen, es zerfetzt und bin weggegangen, aber bevor ich weiterzog, hatte ich die Reste aufgesammelt.

Ich schüttelte den Kopf. Die Reste aufgesammelt? Mein Gott, das war ja furchtbar. Das ist das Problem, wenn man sich verliebt. Man klingt ein bisschen wie ein schlechter Country Song.

Natalie hatte mir eine E-Mail geschickt. Zumindest nahm ich an, dass sie von Natalie war. Von wem sollte sie sonst sein? Wie auch immer, selbst wenn sie mich nur aufforderte, mich von ihr fernzuhalten, immerhin hatte sie sich gemeldet. Sie hatte Kontakt zu mir aufgenommen. Kontakt? Natürlich. Aber sie hatte diese E-Mail-Adresse benutzt. RSvonJA. Sie erinnerte sich daran. Es hatte ihr etwas bedeutet. Etwas, das noch immer nachhallte, und das gab mir… ich weiß nicht… Hoffnung. Hoffnung ist grausam. Hoffnung erinnerte mich an das, was einmal fast gewesen wäre. Die Hoffnung brachte den körperlichen Schmerz zurück.

Ich rief Eileen Sinagra auf, eine meiner klügsten Studentinnen. Sie begann einen der komplexeren Punkte aus den *Federalist Papers* von James Madison zu erläutern. Ich nickte, forderte sie auf fortzufahren, als ich im Augenwinkel etwas sah. Ich trat näher ans Fenster, um mir das genauer anzugucken. Dann erstarrte ich.

»Professor Fisher?«

Auf dem Parkplatz stand ein grauer Chevy-Transporter. Ich betrachtete das Nummernschild. Die Zahlen und Buchstaben konnte ich von hier nicht erkennen, die Farbe und das Muster schon.

Der Transporter war aus Vermont.

Ich überlegte nicht zweimal. Ich dachte nicht darüber nach, dass es wahrscheinlich nichts zu bedeuten hatte, dass graue Chevrolet-Transporter alles andere als selten waren und es in West-Massachusetts viele Vermonter Nummernschilder gab. Das alles spielte keine Rolle.

Ich war schon auf dem Weg zur Tür, als ich rief: »Ich bin gleich zurück, bleiben Sie hier.« Dann sprintete ich den Flur entlang. Der Fußboden war frisch gewischt. Ich schlitterte um das ACHTUNG RUTSCHGEFAHR-Schild herum und stieß die Tür auf. Der Parkplatz war auf der anderen Seite der Rasenfläche. Ich sprang über einen Busch und rannte so schnell ich konnte. Meine Studenten mussten mich für vollkommen übergeschnappt halten. Es war mir egal.

»Laufen Sie, Professor Fisher! Sie kriegen ihn!«

Ein Student schien wirklich zu glauben, ich wollte mitspielen, und warf mir einen Frisbee zu. Ich ließ ihn neben mir zu Boden fallen und rannte weiter.

»Hey, Mann, Sie müssen dringend an Ihrer Fangtechnik arbeiten.«

Ich beachtete ihn nicht. Als ich mich dem Chevy-Transporter näherte, gingen die Lichter an.

Der Fahrer startete den Motor.

Ich beschleunigte noch einmal. Die Sonne spiegelte sich in der Windschutzscheibe, so dass ich das Gesicht des Fahrers nicht sehen konnte. Ich senkte den Kopf und stürmte weiter, aber der Chevy fuhr rückwärts aus der Parklücke. Ich war zu weit weg. Ich würde es nicht schaffen.

Der Fahrer legte den Vorwärtsgang ein.

Ich blieb stehen und versuchte, den Fahrer zu erkennen. Keine Chance. Zu viele Spiegelungen, aber ich bildete mir ein, der Fahrer trüge … eine kastanienbraune Baseballkappe?

Sicher war ich allerdings nicht. Ich prägte mir noch das Kennzeichen ein – als würde das etwas helfen, mich irgendwie voranbringen –, dann stand ich keuchend da und starrte dem davonrasenden Transporter hinterher.

ELF

Professor Eban Trainor saß auf der Veranda vor seiner prächtigen neoviktorianischen Villa. Ich kannte das Haus gut. Ein halbes Jahrhundert lang hatte mein Mentor Professor Malcolm Hume darin gewohnt. Wir hatten viele schöne Stunden darin verbracht. Weinproben des Fachbereichs Politikwissenschaft, Mitarbeiterpartys, spätnächtliche Cognacs, philosophische Diskussionen, literaturwissenschaftliche Dispute – und alles, was mit der akademischen Welt zu tun hatte. Doch leider hat Gott einen originellen Humor. Nach achtundvierzig gemeinsamen Ehejahren war Professor Humes Frau gestorben, und seitdem ging es mit seiner Gesundheit bergab. Schließlich hatte er sich nicht mehr allein um das große, alte Haus kümmern können. Er residierte jetzt in einer geschlossenen Wohnanlage in Vero Beach, Florida, während Professor Eban Trainor, den man, etwas überspitzt, vielleicht als meinen einzigen Feind auf dem Campus bezeichnen konnte, diese geliebte Behausung gekauft und sich damit zum neuen Herrn des Anwesens gemacht hatte.

Mein Handy vibrierte in meiner Tasche. Eine SMS von Shanta:

JUDIE'S. 13 UHR.

Welch Wortgewandtheit – aber ich wusste, was sie meinte. Sie wollte, dass wir uns um 13 Uhr in Judie's Restaurant an der Main Avenue trafen. Gut. Ich steckte das Handy ein und stieg die Stufen zur Veranda hinauf.

Eban stand auf und begrüßte mich mit einem herablassenden Lächeln. »Jacob. Schön, dich zu sehen.«

Sein Händedruck fühlte sich schmierig an. Die Fingernägel waren manikürt. Er hatte etwas von einem alternden Playboy, manche Frauen fanden das attraktiv, vor allem seine langen, widerspenstigen Haare und die großen, grünen Augen. Seine Haut war wächsern und sah aus, als würde sein Gesicht schmelzen oder als befände er sich in der Erholungsphase, nachdem seine Haut kosmetisch behandelt worden war. Ich nahm an, dass es um Botox ging. Er trug eine zu enge Hose und ein Anzughemd, bei dem er einen Knopf mehr hätte schließen sollen. Sein Eau de Cologne roch, als hätte man zu viele europäische Geschäftsleute morgens in einen Fahrstuhl gesperrt.

»Du hast doch nichts dagegen, dass wir uns hier auf die Veranda setzen?«, sagte er. »Es ist gerade so schön hier draußen.«

Ich stimmte bereitwillig zu. Ich wollte das Haus nicht betreten und mir ansehen müssen, was er damit angestellt hatte. Ich wusste, dass er vor seinem Einzug größere Umbauten hatte vornehmen lassen. Ich war sicher, dass das dunkle Holz, der Cognac und das Zigarren-Feeling verschwunden und durch helles Holz und Sofas in Farben wie »Eierschale« oder »Elfenbein« ersetzt worden waren. Außerdem wurden bei Treffen nur noch Weißwein und Sprite serviert, weil die keine Flecken auf den Polstern hinterließen.

Wie aufs Stichwort bot er mir ein Glas Weißwein an. Ich lehnte höflich ab. Er hatte sein Glas in der Hand. Es war noch nicht einmal Mittag. Wir setzten uns in die Weidensessel mit den dicken Kissen.

»Also, was kann ich für dich tun, Jacob?«, fragte er.

In meinem zweiten Studienjahr hatte ich bei ihm ein Seminar über das *Theater in der Mitte des 20. Jahrhunderts* besucht. Er war kein schlechter Lehrer. Er war sowohl effektiv als auch affektiert, einer der Professoren, die sich vor allem gerne selbst reden hörten, und so waren seine Seminare nur selten langweilig – das Todesurteil für jedes Seminar –, aber absolut professorenzentriert. Eine Doppelstunde lang hatte er damit verbracht, Jean Genets gesamtes Stück *Die Zofen* laut vorzulesen, wobei er alle Rollen übernommen und sich an seiner eigenen Aufführung berauscht hatte – besonders an den Sado-Maso-Szenen. Die Vorstellung war zweifelsohne gut gewesen, aber leider ging es auch dabei nur um ihn.

»Ich habe ein paar Fragen zu einem Studenten«, sagte ich.

Eban zog beide Augenbrauen hoch, als wären meine Worte gleichermaßen faszinierend wie überraschend. »Oh?«

»Todd Sanderson.«

»Oh?«

Ich sah, wie er erstarrte. Er wollte nicht, dass ich es sah. Aber ich sah es. Er wandte den Blick ab und strich sich übers Kinn.

»Du erinnerst dich an ihn«, sagte ich.

Eban Trainor strich sich noch etwas übers Kinn. »Der Name kommt mir bekannt vor, aber …« Nachdem er sich noch ein paar Mal übers Kinn gestrichen hatte, zuckte er hilflos die Achseln. »Tut mir leid. Das waren so viele Studenten in all den Jahren.«

Warum glaubte ich ihm nicht?

»Er war nicht bei dir im Seminar«, sagte ich.

»Oh?«

Wieder dieses »Oh«.

»Er musste vor dem Disziplinarausschuss erscheinen, als du die Leitung innehattest. Das muss etwa zwanzig Jahre her sein.«

»Und du erwartest von mir, dass ich mich daran noch erinnere?«

»Du hast ihm dabei geholfen, dass er nach einer körperlichen Auseinandersetzung auf dem College bleiben durfte. Hier, ich zeig's dir.« Ich zog meinen Laptop aus der Tasche, klappte ihn auf und rief die handgeschriebene Entscheidung aus der Studentenakte auf. Ich drehte den Laptop zu ihm um. Eban näherte sich nur vorsichtig, als fürchtete er, der Rechner könnte explodieren. Er setzte seine Lesebrille auf und musterte den Brief.

»Warte. Woher hast du das?«

»Es ist wichtig, Eban.«

»Das ist aus einer vertraulichen Studentenakte.« Ein kurzes Lächeln umspielte seine Lippen. »Ist es nicht ein Regelverstoß, die Akte zu lesen, Jacob? Meinst du nicht, dass du damit womöglich eine Grenze überschreitest?«

Damit wären wir also beim Thema. Vor sechs Jahren, nur ein paar Wochen bevor ich nach Vermont ins Refugium gefahren war, hatte Professor Eban Trainor in seinem damaligen Haus eine Abschlussparty gegeben. Trainor lud oft zu Partys in seinem Haus. Genaugenommen war er berüchtigt dafür, Partys zu geben und zu besuchen. In meinem zweiten

Studienjahr hatte es einen Aufsehen erregenden Vorfall im Jones College gegeben, dem reinen Frauen-College in der Nähe, als um drei Uhr morgens ein Feueralarm ausgelöst wurde und ein Wohnheim evakuiert werden musste, worauf sich Professor Trainor halbnackt auf dem Gelände wiederfand. Die Studentin, mit der er sich in dieser Nacht getroffen hatte, war zwar volljährig und nicht in einem seiner Seminare, trotzdem war es typisch für Trainor. Er war ein Lüstling und ein Trinker. Ich mochte ihn nicht.

Die Abschlussparty vor sechs Jahren in seinem damaligen Haus war vor allem von Studenten besucht worden, darunter auch viele aus dem ersten und zweiten Studienjahr, die noch nicht volljährig waren. Es war Alkohol ausgeschenkt worden. Viel Alkohol. Die Campus-Polizei wurde gerufen. Zwei Studenten mussten mit Alkoholvergiftungen ins Krankenhaus eingeliefert werden, was an Colleges immer häufiger vorkommt. Aber vielleicht rede ich mir das auch nur ein, weil ich glauben will, dass es »zu meiner Zeit« noch nicht so schlimm war.

Professor Trainor musste wegen dieser Vorfälle Rede und Antwort stehen. Es gab Stimmen, die seinen Rücktritt forderten. Er lehnte ab. Er behauptete, er hätte den Anwesenden zwar Alkohol angeboten, es seien aber nur höhere Semester eingeladen gewesen, die alle mindestens einundzwanzig Jahre alt waren. Wenn jüngere Semester ohne Einladung gekommen seien, dürfe man ihn dafür nicht verantwortlich machen. Außerdem deutete er an, dass ein Großteil des Alkohols schon vor Beginn seiner Party auf der nahegelegenen Bierparty einer Studentenverbindung konsumiert worden sei.

Die Professoren auf dem Campus regierten sich selbst.

Wir taten nur selten mehr, als uns gegenseitig einen Klaps auf die Finger zu geben. Wie beim Disziplinarausschuss für Studenten wurden auch hier die Posten im Rotationsverfahren besetzt. Wie es das Glück wollte, saß ich im Ausschuss, als sich dieser Vorfall ereignete. Trainor war Professor auf Lebenszeit, konnte also nicht gekündigt werden, ich war jedoch der Überzeugung, dass wir irgendwelche disziplinarischen Maßnahmen ergreifen müssten. Wir stimmten darüber ab, ob Trainor der Vorsitz des Fachbereichs Englische Literatur entzogen werden sollte. Ich sprach mich dafür aus. Es hatte in der jüngeren Vergangenheit einfach zu viele Vorfälle dieser Art gegeben. Interessanterweise war mein geliebter Mentor, Malcolm Hume, anderer Ansicht.

»Willst du Eban wirklich die Schuld daran geben, dass seine Studenten zu viel trinken?«, hatte er mich gefragt.

»Wir haben aus guten Gründen Regeln für den Umgang mit Studenten, wenn Alkohol ausgeschenkt wird.«

»Und der Begriff mildernde Umstände sagt dir überhaupt nichts?«

Das hätte er vielleicht, wenn ich das Muster hinter Ebans offensichtlich unangemessenem Verhalten und den mehr als unglücklichen Entscheidungen nicht damals schon erkannt hätte. Er stand nicht vor Gericht, und es ging nicht um Recht und Gesetz: Er hatte einen tollen Job, den ausüben zu dürfen ein Privileg war. In meinen Augen hätte sein Verhalten eine Kündigung gerechtfertigt – wir haben Studenten für viel geringere Vergehen und bei viel schlechterer Beweislage des Colleges verwiesen –, das Minimum war jedoch eine Degradierung. Obwohl mein Mentor mich umzustimmen versuchte, hatte ich die Aberkennung des

Fachbereichsvorsitzes befürwortet, war jedoch mit großer Mehrheit überstimmt worden.

Die Anhörungen mochten längst vorbei sein, die gegenseitige Abneigung war hingegen geblieben. Ich hatte damals in der vermeintlich abgeschlossenen Debatte genau diese Begriffe verwendet – »Regelverstoß«, »Grenzüberschreitung«. Hübsch, wenn einem die eigenen Worte wieder an den Kopf geworfen wurden, aber vielleicht hatte ich es verdient.

»Dieser Student«, sagte ich, »ist verstorben.«

»Und damit ist seine vertrauliche Akte für jeden öffentlich zugänglich?«

»Ich bin nicht gekommen, um mit dir über juristische Feinheiten zu streiten.«

»Nein, nein, Jacob, du bist mehr der Typ für das große Ganze, stimmt's?«

Es war Zeitverschwendung. »In diesem Fall habe ich wirklich kein Verständnis für deine Verschwiegenheit.«

»Das überrascht mich, Jacob. Normalerweise hältst du dich streng an die Regeln. Und die Informationen, die du haben möchtest, sind vertraulich. Ich schütze nur Mr. Sandersons Privatsphäre.«

»Noch einmal«, sagte ich, »er ist verstorben.«

Ich wollte keinen Moment länger auf dieser Veranda sitzen, auf der mein geliebter Mentor so viele schöne Stunden verbracht hatte. Also stand ich auf und streckte die Hand aus, um meinen Laptop entgegenzunehmen. Eban reichte ihn mir jedoch nicht. Er begann wieder, sich das Kinn zu reiben.

»Setz dich hin«, sagte er.

Das tat ich.

»Würdest du mir verraten, warum dieser alte Fall dir plötzlich so wichtig ist?«

»Schwer zu erklären«, sagte ich.

»Es ist dir aber offenbar sehr wichtig.«

»Ja.«

»Wie ist Todd Sanderson gestorben?«

»Er wurde ermordet.«

Eban schloss die Augen, als mache diese Enthüllung es noch viel schlimmer. »Von wem?«

»Die Polizei weiß es noch nicht.«

»Welche Ironie des Schicksals«, sagte er.

»Was?«

»Dass er eines gewaltsamen Todes stirbt. Ich erinnere mich an den Fall. Todd Sanderson hat bei einer physischen Auseinandersetzung einen Kommilitonen verletzt. Oder, wenn wir es ganz genau nehmen, trifft es das nicht so ganz. Eigentlich hat Todd Sanderson einen Kommilitonen beinahe umgebracht.«

Wieder wandte Eban Trainor den Blick ab und trank einen Schluck Wein. Ich wartete, dass er weitersprach. Es dauerte eine Weile, doch dann fuhr er fort: »Es war an einem Donnerstagabend bei einem Bierfest bei Chi Psi.«

Die studentische Verbindung Chi Psi veranstaltete seit Ewigkeiten jeden Donnerstagabend während der Vorlesungszeit ein Bierfest. Vor zwölf Jahren hatte das College versucht, dem Einhalt zu gebieten, aber ein reicher Ehemaliger hatte einfach ein Haus außerhalb des Campus gekauft und es der Verbindung zur Verfügung gestellt. Er hätte das Geld auch für etwas Sinnvolles spenden können. Stattdessen hatte er seinen jüngeren Verbindungsbrüdern ein Haus gekauft, in dem sie sich besaufen konnten. Was sollte man dazu sagen? »Natürlich waren beide Beteiligten betrunken«, sagte Eban. »Sie haben sich unflätig beschimpft, es bestand aber im Grunde kein Zweifel, dass die schreckliche, ungebändigte körperliche Gewalt dann von Todd Sanderson ausging. Im Endeffekt musste der andere Student – tut mir leid, aber an den Namen erinnere ich mich nicht mehr, ich glaube, es war so etwas in der Art wie McCarthy oder McCaffrey – ins Krankenhaus. Seine Nase und sein Jochbein waren mehrfach gebrochen. Aber es kam noch schlimmer.«

Wieder brach er ab. Ich verstand den Hinweis.

»Was war noch schlimmer?«

»Todd Sanderson hätte den anderen Studenten beinah erwürgt. Fünf Leute waren erforderlich, um ihn von seinem Kontrahenten herunterzuziehen. Der war dann bewusstlos und musste wiederbelebt werden.«

»Wow«, sagte ich.

Eban Trainor schloss die Augen. »Ich wüsste aber nicht, inwiefern das jetzt noch von Bedeutung ist. Wir sollten ihn in Frieden ruhen lassen.«

»Ich frage nicht aus Sensationsgier.«

Wieder umspielte das schwache Lächeln seine Lippen. »Oh, ich weiß, Jacob. Nicht zuletzt, weil du ein rechtschaffener Mann bist. Ich bin davon überzeugt, dass dein Interesse an diesem Vorfall absolut aufrichtig ist und der Allgemeinheit nur dienlich sein kann.«

Ich sagte nichts.

»Warum ist Sanderson damals ohne Strafe davongekommen?«, fragte ich.

»Meine Entscheidung hast du gelesen?«

»Das habe ich«, sagte ich. »Darin stand etwas von ›außerordentlichen, mildernden Umständen‹.«

»Das ist richtig.«

Wieder wartete ich, ging davon aus, dass meine nächste Frage naheliegend war. Als Trainor nichts sagte, gab ich ihm das erwartete Stichwort. »Worin bestanden diese mildernden Umstände?«

»Der andere Student – McCarthy. So hieß er, ich erinnere mich wieder.« Trainor holte tief Luft. »Mr McCarthy hatte abfällige Bemerkungen über einen bestimmten Vorfall gemacht. Als Sanderson diese Bemerkungen hörte, ist er – was durchaus nachvollziehbar war – außer sich geraten.« Eban streckte mir die flache Hand entgegen, als wollte ich widersprechen, was keineswegs meine Absicht war. »Ja, Jacob, ich weiß, dass es absolut keine Entschuldigung für die Ausübung körperlicher Gewalt gibt. Ich bin sicher, dass das deine Position dazu ist. Aber wir haben uns diesen ungewöhnlichen Fall aus allen Blickwinkeln angesehen. Wir haben viele Fürsprecher von Todd Sanderson angehört. Einer hat ihn mit besonders großem Eifer verteidigt.«

Als ich ihm in die Augen sah, erkannte ich mehr als nur leichten Spott darin. »Wer, Eban?«

»Nur ein kleiner Hinweis: Er war der Besitzer dieses Hauses.«

Das überraschte mich. »Professor Hume hat Todd Sanderson verteidigt?«

»Wie nennen die Rechtsanwälte das gerne?« Wieder rieb er sich das Kinn. »*Leidenschaftlich*. Als die Sache durchgestanden war, hat er ihn sogar bei der Gründung einer Wohltätigkeitsorganisation unterstützt.«

Ich versuchte, das Ganze zusammenzubekommen. Hume verabscheute jede Form von Gewalt. Er war einfach zu einfühlsam. Er zuckte bei jeder Art von Grausamkeit zusammen. Wenn jemand litt, litt er mit.

»Ich muss gestehen«, fuhr Eban fort, »dass auch ich damals überrascht war, aber dein Mentor hat immer schon gerne mildernde Umstände gelten lassen, oder?«

Jetzt sprachen wir nicht mehr über Todd Sanderson, also kehrte ich wieder zum Thema zurück.

»Und worin bestanden die mildernden Umstände in diesem Fall?«

»Nun ja, einerseits war Todd Sanderson nach einer langen Auszeit gerade erst wieder ans College zurückgekehrt. Er hatte das vorangegangene Semester aus privaten Gründen verpasst.«

Mir reichte es langsam. »Eban?«

»Ja?«

»Kannst du aufhören, um den heißen Brei herumzureden? Was war mit Todd Sanderson? Warum hatte er das College verlassen? Worin bestanden die mildernden Umstände, die einen Mann, der Gewalt so dezidiert ablehnte wie Malcolm Hume, dazu brachten, eine so unbarmherzige Grausamkeit zu verteidigen?«

»Steht das nicht in der Akte?«

»Du weißt ganz genau, dass es nicht drinsteht. Außer der Entscheidung selbst wurde damals nichts dokumentiert. Also, was war mit ihm?«

»Nicht mit ihm«, sagte Eban. »Mit seinem Vater.«

Er griff hinter sich, nahm ein Glas und reichte es mir. Er fragte mich nicht, er drückte mir einfach das Glas in die Hand. Ich nahm es und ließ ihn den Wein einschenken. Es war zwar immer noch nicht Mittag, ich hielt es aber für den falschen Moment, Kritik an vormittäglichem Alkoholkonsum zu üben. Also nahm ich den Wein in der Hoffnung, dass er ihm die Zunge lösen würde.

Eban Trainor lehnte sich zurück und schlug die Beine übereinander. Er starrte in sein Weinglas, als wäre es eine Kristallkugel. »Erinnerst du dich an den Vorfall in der Little League in Martinsdale?«

Jetzt starrte ich mein Weinglas an. Ich trank einen Schluck. »Den Pädophilen-Skandal?«

»Ja.«

Ich war damals vielleicht fünfzehn, zwanzig Jahre alt, erinnerte mich aber, weil es einer der ersten Kinderschänder-Fälle war, der ausgiebig in den Medien behandelt wurde. »Der Trainer oder Boss einer Little-League-Jugendbaseballmannschaft hat kleine Jungs missbraucht, oder?«

»So lauteten die Vorwürfe, ja.«

»Es stimmte nicht?«

»Nein«, sagte Eban bedächtig und trank noch einen Schluck. »Nein, es stimmte nicht.«

Wir saßen uns schweigend gegenüber.

»Und was hat das mit Todd Sanderson zu tun?«

»Nichts.« Eban sprach etwas undeutlich. »Aber mit dem Trainer oder dem Boss des Little-League-Teams, wie du ihn genannt hast.«

Jetzt verstand ich. »Es war sein Vater.«

Eban deutete mit dem Finger auf mich. »Bingo.«

Ich wusste nicht, was ich darauf sagen sollte.

»Todd Sanderson hat ein Semester ausgesetzt, um seinem Vater zu helfen«, sagte Eban. »Er hat ihn finanziell unterstützt – sein Vater hatte seinen Job als Lehrer natürlich verloren – er hat ihn moralisch unterstützt und auch sonst getan, was in seiner Macht stand.«

Ich war überrascht und verwirrt, allerdings rückte damit die entscheidende Frage wieder in den Mittelpunkt: Was hatte das Ganze mit meiner Natalie zu tun?

»Ich erinnere mich nicht mehr besonders gut an den Fall«, sagte ich. »Wie ist es ausgegangen? Ist Todds Vater ins Gefängnis gekommen?«

»Nein, er wurde freigesprochen.«

»Oh?«, sagte ich.

»Der Freispruch wurde in der Presse nicht so ausführlich behandelt. So läuft das eben. Die Anschuldigung kommt auf die Titelseite. Der Freispruch oder ein Widerruf wird irgendwo hinten versteckt.«

»Er wurde also freigesprochen.«

»Das ist korrekt.«

»Es gibt allerdings einen großen Unterschied zwischen einem Freispruch und Unschuld.«

»Das ist wahr«, sagte Eban, »trifft allerdings auf diesen Fall nicht zu. Gleich in der ersten Verhandlungswoche wurde bekannt, dass ein rachsüchtiger Vater sich das alles ausgedacht hat, weil Todds Vater seinen Sohn nicht als Pitcher einsetzte. Aus dieser Lüge hat sich eine Lawine entwickelt. Am Ende wurden sämtliche Anklagepunkte widerlegt.«

»Und Todd ist wieder ans College zurückgekehrt.«

»Genau.«

»Dann vermute ich mal, dass die abfälligen Bemerkungen etwas mit den Beschuldigungen gegen Todds Vater zu tun hatten?«

Eban hob mit leicht zitternder Hand das Glas zu einem spöttischen Toast. »Sie vermuten richtig, Sir. Weißt du, trotz der neuen Beweise sahen es viele genauso, wie du es mit deiner Äußerung angedeutet hast: Wo Rauch ist, da ist auch Feuer. So ein Verdacht könne schließlich niemals ohne Grund aufkommen. Also musste Mr Sanderson *irgendetwas* getan haben. Vielleicht nicht das, was man ihm vorgeworfen hatte, aber eben irgendetwas. Und diese Leute fühlten sich durch die Ereignisse nach dem Prozess noch bestärkt.«

»Welche Ereignisse nach dem Prozess?«

Er starrte wieder in sein Glas. Ich fürchtete schon, er würde nichts mehr sagen.

»Eban?«

»Geht gleich weiter.«

Ich wartete, ließ ihm Zeit.

»Todd Sanderson stammte aus einer kleinen Stadt im Süden. Sein Vater hatte dort sein ganzes Leben verbracht. Aber dann, na ja, du kannst es dir vorstellen. Er bekam keinen Job. Seine ehemaligen Freunde sprachen nicht mehr mit ihm. Offenbar glaubte ihm niemand wirklich, verstehst du? So etwas lässt sich nicht wieder aus der Welt schaffen, Jacob. Das lehren wir hier, stimmt's? Es gab nur noch einen Menschen, der an ihn glaubte.«

»Todd«, sagte ich.

»Ja.«

»Gab es keine anderen Verwandten? Todds Mutter?«

»Lange vorher verstorben.«

»Und was ist dann geschehen?«

»Natürlich war sein Vater vollkommen am Boden, er bestand aber darauf, dass Todd wieder ans College zurückkehrte. Hast du Todds Akte gelesen?«

»Ja.«

»Dann weißt du es schon. Todd war ein herausragender

Student, einer der besten, die je in Lanford waren. Er hatte eine glänzende Zukunft vor sich. Das hatte auch sein Vater erkannt. Aber Todd wollte nicht zurück ans College. Er hatte das Gefühl, seinen Vater in seiner schwersten Stunde im Stich zu lassen. Todd hatte sich strikt geweigert zurückzukehren, bis sich die Situation zu Hause verbessert hätte. Aber wie wir alle wissen, bessern sich solche Situationen nicht. Also tat Todds Vater das Einzige, was er tun konnte, um sein eigenes Leid zu beenden und seinem Sohn die Freiheit zu geben, seine Ausbildung fortzusetzen.«

Unsere Blicke trafen sich. Er hatte feuchte Augen.

»Oh nein«, sagte ich.

»Oh doch.«

»Wie …?«

»Sein Vater ist in die Schule eingebrochen, in der er gearbeitet hatte, und hat sich dort eine Kugel in den Kopf gejagt. So wollte er wohl vermeiden, dass sein Sohn die Leiche findet.«

ZWÖLF

Drei Wochen bevor Natalie mich verließ, also in der Phase, in der wir wahnsinnig verliebt gewesen waren, hatten wir uns einmal kurz aus unseren Refugien davongestohlen und Lanford einen Besuch abgestattet. »Ich will den Ort sehen, der dir so viel bedeutet«, hatte sie gesagt.

Ich erinnere mich noch an ihr strahlendes Gesicht, als wir beide über den Campus gingen. Wir hielten Händchen. Natalie trug einen großen Strohhut und eine Sonnenbrille, was gleichermaßen reizend wie seltsam war. Sie sah ein bisschen wie ein Filmstar aus, der sich verkleidet hatte, um nicht erkannt zu werden.

»Als du Student warst«, sagte sie, »wohin bist du da mit den heißen Studentinnen gegangen?«

»Direkt ins Bett.«

Sie schlug mir neckisch auf den Arm. »Das ist mein Ernst. Und ich hab Hunger.«

Also waren wir in Judie's Restaurant in der Main Avenue gegangen. Bei Judie's gab es wundervolle Windbeutel mit Apfelbutter. Natalie fand sie toll. Ich beobachtete, wie sie alles in sich aufnahm – die Kunstwerke, das Dekor, das junge Personal, die Speisekarte, alles. »Hierher hast du die Ladys also eingeladen?«

»Nur die mit Klasse«, sagte ich.

»Hey, und wo warst du mit denen, die keine Klasse hatten?«

»Im Barsoletti's. Das ist die Spelunke nebenan.« Ich lächelte.

»Was ist?«

»Da haben wir oft Kondom-Roulette gespielt.«

»Wie bitte?«

»Nicht mit Frauen. Das war ein Witz. Da bin ich mit meinen Kumpels hingegangen. Und im Nebenraum war ein Kondom-Automat.«

»Ein Kondom-Automat?«

»Ja.«

»Wo man sich Kondome ziehen konnte?«

»Genau«, sagte ich.

Natalie nickte. »Nobel.«

»Yep!«

»Und wie geht Kondom-Roulette?«

»Das ist ziemlich albern.«

»Oh, so einfach kommst du da nicht wieder raus. Erzähl schon.«

Sie sagte es mit diesem Lächeln, das mich fast umwarf.

»Okay«, sagte ich. »Man spielt es zu viert… Es ist aber wirklich albern.«

»Bitte? Ich steh auf so was. Komm schon. Man spielt es zu viert…« Mit einer Geste forderte sie mich auf fortzufahren.

»Es gibt Kondome in vier verschiedenen Farben«, erklärte ich. »Mitternachtsschwarz, Kirschrot, Zitronengelb und Orangenorange.«

»Die letzten beiden hast du dir ausgedacht.«

»Ja, aber irgendwas in der Art war's. Entscheidend ist,

dass es vier Farben gab, man aber nicht wusste, welche man bekam. Also, wir haben jeder drei Dollar in den Topf geworfen und eine Farbe gewählt. Dann ist einer zum Automaten gegangen, hat ein Kondom gezogen und es verpackt mitgebracht, so dass man die Farbe noch nicht erkennen konnte. Dann hat einer einen Trommelwirbel auf den Tisch geklopft, und einer hat den Kommentator gemacht wie in der entscheidenden Phase eines Sportwettbewerbs. Schließlich wurde die Verpackung geöffnet, und derjenige, der die richtige Farbe gewählt hatte, bekam das Geld.«

»Das ist ja großartig.«

»Na ja, schon«, sagte ich. »Natürlich musste der Gewinner dann den nächsten Pitcher Bier kaufen, so dass kaum etwas von seinem Gewinn übrig blieb. Irgendwann hat Barsy – der Besitzer der Bar – einen richtigen Wettbewerb daraus gemacht mit Regeln, Ligaspielen und einer Bestenliste.«

Sie ergriff meine Hand. »Können wir es spielen?«

»Was, jetzt? Nein.«

»Bitte.«

»Auf keinen Fall.«

»Nach dem Spiel«, flüsterte Natalie und musterte mich mit einem Blick, der mir fast die Augenbrauen versengte, »könnten wir das Kondom benutzen.«

»Ich nehme Mitternachtsschwarz«, sagte ich.

Sie lachte. Als ich das Judie's betrat, hörte ich plötzlich ihr Lachen wieder, als würde es immer noch durch die Räume hallen und mich verspotten. Ich war seit … tja … sechs Jahren nicht mehr im Judie's gewesen. Der Tisch, an dem wir damals gesessen hatten, war leer.

»Jake?«

Ich wandte mich nach rechts. Shanta Newlin saß an einem ruhigen Tisch in einer Fensternische. Sie winkte oder nickte nicht. Ihre Körpersprache, die sonst vor Selbstbewusstsein strotzte, passte überhaupt nicht zu ihr. Als ich ihr gegenüber Platz nahm, hob sie kaum den Blick.

»Hi«, sagte ich.

Shanta starrte weiter auf den Tisch und sagte: »Erzähl mir die ganze Geschichte, Jake.«

»Warum? Was ist los?«

Sie sah mich an und nagelte mich mit einem Blick im Verhörstil fest. Jetzt erkannte ich die FBI-Agentin in ihr. »Ist sie wirklich eine alte Geliebte?«

»Was? Ja, natürlich.«

»Und warum suchst du sie jetzt plötzlich?«

Ich zögerte.

»Jake?«

Die E-Mail fiel mir wieder ein.

Du hast es versprochen.

»Ich habe dich um einen Gefallen gebeten«, sagte ich.

»Ich weiß.«

»Dann kannst du mir jetzt entweder sagen, was du herausbekommen hast, oder wir vergessen das Ganze. Ich verstehe nicht, wieso du mehr darüber wissen musst.«

Die junge Kellnerin – Judie beschäftigte immer Studenten und Studentinnen – brachte uns Speisekarten und fragte, ob wir etwas trinken wollten. Wir bestellten beide Eistee. Als sie ging, sah Shanta mich wieder durchdringend an.

»Ich versuche dir zu helfen, Jake.«

»Vielleicht sollten wir es einfach gut sein lassen.«

»Das ist jetzt ein Witz, oder?«

»Nein«, sagte ich. »Sie hat mich gebeten, sie zufriedenzulassen. Wahrscheinlich wäre es am besten gewesen, wenn ich auf sie gehört hätte.«

»Wann?«

»Wann was?«

»Wann hat sie dich gebeten, sie zufriedenzulassen?«, fragte Shanta.

»Was soll die Frage?«

»Sag's mir einfach, okay? Es könnte wichtig sein.«

»Wieso?« Dann dachte ich mir, dass es nichts schaden könnte: »Vor sechs Jahren.«

»Du sagst, du hättest sie geliebt.«

»Ja.«

»War das zu dem Zeitpunkt, als ihr euch getrennt habt?«

Ich schüttelte den Kopf. »Das war bei ihrer Hochzeit, als sie einen anderen Mann geheiratet hat.«

Sie blinzelte. Meine Worte milderten zumindest für einen Moment die Strenge in ihrem Blick. »Nur, damit ich das richtig verstehe, du warst also bei ihrer Hochzeit – hast du sie da noch geliebt? Entschuldige, blöde Frage. Natürlich hast du das. Tust du ja immer noch. Du bist also zu ihrer Hochzeit gegangen, und als du da warst, hat Natalie dich gebeten, sie in Ruhe zu lassen?«

»So in der Art, ja.«

»Muss ja ein tolles Bild gewesen sein.«

»Es war nicht so dramatisch, wie es sich anhört. Wir hatten uns gerade getrennt. Im Endeffekt hat sie mir einen anderen Mann vorgezogen. Einen alten Liebhaber. Ein paar Tage darauf haben die beiden geheiratet.« Ich zuckte die Achseln. »Kommt vor.«

»Meinst du?«, sagte Shanta und legte den Kopf schief wie eine Erstsemesterstudentin. »Erzähl weiter.«

»Viel mehr gibt's da nicht zu erzählen. Ich war bei der Hochzeit. Natalie hat mich gebeten, ihre Entscheidung zu akzeptieren und sie in Ruhe zu lassen. Ich habe gesagt, dass ich das tue.«

»Verstehe. Hast du in den letzten sechs Jahren irgendwelchen Kontakt zu ihr gehabt?«

»Nein.«

»Absolut keinen?«

Jetzt merkte ich, wie gut Shanta dieses Metier beherrschte. Gerade erst hatte ich mich entschlossen, nichts zu sagen, und jetzt redete ich wie ein Buch. »Ja, absolut keinen.«

»Und du bist sicher, dass sie Natalie Avery heißt?«

»Bei so etwas macht man keine Fehler. Genug mit den Fragen, Shanta. Was hast du gefunden?«

»Nichts.«

»Nichts?«

Die Kellnerin kam mit einem breiten Lächeln und unseren Eistees zurück. In der fröhlichen Melodie der Jugend sagte sie: »Hier sind ein paar von Judies frischen Windbeuteln.« Der Windbeutel-Duft stieg mir in die Nase und trug mich sechs Jahre zurück zu meinem letzten Besuch hier.

»Haben Sie noch Fragen zu unseren Gerichten?«, fragte die kecke Kellnerin.

Ich konnte nicht antworten.

»Jake?«, sagte Shanta.

Ich schluckte. »Nein danke.«

Shanta bestellte ein überbackenes Sandwich mit Portobello-Champignons, ich nahm eins mit Putenbrust, Salat und Tomate auf Roggenbrot. Als die Kellnerin wieder gegangen war, beugte ich mich über den Tisch. »Was heißt, du hast nichts gefunden?«

»Welchen Teil von ›nichts‹ verstehst du nicht, Jake? Ich habe nichts über deine Ex gefunden. Null. *Nada.* Keine Adresse, keine Steuererstattungen, kein Konto, keine Kreditkarte. Kein Garnichts. Es gibt nicht den kleinsten Hinweis darauf, dass deine Natalie Avery überhaupt existiert.«

Ich versuchte, das zu verarbeiten.

Shanta legte die Hände auf den Tisch. »Weißt du, wie schwierig es ist, sich so vollkommen aus dem System auszuklinken?«

»Eigentlich nicht, nein.«

»Heutzutage, mit den Computern und der ganzen Technologie? Das ist eigentlich unmöglich.«

»Vielleicht gibt es eine vernünftige Erklärung dafür«, sagte ich.

»Zum Beispiel?«

»Vielleicht lebt sie im Ausland.«

»Dann fehlen die Dokumente, die zeigen, dass sie das Land verlassen hat. Sie hat keinen Reisepass beantragt, und es wurde keine Ein- oder Ausreise registriert. Wie ich schon sagte …«

»Nichts«, beendete ich den Satz für sie.

Shanta nickte.

»Sie ist ein Mensch, Shanta. Sie existiert.«

»Okay, sie hat existiert. Vor sechs Jahren. Aus der Zeit haben wir die letzte Adresse. Sie hat eine Schwester namens Julie Pottham. Ihre Mutter, Sylvia Avery, lebt in einem Pflegeheim. Weißt du das alles?«

»Ja.«

»Wen hat sie geheiratet?«

Durfte ich die Frage beantworten? Das konnte eigentlich keinen Schaden anrichten. »Todd Sanderson.«

Sie notierte sich den Namen. »Und warum wolltest du wissen, wo sie ist?«

Du hast es versprochen.

»Spielt eigentlich keine Rolle«, sagte ich. »Ich sollte sie einfach in Ruhe lassen.«

»Ist das dein Ernst?«

»Ja. Es war nur so eine Laune. Ist ja immerhin sechs Jahre her. Sie hat einen anderen Mann geheiratet und mir das Versprechen abgenommen, sie in Ruhe zu lassen. Wonach suche ich also überhaupt?«

»Und genau das macht mich neugierig, Jake.«

»Was?«

»Du hast dein Versprechen sechs Jahre lang gehalten. Wieso hast du es also plötzlich gebrochen?«

Ich wollte darauf nicht antworten. Außerdem begann etwas anderes an mir zu nagen. »Warum interessierst du dich so dafür?«

Sie antwortete nicht.

»Ich habe dich gebeten, die Adresse einer Person herauszufinden. Du hättest mir einfach sagen können, dass du nichts gefunden hast. Warum überhäufst du mich jetzt mit Fragen?«

Shanta wirkte verblüfft. »Ich wollte dir doch nur helfen.«

»Du verschweigst mir irgendetwas.«

»Du mir auch«, sagte Shanta. »Warum jetzt, Jake? Warum hast du gerade jetzt angefangen, deine alte Geliebte zu suchen?«

Ich starrte die Windbeutel an. Ich dachte an den Tag vor sechs Jahren in diesem Restaurant, daran, wie Natalie kleine Stücke von ihrem Windbeutel abgerissen hatte, und an den konzentrierten Blick, als sie etwas Apfelbutter darauf schmierte, und an die Freude, die sie bei eigentlich allem empfunden hatte. Wenn wir zusammen waren, wurde jede noch so winzige Kleinigkeit bedeutsam. Jede noch so kleine Berührung brachte Freude.

Du hast es versprochen.

Sogar jetzt, nachdem all das passiert war, konnte ich sie nicht hintergehen. Dumm? Ja. Naiv? Auf jeden Fall, mehr als das. Aber ich konnte es nicht.

»Sprich mit mir, Jake.«

Ich schüttelte den Kopf. »Nein.«

»Warum nicht?«

»Wer bekommt die Putenbrust?«

Es war eine andere Kellnerin. Diese war weniger keck und wirkte etwas gehetzt. Ich hob die Hand.

»Und die überbackenen Portobellos?«

»Packen Sie es ein«, sagte Shanta. »Mir ist der Appetit vergangen.«

DREIZEHN

Als ich Natalie das erste Mal begegnete, trug sie drinnen eine Sonnenbrille – die Tatsache, dass es draußen schon dunkel war, machte es nicht besser.

Ich hatte die Augen verdreht, weil ich es für reine Selbstdarstellung hielt. Ich dachte, sie sähe sich als bedeutende Künstlerin. Wir nahmen an einem Treffen der Künstler und Autoren aus den beiden Refugien teil, bei dem wir uns gegenseitig unsere Arbeit vorstellten. Ich war zum ersten Mal dort, erfuhr dann aber, dass diese Treffen wöchentlich stattfanden. Die Kunstwerke wurden im hinteren Teil von Darly Wanaticks Scheune ausgestellt. Vorne standen Stühle für die Autorenlesungen.

Die Frau mit Sonnenbrille – ich kannte sie noch nicht – saß mit verschränkten Armen in der letzten Reihe. Neben ihr saß ein bärtiger Mann mit dunklen, lockigen Haaren. Ich fragte mich, ob die beiden ein Paar waren. Erinnern Sie sich noch an den Angeber namens Lars, der Lyrik aus der Perspektive von Hitlers Hund schrieb? Er fing an zu lesen. Er las lange. Ich wurde unruhig und fing an herumzuzappeln. Die Frau mit der Sonnenbrille blieb ganz ruhig.

Als ich es nicht mehr aushielt, stand ich auf. Es war mir egal, ob das unhöflich war oder nicht. Ich ging nach hinten und fing an, mir die unterschiedlichen Kunstwerke anzusehen. Die meisten davon, na ja, ich will höflich bleiben,

»raffte« ich einfach nicht. Eine Installation nannte sich *Breakfast in America*. Der Künstler hatte Cornflakes, Müsli und Ähnliches auf einen Küchentisch geschüttet. Fertig. Es gab *Cap'n Crunch*, *Cap'n Crunch Peanut Butter* (jemand murmelte doch tatsächlich: »Auffällig ist, dass es kein Cap'n Crunch Crunch Berries gibt – Warum diese Leerstelle? – Was will uns der Künstler damit sagen?«), *Lucky Charms*, *Cocoa Puffs*, *Sugar Smacks* und sogar meinen alten Favoriten *Quisp*. Ich betrachtete die auf dem Tisch verschütteten Getreideerzeugnisse. Sie sprachen nicht zu mir, allerdings fing mein Magen an zu knurren.

Als jemand fragte: »Was halten Sie davon?«, hätte ich fast geantwortet, dass mir noch etwas Milch fehlte.

Ich ging weiter und hielt nur bei den Kunstwerken eines einzigen Künstlers länger inne. Ich blieb vor dem Gemälde einer kleinen Hütte oben auf einem Hügel stehen. Sanfte Morgendämmerung traf die Seitenwand – das Rosaviolett des ersten Tageslichts. Ich hatte sofort einen Kloß im Hals, ohne genau sagen zu können, woher das kam. Vielleicht waren es die dunklen Fenster, die wirkten, als wäre die Hütte einmal warm und heimelig gewesen, jetzt aber leer und verlassen. Ich wusste es nicht. Jedenfalls stand ich gerührt und etwas verloren vor dem Bild. Nach einer Weile ging ich langsam weiter. Alle Gemälde dieses Künstlers trafen mich irgendwie. Bei manchen wurde ich melancholisch, bei manchen nostalgisch, schrullig, leidenschaftlich. Keins ließ mich ungerührt.

Ich werde Ihnen die »große Enthüllung« ersparen, dass Natalie diese Bilder gemalt hatte.

Eine Frau lächelte, als sie meine Reaktion bemerkte. »Gefallen sie Ihnen?«

»Sehr«, sagte ich. »Sind die von Ihnen?«

»Gott bewahre, nein. Ich bin die Besitzerin der Bäckerei und des Cafés in der Stadt.« Sie streckte mir die Hand entgegen. »Man nennt mich Cookie.«

Ich schüttelte ihr die Hand. »Moment. Cookie hat eine Bäckerei?«

»Ja, ich weiß. Ein wenig übertrieben, oder?«

»Etwas vielleicht.«

»Die Malerin ist Natalie Avery. Sie sitzt gleich da drüben.«

Cookie zeigte auf die Frau mit der Sonnenbrille.

»Oh«, sagte ich.

»Oh was?«

Mit der Sonnenbrille hatte ich sie für die Schöpferin von *Breakfast in America* gehalten. Lars beendete seine Lesung gerade. Die Menge spendete ihm einen verhaltenen Applaus, doch Lars, der einen Krawattenschal trug, verbeugte sich mehrmals, als handelte es sich um stehende Ovationen.

Alle erhoben sich, mit Ausnahme von Natalie. Der Mann mit dem Bart und den lockigen Haaren flüsterte ihr beim Aufstehen kurz etwas zu, doch sie rührte sich nicht. Sie blieb mit verschränkten Armen sitzen, scheinbar immer noch tief versunken in die Ausführungen von Hitlers Hund.

Ich ging zu ihr. Sie sah direkt durch mich hindurch.

»Die Hütte auf Ihrem Bild. Wo ist die?«

»Was?« Sie schreckte auf. »Nirgends. Welches Bild?«

Ich runzelte die Stirn. »Sind Sie nicht Natalie Avery?«

»Ich?« Die Frage schien sie zu verwirren. »Doch, wieso?«

»Das Bild von der Hütte. Es gefällt mir sehr. Es … ich weiß nicht. Es hat mich bewegt.«

»Hütte?« Sie richtete sich auf, nahm die Sonnenbrille ab und rieb sich die Augen. »Klar, natürlich, die Hütte.«

Wieder runzelte ich die Stirn. Ich weiß nicht, was für eine Reaktion ich erwartet hatte, auf jeden Fall etwas Eindeutigeres. Ich blickte zu ihr hinunter. Manchmal bin ich nicht unbedingt ein Blitzmerker, als sie sich dann aber noch einmal die Augen rieb, begriff selbst ich.

»Sie haben geschlafen«, sagte ich.

»Was?«, sagte sie. »Nein.«

Doch sie rieb sich weiter die Augen.

»Heilige Scheiße«, sagte ich. »Deshalb haben Sie die Sonnenbrille getragen. Damit man es nicht sieht.«

»Pst.«

»Sie haben die ganze Zeit geschlafen.«

»Nicht so laut.«

Schließlich sah sie zu mir hoch, und ich weiß noch, dass ich dachte, was für ein schönes, freundliches Gesicht. Bald sollte ich erkennen, dass Natalie etwas besaß, was ich als langsam wirkende Schönheit bezeichnen möchte, eine Schönheit, die man nicht sofort bemerkte, die einem erst später bewusst wurde und dann immer weiter zunahm, so dass sie mit jedem Mal, wenn man sie sah, schöner wurde und man sich irgendwann nicht mehr vorstellen konnte, dass man sie jemals für etwas anderes als absolut atemberaubend gehalten hatte. Wenn ich Natalie sah, reagierte ich am ganzen Körper, als wäre es das erste Mal – oder besser.

»War das so offensichtlich?«, flüsterte sie.

»Ganz und gar nicht«, sagte ich. »Ich habe Sie nur für ein prätentiöses Arschloch gehalten.«

Sie zog eine Augenbraue hoch. »Gibt es eine bessere Tarnung, um in dieser Gruppe nicht aufzufallen?«

Ich schüttelte den Kopf. »Und als ich Ihre Bilder gesehen habe, hielt ich Sie für ein Genie.«

»Ehrlich?« Auf das Kompliment war sie offenbar nicht gefasst gewesen.

»Ehrlich.«

Sie räusperte sich. »Und jetzt, wo Sie gesehen haben, wie sehr der Schein trügen kann?«

»Jetzt halte ich Sie für ein *diabolisches* Genie.«

Das gefiel Natalie. »Sie können mir das nicht vorwerfen. Dieser Lars ist ein wandelndes Schlafmittel. Sobald er den Mund aufmacht, bin ich weg.«

»Ich bin Jake Fisher.«

»Natalie Avery.«

»Sollen wir einen Kaffee trinken, Natalie Avery? Wie es aussieht, könnten Sie einen brauchen.«

Sie zögerte, betrachtete mein Gesicht, und zwar so lange, dass ich rot anlief. Sie schob sich eine schwarze Locke hinters Ohr und stand auf. Dann kam sie näher, und ich erinnere mich, dass ich dachte, wie wunderbar zierlich sie ist, kleiner, als ich gedacht hatte, als ich sie auf dem Stuhl sitzen sah. Sie musste weit zu mir heraufblicken, und langsam breitete sich ein Lächeln auf ihrem Gesicht aus. Es war ein tolles Lächeln. »Klar, wieso nicht?«

Das Bild dieses Lächelns verharrte noch einen Moment lang in meinem Gehirn, bevor es gnädigerweise verblasste.

Ich war draußen in der Bibliotheksbar mit Benedict. Die Bibliotheksbar war praktisch genau das, was der Name besagte: eine alte Campus-Bibliothek mit dunkler Holzeinrichtung, die vor Kurzem in ein trendiges Etablissement im Retrostil verwandelt worden war. Die Besitzer waren klug genug gewesen, so wenig wie möglich an der alten Bibliothek zu verändern. Die Bücher standen noch in alphabetischer Reihenfolge in ihren Eichenregalen, nach Dezimalklassifikation oder in welchem bibliothekarischen Ordnungssystem auch immer. Die alte Ausleihtheke diente jetzt als Tresen. Die Bierdeckel waren laminierte, alte Dateikarten. Grüne Bibliothekslampen beleuchteten den Raum.

Die jungen Bardamen hatten ihr Haar zu strammen Knoten gebunden und trugen konservative, taillierte Kleidung und – natürlich – Hornbrillen. Ja, die heiße Bibliothekarin-Braut aus Jugendfantasien. Einmal pro Stunde wurde ein lautes Bibliothekarinnen-*Pst* über die Lautsprecher eingespielt, woraufhin die Bardamen sich die Brillen von den Nasen rissen, die Haarknoten und die obersten Knöpfe ihrer Blusen öffneten.

Etwas billig, aber es funktionierte.

Benedict und ich gaben uns richtig die Kante. Ich legte meinen Arm um seine Schulter und beugte mich zu ihm hinüber. »Weißt du, was wir tun sollten?«, fragte ich ihn.

Benedict zog eine Grimasse. »Ausnüchtern?«

»Ha! Der war gut. Nein, nein. Wir sollten ein spannendes Kondom-Roulette-Turnier veranstalten. Mit K.-o.-Runden. Ich denke da an vierundsechzig Teams. Unsere ganz persönliche Frühlingssause.«

»Wir sind hier nicht im Barsoletti's, Jake. Hier gibt es keinen Kondomautomaten.«

»Nicht?«

»Nein.«

»Schade.«

»Ja«, sagte Benedict. Dann flüsterte er: »Ein paar rattenscharfe Bräute bei drei Uhr, denen mal jemand den Hintern versohlen sollte.«

Ich wollte mich erst nach links drehen, dann nach rechts, und plötzlich erschien mir das ganze Konzept von »drei Uhr« völlig sinnlos zu sein. »Warte«, sagte ich. »Wo ist noch mal zwölf Uhr bei mir?«

Benedict seufzte. »Geradeaus ist zwölf Uhr.«

»Dann wäre drei Uhr also …«

»Guck einfach nach rechts, Jake.«

Sie merken vielleicht schon, dass ich Alkohol nicht besonders gut vertrage. Die meisten Menschen überrascht das. Wenn sie jemanden meiner Größe sehen, rechnen sie damit, dass ich eine kleinere Person locker unter den Tisch trinken kann. Das kann ich nicht. Ich vertrage Alkohol etwa so gut wie eine Erstsemesterstudentin bei ihrem ersten Verbindungsabend.

»Und?«

Ich wusste bereits, welcher Frauentyp mich erwartete, bevor ich die Chance hatte, die beiden in Augenschein zu nehmen. Rechts von mir saßen zwei Blondinen, die im gedämpften Licht der Bibliotheksbar ebenso wunderbar aussahen, wie sie bei Sonnenschein und Tageslicht ordinär bis furchteinflößend erscheinen würden. Benedict tänzelte zu ihnen hinüber und fing an, auf sie einzureden. Benedict konnte einen Aktenschrank belabern. Nach kurzer Zeit sahen die beiden Frauen an ihm vorbei zu mir herüber. Benedict winkte, dass ich zu ihnen kommen sollte.

Wieso zum Teufel auch nicht?

Du hast es versprochen.

Verdammt richtig, das habe ich. Besten Dank für die Erinnerung. Dann kann ich das Versprechen ja auch halten und versuchen, eine von den beiden Süßen abzuschleppen, oder? Ich pendelte auf sie zu.

»Meine Damen, der legendäre Professor Jacob Fisher.«

»Wow«, sagte eine, »das ist aber wirklich ein großer Junge«, und weil Benedict auch den flachsten Scherzen nicht widerstehen konnte, blinzelte er kurz und sagte: »Sie können sich gar nicht vorstellen, wie recht Sie haben, Schätzchen.«

Ich unterdrückte einen Seufzer, sagte Hallo und setzte mich. Benedict baggerte sie mit speziell auf diese Bar abgestimmten Aufreißersprüchen an: »Es ist eine Bibliothek, dann kann ich Sie ja auch ausleihen.« »Gibt es eine Strafe fürs Überziehen?« Die Blondinen fuhren drauf ab. Ich versuchte, mich zu beteiligen, doch oberflächliches Geplauder war noch nie meine Stärke gewesen. Immer wieder erschien Natalies Gesicht vor meinem inneren Auge. Ich blinzelte es weg. Wir bestellten neue Drinks. Dann noch ein paar.

Nach einer Weile torkelten wir zu den Sofas in der früheren Kinderbuchabteilung. Mein Kopf fiel nach hinten, und vielleicht war ich auch eine Weile weggetreten. Als ich wieder aufwachte, fing eine der Blondinen an, mit mir zu reden. Ich stellte mich vor.

»Ich heiße Windy«, sagte sie.

»Wendy?«

»Nein, Windy. Mit *i*.« Es hörte sich an, als hätte sie das schon tausendmal gesagt, was, wenn ich es recht bedachte, sehr wahrscheinlich tatsächlich zutraf.

»Mögen Sie den Song?«, fragte ich.

Sie wirkte überrascht. »Sie kennen den Song? So alt sehen Sie noch gar nicht aus.«

»›*Everybody knows it's Windy*‹«, sang ich. Dann: »Mein Dad stand auf *The Association*.«

»Wow, meiner auch. Daher auch der Name.«

Überraschenderweise entwickelte sich ein richtiges Gespräch. Windy war einunddreißig Jahre alt, arbeitete am Bankschalter, besuchte aber außerdem das Community College im Ort, wo sie eine Ausbildung zur Kinderkrankenpflegerin machte, ihrem Traumjob. Sie kümmerte sich um ihren behinderten Bruder.

»Alex hat Zerebrale Kinderlähmung«, sagte Windy und zeigte mir ein Foto von ihrem Bruder im Rollstuhl. Der Junge strahlte übers ganze Gesicht. Ich starrte das Bild an, als könnte seine Freundlichkeit irgendwie aus dem Bild herauskommen und mich erfüllen. Windy sah es, nickte und sagte leise: »Er ist mein Sonnenschein.«

Eine Stunde verging. Vielleicht auch zwei. Ich unterhielt mich mit Windy. In solchen Nächten gibt es immer einen Zeitpunkt, an dem man weiß, ob man, ähem, zum Abschluss kommt (oder, um bei den Bibliotheks-Metaphern zu bleiben, ob man das Buch mit nach Hause nimmt) oder nicht. Diesen Zeitpunkt hatten wir jetzt erreicht, und die Antwort lautete eindeutig ja.

Die Ladys gingen sich die Nase pudern. Ich war etwas zu angeheitert von den vielen Drinks. Zwischendurch fragte ich mich, ob mein Bibliotheksausweis für diesen Abend nicht schon abgelaufen war. Eigentlich kümmerte es mich aber auch nicht besonders.

»Weißt du, was mir an den beiden gefällt?« Benedict deutete auf ein Regal. »Sie sind ziemlich üppig ausgestattet. Verstehst du? Die Regale stehen voller Bücher, die beiden …«

Ich stöhnte laut. »Ich glaube, mir wird schlecht.«

»Das könnte auch ganz unterhaltsam werden«, sagte Benedict. »Übrigens, wo warst du eigentlich gestern Abend?«

»Hab ich dir das nicht erzählt?«

»Nein.«

»Ich war in Vermont«, sagte ich. »In Natalies Refugium.«

Er sah mich an. »Was wolltest du denn da?«

Es war seltsam, aber wenn Benedict zu viel getrunken hatte, kam der Hauch eines englischen Akzents durch. Ich nahm an, dass er sich den in seiner Zeit auf der Privatschule angeeignet hatte. Je mehr er trank, desto stärker wurde der Akzent.

»Um Antworten zu bekommen«, sagte ich.

»Und? Hast du welche bekommen?«

»Ja.«

»Erzähl.«

»Erstens ...«, ich streckte einen Finger in die Luft, »... erinnert sich dort niemand an Natalie. Zweitens ...«, noch ein Finger, »... erinnert sich dort niemand an mich. Drittens ...«, die Sache mit den Fingern haben Sie jetzt wahrscheinlich verstanden, »... gibt es in der Kapelle dort keine Unterlagen über Natalies Hochzeit. Viertens schwört der Geistliche, den ich damals bei der Zeremonie gesehen habe, dass diese Hochzeit nie stattgefunden hat. Fünftens hatte die Besitzerin des Coffee-Shops, in dem wir immer waren und die mich auf Natalie aufmerksam gemacht hat, keine Ahnung, wer ich bin, und erinnerte sich weder an Natalie noch an mich.«

Ich nahm die Hand herunter.

»Ach ja, und Natalies Künstler-Refugium?«, sagte ich, »das Creative Recharge? Das gibt es nicht mehr, und alle

Leute behaupten, dass es auch nie existiert hätte, sondern auf dem Land immer eine private, von der Familie bewirtschaftete Farm gewesen sei. Zusammenfassung: Ich glaube, ich dreh langsam durch.«

Benedict wandte sich ab und trank einen Schluck Bier.

»Was ist?«, fragte ich.

»Nichts.«

Ich stieß ihn leicht an. »Jetzt erzähl schon. Was ist los?«

Benedict blieb weiter mit gesenktem Kopf sitzen. »Als du vor sechs Jahren zu dem Refugium gefahren bist, warst du ziemlich fertig.«

»Ein bisschen vielleicht. Na und?«

»Kurz vorher war dein Vater gestorben. Du hast dich einsam gefühlt. Deine Dissertation lief nicht richtig. Du warst traurig und erschöpft. Außerdem hast du dich darüber geärgert, dass Trainor mit einem blauen Auge davongekommen ist.«

»Worauf willst du hinaus?«

»Auf nichts«, sagte er. »Vergiss es.«

»Lass den Quatsch. Erzähl schon.«

Mir war jetzt wirklich schwindelig. Ich hätte längst mit dem Trinken aufhören müssen. Ich weiß noch, wie ich im ersten Studienjahr einmal zu viel getrunken hatte und mich dann auf den Rückweg zum Wohnheim machte. Ich hatte es nur mit vielen Pausen geschafft. Als ich aufwachte, lag ich auf einem Busch. Ich weiß noch, dass ich zum Sternenhimmel hinaufstarrte und mich fragte, warum der Boden so piekste. Jetzt schwankte auch alles, genau wie damals, wie in einem kleinen Boot auf rauer See.

»Natalie«, sagte Benedict.

»Was ist mit ihr?«

Er sah mich aus seinen brillenvergrößerten Augen an. »Wieso habe ich sie nie kennengelernt?«

Das Bild vor meinen Augen verschwamm. »Was?«

»Natalie. Wie kommt es, dass ich sie nie kennengelernt habe?«

»Weil wir die ganze Zeit in Vermont waren.«

»Ihr seid nie auf dem Campus gewesen?«

»Nur ein Mal, ganz kurz. Dann sind wir ins Judie's gegangen.«

»Wie kommt es dann, dass du sie mir nicht vorgestellt hast?«

Ich zuckte etwas übereifrig die Achseln. »Ich weiß es nicht. Vielleicht warst du nicht da?«

»Ich habe den ganzen Sommer hier verbracht.«

Schweigen. Ich versuchte, mich zu erinnern. Hatte ich versucht, sie Benedict vorzustellen?

»Ich bin dein bester Freund, stimmt's?«, sagte er.

»Stimmt.«

»Und wenn du sie geheiratet hättest, wäre ich dein Trauzeuge gewesen.«

»Das weißt du ganz genau.«

»Und dann findest du es nicht ungewöhnlich, dass ich sie nie kennengelernt habe?«, fragte er.

»Wenn du es so sagst…« Ich runzelte die Stirn. »Moment, worauf willst du hinaus?«

»Schon okay«, sagte er ruhig. »Ich finde es nur etwas seltsam, weiter nichts.«

»Wie, seltsam?«

Er antwortete nicht.

»So seltsam, dass du glaubst, ich hätte sie erfunden? Willst du darauf hinaus?«

»Nein. Ich mein ja bloß.«

»Was meinst du?«

»In dem Sommer. Du brauchtest etwas, um dich festzuhalten.«

»Und das habe ich dort gefunden. Und leider wieder verloren.«

»Okay, gut. Lass gut sein.«

Aber ich konnte es nicht gut sein lassen. Nicht in diesem Moment, wo ich so wütend und betrunken war. »Und wo wir gerade dabei sind«, sagte ich, »wie kommt's denn, dass ich die Liebe deines Lebens nie kennengelernt habe?«

»Wovon sprichst du?«

Oh Mann, war ich betrunken. »Vom Foto in deinem Portemonnaie. Wie kommt's, dass ich sie nie getroffen habe?«

Er sah aus, als hätte ich ihm eine Ohrfeige verpasst. »Es reicht jetzt, Jake.«

»Ich mein ja bloß.«

»Es. Reicht. Jetzt.«

Ich machte den Mund auf, schloss ihn aber sofort wieder. Die Ladys kamen zurück. Benedict schüttelte einmal kurz den Kopf, und schon hatte er das Lächeln wieder in sein Gesicht gezaubert.

»Welche willst du?«, fragte Benedict.

Ich sah ihn an. »Ist das dein Ernst?«

»Ja.«

»Windy«, sagte ich.

»Welche ist das?«

»Ehrlich?«

»Ich bin nicht gut mit Namen«, sagte Benedict.

»Windy ist die, mit der ich mich den ganzen Abend unterhalten habe.«

»Mit anderen Worten«, sagte Benedict, »du willst die Heißere. Gut, okay.«

Ich ging mit Windy in ihre Wohnung. Wir ließen es langsam angehen, bis wir dann schnell machten. Es war nicht die absolute Glückseligkeit, aber sehr schön. Gegen drei Uhr morgens brachte Windy mich zur Tür.

Unsicher, was ich sagen sollte, murmelte ich ein dummes »Äh, danke«.

»Äh, keine Ursache.«

Wir küssten uns sanft auf die Lippen. Es würde nichts Dauerhaftes werden, das war uns beiden klar, aber es war ein kleines, schnelles Vergnügen, und manchmal gab es in dieser Welt absolut nichts daran auszusetzen.

Ich torkelte über den Campus nach Hause. Auch ein paar vereinzelte Studenten waren noch unterwegs. Ich versuchte, mich im Schatten zu halten, aber Barry, der Student, der jede Woche zu mir ins Büro kam, sah mich und rief: »Na, heute mal auf dem *Walk of Shame* unterwegs, Teach?«

Erwischt.

Ich winkte ihm gutmütig zu und ging in Schlangenlinien weiter zu meinem bescheidenen Heim.

Als ich in den Flur trat, erfüllte ein lautes Rauschen meine Ohren. Ich blieb einfach stehen, wartete, bis ich meine Beine wieder spürte. Als das Schwindelgefühl abnahm, ging ich in die Küche und schenkte mir ein Glas kaltes Wasser ein. Ich trank es in großen Schlucken und schenkte es wieder voll. Morgen würde ich böse Kopfschmerzen haben, kein Zweifel.

Erschöpfung lastete auf meinen Gliedmaßen. Ich trat ins Schlafzimmer und schaltete das Licht an. Dort, auf der Bettkante, saß der Mann mit der kastanienbraunen Baseballkappe. Erschrocken sprang ich zurück.

Der Mann winkte mir freundlich zu. »Hey, Jake. Junge, Junge, wie siehst du denn aus? Hast du gesoffen?«

Ein oder zwei Sekunden stand ich einfach nur da. Der Mann lächelte mir zu, als wäre es das normalste Aufeinandertreffen der Welt. Er tippte sich sogar mit den Fingern an den Schirm seiner Kappe wie ein Profi-Golfer, der die Zuschauer an der Bahn begrüßt.

»Wer zum Teufel sind Sie?«, fragte ich.

»Das ist nicht weiter relevant, Jake.«

»Klar ist es das, verdammt noch mal. Wer sind Sie?«

Der Mann seufzte, scheinbar enttäuscht von meinem offensichtlich irrationalen Wunsch, seinen Namen zu erfahren. »Sagen wir doch einfach, ich bin ein Freund.«

»Sie waren in Vermont in dem Café.«

»Schuldig.«

»Und Sie haben mich bis hierher verfolgt. In dem Transporter.«

»Auch da bekenne ich mich schuldig. Mann, Sie riechen nach ziemlich billigem Schnaps und noch billigerem Sex. Wogegen natürlich absolut nichts einzuwenden ist.«

Ich bemühte mich, nicht zu sehr zu schwanken. »Was wollen Sie?«

»Ich möchte einen kleinen Ausflug mit Ihnen machen.«

»Wohin?«

»Wohin?« Er zog eine Augenbraue hoch. »Hören wir mit den Spielchen auf, Jake. Sie wissen doch ganz genau, wohin es geht.«

»Ich habe keine Ahnung, wovon Sie reden«, sagte ich. »Wie sind Sie überhaupt hier reingekommen?«

Auf die Frage hin hätte der Mann fast die Augen verdreht. »Klar, Jake, wir können ebenso gut die Zeit damit vergeuden, dass ich Ihnen erzähle, wie ich dieses lächerliche Etwas an Ihrer Hintertür, das ein Schloss darstellen soll, geknackt habe. Es wäre besser, die Tür mit Klebeband zu sichern.«

Ich öffnete den Mund, schloss ihn wieder und setzte noch einmal an. »Wer zum Teufel sind Sie?«

»Bob. Okay, Jake? Da Sie die Sache mit dem Namen offensichtlich nicht aus dem Kopf bekommen, ich heiße Bob. Sie sind Jake, ich bin Bob. Wenn wir uns dann bitte auf den Weg machen könnten?«

Der Mann stand auf. Ich sammelte mich, dachte an meine Zeiten als Türsteher. Ich würde den Mann hier nicht ohne Erklärung rauslassen. Aber falls er eingeschüchtert war, gelang es ihm ziemlich gut, sich das nicht anmerken zu lassen.

»Können wir jetzt endlich gehen«, fragte er, »oder wollen Sie noch mehr Zeit vergeuden?«

»Wo fahren wir hin?«

Bob runzelte die Stirn, als wollte ich ihn auf den Arm nehmen. »Kommen Sie, Jake. Was glauben Sie denn?« Er deutete auf die Tür hinter mir. »Zu Natalie natürlich. Wir müssen los.«

VIERZEHN

Der Transporter stand auf dem Mitarbeiterparkplatz hinter dem Moore-Wohnheim.

Es war ruhig geworden auf dem Campus. Die Musik war verstummt, und nur das unablässige Zirpen der Grillen war noch zu hören. In der Ferne sah ich die Silhouetten einiger Studenten, aber für die meisten war offensichtlich um drei Uhr morgens Schluss.

Bob und ich gingen Seite an Seite wie zwei alte Kumpel bei einem Nachtspaziergang. Der Alkohol schmiegte sich noch an gewisse Synapsen im Gehirn, die Kombination aus Nachtluft und dem Überraschungsgast hatte mich jedoch schlagartig ernüchtert. Als wir uns dem inzwischen wohlbekannten Chevy-Transporter näherten, wurde die Hintertür geöffnet. Ein Mann stieg aus.

Das gefiel mir nicht.

Der Mann war groß und dünn, hatte Wangenknochen, mit denen man Tomaten hätte schneiden können, und perfekt frisierte Haare. Bis hin zu seinem wissenden, leicht herablassenden Gesichtsausdruck sah er aus wie ein männliches Model. In meiner Zeit als Türsteher hatte ich so etwas wie einen sechsten Sinn für sich anbahnenden Ärger entwickelt. Das ergab sich einfach, wenn man lange genug in so einem Job arbeitete. Ein Mann ging an dir vorbei, und die Gefahr überfiel dich in heißen Schüben, wie die Wellenlinien in einem Cartoon. Und dieser Kerl strahlte Gefahrenwellen im Temperaturbereich einer Supernova aus.

Ich blieb stehen. »Wer ist das?«

»Geht das schon wieder los mit den Namen?«, sagte Bob. Dann ergänzte er mit einem theatralischen Seufzer: »Das ist Otto. Jake, ich möchte Ihnen meinen Freund Otto vorstellen.«

»Otto und Bob«, sagte ich.

»Ja.«

»Zwei Palindrome.«

»Ihr Professoren mit euren großen Wörtern.« Wir erreichten den Transporter. Otto trat zur Seite und ließ mir den Vortritt, aber ich rührte mich nicht. »Steigen Sie ein«, sagte Bob.

Ich schüttelte den Kopf. »Meine Mama hat mir verboten, zu Fremden ins Auto zu steigen.«

»Yo! Teach!«

Ich riss die Augen auf, während ich mich zu der Stimme umdrehte. Barry kam ungelenk auf uns zugerannt. Er war eindeutig betrunken, daher sahen seine Schritte aus wie die einer Marionette, bei der sich die Schnüre verheddert hatten. »Yo, Teach, ich hab nur eine kurze Frage, wenn ich …«

Barry konnte den Satz nicht beenden. Ohne zu zögern und ohne jede Vorwarnung trat Otto vor, holte aus und schlug ihn mitten ins Gesicht. Einen Moment lang schockierte mich dieses übergangslose Geschehen. Barry hing horizontal in der Luft. Mit einem lauten Knall schlug er auf dem Boden auf, dann rollte sein Kopf zur Seite. Seine Augen waren geschlossen. Blut sickerte aus seiner Nase.

Ich hockte mich vor ihn. »Barry?«

Er bewegte sich nicht.

Otto zog eine Pistole.

Ich bewegte mich ein wenig nach links, um Barry abzuschirmen.

»Auf Sie wird Otto nicht schießen«, sagte Bob mit derselben ruhigen Stimme. »Er schießt einfach so lange auf die Studenten hier, bis Sie im Transporter sind.«

Ich legte Barrys Kopf zurecht. Ich sah, dass er atmete. Ich wollte gerade seinen Puls fühlen, als ich noch eine Stimme hörte.

»Barry?« Ein anderer Student. »Wo bist du, Bro?«

Angst packte mich, als Otto die Pistole hob. Ich überlegte, ob ich versuchen sollte, sie ihm abzunehmen, doch als hätte er meine Gedanken gelesen, trat Otto einen Schritt zurück.

Ein anderer Student rief: »Ich glaub, er ist da drüben bei dem Transporter – Barry?«

Otto zielte auf die Stimme. Bob sah mich an und zuckte kurz die Achseln.

»Okay!«, sagte ich mit einem Bühnenflüstern. »Ich geh ja schon! Nicht schießen.«

Schnell rollte ich mich hinten in den Laderaum des Transporters. Ich sah keine Sitze. An einer Seite befand sich eine Art Bank. Weitere Sitzgelegenheiten gab es nicht. Otto nahm die Waffe herunter und rutschte neben mich. Bob schlug die Tür zu und setzte sich auf den Fahrersitz. Barry war immer noch bewusstlos. Als wir losfuhren, kamen die Studenten näher. Ich hörte, wie einer rief: »Hey, was zum … oh mein Gott, Barry?«

Falls Bob und Otto Angst hatten, dass sich jemand das Kennzeichen merkte, ließen sie es sich nicht anmerken. Bob fuhr aufreizend langsam. Das gefiel mir ganz und gar nicht. Er sollte endlich das Gaspedal durchtreten. Er sollte sich gefälligst beeilen. Otto und Bob sollten sich so schnell wie möglich so weit wie möglich von den Studenten entfernen.

Ich wandte mich an Otto. »Warum mussten Sie so hart zuschlagen?«

Otto musterte mich mit einem Blick, der mir einen kalten Schauer bis ins Herz jagte. Seine Augen wirkten leblos, ohne jedes Glitzern. Es war, als sähe man einem unbelebten Objekt in die Augen – einem Beistelltisch oder einem Pappkarton.

Auf dem Fahrersitz sagte Bob: »Werfen Sie Ihr Portemonnaie und Ihr Handy auf den Beifahrersitz.«

Ich tat, was er verlangte. Mit einem kurzen Blick musterte ich die Innenausstattung des Laderaums, und mir gefiel nicht, was ich sah. Der Teppichboden war entfernt worden, so dass man auf den blanken Metallboden sah. Neben Ottos Füßen stand ein rostiger Werkzeugkasten. Keine Ahnung, was darin war. Eine Stange war an die gegenüberliegende Wand geschweißt. Als ich die Handschellen sah, schluckte ich. Eine Schelle war an der Stange befestigt, die andere hing offen herunter und wartete offensichtlich auf ein Handgelenk.

Otto hielt die ganze Zeit die Pistole auf mich gerichtet.

Als wir auf dem Highway waren, fing Bob an, lässig mit der offenen Handfläche zu lenken, so wie mein Vater früher, wenn wir das Material für ein handwerkliches Wochenend-Projekt im Haus oder im Garten aus dem Baumarkt geholt hatten.

»Jake«, sagte Bob, ohne sich umzudrehen.

»Ja.«

»Wohin?«

»Hä?«, sagte ich.

»Ganz einfach, Jake«, sagte Bob. »Du erzählst uns jetzt, wo Natalie ist.«

»Ich?«

»Ja.«

»Ich habe keine Ahnung, wo sie ist. Sie hatten doch gesagt, dass …«

Im selben Moment rammte Otto mir seine Faust in den Bauch. Luft strömte aus meiner Lunge. Ich klappte in der Hüfte wie ein Koffer zusammen, und meine Knie knallten auf den Metallboden. Wenn Ihnen schon einmal jemand so die Luft aus dem Körper gerammt hat, wissen Sie, dass man danach einen Moment lang völlig gelähmt ist. Man hat das Gefühl zu ersticken. Man kann sich nur zusammenrollen und hoffen, dass irgendwie wieder Luft in die Lunge kommt.

Bobs Stimme: »Wo ist sie?«

Selbst wenn ich es gewusst hätte, hätte ich ihm nicht antworten können. Ich versuchte durchzuhalten, daran zu denken, dass die Luft wieder zurückkäme, wenn ich aufhörte, darum zu kämpfen. Doch es fühlte sich an, als würde mir jemand den Kopf unter Wasser drücken und ich müsste darauf vertrauen, dass er mich irgendwann schon loslassen würde.

Wieder Bobs Stimme: »Jake?«

Otto trat mir seitlich gegen den Kopf. Ich rollte auf den Rücken und sah Sterne. Meine Brust fing an zu zucken, endlich konnte ich in kleinen, wohltuenden Atemzügen wieder Luft holen. Otto trat mir noch einmal gegen den Kopf. An den Rändern meines Sichtfelds wurde es schwarz. Die Augen drehten sich nach innen. Mein Magen rebellierte. Ich hatte das Gefühl, mich übergeben zu müssen, und weil die Gedanken seltsame Wege gehen, dachte ich, dass es gut war, dass sie den Teppichboden entfernt hatten, weil man den Boden dann leichter reinigen konnte.

»Wo ist sie?«, fragte Bob noch einmal.

Nachdem ich auf allen vieren in die hinterste Ecke des Transporters gekrochen war, spie ich ein paar Worte aus: »Das weiß ich nicht. Ich schwöre es.«

Ich presste mich mit dem Rücken gegen die Wand. Die Stange mit den Handschellen war direkt über meiner rechten Schulter. Otto hatte immer noch die Pistole auf mich gerichtet. Ich rührte mich nicht, wollte Zeit gewinnen, wieder zu Atem kommen, mich erholen und einen klaren Gedanken fassen. Der Alkohol war noch im System, überdeckte alles mit einem leichten Schleier, doch Schmerz war eine sehr effiziente Möglichkeit, Klarheit und Konzentration zurückzugewinnen.

Ich zog beide Knie an die Brust. Dabei spürte ich etwas Kleines, Spitzes an meinem Bein. Eine kleine Glasscherbe, dachte ich, oder vielleicht ein scharfkantiger Stein. Als ich auf den Boden sah, stellte ich mit wachsendem Schrecken fest, dass es nichts von beidem war.

Es war ein Zahn.

Mir stockte der Atem. Ich sah Otto an und entdeckte den Hauch eines Lächelns in seinem Model-Gesicht. Er öffnete den Metallkasten und nahm ein paar rostige Werkzeuge heraus. Ich sah eine Kneifzange, eine Bügelsäge, ein Teppichmesser – dann wandte ich den Blick ab.

Bob: »Wo ist sie?«

»Ich hab doch schon gesagt, dass ich es nicht weiß.«

»Diese Antwort …«, sagte Bob. Ich sah, wie sein Hinterkopf wackelte. »… finde ich sehr unbefriedigend.«

Otto blieb teilnahmslos. Er hatte die Pistole weiter auf mich gerichtet, während sein Blick immer wieder zärtlich über sein Werkzeug wanderte. Beim Betrachten der Kneifzange, der Bügelsäge und des Teppichmessers begannen seine Augen zu leuchten.

Wieder Bob: »Jake?«

»Was ist?«

»Otto wird Ihnen jetzt Handschellen anlegen. Sie machen dabei keine Dummheiten. Er hat eine Pistole, und … wir können jederzeit zum Campus zurückfahren und ein paar Schießübungen mit Ihren Studenten veranstalten. Haben Sie mich verstanden?«

Wieder schluckte ich. In meinem Kopf drehte sich alles. »Ich weiß nichts.«

Bob seufzte theatralisch. »Ich habe Sie nicht gefragt, ob Sie etwas wissen, Jake. Na ja, also vorhin schon, da habe ich Sie das gefragt, aber jetzt wollte ich wissen, ob Sie verstanden haben, was ich gesagt habe – über die Handschellen und die Schießübungen auf Studenten. Haben Sie das alles verstanden, Jake?«

»Ja.«

»Okay, dann machen Sie jetzt keine Mätzchen.« Bob setzte den Blinker und wechselte auf die linke Spur. Wir waren noch auf dem Highway. »Mach weiter, Otto.«

Ich hatte nicht mehr viel Zeit. Das war klar. Sobald die Handschelle saß – sobald ich an die Transporterwand gefesselt war –, war ich erledigt. Ich sah den Zahn auf dem Boden an.

Ein guter Hinweis auf das, was mich erwartete.

Otto kam aus dem hinteren Teil des Laderaums auf mich zu. Er hielt die Pistole immer noch in der Hand. Ich hätte versuchen können, ihn zu überwältigen, aber damit rechnete er natürlich. Also überlegte ich, ob ich die Seitentür öffnen und mich hinausrollen sollte – keine Kleinigkeit bei hundert Stundenkilometern auf dem Highway. Außerdem war die Tür verriegelt. Ich würde sie nicht so schnell öffnen können.

Schließlich sagte Otto: »Halten Sie sich mit der linken Hand neben den Handschellen an der Stange fest. Umgreifen Sie die Stange mit allen Fingern.«

Ich wusste, warum er das verlangte. Auf diese Art war eine Hand außer Gefecht. Er musste nur noch auf die andere achten. Wobei das eigentlich keine Rolle spielte. Er bräuchte nur eine Sekunde, um die Metallschelle um mein Handgelenk zu schließen, und dann, tja, Game over. Ich ergriff die Stange – dann hatte ich eine Idee.

Es war schwierig, vielleicht sogar unmöglich, aber sobald die Handschelle zuschnappte und ich gefesselt war, konnte Otto anfangen, mich mit den Geräten aus seinem kleinen Werkzeugkasten zu bearbeiten und …

Ich hatte keine Wahl.

Otto rechnete vermutlich damit, dass ich auf ihn losgehen könnte. Wahrscheinlich erwartete er aber nicht, dass ich mich in die andere Richtung orientieren könnte.

Ich versuchte, mich zu entspannen. Das Timing war entscheidend. Ich war groß – sonst hätte ich keine Chance gehabt. Außerdem baute ich darauf, dass Otto nicht auf mich schießen wollte, sondern dass die beiden mich lebend wollten. Das hatte Bob mit seiner Drohung, lieber auf die Studenten zu schießen als auf mich, ja bereits deutlich gemacht.

Ich hatte höchstens eine Sekunde. Weniger noch. Vielleicht nur ein paar Zehntel.

Otto streckte die Hand nach den Handschellen aus. Als seine Finger sie berührten, legte ich los.

Ich stützte mich mit der Hand an der Stange ab und schwang die Beine hoch – aber nicht, um Otto zu treten. Das wäre sinnlos gewesen, und außerdem war er darauf vorbereitet. Stattdessen katapultierte ich mich nach vorne und streckte meinen langen Körper horizontal aus. Ich flog nicht direkt durch den Transporter wie ein erfahrener Kampfkunst-Meister, aber dank meiner Größe und den verdammten Rumpfstabilisationsübungen, die ich dauernd machte, konnte ich mein Bein wie eine Peitsche herumschleudern.

Ich zielte mit dem Hacken auf die Seite von Bobs Kopf.

Otto reagierte schnell. Genau in dem Moment, als mein Hacken ins Schwarze traf, erwischte er mich in der Luft und drückte mich zu Boden. Er nahm mich in den Schwitzkasten und fing an zu drücken.

Aber es war zu spät.

Ich hatte Bob einen kräftigen Tritt an den Kopf verpasst, worauf der zur Seite geschleudert worden war. Bob zuckte instinktiv zusammen und nahm die Hände vom Lenkrad. Der Transporter geriet ins Schlingern, so dass Otto und ich – und die Pistole – durcheinanderkullerten.

Ich hatte eine Chance.

Otto hielt mich immer noch im Schwitzkasten, aber ohne die Pistole war es ein Kampf Mann gegen Mann. Er war ein guter, erfahrener Kämpfer. Ich war ein guter, erfahrener Kämpfer. Er war gut eins achtzig groß und wog achtzig Kilo. Ich war eins siebenundneunzig groß und wog gut hundert Kilo.

Vorteil: auf meiner Seite.

Ich warf mich gegen die Hecktür – mit ihm als Puffer. Sein Griff um meinen Hals lockerte sich. Ich holte Schwung und wiederholte das Manöver. Er ließ los, und sofort suchte ich den Boden mit den Augen nach der Pistole ab.

Ich sah sie nicht.

Der Transporter schleuderte weiter nach rechts, dann plötzlich nach links, als Bob versuchte, ihn wieder unter Kontrolle zu bekommen.

Ich taumelte vorwärts, fiel auf die Knie. Neben mir schlitterte etwas über den Metallboden, und als ich mich nach dem Geräusch umdrehte, lag die Pistole vor mir in der Ecke. Ich wollte zu ihr krabbeln, aber Otto packte mein Bein und zog mich zurück. Es gab ein kurzes Tauziehen, als ich versuchte, die Pistole zu erreichen und er mich festhielt. Ich trat nach seinem Gesicht, traf aber nicht.

Dann senkte Otto den Kopf und biss mir ins Bein.

Ich heulte vor Schmerz auf.

Er verbiss sich in meiner Wade. Panisch trat ich kräftiger aus. Er ließ nicht los. Vor Schmerz wurde mir wieder schummrig vor Augen. Zum Glück geriet der Transporter erneut ins Schlingern. Otto flog nach rechts. Ich rollte nach links. Er landete beim Werkzeugkasten. Seine Hand verschwand darin.

Wo zum Teufel war die Pistole?

Ich sah sie nicht mehr.

Vorne sagte Bob: »Hören Sie auf, oder wir werden weitere Studenten verletzen.«

Aber ich hörte nicht auf den Mist. Ich blickte nach links und rechts. Die Pistole war nicht da.

Ottos Hand tauchte aus dem Werkzeugkasten auf. Mit

dem Teppichmesser. Er drückte den Knopf und schob die Klinge heraus.

Und schon war mein Größenvorteil nichts mehr wert.

Mit ausgestrecktem Messer kam er auf mich zu. Ich saß in der Ecke fest. Keine Spur von der Pistole. Ich hatte keine echte Chance, ihn zu überwältigen, ohne dabei schwere Schnittverletzungen zu riskieren. Also blieb mir keine Wahl.

Wenn man in Schwierigkeiten steckt, sollte man auf erprobte Lösungswege zurückgreifen.

Ich drehte mich um und schlug Bob gegen den Hinterkopf.

Wieder geriet der Transporter ins Schlingern. Otto und ich kullerten durch den Laderaum. Als ich auf dem Boden aufprallte, eröffnete sich eine Möglichkeit. Ich senkte den Kopf und stürzte mich auf Otto. Er hatte das Teppichmesser noch in der Hand und stach nach mir, doch ich packte sein Handgelenk, versuchte wieder, meinen Gewichtsvorteil auszunutzen.

Bob hatte inzwischen immer größere Probleme, den Wagen unter Kontrolle zu halten.

Otto und ich wurden durch den Laderaum geschleudert. Mit der linken Hand umklammerte ich sein rechtes Handgelenk. Ich schlang meine Beine um seinen Körper, drückte Otto den rechten Unterarm auf den Kehlkopf und versuchte, an seine Luftröhre zu kommen. Er drückte das Kinn herunter, um mich davon abzuhalten, doch ich hatte den Unterarm schon auf seinem Hals. Wenn ich ihn noch etwas weiter hineindrückte …

Da geschah es.

Bob trat scharf auf die Bremse. Der Transporter hielt

schlagartig an. Otto und ich flogen durch die Luft und knallten auf den Boden. Die Sache war die, dass mein Unterarm dabei die ganze Zeit auf seiner Kehle lag. Überlegen Sie mal. Mein Gewicht, die Geschwindigkeit des Wagens, der plötzliche Halt – alles zusammen verwandelte meinen Unterarm in eine Dampframme.

Ich hörte ein schreckliches Knirschen, als zerbräche ein Bündel trockener Zweige. Ottos Luftröhre gab nach wie nasses Pappmaché. Mein Arm traf auf etwas Hartes – ich spürte tatsächlich die Halsknorpel und sogar den Transporterboden durch die Haut. Ottos Körper erschlaffte. Ich sah auf sein Model-Gesicht hinab. Die Augen standen offen, doch jetzt wirkten sie nicht mehr nur leblos – sie waren es.

Ich hoffte fast, dass er blinzeln würde. Er tat es nicht.

Otto war tot.

Ich rollte von ihm herunter.

»Otto?«

Es war Bob. Ich sah, wie er auf dem Fahrersitz in die Tasche griff. Ich fragte mich, ob er eine Pistole zog, war aber nicht in der Stimmung abzuwarten, um es herauszufinden. Ich packte den Griff an der Hecktür, zog ihn hoch und stieß die Tür auf und warf noch einen letzten Blick hinter mich.

Ja, Bob hielt eine Pistole in der Hand. Und die war direkt auf mich gerichtet.

Ich duckte mich, und die Kugel zischte über mich hinweg. So viel dazu, dass er mich lebend wollte. Ich rollte mich hinten aus dem Transporter und fiel auf die rechte Schulter. Ein Paar Scheinwerfer kamen auf mich zu. Meine Augen weiteten sich. Ein Auto raste direkt auf mich zu. Ich zog den Kopf ein und rollte weiter. Reifenquietschen. Der Wagen fuhr so nah an mir vorbei, dass ich den Dreck, der von den Reifen hochgeschleudert wurde, im Gesicht spürte. Hupen ertönten. Jemand fluchte.

Bobs Transporter setzte sich in Bewegung. Ein Gefühl der Erleichterung durchflutete meine Adern. Es waren viele Autos unterwegs, so dass ich davon ausging, dass Bob wegfahren würde.

Er tat es nicht.

Bob hielt auf dem Grünstreifen neben der Straße. Dort lag auch ich. Der Transporter war etwa zwanzig Meter von mir entfernt.

Bob sprang mit der Pistole in der Hand aus dem Wagen. Ich war erledigt. Ich hatte gedacht, dass ich mich nicht bewegen könnte, aber eins war klar: Sobald eine Schusswaffe ins Spiel kam, waren Kleinigkeiten wie Schmerzen und Erschöpfung bestenfalls zweitrangig.

Wieder blieb mir nur eine Wahl.

Ich sprang direkt ins Gebüsch am Straßenrand. Ich sah nicht erst nach, was mich dort erwartete. In der Dunkelheit war mir der Abhang gar nicht aufgefallen. Ich stürzte direkt durchs Unterholz, nutzte die Schwerkraft, um weiter von der Straße wegzukommen. Ich nahm an, dass ich ziemlich schnell unten ankommen würde, das dauerte dann aber doch eine ganze Weile.

Ich purzelte und kullerte den unebenen Hang hinunter. Mein Kopf stieß gegen einen Fels, mein Bein gegen einen Baum, meine Rippen gegen … keine Ahnung. Ich rollte weiter. Ich rollte durch ein Dickicht und dann weiter, bis sich meine Augen von selbst schlossen und die Welt um mich herum schwarz und still wurde.

FÜNFZEHN

Als ich die Scheinwerfer vor mir sah, keuchte ich kurz und versuchte noch einmal wegzurollen. Die Scheinwerfer folgten mir.

»Sir?«

Ich lag flach auf dem Rücken und starrte den Himmel an. Das war seltsam. Wie konnte ein Auto direkt auf mich zukommen, wenn ich senkrecht nach oben blickte? Ich hob den Arm, um den Lichtstrahl abzublocken. Ein schmerzhafter Blitz zuckte vom Schultergelenk durch den Arm und in den Oberkörper.

»Sir, ist alles in Ordnung?«

Ich schirmte die Augen ab und blinzelte. Die beiden Scheinwerfer vereinigten sich zu einer Taschenlampe. Die Person, die sie auf mich gerichtet hatte, drehte sie etwas zur Seite. Ich blinzelte noch einmal und sah, dass ein Polizist neben mir stand. Ich richtete mich langsam auf. Mein ganzer Körper schrie vor Protest.

»Wo bin ich?«, fragte ich.

»Sie wissen nicht, wo Sie sind?«

Ich schüttelte den Kopf, versuchte, ihn freizubekommen. Es war stockfinster. Ich lag irgendwo im Gebüsch. Einen Moment lang musste ich wieder an mein erstes Studienjahr denken, als ich nach unerfahrenem, übermäßigem Trinken in einem Gebüsch gelandet war.

»Wie heißen Sie, Sir?«, fragte der Polizist.

»Jake Fisher.«

»Mr Fisher, haben Sie heute etwas getrunken?«

»Ich wurde überfallen«, sagte ich.

»Überfallen?«

»Zwei Männer mit Pistolen.«

»Mr Fisher?«

»Ja.«

Der Polizist sprach in diesem herablassend-geduldigen Polizisten-Tonfall. »Haben Sie heute Abend etwas getrunken?«

»Ja, habe ich. Ist aber lange her.«

»Mr Fisher, ich bin John Ong, *State Trooper*. Sie sind anscheinend verletzt. Sollen wir Sie in ein Krankenhaus bringen?«

Ich versuchte, mich zu konzentrieren. Jeder Gedanke war wie von einer Duschtür getrübt. »Ich weiß nicht.«

»Wir werden einen Krankenwagen rufen«, sagte der Polizist.

»Warten Sie, ich glaube, das ist nicht nötig.« Ich sah mich um. »Wo bin ich?«

»Mr Fisher, würden Sie sich bitte ausweisen?«

»Natürlich.« Ich griff in die Gesäßtasche, dann fiel mir jedoch wieder ein, dass ich mein Portemonnaie und mein Handy neben Bob auf den Beifahrersitz geworfen hatte. »Sie haben es geklaut.«

»Wer?«

»Die beiden Männer, die mich überfallen haben.«

»Die Männer mit den Pistolen.«

»Ja.«

»Dann war es ein Raubüberfall?«

»Nein.«

Die Bilder schossen mir durch den Kopf – mein Unterarm an Ottos Hals, das Teppichmesser in seiner Hand, der Werkzeugkasten, die Handschellen, die nackte, schreckliche, lähmende Angst, der plötzliche Halt, das Knirschen, als seine Luftröhre zerbrach wie ein Bündel Reisig. Ich schloss die Augen und versuchte, die Bilder aus dem Kopf zu vertreiben.

Dann sagte ich, mehr zu mir selbst als zu *State Trooper* Ong: »Ich bin mir sicher, ich habe einen von ihnen umgebracht.«

»Wie bitte?«

Jetzt hatte ich Tränen in den Augen. Ich wusste nicht, was ich tun sollte. Ich hatte einen Menschen getötet, aber es war ein Unfall gewesen und Notwehr. Ich musste es jemandem erklären, konnte es nicht einfach für mich behalten, auch wenn mir klar war, dass man das nicht tun sollte. Viele Studenten, die im Hauptfach Politikwissenschaft belegten, besuchten auch Vorbereitungskurse für ein Jurastudium. Die meisten meiner Professorenkollegen hatten sogar eine Zulassung als Rechtsanwalt. Ich wusste alles Mögliche über die Verfassung, Grundrechte und die Funktionsweise unseres Rechtssystems. Aber kurz zusammengefasst konnte man Folgendes festhalten: Man musste aufpassen, was man sagte. Was man einmal gesagt hatte, ließ sich nicht wieder aus der Welt schaffen. Ich wollte reden – musste reden. Aber ich konnte nicht einfach mit einem Mordgeständnis herausplatzen.

Ich hörte eine Sirene, kurz darauf kam der Krankenwagen an.

State Trooper John Ong leuchtete mir wieder mit der

Taschenlampe in die Augen. Das war kein Zufall. »Mr Fisher?«

»Ich möchte jetzt meinen Anwalt anrufen«, sagte ich.

Ich habe keinen Anwalt.

Ich bin ein alleinstehender Professor an einem College ohne Vorstrafen oder ein erwähnenswertes Vermögen. Wozu hätte ich einen Anwalt gebraucht?

»Okay, ich habe eine gute und eine schlechte Nachricht«, sagte Benedict.

Also hatte ich Benedict angerufen. Benedict hatte zwar keine Zulassung als Anwalt, aber immerhin hatte er in Stanford einen Jura-Abschluss gemacht. Ich saß auf einer dieser Krankentragen, die mit so etwas Ähnlichem wie Schlachterpapier bedeckt war. Wir waren in der Notaufnahme eines kleinen Krankenhauses. Der Bereitschaftsarzt – der fast so erschöpft aussah, wie ich mich fühlte – hatte mir gesagt, dass ich vermutlich eine leichte Gehirnerschütterung erlitten hatte. Meine Kopfschmerzen passten zu dieser Diagnose. Außerdem hatte ich diverse Quetschungen, Schnittwunden und vielleicht eine Verstauchung davongetragen. Die Bisswunde konnte er nicht richtig einordnen. Mit dem Abklingen der Adrenalinschübe gewannen die Schmerzen langsam die Oberhand. Der Arzt hatte versprochen, mir ein paar *Oxycodon*-Schmerztabletten zu verschreiben.

»Ich höre«, sagte ich.

»Die gute Nachricht ist, dass die Cops glauben, du wärst vollkommen übergeschnappt, so dass sie dir kein Wort glauben.«

»Und die schlechte Nachricht?«

»Ich neige dazu, ihnen beizupflichten, wobei ich allerdings noch die Möglichkeit alkohol-induzierter Halluzinationen in Betracht ziehen würde.«

»Ich wurde überfallen.«

»Ja, das sagtest du schon«, meinte Benedict. »Zwei Männer, Pistolen, ein Transporter, irgendetwas mit Elektrowerkzeugen.«

»Werkzeug. Von Elektro hat niemand etwas gesagt.«

»Entschuldigung, mein Fehler. Außerdem hast du sehr viel getrunken und bist mit einer Fremden ins Bett gehüpft.«

Ich zog meine Wade hoch, um ihm die Bisswunde zu zeigen. »Und wie erklärst du dir das?«

»Wendy muss ziemlich wild gewesen sein.«

»Windy«, korrigierte ich. Es war zwecklos. »Und was jetzt?«

»Ich will ja nicht prahlen«, sagte Benedict, »aber ich hätte da einen qualitativ hochwertigen juristischen Rat für dich, falls du interessiert sein solltest.«

»Bin ich.«

»Hör auf zu gestehen, dass du einen Menschen getötet hast.«

»Wow«, sagte ich. »Und da wolltest du nicht prahlen.«

»Steht fast wortwörtlich in vielen juristischen Lehrbüchern«, sagte Benedict. »Okay. Also, das Kennzeichen, das du der Polizei genannt hast, gibt es nicht. Es gibt keine Leiche, keinerlei Anzeichen für Gewalt oder ein Verbrechen – sondern nur für ein kleineres Vergehen, weil du, offensichtlich betrunken, unerlaubterweise ein Privatgrundstück betreten hast, indem du einen Hang heruntergestürzt bist. Die Polizei ist bereit, dich mit einem Strafzettel davonkommen zu lassen. Wie wäre es, wenn wir einfach nach Hause fahren und dort in Ruhe über alles nachdenken?«

Dagegen war nicht viel zu sagen. Es war schlau, von hier zu verschwinden, zum Campus zu fahren, mich zu sammeln, auszuruhen und dann nüchtern und im Licht des neuen Tages, über das, was geschehen war, nachzudenken. Außerdem hatte ich ein Semester lang ein Seminar über den Verfassungsartikel 101 gegeben. Der 5. Zusatzartikel zur Verfassung schützte einen davor, sich selbst zu belasten. Vielleicht sollte ich mich darauf berufen.

Benedict fuhr. In meinem Kopf drehte sich alles. Der Arzt hatte mir eine Spritze gegeben, woraufhin ich abgehoben und mitten im Land der Glückseligkeit wieder gelandet war. Ich versuchte, mich zu konzentrieren, aber selbst wenn man den Alkohol und die Medikamente außer Acht ließ, konnte man die Lebensgefahr, in der ich geschwebt hatte, nicht wegdiskutieren. Ich hatte buchstäblich um mein Leben kämpfen müssen. Was ging hier vor? Und was um alles in der Welt hatte Natalie damit zu tun?

Als wir auf den Mitarbeiterparkplatz fuhren, sah ich einen Wagen der Campus-Polizei in der Nähe meiner Wohnungstür. Beim Aussteigen wurde mir so schwindelig, dass ich mich einen Moment am Wagen festhalten musste. Als ich wieder sicher auf den Beinen stand, ging ich vorsichtig den Weg entlang. Evelyn Stemmer war die Chefin der Campus-Polizei. Sie war eine zierliche Frau, die viel lächelte. Im Moment lächelte sie nicht.

»Wir haben versucht, Sie zu erreichen, Professor Fisher«, sagte sie.

»Man hat mir mein Handy geklaut.«

»Verstehe. Hätten Sie etwas dagegen, mich zu begleiten?«

»Wohin?«

»Zum Haus des Präsidenten. Präsident Tripp will Sie sprechen.«

Benedict trat zwischen uns. »Worum geht's, Evelyn?«

Sie sah ihn an, als wäre er gerade aus dem Rektum eines Nashorns gefallen. »Das Reden würde ich lieber Präsident Tripp überlassen. Ich bin nur der Laufbursche.«

Ich war zu weggetreten, um zu protestieren. Und was hätte das auch gebracht? Benedict wollte mitkommen, aber ich dachte, es wäre meiner Position nicht unbedingt dienlich, wenn ich bei meinem Boss in Begleitung meines besten Freundes erschien. Auf dem Beifahrersitz des Wagens der Campus-Polizei befand sich eine Art Computer. Also musste ich wie ein echter Verbrecher hinten sitzen.

Der Präsident wohnte auf 900 Quadratmeter Wohnfläche in einer 22-Zimmer-Villa, die in einem Stil gebaut war, den Experten als *zurückhaltende Neugotik* bezeichneten. Ich wusste nicht genau, was das bedeutete, auf jeden Fall handelte es sich um ein ziemlich beeindruckendes Bauwerk. Ich wusste auch nicht, wozu wir den Polizeiwagen brauchten – die Villa lag auf einem Hügel mit Blick auf die Sportplätze, keine vierhundert Meter vom Mitarbeiterparkplatz entfernt. Nachdem sie vor zwei Jahren komplett renoviert worden war, bot die Villa nicht nur Platz für die junge Familie des Präsidenten, sondern, was viel wichtiger war, auch für den bunten Reigen der diversen Fundraising-Events.

Ich wurde in ein Büro eskortiert, das genauso aussah, wie man sich das Büro eines College-Präsidenten vorstellte, vielleicht etwas schicker und eleganter. Und wenn ich es mir recht überlegte, galt das auch für den neuen Präsidenten selbst. Jack Tripp trat schnittig und auf Hochglanz poliert auf, ganz im Corporate Design eines Colleges, mit schlaff herabhängenden Haaren und überkronten Zähnen. Er versuchte, sich den College-Gepflogenheiten anzupassen, indem er Tweed-Anzüge trug, allerdings waren seine Anzüge viel zu gut geschnitten und kostspielig, um wirklich professoral zu wirken. Die Lederflicken auf den Ellbogen waren viel zu akkurat. Die Studenten verspotteten ihn als »Poser«, und obwohl ich nicht hundertprozentig wusste, was das beinhaltete, schien es mir passend.

Ich habe gelernt, dass Menschen immer einen Ansporn brauchen, also ließ ich beim Präsidenten etwas Nachsicht walten. Sein Job bestand darin, Geld aufzutreiben – auch wenn das in dieser Umgebung gerne mit hochtrabenden, akademischen Begriffen verbrämt wurde. Sein Hauptaugenmerk war also darauf gerichtet, und zwar vollkommen zu Recht. Nach meiner Erfahrung waren die besten Präsidenten diejenigen, die ihre Agenda wenig hochtrabend darboten. So gesehen machte Präsident Tripp einen ziemlich guten Job.

»Nimm Platz, Jacob«, sagte Tripp und sah die Chefin der Campus-Polizei hinter mir an. »Evelyn, würden Sie beim Hinausgehen bitte die Tür schließen?«

Ich tat, was Präsident Tripp mir gesagt hatte. Evelyn Stemmer auch.

Tripp saß hinter seinem mit Schnitzereien verzierten Schreibtisch. Es war ein sehr großer Schreibtisch. Zu groß, zu wuchtig und zu selbstdarstellerisch. Wenn ich schlecht gelaunt war, merkte ich oft an, dass der Schreibtisch eines Mannes, ähnlich wie sein Auto, häufig … na ja … eine Art Ersatz zu sein scheint. Tripp faltete die Hände auf der Schreibtischplatte, die so groß war, dass ein Hubschrauber darauf hätte landen können, und sagte: »Du siehst ja furchtbar aus, Jacob.«

Du solltest mal den anderen sehen, verkniff ich mir, weil es in diesem Fall wirklich von schlechtem Geschmack gezeugt hätte. »Es war eine lange Nacht.«

»Du siehst aus, als wärst du verletzt.«

»Mir geht's gut.«

»Du solltest damit zum Arzt gehen.«

»War ich schon.« Ich beugte mich etwas vor. Durch die Medikamente war alles noch leicht verschwommen, fast so, als hätte ich einen dünnen Verband vor den Augen. »Worum geht's, Jack?«

Er breitete kurz die Hände aus, dann legte er sie wieder auf den Schreibtisch. »Möchtest du mir etwas über den gestrigen Abend erzählen?«

»Über welchen Zeitpunkt des gestrigen Abends?«, fragte ich.

»Das liegt bei dir.«

So sollte das also ablaufen. Auch gut. Also fing ich an. »Ich war mit einem Freund in einer Bar etwas trinken. Ich habe ein bisschen übertrieben. Als ich in meine Wohnung zurückkam, wurde ich von zwei Männern überfallen. Sie haben mich … gekidnappt.«

Seine Augen weiteten sich. »Sie haben dich gekidnappt?«

»Ja.«

»Wer?«

»Sie sagten, sie hießen Bob und Otto.«

»Bob und Otto?«

»Das haben sie gesagt.«

»Und wo sind diese Männer jetzt?«

»Ich weiß es nicht.«

»Wurden sie festgenommen?«

»Nein.«

»Aber du hast die Angelegenheit der Polizei gemeldet?«

»Das habe ich«, sagte ich. »Würdest du mir mitteilen, worum es hier geht?«

Tripp hob die Hände, als hätte er plötzlich gemerkt, dass der Schreibtisch klebt. Er legte die unteren Ränder seiner Handflächen zusammen und klopfte die Fingerspitzen aneinander. »Kennst du einen Studenten namens Barry Watkins?«

Mir stockte das Herz. »Geht's ihm gut?«

»Du kennst ihn?«

»Ja. Einer der Männer, die mich entführt haben, hat ihn ins Gesicht geschlagen.«

»Verstehe«, sagte er so, als verstünde er absolut nichts. »Wann?«

»Als wir beim Transporter waren. Barry hat mich gesehen, meinen Namen gerufen und ist auf mich zugelaufen. Bevor ich mich auch nur umgedreht hatte, hat einer von den beiden ihn geschlagen. Geht's Barry gut?«

Die Fingerspitzen klopften noch immer. »Er liegt im Krankenhaus. Hat mehrere Brüche im Gesicht. Der Schlag hat ernsthafte Schäden angerichtet.«

Ich lehnte mich zurück. »Verdammt.«

»Seine Eltern sind ziemlich verstimmt. Sie sprechen von einer Klage.«

Klage – das Wort, das das Herz eines jeden Bürokraten in Angst und Schrecken versetzt. Ich wartete darauf, dass irgendeine lahme Horrorfilm-Musik einsetzen würde.

»Außerdem kann Barry Watkins sich nicht an die beiden anderen Männer erinnern. Er weiß nur noch, dass er deinen Namen gerufen hat und zu dir gerannt ist. Zwei andere Studenten haben dann gesehen, wie du in einem Transporter geflohen bist.«

»Ich bin nicht geflohen. Ich war hinten im Laderaum.«

»Verstehe«, sagte er wieder im gleichen Tonfall. »Als die anderen beiden Studenten ankamen, lag Barry blutend auf dem Boden. Du bist weggefahren.«

»Ich bin nicht gefahren. Ich war hinten im Laderaum.«

»Verstehe.«

Wieder dieses »Verstehe«. Ich beugte mich näher an ihn heran. Der Schreibtisch war völlig leer, abgesehen von zwei zu ordentlichen Papierstapeln und – natürlich – dem unvermeidlichen Familienfoto mit blonder Frau, zwei entzückenden Kindern und einem Hund mit ähnlich schlaff herabhängenden Haaren wie Tripp. Sonst nichts. Großer Schreibtisch. Nichts drauf.

»Ich wollte, dass sie den Campus so schnell wie möglich verlassen und sich so weit wie möglich entfernen«, sagte ich. »Besonders nachdem sie Barry geschlagen hatten. Also habe ich mich sofort bereiterklärt, mit ihnen zu kooperieren.«

»Und mit ›ihnen‹ meinst du die beiden Männer, die dich … verschleppt haben?«

»Ja.«

»Wer waren diese Männer?«

»Das weiß ich nicht.«

»Und sie haben dich gekidnappt, um … Lösegeld zu erpressen?«

»Das kann ich mir nicht vorstellen«, sagte ich, und mir wurde klar, wie verrückt die ganze Geschichte klang. »Einer war in meine Wohnung eingebrochen. Der andere wartete im Transporter. Sie haben darauf bestanden, dass ich mit ihnen gehe.«

»Du bist ein groß gewachsener Mann. Kräftig gebaut. Muskulös.«

Ich wartete.

»Wie haben sie dich dazu gebracht, dass du mit ihnen gegangen bist?«

Ich übersprang die Sache mit Natalie und ließ stattdessen die Bombe platzen. »Sie waren bewaffnet.«

Wieder weiteten sich seine Augen. »Mit Pistolen?«

»Ja.«

»Echt?«

»Es waren echte Pistolen, ja.«

»Woher weißt du das?«

Ich beschloss, nicht zu erwähnen, dass sie auf mich geschossen hatten. Ich fragte mich, ob die Polizei am Highway womöglich Kugeln fand. Das musste ich wissen.

»Hast du noch jemandem davon erzählt?«, fragte Tripp, als ich seine letzte Frage nicht beantwortete.

»Ich habe es den Polizisten erzählt, weiß aber nicht, ob sie mir glauben.«

Er lehnte sich zurück und begann, an seiner Lippe herumzuzupfen. Ich wusste, was er dachte: Wie würden die Studenten, ihre Eltern und wichtige Ehemalige reagieren, wenn sie erfuhren, dass bewaffnete Männer auf dem Campus gewesen waren? Und sie waren ja nicht nur auf dem Campus gewesen, falls ich die Wahrheit sagte – auch wenn das recht unwahrscheinlich war –, sie hatten einen Professor gekidnappt und einen Studenten krankenhausreif geschlagen.

»Du warst zu diesem Zeitpunkt ziemlich angetrunken, nicht wahr?«

Jetzt ging es richtig los. »Ja, war ich.«

»Wir haben eine Überwachungskamera auf dem Quad. Das kann man schon nicht mehr als leichte Schlangenlinien bezeichnen.«

»Soll vorkommen, wenn man etwas viel getrunken hat.«

»Wir haben auch gehört, dass du die Bibliotheksbar um ein Uhr nachts verlassen hast… und doch hat man dich erst um drei Uhr in Schlangenlinien nach Hause kommen sehen.«

Wieder wartete ich.

»Wo warst du die zwei Stunden?«

»Warum?«

»Weil ich den Angriff auf einen Studenten aufzuklären versuche.«

»Der, wie wir beide wissen, nach drei Uhr morgens erfolgte. Oder meinst du, ich hätte die zwei Stunden damit zugebracht, diesen Angriff zu planen?«

»Ich wüsste nicht, wieso wir jetzt in Sarkasmus verfallen sollten, Jacob. Das ist eine ernste Angelegenheit.«

Ich schloss die Augen. Sofort begann der Raum, sich zu drehen. Er hatte recht. »Ich bin mit einer jungen Dame nach Hause gegangen. Es ist wirklich völlig irrelevant. Ich würde Barry nie schlagen. Er kommt jede Woche zu mir in die Sprechstunde.«

»Ja, er hat dich auch verteidigt. Er sagte, du seist sein Lieblingsprof. Ich muss mich jedoch an die Fakten halten, Jacob. Das verstehst du doch, oder?«

»Ja.«

»Fakt: Du warst betrunken.«

»Ich bin College-Professor. Trinken gehört quasi zu meinem Job.«

»Das ist nicht witzig.«

»Aber wahr. Verdammt, ich bin sogar hier im Haus auf Partys gewesen. Du hast doch auch keine Angst, den einen oder anderen zu heben.«

»So machst du es nicht besser.«

»Das ist auch nicht meine Absicht. Ich versuche, die Wahrheit zu erfahren.«

»Weiter. Fakt: Obwohl du dich nur sehr vage äußerst, bist du nach dem Trinken offenbar zu einem One-Night-Stand verschwunden.«

»Ich habe mich nicht vage geäußert«, sagte ich. »Genau das wollte ich sagen. Sie war über dreißig und arbeitet nicht fürs College. Na und?«

»Und nach diesen Ereignissen wird ein Student angegriffen?«

»Nicht von mir.«

»Trotzdem besteht da eine Verbindung«, sagte er und lehnte sich zurück. »Ich sehe nicht, dass ich eine andere Wahl hätte, als dich freistellen zu lassen.«

»Weil ich etwas getrunken habe?«

»Weil da doch einiges zusammenkommt«, sagte er.

»Ich unterrichte gerade diverse Seminare, die ...«

»Wir finden eine Vertretung.«

»Und ich bin verantwortlich für meine Studenten. Ich kann sie nicht einfach im Stich lassen.«

»Vielleicht«, sagte er scharf, »hättest du daran denken sollen, bevor du dich betrinkst.«

»Sich zu betrinken ist kein Verbrechen.«

»Nein, aber die darauf folgenden Handlungen ...« Seine Stimme verklang, und er fing an zu lächeln. »Schon komisch«, sagte er.

»Was?«

»Ich habe von der Auseinandersetzung gehört, die du vor Jahren mit Professor Trainor hattest. Wie kommt es, dass dir die Parallelen nicht sofort ins Auge springen?«

Ich sagte nichts.

»Es gibt ein altes griechisches Sprichwort«, fuhr er fort. »Der Bucklige sieht den Buckel auf seinem Rücken nicht.«

Ich nickte. »Wie tiefsinnig.«

»Du scherzt darüber, Jacob, aber glaubst du wirklich, du hättest dich vorbildlich verhalten?«

Ich wusste nicht, was ich denken sollte. »Ich habe nie behauptet, dass ich mich vorbildlich verhalten hätte.«

»Sondern bloß, dass du mit zweierlei Maß misst?« Er stieß einen etwas zu tiefen Seufzer aus. »Es gefällt mir nicht, das zu tun, Jacob.«

»Höre ich da ein Aber?«

»Du kennst das Aber. Hat die Polizei aufgrund deiner Aussagen Ermittlungen eingeleitet?«

Ich wusste nicht, wie ich darauf antworten sollte, also entschied ich mich für die Wahrheit: »Das weiß ich nicht.«

»Dann wäre es vielleicht am besten, wenn du dich vom Dienst freistellen lässt, bis die Sache geklärt ist.«

Ich wollte widersprechen, tat es aber nicht. Er hatte recht. Unabhängig von dem ganzen college-politischen Hokuspokus oder möglichen Regressforderungen ließ sich nicht wegdiskutieren, dass ich tatsächlich Studenten in Gefahr brachte. Ein Student hatte durch mein Verhalten schon ernsthafte Verletzungen davongetragen. Ich konnte alle möglichen Rechtfertigungen vorbringen, doch wenn ich mich an das Versprechen gehalten hätte, das ich Natalie gegeben hatte, läge Barry jetzt nicht mit Gesichtsfrakturen im Krankenhaus.

Durfte ich das Risiko eingehen, dass das noch einmal passierte?

Nicht zu vergessen, dass Bob da draußen noch rumlief. Er könnte auf Rache für Otto sinnen, den Job beenden oder den Zeugen zum Schweigen bringen wollen. Gefährdete ich durch mein Bleiben nicht das Wohlergehen meiner Studenten?

Präsident Tripp fing an, die Papiere auf seinem Schreibtisch zu ordnen, ein eindeutiges Zeichen, dass unser Gespräch beendet war. »Pack deine Sachen«, sagte er. »Ich möchte, dass du den Campus in einer Stunde verlassen hast.«

SECHZEHN

Am Mittag des folgenden Tages war ich wieder in Palmetto Bluff.

Ich klopfte an die Tür eines Hauses in einer ruhigen Sackgasse. Delia Sanderson – Todd Sandersons, äh … Witwe, sollte ich wohl sagen – öffnete mit einem traurigen Lächeln. Sie war eine auf eine robust ländliche Art gutaussehende Frau mit kräftigen Gesichtszügen und großen Händen.

»Vielen Dank, dass Sie gekommen sind, Professor.«

»Bitte«, sagte ich mit leichten Gewissensbissen, »nennen Sie mich Jake.«

Sie trat zur Seite und bat mich herein. Das Haus war hübsch, eingerichtet in dem modernen pseudoviktorianischen Stil, der in diesen funkelnagelneuen Siedlungen gerade Mode zu sein schien.

Hinten grenzte das Grundstück an einen Golfplatz. Alles vermittelte eine grüne und heitere Atmosphäre.

»Ich kann Ihnen gar nicht sagen, wie dankbar ich bin, dass Sie die lange Reise auf sich genommen haben.«

Wieder Gewissensbisse. »Bitte«, sagte ich. »Es ist mir eine Ehre.«

»Trotzdem. Dass das College einen Professor den ganzen Weg hierher schickt …«

»Es ist wirklich keine große Sache.« Ich versuchte zu lächeln. »Außerdem ist es eine nette Abwechslung.«

»Na ja, ich bin Ihnen jedenfalls sehr dankbar«, sagte Delia Sanderson. »Die Kinder sind im Moment nicht da. Ich habe sie wieder in die Schule geschickt. Man muss trauern, aber man muss sich auch seinem Leben widmen, wenn Sie wissen, was ich meine.«

»Das tue ich«, sagte ich.

Bei meinem gestrigen Anruf hatte ich keine konkreten Angaben gemacht. Ich hatte nur gesagt, dass ich Professor an Todds altem College sei und hoffte, bei ihr vorbeikommen zu dürfen, um Beileidsbekundungen zu überbringen und mit ihr über ihren verstorbenen Ehemann zu sprechen. Hatte ich irgendwie zu verstehen gegeben, dass ich im Namen des Colleges kam? Na ja, sagen wir mal, ich hatte mich nicht bemüht, diesen Eindruck zu zerstreuen.

»Darf ich Ihnen einen Kaffee anbieten?«, fragte sie.

Ich habe festgestellt, dass Menschen tendenziell entspannter sind, wenn sie einfache Tätigkeiten ausführen und dabei das Gefühl haben, etwas für das Wohlergehen ihrer Gäste zu tun. Also nahm ich an.

Wir standen noch im Windfang. Die »Salons«, in denen man im Allgemeinen Gäste empfing, lagen rechts von uns. Die Wohnräume – Wohnzimmer und Küche – befanden sich links. Ich folgte Delia Sanderson in die Küche, weil ich hoffte, dass auch die informellere Umgebung zu ihrer Entspannung beitrug und sie sich eher öffnen würde.

Ich entdeckte nichts, was auf den kürzlich erfolgten Einbruch hindeutete, aber was hatte ich auch erwartet? Blutspuren auf dem Fußboden? Umgestoßene Möbelstücke? Offen stehende Schubladen? Gelbes Polizei-Absperrband?

Die Küche war geräumig und ziemlich schick und erstreckte sich in ein noch schickeres »Medienzimmer«. Dort hing ein riesiger Fernseher an der Wand. Auf der Couch lagen diverse Fernbedienungen und mehrere Xbox-Controller. Ja, ich kenne die Xbox. Ich habe selbst eine. Ich spiele gerne Madden NFL. Verklagen Sie mich doch.

Sie ging zu einer dieser Kapsel-Kaffeemaschinen. Ich setzte mich an der Granitinsel in der Mitte des Raums auf einen Hocker. Sie präsentierte mir eine überraschend große Auswahl an Kaffee-Kapseln.

»Welchen hätten Sie gern?«, fragte sie.

»Welchen können Sie empfehlen?«

»Sind Sie ein Freund von starkem Kaffee? Ich würde fast darauf wetten.«

»Die Wette hätten Sie schon gewonnen.«

Sie klappte den Deckel auf und steckte eine Kapsel mit der Aufschrift *Jet Fuel* hinein. Die Maschine fraß die Kapsel und pisste dann den Kaffee aus. Appetitliche Bilder, ich weiß. »Nehmen Sie ihn schwarz?«, fragte sie.

»Ein Freund so starken Kaffees bin ich dann doch nicht«, sagte ich und bat um etwas Milch und Süßstoff.

Sie reichte mir die Tasse. »Sie sehen gar nicht aus wie ein College-Professor.«

Das bekomme ich oft zu hören.

»Mein Tweedjackett ist in der Reinigung.« Dann: »Mein Beileid zum Tod Ihres Mannes.«

»Danke.«

Ich trank einen Schluck Kaffee. Was genau wollte ich hier eigentlich? Ich musste herausbekommen, ob Delia Sandersons Todd und Natalies Todd ein und dieselbe Person waren. Wenn ja … also … wie war das möglich? Was hatte sein Tod zu bedeuten? Und was verschwieg mir diese Frau?

Ich hatte natürlich keine Ahnung, war aber inzwischen bereit, ein paar Risiken einzugehen. Ich würde sie also womöglich etwas unter Druck setzen müssen. Darauf war ich nicht unbedingt scharf – Druck auf eine Frau auszuüben, die so unübersehbar trauerte. Ganz egal, was hier sonst noch vorgehen mochte – und ich hatte wirklich nicht den geringsten Schimmer –, es war offensichtlich, dass Delia Sanderson litt. Man sah ihr die Belastung an: das traurige Lächeln, die leicht herabhängenden Schultern, die Unruhe in ihren Augen.

»Ich weiß nicht recht, wie ich die Frage so diplomatisch wie möglich formulieren soll …«, begann ich.

Ich unterbrach mich, hoffte, dass sie den Köder schlucken würde. Das tat sie. »Aber Sie wollen wissen, wie er gestorben ist?«

»Falls Sie der Ansicht sind, dass es mich nichts angeht …«

»Das ist schon okay.«

»In der Zeitung stand, es wäre bei einem Einbruch geschehen.«

Sie wurde blass und drehte sich wieder zur Kaffeemaschine um. Sie suchte eine Kapsel heraus, legte sie zurück, wählte eine andere.

»Tut mir leid«, sagte ich. »Wir müssen das nicht weiter erörtern.«

»Es war kein Einbruch.«

Ich schwieg.

»Ich meine, sie haben nichts gestohlen. Das ist doch seltsam, oder? Bei einem Einbruch hätten die doch etwas mitgenommen. Sie haben aber nur …«

Sie knallte den Deckel der Kaffeemaschine zu.

Ich sagte: »Sie?«

»Was?«

»Sie sagten *sie*. Dann war es mehr als ein Einbrecher?«

Sie wandte mir immer noch den Rücken zu. »Ich weiß es nicht. Die Polizei will nicht spekulieren. Ich verstehe nur nicht, wie ein Mann ...« Sie senkte den Kopf, und ich meinte zu sehen, wie ihre Knie kurz nachgaben. Ich sprang auf, um sie zu stützen ... Aber für wen hielt ich mich eigentlich? Ich hielt inne und setzte mich leise wieder auf den Hocker.

»Eigentlich hätten wir hier sicher sein sollen«, sagte Delia Sanderson. »Eine geschlossene Wohnanlage. Das Böse sollte draußen bleiben.«

Das Gelände der Anlage war riesig, diverse Hektar kultivierter Abgeschiedenheit. Die Zufahrt war mit einer Schranke versehen, die ein Security-Mann in der kleinen Hütte daneben per Knopfdruck öffnen musste. Doch das konnte das Böse nicht draußen halten, nicht, wenn es entschlossen war hereinzukommen. Kleinere Probleme ließen sich durch die Schranke womöglich verhindern. Es war eine zusätzliche Schutzschicht, deren Überwindung möglicherweise mit Ärger verbunden war, so dass diese Probleme sich ein leichteres Ziel suchten. Aber echter Schutz? Nein. Da war die Schranke nur Show.

»Wieso glauben Sie, dass es mehrere Täter waren?«, fragte ich.

»Ich denke ... wahrscheinlich verstehe ich einfach nicht, wie ein einzelner Mensch so großen Schaden anrichten konnte.«

»Wie meinen Sie das?«

Sie schüttelte den Kopf. Dann wischte sie sich mit einem

Finger erst durch das linke, dann durch das rechte Auge. Sie drehte sich um und sah mich an. »Lassen Sie uns über etwas anderes sprechen.«

Ich wollte nachfragen, wusste aber, dass es nichts nützen würde. Ich war ein College-Professor der Alma Mater des verstorbenen Ehemanns auf einem Kondolenzbesuch. Im Übrigen war ich auch noch ein Mensch. Es war Zeit, die Frau in Ruhe zu lassen und eine andere Herangehensweise zu versuchen.

Ich stand so behutsam wie möglich auf und ging zum Kühlschrank, an dem Dutzende Familienfotos mit Magneten befestigt waren – eine Art Collage. Die Bilder waren wunderbar unspektakulär, erfüllten die Erwartungen an solche Fotos fast zu perfekt: Angeltour, Besuch in Disney World, Tanzaufführungen, Weihnachten am Strand, Schulkonzerte, Abschlussfeiern. Keine der kleinen Wegmarken des Lebens fehlte auf dem Kühlschrank. Ich beugte mich vor und musterte Todds Gesicht auf so vielen Fotos wie möglich.

War es derselbe Mann?

Er war auf allen Fotos glattrasiert. Der Mann, dem ich begegnet war, hatte diese modisch fehlgeleiteten Bartstoppeln getragen. Die konnte man sich natürlich innerhalb weniger Tage wachsen lassen, trotzdem fand ich es seltsam. Also dachte ich wieder einmal über das gleiche Problem nach: War das der Mann, den ich auf Natalies Hochzeit gesehen hatte?

Ich spürte Delias Blick in meinem Rücken.

»Ich bin Ihrem Mann einmal begegnet«, sagte ich.

»Oh?«

Ich drehte mich zu ihr um. »Vor sechs Jahren.«

Sie nahm ihren Kaffee – offensichtlich trank sie ihn schwarz – und setzte sich auf einen der anderen Hocker. »Wo war das?«

Ich sah sie direkt an, als ich sagte: »In Vermont.«

Sie zuckte nicht zusammen oder so etwas, runzelte aber leicht die Stirn. »Vermont?«

»Ja. In einem kleinen Ort namens Kraftboro.«

»Sind Sie sicher, dass es Todd war?«

»Es war Ende August«, erläuterte ich. »Ich verbrachte einige Zeit in einem Refugium.«

Jetzt wirkte sie ernsthaft verwirrt. »Ich wüsste nicht, dass Todd je in Vermont war.«

»Vor sechs Jahren«, wiederholte ich. »Im August.«

»Ja, ich hab das schon verstanden.« Ein Anflug von Ungeduld lag in ihrer Stimme.

Ich deutete auf den Kühlschrank hinter mir. »Da sah er ein bisschen anders aus als auf den Fotos.«

»Ich kann Ihnen nicht folgen.«

»Die Haare waren länger«, sagte ich. »Außerdem trug er einen Dreitagebart.«

»Todd?«

»Ja.«

Sie überlegte kurz, dann umspielte ein schwaches Lächeln ihre Lippen. »Jetzt versteh ich, was hier abläuft.«

»Was verstehen Sie?«

»Ich weiß jetzt, warum Sie den langen Weg hierhergekommen sind.«

Das interessierte mich.

»Ich bin einfach nicht dahintergekommen. Schließlich war Todd nicht in irgendwelchen Ehemaligen-Vereinigungen oder so etwas aktiv. Das College zeigte allenfalls ein beiläufiges Interesse an ihm. Aber jetzt, nach all dem Gerede über einen Mann aus Vermont…« Sie brach ab und zuckte die Achseln. »Offenbar haben Sie meinen Mann verwechselt. Mit diesem Todd, den Sie in Vermont kennengelernt haben.«

»Nein, ich bin ziemlich sicher, dass er…«

»Todd war nie in Vermont. Das weiß ich genau. Und in den letzten acht Jahren ist er jedes Jahr im August nach Afrika gefahren, um Bedürftige in Not zu operieren. Außerdem hat er sich täglich rasiert. Täglich, sogar sonntags, wenn wir das Haus nicht verlassen haben. Todd war nie unrasiert.«

Ich warf noch einen letzten Blick auf die Fotos am Kühlschrank. Konnte das sein? War es wirklich so einfach? Hatte ich ihn verwechselt? Ich hatte diese Möglichkeit schon vorher in Erwägung gezogen, aber jetzt war ich endlich so weit, sie zu akzeptieren.

Eigentlich änderte sich dadurch nicht viel. Es blieb immer noch die E-Mail von Natalie. Es blieben Otto und Bob und alles, was mit ihnen passiert war. Aber dies hier war vermutlich eine Sackgasse.

Delia musterte mich jetzt unverhohlen. »Was ist los? Warum sind Sie wirklich hier?«

Ich griff in die Tasche und zog das Foto von Natalie heraus. Seltsamerweise habe ich nur ein einziges. Sie hatte sich nicht gern fotografieren lassen, einmal hatte ich sie jedoch im Schlaf geknipst. Warum, weiß ich nicht mehr. Oder vielleicht doch. Ich gab es Delia Sanderson und wartete auf ihre Reaktion.

»Seltsam«, sagte sie.

»Was?«

»Sie hat die Augen geschlossen.« Sie sah mich an. »Haben Sie das Foto gemacht?«

»Ja.«

»Als sie schlief?«

»Ja. Kennen Sie sie?«

»Nein. Sie starrte das Foto an. Sie bedeutet Ihnen viel, oder?«

»Ja.«

»Und wer ist sie?«

Die Haustür wurde geöffnet. »Mom?«

Sie legte das Foto auf die Granitinsel, stand auf und ging auf die Stimme zu. »Eric? Ist alles in Ordnung? Warum bist du schon wieder da?«

Ich folgte ihr den Flur entlang. Ich hatte ihren Sohn bei der Grabrede während der Beerdigung gesehen. Er blickte an seiner Mutter vorbei und musterte mich durchdringend. »Wer ist das?«, fragte er. Sein Ton war überraschend feindselig, als ginge er davon aus, dass ich seine Mutter anbaggern wollte oder so etwas.

»Das ist Professor Fisher aus Lanford«, sagte sie. »Er ist gekommen, weil er ein paar Fragen zu deinem Vater hat.«

»Was für Fragen?«

»Ich wollte ihm nur die letzte Ehre erweisen«, sagte ich. »Und mein Beileid aussprechen. Im Namen des gesamten Colleges.«

Er schüttelte mir schweigend die Hand. Wir standen im Windfang wie drei unbeholfene Fremde auf einer Cocktailparty, die sich nicht vorgestellt worden waren. Eric brach das Schweigen. »Ich kann meine Fußballschuhe nicht finden«, sagte er.

»Du hast sie im Auto gelassen.«

»Oh, alles klar. Dann hol ich sie und fahr wieder zurück.«

Er eilte aus der Tür. Unsere Blicke folgten ihm, womöglich mit den gleichen Gedanken an die vaterlose Zukunft, die vor ihm lag. Mehr konnte ich hier nicht erfahren. Es war Zeit, diese Familie in Ruhe trauern zu lassen.

»Ich geh dann lieber«, sagte ich. »Vielen Dank, dass Sie sich Zeit für mich genommen haben.«

»Keine Ursache.«

Als ich mich zur Tür umdrehte, schweifte mein Blick auch durchs Wohnzimmer.

Mir stockte das Herz.

»Professor Fisher?«

Meine Hand lag auf dem Türknauf. Sekunden verstrichen. Wie viele, weiß ich nicht. Ich drehte den Knauf nicht, bewegte mich nicht, atmete nicht einmal. Ich starrte nur ins Wohnzimmer zu einem Punkt über dem Kamin.

Wieder sagte Delia Sanderson: »Professor?«

Ihre Stimme war sehr weit entfernt.

Schließlich ließ ich den Knauf los, ging ins Wohnzimmer, dann weiter über den Orientteppich und starrte auf die Stelle über dem Kamin. Delia Sanderson folgte mir.

»Ist alles in Ordnung?«

Nein, nichts war in Ordnung. Und ich hatte mich geirrt. Alle Fragen, die ich hatte, waren gerade beantwortet worden. Kein Zufall, kein Fehler, kein Zweifel: Todd Sanderson war der Mann, den ich vor sechs Jahren bei seiner Hochzeit mit Natalie gesehen hatte.

Ich spürte Delia Sanderson neben mir eher, als dass ich sie sah. »Es bewegt mich«, sagte sie. »Ich kann hier stundenlang stehen und entdecke immer wieder etwas Neues.«

Das konnte ich gut nachvollziehen. Man sah das schwache Morgenlicht auf der Seitenwand, das Rosaviolett, mit dem der neue Tag anbrach, die dunklen Fenster, als wäre die Hütte einmal heimelig gewesen, jetzt aber verlassen.

Es war Natalies Gemälde.

»Gefällt es Ihnen?«, fragte Delia Sanderson.

»Ja«, sagte ich. »Es gefällt mir sehr.«

SIEBZEHN

Ich setzte mich auf die Couch. Dieses Mal bot Delia Sanderson mir keinen Kaffee an. Sie schenkte mir zwei Fingerbreit Macallan-Whisky ein. Es war noch früh am Tag, und wie wir bereits wissen, bin ich kein großer Trinker, trotzdem nahm ich das Glas mit zittriger Hand dankbar entgegen.

»Würden Sie mir erzählen, worum es geht?«, fragte Delia Sanderson.

Ich wusste nicht, wie ich es erklären sollte, ohne verrückt zu klingen, also fing ich mit einer Frage an: »Wie sind Sie an das Bild gekommen?«

»Todd hat es gekauft.«

»Wann?«

»Das weiß ich nicht mehr.«

»Überlegen Sie.«

»Was spielt das für eine Rolle?«

»Bitte«. Ich versuchte ruhig zu bleiben. »Wenn Sie mir einfach sagen könnten, wann und wo er es gekauft hat?«

Sie betrachtete das Bild, während sie darüber nachdachte. »Wo, weiß ich nicht mehr, aber wann … es war an unserem Hochzeitstag. Vor fünf oder sechs Jahren.«

»Vor sechs Jahren«, sagte ich.

»Wieder sechs Jahre«, sagte sie. »Ich versteh das alles nicht.«

Ich sah keinen Grund zu lügen – schlimmer noch, ich sah keine Möglichkeit, es ihr so behutsam mitzuteilen, dass es sie nicht hart treffen würde. »Ich habe Ihnen doch gerade das Foto von einer schlafenden Frau gezeigt, ja?«

»Natürlich, vor gerade einmal zwei Minuten.«

»Genau. Sie hat dieses Bild gemalt.«

Delia runzelte die Stirn. »Was erzählen Sie da?«

»Sie heißt Natalie Avery. Sie ist die Frau auf dem Foto.«

»Das …« Sie schüttelte den Kopf. »Ich versteh das nicht. Ich dachte, Sie lehren Politikwissenschaft.«

»Das ist richtig.«

»Sind Sie eine Art Kunstwissenschaftler? Ist die Frau auch eine ehemalige Studentin aus Lanford?«

»Nein, darum geht es nicht.« Ich sah die Hütte auf dem Hügel wieder an. »Ich suche sie.«

»Die Künstlerin?«

»Ja.«

Sie musterte mein Gesicht. »Wird sie vermisst?«

»Das weiß ich nicht.«

Unsere Blicke begegneten sich. Sie nickte nicht, und das war auch nicht nötig. »Sie bedeutet Ihnen sehr viel.«

Es war keine Frage, ich antwortete trotzdem. »Ja. Mir ist auch klar, dass das Ganze überhaupt keinen Sinn ergibt.«

»Das tut es wirklich nicht«, pflichtete Delia Sanderson mir bei. »Aber Sie glauben offenbar, dass mein Mann etwas über diese Frau wusste. Und deshalb sind Sie auch hergekommen.«

»Ja.«

»Warum?«

Wieder sah ich keinen Grund zu lügen. »Es klingt verrückt.«

Sie wartete.

»Ich habe vor sechs Jahren gesehen, wie Ihr Ehemann Natalie Avery in einer kleinen Kapelle in Vermont geheiratet hat.«

Delia Sanderson blinzelte zwei Mal. Sie stand auf und wich etwas zurück. »Ich glaube, Sie sollten jetzt besser gehen.«

»Bitte hören Sie mir zu.«

Sie schloss die Augen, aber die Ohren kann man nicht schließen. Ich sprach schnell. Ich erzählte ihr, dass ich vor sechs Jahren zur Hochzeit gegangen war, dass ich Todds Todesanzeige gesehen hatte, dass ich zur Beerdigung hier war und dass ich geglaubt hatte, ich hätte mich geirrt.

»Sie haben sich geirrt«, sagte sie, als ich fertig war. »Sie müssen sich geirrt haben.«

»Und das Gemälde? Soll das reiner Zufall sein?«

Sie sagte nichts.

»Mrs Sanderson?«

»Was wollen Sie?«, fragte sie leise.

»Ich will sie finden.«

»Warum?«

»Sie wissen, warum.«

Sie nickte. »Weil Sie sie lieben.«

»Ja.«

»Obwohl Sie vor sechs Jahren gesehen haben, wie sie einen anderen Mann geheiratet hat.«

Ich schenkte mir die Antwort. Es war unerträglich still im Haus. Wir drehten uns beide um und betrachteten die Hütte auf dem Hügel. Ich wollte, dass sich das Bild veränderte, dass die Sonne höher über den Horizont stieg, damit Licht in eines der Fenster fiel.

Delia Sanderson entfernte sich ein paar Schritte weiter von mir und zog ihr Handy aus der Tasche.

»Was machen Sie?«, fragte ich.

»Ich habe Sie gestern gegoogelt. Nachdem Sie angerufen haben.«

»Okay.«

»Ich wollte sichergehen, dass Sie der sind, für den Sie sich ausgeben.«

»Wer hätte ich sonst sein sollen?«

Delia Sanderson ignorierte meine Frage. »Auf der College-Webseite war ein Bild von Ihnen. Ich habe Sie mir durch den Spion angesehen, bevor ich die Tür geöffnet habe.«

»Ich kann Ihnen nicht folgen.«

»Ich wollte auf Nummer sicher gehen. Ich hatte Angst, dass der Mörder meines Mannes womöglich …«

Jetzt verstand ich. »Ihretwegen noch einmal zurückkommen würde.«

Sie zuckte die Achseln.

»Aber Sie haben gesehen, dass ich es bin.«

»Ja. Also habe ich Sie reingelassen. Aber jetzt bin ich mir nicht mehr sicher. Schließlich sind Sie unter Vorspiegelung falscher Tatsachen hergekommen. Woher soll ich wissen, dass Sie keiner von denen sind?«

Ich wusste nicht, was ich darauf sagen sollte.

»Wenn Sie nichts dagegen haben, halte ich also erst einmal etwas Abstand. Ich bleibe hier bei der Haustür. Falls Sie aufstehen, drücke ich diese Taste, woraufhin der Notruf gewählt wird, und renne los. Haben Sie das verstanden?«

»Ich gehöre nicht zu …«

»Haben Sie das verstanden?«

»Natürlich«, sagte ich. »Ich rühre mich nicht von der Stelle. Darf ich Ihnen denn eine Frage stellen?«

Mit einer Geste forderte sie mich auf fortzufahren.

»Woher wissen Sie, dass ich keine Pistole habe?«

»Ich habe Sie beobachtet, seit Sie das Haus betreten haben. In der Kleidung können Sie die nirgends verstecken.«

Ich nickte. Dann sagte ich: »Sie glauben doch nicht ernsthaft, dass ich hier bin, um Ihnen etwas anzutun, oder?«

»Nein, das glaube ich nicht. Aber wie schon gesagt, ich möchte lieber auf Nummer sicher gehen.«

»Ich weiß, dass die Geschichte über die Hochzeit in Vermont verrückt klingt«, sagte ich.

»Das ist wahr«, sagte Delia Sanderson. »Aber für eine Lüge klingt sie wieder zu verrückt.«

Wir ließen diese Bemerkung noch einen Moment lang sacken. Unsere Blicke wanderten wieder zur Hütte auf dem Hügel.

»Er war ein so guter Mensch«, sagte Delia Sanderson. »Mit einer eigenen Praxis hätte Todd ein Vermögen verdient, aber er hat fast ausnahmslos für Fresh Start gearbeitet. Sie wissen doch, was das ist, oder?«

Der Name kam mir irgendwie bekannt vor, ich konnte ihn aber nicht einordnen. »Ich fürchte nicht.«

Sie lächelte tatsächlich. »Wow, Sie hätten Ihre Hausaufgaben besser machen sollen. Fresh Start ist die Wohltätigkeitsorganisation, die Todd zusammen mit ein paar anderen Lanford-Absolventen gegründet hat. Sie war seine große Leidenschaft.«

Jetzt fiel es mir wieder ein. Sie war auch in der Todesanzeige erwähnt worden, obwohl ich nicht gewusst hatte, dass es eine Verbindung nach Lanford gab. »Was macht Fresh Start?«

»Sie operieren im Ausland Gaumenspalten. Oder Verbrennungen, Narben und kümmern sich um andere notwendige kosmetische Operationen. Die Eingriffe haben die Leben der Menschen verändert. Wie der Name schon sagt, soll den Menschen ein Neustart ermöglicht werden. Sie sollen die Chance haben, noch einmal von vorne anzufangen. Todd hat dieser Organisation sein Leben gewidmet. Als Sie sagten, Sie hätten ihn in Vermont gesehen, wusste ich, dass das nicht stimmen kann. Er hat in Nigeria gearbeitet.«

»Sofern wir davon absehen«, sagte ich, »dass er das nicht getan hat.«

»Dann sagen Sie seiner trauernden Witwe ins Gesicht, dass ihr verstorbener Ehemann sie belogen hat?«

»Nein. Ich sage seiner trauernden Witwe ins Gesicht, dass Todd Sanderson am 28. August vor sechs Jahren in Vermont war.«

»Wo er Ihre Exfreundin, die Künstlerin, geheiratet hat?«

Ich sparte mir die Antwort.

Eine Träne lief ihre Wange herab. »Die Mörder haben Todd wehgetan, bevor sie ihn umgebracht haben. Sie haben ihm furchtbare Schmerzen zugefügt. Warum sollte jemand so etwas tun?«

»Ich weiß es nicht.«

Sie schüttelte den Kopf.

»Wenn Sie sagen, sie haben ihm wehgetan«, sagte ich langsam, »meinen Sie damit, dass sie ihn nicht einfach so getötet haben?«

»Ja.«

Wieder wusste ich nicht, wie ich die Frage behutsam formulieren sollte, also entschied ich mich für den direkten Weg: »Wie haben sie ihm wehgetan?«

Doch schon bevor sie antwortete, glaubte ich die Antwort zu kennen.

»Mit Werkzeug«, sagte Delia Sanderson und schluchzte. »Sie haben ihn mit Handschellen an einen Sessel gefesselt und ihn mit Werkzeugen gefoltert.«

ACHTZEHN

Als mein Flugzeug wieder in Boston gelandet war, hatte ich eine neue Nachricht von Shanta Newlin. »Ich habe gehört, dass man dich vom Campus geworfen hat. Wir müssen reden.«

Während ich durch den Flughafenterminal ging, rief ich sie zurück. Als Shanta sich meldete, fragte sie sofort, wo ich gerade war.

»Logan Airport«, sagte ich.

»Schöne Reise gehabt?«

»Herrlich. Du sagtest, wir müssen reden?«

»Persönlich. Komm doch direkt vom Flughafen zu mir ins Büro.«

»Ich darf den Campus nicht betreten«, sagte ich.

»Oh, richtig, das hatte ich kurz vergessen. Wieder bei Judie's? In einer Stunde?«

Als ich ankam, saß Shanta an einem Ecktisch. Sie hatte einen Drink vor sich stehen. Der Drink war leuchtend rosa und mit einem Stück Ananas verziert. Ich deutete darauf.

»Da fehlt jetzt nur noch ein Schirmchen«, sagte ich.

»Wieso? Hast du in mir eher den Scotch-mit-Soda-Typ gesehen?«

»Ja … nur ohne Soda.«

»Kann ich nicht mit dienen. Ich bin eine Freundin fruchtiger Drinks.«

Ich setzte mich auf den Stuhl ihr gegenüber. Shanta nahm ihren Drink und trank einen Schluck durch den Strohhalm.

»Es heißt, du wärst in einen Angriff auf einen Studenten verwickelt?«, sagte sie.

»Dann arbeitest du jetzt für Präsident Tripp?«

Sie runzelte über ihrem fruchtigen Drink die Stirn. »Was ist da passiert?«

Ich erzählte ihr die ganze Geschichte – Bob und Otto, der Transporter, dass ich aus Notwehr getötet hatte, die Flucht aus dem Transporter, dass ich einen Hang heruntergekullert war. Ihr Gesichtsausdruck änderte sich nicht, aber ich sah, wie die Rädchen hinter ihren Augen rotierten.

»Hast du das auch der Polizei erzählt?«

»Zum Teil.«

»Was soll das heißen?«

»Ich war ziemlich betrunken. Sie schienen zu glauben, ich hätte mir die Sache mit der Notwehr ausgedacht.«

Sie sah mich an, als wäre ich der größte Idiot, der je auf diesem Planeten wandelte. »Du hast das wirklich der Polizei erzählt?«

»Zuerst. Dann hat Benedict mich darauf aufmerksam gemacht, dass es vielleicht nicht unbedingt klug sei zuzugeben, dass ich einen Menschen getötet habe, selbst wenn es in Notwehr war.«

»Du lässt dich von Benedict juristisch beraten?«

Ich zuckte die Achseln. Wieder einmal überlegte ich, ob ich nicht lieber den Mund halten sollte. Schließlich hatte man mich gewarnt, oder? Dazu kam das Versprechen. Shanta lehnte sich zurück und trank einen Schluck. Die Kellnerin kam und fragte, was ich wollte. Ich zeigte auf den fruchtigen Drink und sagte, dass ich so einen gern als alkoholfreien Cocktail hätte. Ich weiß nicht, warum. Ich hasse fruchtige Drinks.

»Was hast du wirklich über Natalie in Erfahrung gebracht?«, fragte ich.

»Das habe ich dir erzählt.«

»Klar, nichts, null, nada. Und warum wolltest du dann mit mir reden?«

Sie bekam ein überbackenes Sandwich mit Portobello-Pilzen, ich eins mit Truthahn, Salat und Tomate auf Roggenbrot. »Ich war so frei, für dich zu bestellen«, sagte sie.

Ich rührte das Sandwich nicht an.

»Was läuft hier, Shanta?«

»Genau das versuche ich herauszubekommen. Wie hast du Natalie kennengelernt?«

»Was spielt das für eine Rolle?«

»Sei so gut.«

Wieder stellte nur sie die Fragen, und ich gab die Antworten. Ich erzählte ihr, wie wir uns vor sechs Jahren in den Refugien in Vermont kennengelernt hatten.

»Was hat sie dir über ihren Vater erzählt?«

»Nur dass er tot sei.«

Shanta sah mir in die Augen. »Weiter nichts?«

»Zum Beispiel?«

»Na ja, zum Beispiel …«, sie nahm einen kräftigen Schluck und zuckte dann theatralisch die Achseln, »… dass er hier Professor war.«

Meine Augen weiteten sich. »Ihr Vater?«

»Ja.«

»Ihr Vater war Professor in Lanford?«

»Nein, in Judie's Restaurant«, sagte Shanta und verdrehte die Augen. »Natürlich in Lanford.«

Ich versuchte immer noch meinen Kopf wieder klar zu bekommen. »Wann?«

»Angefangen hat er vor ungefähr dreißig Jahren. Dann hat er hier sieben Jahre gelehrt. Im Fachbereich Politikwissenschaft.«

»Das soll doch wohl ein Witz sein.«

»Ja, genau deshalb hab ich dich herbestellt. Weil ich ein richtig großer Spaßvogel bin.«

Ich rechnete nach. Natalie war sehr jung gewesen, als ihr Vater angefangen hatte, hier zu lehren – und immer noch ein Kind, als er aufgehört hatte. Vielleicht hatte sie sich gar nicht mehr daran erinnert, dass sie hier gewesen war. Vielleicht hatte sie deshalb nichts gesagt. Aber hätte sie nicht zumindest davon gewusst? Hätte sie nicht gesagt: »Hey, mein Vater hat hier gelehrt. Im gleichen Fachbereich wie du.«

Ich dachte daran, wie sie mit Hut und Sonnenbrille über den Campus gelaufen war, wie scharf sie darauf gewesen war, alles zu sehen, und wie sie beim Spaziergang über die Grünflächen mit der Zeit immer nachdenklicher geworden war.

»Aus welchem Grund hätte sie es mir nicht erzählen sollen?«, fragte ich laut.

»Das weiß ich auch nicht.«

»Ist er gefeuert worden? Was hat er danach gemacht?«

Sie zuckte die Achseln. »Die spannendere Frage wäre vielleicht, warum Natalies Mutter wieder ihren Mädchennamen angenommen hat.«

»Was?«

»Ihr Vater hieß Aaron Kleiner. Der Mädchenname von Natalies Mutter lautete Avery. Sie hat ihn wieder angenommen. Und Natalie und Julie haben dann auch den Mädchennamen ihrer Mutter angenommen.«

»Moment mal, wann ist ihr Vater gestorben?«

»Dann hat Natalie es dir nicht erzählt?«

»Ich hatte nur den Eindruck, dass es schon lange her war. Vielleicht lag es daran. Vielleicht haben sie den Campus verlassen, weil er gestorben ist.«

Shanta lächelte. »Das kann ich mir nicht vorstellen, Jake.«

»Warum nicht?«

»Weil es hier anfängt, richtig interessant zu werden. Hier ist es mit Daddy genauso wie mit seiner kleinen Tochter.«

Ich sagte nichts.

»Es gibt keinen Bericht, in dem steht, dass er gestorben ist.«

Ich schluckte. »Und wo ist er dann?«

»Der Apfel fällt nicht weit vom Stamm, Jake.«

»Was zum Teufel soll das denn jetzt heißen?« Aber wahrscheinlich kannte ich die Antwort.

»Ich habe versucht festzustellen, wo Professor Aaron Kleiner jetzt ist«, sagte Shanta. »Rate mal, was ich herausbekommen habe?«

Ich wartete.

»Ganz genau – nichts, null, nada. Kein Stück. Seit er vor einem Vierteljahrhundert Lanford verlassen hat, gibt es nicht das geringste Lebenszeichen von Professor Aaron Kleiner.«

NEUNZEHN

Die alten Jahrbücher fand ich in der College-Bibliothek. Sie lagen im Keller der Bibliothek und rochen schimmlig. Die Hochglanzpapier-Seiten klebten aneinander, als ich sie durchblättern wollte. Aber da war er: Professor Aaron Kleiner. Ein relativ unauffälliges Foto von einem halbwegs attraktiven Mann mit dem üblichen aufgesetzten Fotolächeln, das glücklich aussehen sollte, aber eher linkisch wirkte. Ich musterte sein Gesicht, um festzustellen, ob ich eine Ähnlichkeit mit Natalie entdeckte. Nicht ausgeschlossen. Schwer zu sagen. Wie wir alle wissen, kann das Gehirn einem da leicht einen Streich spielen.

Wir neigen dazu, das zu sehen, was wir sehen wollen.

Ich starrte sein Gesicht an, als würde ich darin irgendwelche Antworten finden. Ich fand sie nicht. Ich sah mir auch die anderen Jahrbücher an. Keine neuen Erkenntnisse. Ich überflog die Seiten des Fachbereichs Politikwissenschaft und blieb bei einem Foto hängen: ein Gruppenbild sämtlicher Professoren und Mitarbeiter vor dem Clark House. Professor Kleiner stand neben dem Fachbereichsvorsitzenden Malcolm Hume. Auf diesem Foto lächelten die Personen natürlicher und entspannter. Mrs Dinsmore sah trotzdem aus, als wäre sie ungefähr hundert Jahre alt.

Moment. Mrs. Dinsmore …

Ich klemmte mir eins der Jahrbücher unter den Arm und

eilte zum Clark House. Es war schon Feierabend, aber Mrs Dinsmore lebte praktisch im Büro. Ja, ich war suspendiert und durfte den Campus nicht betreten, ging aber nicht davon aus, dass die Campus-Polizei sofort das Feuer auf mich eröffnete, sobald sie mich sah. Also ging ich mit einem Buch unter dem Arm, das ich nicht regulär aus der Bibliothek geliehen hatte, zwischen den Studenten hindurch über den Campus. Da sieht man mal wieder, wie schnell man auf die schiefe Bahn gerät.

Ich erinnerte mich wieder daran, wie ich vor sechs Jahren mit Natalie hier entlangspaziert war. Warum hatte sie nichts gesagt? Hatte es irgendwelche Anzeichen gegeben? War sie stiller geworden, oder hatte sie ihre Schritte verlangsamt? Ich wusste es nicht mehr. Ich wusste nur noch, wie ich fröhlich vom Campus geplappert hatte wie ein Erstsemester-Fremdenführer nach zu vielen Red Bulls.

Mrs Dinsmore sah mich über ihre halbmondförmige Lesebrille hinweg an. »Ich dachte, Sie wären rausgeflogen?«

»Mein Körper vielleicht«, sagte ich. »Mit dem Herzen bin ich jedoch immer bei Ihnen.«

Sie verdrehte die Augen. »Was wollen Sie?«

Ich legte das Jahrbuch vor ihr auf den Tisch und schlug die Seite mit dem Gruppenbild auf. Ich deutete auf Natalies Vater. »Erinnern Sie sich an Professor Aaron Kleiner?«

Mrs Dinsmore ließ sich Zeit. Sie nahm die mit einer Kette um den Hals befestigte Lesebrille ab, reinigte sie mit zittrigen Händen und setzte sie wieder auf. Ihr Gesicht war immer noch versteinert.

»Ja, ich erinnere mich an ihn«, sagte sie leise. »Warum fragen Sie?«

»Wissen Sie, warum er gefeuert wurde?«

Sie sah mich an. »Wer sagt denn, dass er gefeuert wurde?«

»Oder warum er gegangen ist? Können Sie mir etwas darüber sagen, was mit ihm passiert ist?«

»Er war seit fünfundzwanzig Jahren nicht hier. Als er ging, müssen Sie ungefähr zehn Jahre alt gewesen sein.«

»Ich weiß.«

»Warum fragen Sie dann?«

Ich wusste nicht, wie ich auf die Frage reagieren sollte. »Erinnern Sie sich an seine Kinder?«

»Zwei kleine Mädchen. Natalie und Julie.«

Ohne jedes Zögern. Das überraschte mich. »Sie wissen ihre Namen noch?«

»Was ist mit ihnen?«

»Ich habe vor sechs Jahren in einem Refugium oben in Vermont Natalie kennengelernt. Wir haben uns ineinander verliebt.«

Mrs Dinsmore wartete, dass ich weitersprach.

»Ich weiß, dass es verrückt klingt, aber ich suche sie. Ich nehme an, dass sie in Gefahr ist, und womöglich hat das etwas mit ihrem Vater zu tun. Genau weiß ich das allerdings nicht.«

Mrs Dinsmore sah mich noch ein oder zwei Sekunden lang an. Sie ließ die Lesebrille auf die Brust fallen. »Er war ein guter Lehrer. Sie hätten ihn gemocht. Seine Seminare waren sehr lebendig. Er hat die Studenten richtig in Schwung gebracht.«

Sie senkte den Blick wieder und betrachtete das Foto im Jahrbuch.

»Ein paar von den jüngeren Professoren hatten damals

noch die Aufsicht über Wohnheime. Aaron Kleiner war einer von ihnen. Er wohnte mit seiner Familie im Erdgeschoss des Tingley-Wohnheims. Die Studenten haben sie geliebt. Einmal haben die Studenten zusammengelegt und eine Schaukel für die beiden Mädchen gekauft. Die haben sie dann an einem Samstagvormittag gemeinsam auf dem Hof hinter dem Pratt-House aufgebaut.«

Sie blickte versonnen zur Seite. »Natalie war ein bezauberndes Mädchen. Wie sieht sie heute aus?«

»Sie ist die schönste Frau der Welt«, sagte ich.

Mrs Dinsmore sah mich mit einem schrägen Lächeln an. »Sie sind ein Romantiker.«

»Was ist mit ihnen passiert?«

»Jede Menge«, sagte sie. »Unter anderem gab es Gerüchte über die Ehe.«

»Was für Gerüchte?«

»Die Art von Gerüchten, die auf einem College-Campus immer aufkommen. Kleine Kinder, die Frau hat viel um die Ohren, attraktiver Mann auf einem Campus mit leicht zu beeindruckenden Studentinnen. Ich ziehe Sie gelegentlich wegen der jungen Mädchen auf, die zu Ihnen ins Büro kommen, aber ich habe wirklich schon oft gesehen, wie Karrieren oder sogar das Leben von Menschen durch diese Versuchung zerstört wurden.«

»Er hatte eine Affäre mit einer Studentin?«

»Möglich. Sicher weiß ich es nicht. Aber es gab Gerüchte. Wissen Sie, wer Vizepräsident Roy Horduck ist?«

»Ich habe seinen Namen auf ein paar Gedenktafeln gesehen.«

»Aaron Kleiner hatte Horduck vorgeworfen, plagiiert zu haben. Es ist nie zu einer Anklage gekommen, aber Horduck war ja als Vizepräsident auch ein sehr einflussreicher Mann. Aaron Kleiner wurde degradiert. Später war er noch in eine Sache verwickelt, in der es um irgendwelche Täuschungsversuche ging.«

»Ging es um einen Professor?«

»Nein, natürlich nicht. Kleiner hatte das ein oder zwei Studenten vorgeworfen. An die Details kann ich mich nicht mehr erinnern. Vielleicht war das sein Untergang, ich weiß es nicht. Er fing an zu trinken und wurde immer launischer. In dieser Zeit sind dann auch die Gerüchte aufgekommen.«

Wieder starrte sie auf das Foto.

»Also wurde er zum Rücktritt aufgefordert.«

»Nein«, sagte Mrs Dinsmore.

»Was dann?«

»Irgendwann ist seine Frau durch ebendiese Tür gekommen.« Sie deutete hinter sich. Ich wusste, welche Tür sie meinte. Ich war schon tausendmal hindurchgegangen, trotzdem schaute ich hin, als würde Natalies Mutter gleich dort auftauchen. »Sie hat geweint. War vollkommen hysterisch. Ich habe hier gesessen, genau hier, an diesem Schreibtisch …«

Ihre Worte verloren sich im Raum.

»Sie wollte Professor Hume sprechen. Er war nicht da, also habe ich ihn angerufen. Er ist sofort gekommen. Sie erzählte ihm, dass Professor Kleiner verschwunden sei.«

»Verschwunden?«

»Er hatte seine Sachen gepackt und war mit einer anderen Frau durchgebrannt. Einer früheren Studentin.«

»Wer war sie?«

»Ich weiß es nicht. Kleiners Frau war, wie ich schon sagte, vollkommen hysterisch. Es gab damals ja noch keine

Handys. Wir hatten keine Möglichkeit, ihn zu kontaktieren. Also haben wir gewartet. Ich weiß noch, dass er an dem Nachmittag ein Seminar gehabt hätte. Er ist nicht mehr aufgetaucht. An dem Tag ist Professor Hume für ihn eingesprungen. Für den Rest des Semesters haben ihn die anderen Professoren dann reihum vertreten. Die Studenten waren wirklich verärgert. Auch Eltern haben angerufen. Professor Hume hat sie beruhigen können, indem er allen eine Eins gegeben hat.« Sie zuckte die Achseln, schob das Jahrbuch wieder zu mir herüber und tat so, als würde sie sich wieder an die Arbeit machen.

»Das war das Letzte, was wir von ihm gehört haben.«

Ich schluckte. »Und was ist mit seiner Frau und den Kindern passiert?«

»Das Gleiche, nehme ich an.«

»Was soll das heißen?«

»Als das Semester zu Ende war, sind sie weggezogen. Auch von ihnen habe ich nie wieder etwas gehört. Ich habe immer gehofft, dass alle zusammen an einem anderen College gelandet sind – dass sie die Ehe irgendwie wieder gekittet haben. Aber ich nehme an, dass es nicht so gelaufen ist, oder?«

»Nein, ist es nicht.«

»Und was ist dann mit ihnen passiert?«, fragte Mrs Dinsmore.

»Das weiß ich nicht.«

ZWANZIG

Wer könnte es wissen?

Antwort: Natalies Schwester Julie. Am Telefon hatte sie mich auflaufen lassen. Ich fragte mich, ob ich persönlich mehr Glück haben würde.

Ich ging zurück zu meinem Wagen, als mein Handy klingelte. Ich betrachtete die Nummer im Display. Die Vorwahl lautete 802.

Vermont.

Ich nahm ab und meldete mich. »Hallo?«

»Äh, hi. Sie haben Ihre Visitenkarte im Café hinterlassen.«

Ich erkannte die Stimme. »Cookie?«

»Wir müssen uns unterhalten«, sagte sie.

Mein Griff ums Handy wurde fester: »Ich höre.«

»Ich bin kein Freund von Telefonaten«, sagte Cookie. Ihre Stimme zitterte. »Können Sie noch mal raufkommen?«

»Wenn Sie wollen, fahre ich sofort los.«

Cookie beschrieb den Weg zu ihrem Haus in der Nähe des Cafés. Ich fuhr die 91 nach Norden und versuchte erfolglos, mich an die Geschwindigkeitsbegrenzung zu halten. Mein Herz wummerte in meiner Brust, scheinbar immer im Rhythmus des Songs, der gerade im Radio lief. Als ich die Staatsgrenze erreichte, war es schon fast Mitternacht. Am frühen Morgen war ich in den Süden geflogen, um mich mit Delia Sanderson zu treffen. Es war ein langer Tag gewesen, und einen Moment lang spürte ich, wie erschöpft ich war. Wieder hatte ich den Moment vor Augen, als ich Natalies Gemälde von der Hütte auf dem Hügel zum ersten Mal sah – und Cookie von hinten an mich herangetreten war und mich gefragt hatte, ob es mir gefiele.

Warum, fragte ich mich wieder einmal, hatte Cookie so getan, als erinnerte sie sich nicht an mich, als ich vor ein paar Tagen bei ihr im Café gewesen war?

Mir fiel noch etwas anderes auf. Alle, mit denen ich gesprochen hatte, hatten behauptet, es hätte nie ein Creative-Recharge-Refugium gegeben, Cookie hingegen hatte behauptet, die Mitarbeiter des Cafés hätten nie im Refugium gearbeitet.

Das war mir damals gar nicht aufgefallen, aber wenn es auf dem Hügel nie ein Refugium gegeben hatte, hätte ihre Antwort dann nicht lauten müssen: »Hä? Welches Refugium?«

Ganz langsam fuhr ich an Cookies *Bookstore Café* vorbei. Die beiden einsamen Straßenlaternen warfen lange, bedrohliche Schatten. Es war niemand zu sehen. Im Zentrum des kleinen Ortes war es absolut ruhig – viel zu ruhig wie die klassische Szene in einem Zombiefilm, bevor der Held von den Fleischfressern eingekreist wird. An der nächsten Ecke bog ich rechts ab. Hier gab es keine Straßenbeleuchtung mehr. Das einzige Licht stammte von meinen Scheinwerfern. Ich kam an ein paar Häusern oder anderen Gebäuden vorbei, in denen auch keine Lichter mehr brannten. Hier draußen benutzte offenbar niemand eine Zeitschaltuhr für die Beleuchtung, um Einbrecher abzuschrecken. Cleveres Konzept. In dieser Dunkelheit fanden die Einbrecher die Häuser wahrscheinlich gar nicht erst.

Mein Navigationsgerät zeigte an, dass ich noch knapp einen Kilometer von meinem Ziel entfernt war. Ich musste noch zwei Mal abbiegen. Ein an Angst grenzendes Unwohlsein breitete sich in meiner Brust aus. Wir haben alle schon gehört, dass bestimmte Tiere und Meereslebewesen Gefahr spüren können. Sie fühlen Bedrohungen oder bevorstehende Naturkatastrophen, beinahe so, als hätten sie einen Überlebensradar oder unsichtbare, extrem lange Tentakel. Irgendwann in grauer Vorzeit mussten auch die primitiven Menschen diese Fähigkeit besessen haben. Und dieser Überlebensinstinkt ging nicht verloren. Er mochte brachliegen oder verkümmern, weil er nicht genutzt wurde. Aber der instinktgesteuerte Neandertaler lebte immer noch in uns, tief versteckt unter Khakihosen und Anzughemden.

Und jetzt, um den Jargon meiner Jugend zu bemühen, als ich noch Comics las, meldete sich mein Spinnensinn.

Ich schaltete die Scheinwerfer aus und fuhr in der pechschwarzen Dunkelheit praktisch nach Gefühl an den Straßenrand. Die Straße hatte keinen Bordstein. Der Asphalt ging direkt in Rasen über. Ich wusste nicht, was ich tun sollte, aber je länger ich darüber nachdachte, desto plausibler erschien es mir, ein paar grundlegende Vorsichtsmaßnahmen zu ergreifen.

Von hier aus würde ich zu Fuß weitergehen.

Ich stieg aus dem Wagen. Als ich die Tür geschlossen hatte und auch das letzte Licht aus war, wurde mir erst richtig bewusst, wie dunkel es war. Die Nacht schien ein lebendiger Organismus zu sein, der mich verschluckte, sich über meine Augen legte. Ich wartete ein oder zwei Minuten, blieb einfach still stehen, damit sich meine Augen an die Dunkelheit gewöhnten. Augen, die sich der Dunkelheit anpassten – noch so eine Fähigkeit, die wir zweifelsohne vom primitiven Urmenschen geerbt haben. Als ich zumindest gut einen Meter weit sehen konnte, machte ich mich auf den Weg. Ich hatte mein Handy dabei. Es war voller Apps, die ich nie benutzte, es gab nur eine, die ich wirklich brauchte, die vermutlich nützlichste und technisch banalste, die Taschenlampe. Ich überlegte, ob ich sie anschalten sollte, entschied mich aber dagegen.

Wenn hier irgendwo eine Gefahr auf mich lauerte – und ich hatte keine Ahnung, wo oder in welcher Form sie das tun könnte –, wollte ich mich zumindest nicht durch eine leuchtende Taschenlampe verraten. Schließlich hatte ich deshalb den Wagen stehen lassen und war zu Fuß weitergegangen, oder?

Wieder musste ich daran denken, wie ich hinten im Transporter festgehalten worden war. Ich hatte keine Skrupel wegen der Kollateralschäden auf meiner Flucht – selbstverständlich würde ich noch einmal so handeln, ja wenn nötig auch noch tausend Mal –, trotzdem hatte ich nicht die geringsten Zweifel, dass Ottos letzte Zuckungen mich in meinen Träumen bis zu meinem Tod verfolgen würden. Ich würde das Knirschen der zerquetschten Luftröhre immer im Ohr haben und spüren, wie Knorpel und Knochen nachgaben und ein Leben beendet wurde. Ich hatte jemanden getötet. Ich hatte ein Menschenleben ausgelöscht.

Dann wanderten meine Gedanken weiter zu Bob.

Ich verlangsamte meinen Schritt. Was hatte Bob wohl getan, nachdem ich den Abhang hinunter entkommen war? Er musste wieder in den Transporter gestiegen und weggefahren sein, dann hatte er vermutlich Ottos Leiche irgendwo abgeladen und dann …

Dann würde er vermutlich wieder versuchen, mich in die Finger zu bekommen?

Ich dachte an die Anspannung in Cookies Stimme. Worüber wollte sie mit mir reden? Und warum war das plötzlich so dringend? Warum bestellte sie mich um diese Zeit hierher, spätnachts, ohne mir die Chance zu geben, in Ruhe darüber nachzudenken?

Ich hatte Cookies Straße erreicht. Hier brannten vor ein paar Fenstern kleine Lampen, wodurch die Häuser gespenstisch irrlichterten. In dem Haus am Ende der Sackgasse brannten mehr Lichter als bei den anderen.

Es war Cookies Haus.

Ich wechselte auf die linke Straßenseite, um im Dunkeln zu bleiben. Die Lampen auf der Veranda vor dem Haus brannten, dort konnte ich also nicht entlang, wenn ich unentdeckt bleiben wollte. Das Haus war einstöckig, extrem langgestreckt und uneinheitlich, als wäre ziemlich planlos immer wieder irgendwo etwas angebaut worden. Geduckt ging ich seitlich am Haus entlang. Ich versuchte weiterhin im Dunkeln zu bleiben. Die letzten zehn Meter bis zum Fenster, aus dem am wenigsten Licht nach außen drang, kroch ich auf allen vieren.

Und jetzt?

Ich kauerte mich unter das Fenster, verhielt mich ganz still und lauschte. Nichts. Es gibt Stille und dann gibt es noch ländliche Stille, diese fühlbare, fast greifbare Stille mit Volumen und Struktur. Diese Stille umgab mich jetzt. Die wahre, ländliche Stille.

Ich verlagerte das Gewicht ein wenig. Meine Knie knackten, das Geräusch kam mir so laut vor wie zwei Peitschenhiebe. Ich stellte die Füße direkt unter den Körper, die Knie tief gebeugt, die Hände auf den Oberschenkeln. Dann drückte ich mich langsam hoch.

Der größte Teil meines Gesichts blieb unsichtbar, als ich den Kopf so weit vor die untere Fensterecke streckte, dass nur mein rechtes Auge und der obere Quadrant meines Kopfs von innen zu sehen wären. Ich blinzelte kurz und sah ins Zimmer.

Cookie war da.

Sie saß auf der Couch. Kerzengerade wie ein Besenstiel. Mit fest zugekniffenem Mund. Neben ihr saß ihre Partnerin Denise. Die beiden hielten Händchen, ihre Gesichter wirkten blass und angespannt.

Man musste kein Experte für Körpersprache sein, um festzustellen, dass sie aus irgendeinem Grund nervös waren. Ich brauchte einen Moment, bis ich begriff, was der Grund war.

In dem Sessel ihnen gegenüber saß ein Mann.

Er hatte mir den Rücken zugewandt, so dass ich nur die Oberseite seines Kopfs sehen konnte.

Mein erster, panischer Gedanke war: Ist das womöglich Bob?

Ich richtete mich ein paar Zentimeter weiter auf, um einen besseren Blick zu haben. Es reichte nicht. Der Sessel war dick und plüschig, der Mann war tief eingesunken und kaum zu sehen. Ich trat nach rechts, so dass von innen jetzt mein oberer linker Gesichtsquadrant zu sehen wäre. Jetzt erkannte ich, dass er graumelierte, lockige Haare hatte.

Nicht Bob. Nein, das war definitiv nicht Bob.

Der Mann redete. Die beiden Frauen hörten ihm aufmerksam zu und nickten unisono, als er einen Satz beendete. Ich drehte den Kopf zur Seite und presste ein Ohr ans

Fenster. Das Glas war kalt. Ich versuchte zu verstehen, was der Mann sagte, die Stimme war aber immer noch zu leise. Ich blickte wieder ins Zimmer. Der Mann im Sessel beugte sich etwas vor, um einer Aussage Nachdruck zu verleihen. Er drehte den Kopf dabei gerade so weit, dass ich sein Profil sehen konnte.

Ich schnappte laut nach Luft.

Der Mann hatte einen Bart. Das war es. Jetzt erkannte ich ihn wieder – der Bart und die lockigen Haare. Wieder ging mir der Moment durch den Kopf, als ich Natalie das erste Mal mit ihrer Sonnenbrille auf dem Stuhl gesehen hatte. Rechts neben ihr hatte ein bärtiger Mann mit lockigen Haaren gesessen.

Dieser Mann.

Was zum …?

Der Bärtige stand auf. Er ging wild gestikulierend auf und ab. Cookies und Denises Anspannung wuchs. Sie umklammerten ihre Hände so fest, dass ich sah, wie ihre Fingerknöchel weiß wurden. In diesem Moment fiel mir noch etwas auf, das mich schwindelig machte – etwas, bei dem mir schlagartig bewusst wurde, wie wichtig es gewesen war, diese kleine Erkundungsmission in Angriff zu nehmen, statt blindlings ins mögliche Verderben zu rennen.

Der Bärtige hatte eine Pistole.

Ich erstarrte bei meiner halben Kniebeuge. Meine Beine fingen an zu zittern, ob es vor Angst oder vor Anstrengung war, konnte ich nicht sagen. Langsam sank ich wieder nach unten. Was jetzt?

Hau ab, du Idiot.

Das schien die beste Idee zu sein. Ich musste so schnell wie möglich zu meinem Wagen zurück, dann die Polizei rufen und denen das Ganze überlassen. Ich versuchte, mir vorzustellen, wie es ablaufen würde. Wie lange brauchte die Polizei, um hier rauszukommen? Halt... würden sie mir überhaupt glauben? Würden sie nicht erst bei Cookie und Denise anrufen? Würden sie ein Sonderkommando schicken? Und wusste ich eigentlich, was hier überhaupt vor sich ging? Hatte der Bärtige Cookie oder Denise gekidnappt und sie gezwungen, mich anzurufen – oder steckten sie alle unter einer Decke? Und wenn sie unter einer Decke steckten, was würde dann nach meinem Anruf bei der Polizei passieren? Die Polizei würde kommen, und Cookie und Denise würden alles abstreiten. Der Bärtige würde seine Pistole verstecken und behaupten, er wisse von nichts.

Und dennoch, hatte ich eine andere Wahl? Ich musste die Polizei rufen oder etwa nicht?

Der Bärtige ging weiter auf und ab. Die Spannung im Zimmer pulsierte wie ein schlagendes Herz. Der Bärtige sah auf die Uhr. Er zückte sein Handy und hielt es sich wie ein Walkie-Talkie vor den Mund. Er blaffte etwas hinein.

Mit wem redete er?

Langsam, dachte ich. Was war, wenn er noch Komplizen hatte? Ich musste hier weg, die Polizei rufen oder auch nicht, ganz egal. Der Kerl hatte eine Pistole. Ich nicht.

Hasta luego, ihr Scheißkerle.

Ich warf noch einen letzten Blick durchs Fenster, als ich hinter mir einen Hund bellen hörte. Ich erstarrte. Der Bärtige nicht. Wie von einer Schnur gezogen, drehte sich sein Kopf in Richtung des Bellens – in meine Richtung.

Unsere Blicke trafen sich durchs Fenster. Ich sah, wie sich seine Augen überrascht weiteten. Für einen kurzen Moment – für ein, zwei Hundertstelsekunden vielleicht –

rührten wir beide uns nicht. Wir starrten uns schockiert an, wussten nicht, was wir voneinander halten sollten, bis der Bärtige die Pistole hochriss, sie auf mich richtete und abdrückte.

Ich warf mich nach hinten, als die Kugel durchs Fenster krachte, fiel auf den Rücken. Glasscherben regneten auf mich herab. Der Hund bellte weiter. Ich rollte mich auf die Seite, zerschnitt mir die Arme an den Scherben und sprang auf.

»Stopp!«

Ein weiterer Mann links von mir. Ich erkannte die Stimme nicht, aber er war hier draußen. Verdammter Mist, ich musste weg. Keine Zeit nachzudenken oder zu zögern. Ich rannte so schnell ich konnte in die entgegengesetzte Richtung, dann um die Hausecke, die Beine stampften, ich hatte es fast geschafft.

Das dachte ich zumindest.

Gerade hatte ich meinen empfindlichen Spinnensinn noch gelobt, weil er mich vor der Gefahr gewarnt hatte. Jetzt hatte derselbe Sinn kläglich versagt.

Gleich hinter der Ecke stand ein weiterer Mann. Er erwartete mich mit einem Baseballschläger in der Hand. Es gelang mir zwar noch, die Beinbewegung zu stoppen, für alles andere war es jedoch zu spät. Die Schlagfläche des Schlägers kam auf mich zu. Keine Chance, irgendwie zu reagieren. Keine Chance, irgendetwas anderes zu tun, als dumm dazustehen. Der Schlag traf mich mitten auf der Stirn.

Ich fiel zu Boden.

Vielleicht schlug er mich noch einmal. Ich kann es nicht sagen. Mir wurde schwarz vor Augen, und weg war ich.

EINUNDZWANZIG

Das Erste, was ich fühlte: Schmerz.

Ich konnte an nichts anderes denken als an den heftigen, alles verzehrenden Schmerz und wie ich ihm entkommen konnte. Es kam mir vor, als wäre mein Schädel zersplittert, so dass sich kleine Knochenfragmente gelöst hatten, deren scharfe Kanten sich in die weiche Hirnmasse bohrten.

Ich drehte den Kopf etwas zur Seite, was die scharfen Kanten jedoch nur noch mehr erzürnte. Also blieb ich ruhig liegen, blinzelte, blinzelte noch einmal in dem Versuch, die Augen zu öffnen, gab dann auf.

»Er ist wach.«

Cookies Stimme. Wieder versuchte ich mit aller Kraft, die Augen zu öffnen. Ich wollte die Lider schon mit den Fingern auseinanderziehen, wartete dann aber doch, bis der Schmerz nachließ. Ein paar Sekunden später klappte es. Dann dauerte es noch ein paar Sekunden, bis ich in der Lage war, meine neue Umgebung zu erkennen.

Ich war nicht mehr draußen.

So viel war klar. Über mir sah ich freiliegende Deckenbalken aus Holz. Ich war auch nicht in Cookies Haus. Das war einstöckig. Dies hier sah mehr nach einer Scheune oder einem alten Farmhaus aus. Ich lag jedoch auf einem Holzfußboden, nicht auf Erde oder Lehm, also schloss ich die Scheune aus.

Cookie war da. Denise auch. Der Bärtige trat zu mir und sah auf mich herab. In seinem Blick lag purer, ungezügelter Hass. Ich hatte keine Ahnung, warum. Links von mir an der Tür stand ein zweiter Mann. Ein dritter saß an einem Computer. Die beiden kannte ich nicht.

Der Bärtige wartete, während er weiter auf mich herabstarrte. Wahrscheinlich rechnete er damit, dass ich etwas Naheliegendes wie »Wo bin ich?« sagen würde. Das tat ich nicht. Ich nutzte die Zeit, um mich zu sammeln und etwas zu beruhigen.

Ich hatte keine Ahnung, was hier vorging.

Ich versuchte den Raum mit den Augen zu erkunden, war auf der Suche nach einem Fluchtweg. Es gab eine Tür und drei Fenster. Alle waren geschlossen. Die Tür außerdem bewacht. Ich erinnerte mich, dass mindestens einer der Männer eine Pistole hatte.

Ich musste Geduld haben.

»Reden Sie«, sagte der Bärtige zu mir.

Ich sagte nichts. Er trat mich in die Rippen. Ich stöhnte, bewegte mich aber nicht.

»Jed«, sagte Cookie, »hör auf damit.«

Der Bärtige, Jed, starrte weiter auf mich herab. Zorn lag in seinen Augen. »Wie haben Sie Todd ausfindig gemacht?«

Die Frage verblüffte mich. Ich weiß nicht, was ich erwartet hatte, das jedenfalls nicht. »Was?«

»Haben Sie mich verstanden?«, fragte Jed. »Wie haben Sie Todd ausfindig gemacht?«

Mir wurde schwindelig. Ich wusste nicht, inwiefern eine Lüge mir helfen konnte, also blieb ich bei der Wahrheit: »Seine Todesanzeige.«

Jed sah Cookie an. Jetzt war es an ihnen, verwirrt zu sein.

»Ich habe seine Todesanzeige gesehen«, fuhr ich fort. »Sie war auf der Lanford-Webseite. Daher bin ich zu seiner Beerdigung gefahren.«

Jed holte aus, um mir noch einen Tritt zu verpassen, doch Cookie stoppte ihn mit einem Kopfschütteln. »Das mein ich nicht«, fauchte Jed. »Ich meine davor.«

»Wie davor?«

»Stellen Sie sich nicht blöd. Wie haben Sie Todd ausfindig gemacht?«

»Ich weiß nicht, was Sie meinen«, sagte ich.

Der Zorn in seinen Augen explodierte. Er zog die Pistole und zielte auf mich. »Sie lügen.«

Ich sagte nichts.

Cookie trat näher an ihn heran. »Jed?«

»Halt dich da raus«, fauchte er. »Du weißt doch ganz genau, was er getan hat, oder?«

Sie nickte und trat wieder etwas zurück. Ich blieb ganz ruhig liegen.

»Reden Sie«, sagte er noch einmal.

»Ich weiß nicht, was Sie von mir hören wollen.«

Ich sah den Mann am Computer an. Er wirkte ängstlich. Das galt auch für den Mann an der Tür. Ich dachte an Bob und Otto. Die beiden hatten nicht ängstlich gewirkt. Sie hatten gewirkt, als wären sie allzeit bereit und erfahren. Im Gegensatz zu diesen Typen. Ich wusste nicht, was das bedeutete, es änderte allerdings nichts daran, dass ich bis zum Hals in der Scheiße steckte.

»Noch mal«, fing Jed mit gefletschten Zähnen an. »Wie haben Sie Todd gefunden?«

»Das habe ich Ihnen schon gesagt.«

»Sie haben ihn umgebracht!«, schrie Jed.

»Was? Nein.«

Jed sank auf die Knie und drückte mir den Pistolenlauf an die Schläfe. Ich schloss die Augen und wartete auf den Knall. Er senkte den Mund näher an mein Ohr.

»Wenn Sie wieder lügen«, flüsterte er, »werde ich Sie auf der Stelle töten.«

Cookie: »Jed?«

»Sei still.«

Er drückte den Lauf so stark gegen meine Schläfe, dass sich eine Delle bildete. »Reden Sie.«

»Ich hab ihn nicht…« Sein Blick sagte mir, dass mein Schicksal bei einem weiteren Dementi besiegelt wäre. »Warum hätte ich ihn töten sollen?«

»Das müssen Sie uns schon selbst verraten«, sagte Jed. »Aber zuerst will ich wissen, wie Sie ihn gefunden haben.«

Jeds Hand zitterte, so dass der Lauf gegen meinen Schädelknochen trommelte. Speichel fing sich in seinem Bart. Der Schmerz war inzwischen vergangen, die nackte Angst hatte ihn ersetzt. Jed wollte abdrücken. Er wollte mich umbringen.

»Das habe ich Ihnen schon gesagt«, flehte ich. »Bitte, hören Sie mir zu.«

»Sie lügen.«

»Nein, das…«

»Sie haben ihn gefoltert, aber er hat nichts verraten. Todd konnte Ihnen sowieso nicht weiterhelfen. Er wusste es nicht. Er war völlig hilflos und hat tapfer durchgehalten, und Sie, Sie Schwein…«

Nur noch wenige Sekunden, dann war ich ein toter Mann. Ich hörte die Qual in seiner Stimme und wusste, dass er für vernünftige Argumente nicht zugänglich war. Ich musste irgendetwas tun, das Risiko eingehen, ihm die Pistole abzunehmen, aber ich lag flach auf dem Rücken. Es würde viel zu lange dauern, bis ich seine Hand erreichte.

»Ich habe ihm nichts getan, das schwöre ich.«

»Und gleich erzählen Sie uns auch noch, dass Sie heute nicht bei seiner Witwe waren.«

»Doch, da war ich«, sagte ich schnell, froh, dass ich ihm endlich einmal zustimmen konnte.

»Aber die hat auch nichts gewusst, oder?«

»Worüber hat sie nichts gewusst?«

Der Lauf bohrte sich wieder tiefer in meine Schläfe. »Warum sind Sie hingefahren und haben mit der Witwe gesprochen?«

Ich sah ihm in die Augen. »Sie wissen, warum«, sagte ich.

»Was haben Sie da gesucht?«

»Nicht was«, sagte ich. »Wen. Ich habe Natalie gesucht.«

Er nickte. Ein frostiges Lächeln breitete sich auf seinem Gesicht aus. Das Lächeln verriet mir, dass ich ihm die richtige Antwort gegeben hatte – und damit die falsche. »Warum?«, fragte er.

»Was meinen Sie mit warum?«

»Für wen arbeiten Sie?«

»Für niemanden.«

»Jed!«

Diesmal war es nicht Cookie. Es war der Mann am Computer.

Von der Unterbrechung genervt drehte Jed sich um. »Was ist?«

»Du solltest dir das mal angucken. Wir kriegen Gesellschaft.«

Jed nahm die Pistole von meinem Kopf. Ich atmete erleichtert aus. Der Mann am Computer drehte den Bildschirm so, dass Jed ihn sehen konnte. Es sah aus wie ein schwarz-weißes Überwachungsvideo.

»Was wollen die denn?«, fragte Cookie. »Wenn sie ihn hier finden …«

»Das sind unsere Freunde«, sagte Jed. »Um die können wir uns hinterher …«

Ich wartete nicht länger. Ich nutzte die Chance, die sich ergeben hatte. Ohne Vorwarnung sprang ich auf und rannte auf den Mann an der Tür zu. Es kam mir vor, als bewegte ich mich in Zeitlupe, als bräuchte ich viel zu lange, um die Tür zu erreichen. Ich senkte die Schulter, um sie ihm in die Brust zu rammen.

»Stopp.«

Ich war noch etwa zwei Schritte vom Mann vor der Tür entfernt. Auch er schob die Schulter nach vorn, bereitete sich auf den Zusammenprall vor. Mein Gehirn arbeitete weiter, rechnete und überprüfte das Ergebnis. In weniger als einer Sekunde – weniger als einigen Nanosekunden – hatte ich das ganze bevorstehende Szenario vor Augen. Wie lange würde ich brauchen, um den Kerl niederzuringen? Mindestens zwei bis drei Sekunden. Dann musste ich den Knauf ergreifen, ihn umdrehen, die Tür öffnen, rausrennen.

Wie lange würde das dauern?

Ergebnis: zu lange.

Bis dahin hätten sich zwei weitere Männer und vielleicht zwei Frauen auf mich gestürzt. Oder Jed schoss einfach.

Und wenn er sehr schnell reagierte, konnte er noch einen Schuss abgeben, bevor ich den Mann an der Tür erreichte.

Kurz gesagt, wenn ich das Risiko abschätzte, musste ich mir eingestehen, dass ich keine Chance hatte, durch die Tür zu entkommen. Trotzdem rannte ich immer noch voller Wut auf meinen Kontrahenten zu. Er erwartete mich. Er rechnete damit, dass ich mich auf ihn stürzte. Und das taten Jed und die anderen vermutlich auch.

Also war das unmöglich, oder?

Ich musste sie überraschen. Im letzten Moment warf ich meinen Körper nach rechts, und ohne einen Blick nach hinten oder den Anflug eines Zögerns machte ich einen Hechtsprung durchs Fenster.

Noch in der Luft, während wieder einmal ein Fenster um mich herum zersplitterte, hörte ich Jed rufen: »Ihm nach!«

Ich zog die Arme und den Kopf ein, rollte nach vorne ab und hoffte, gleich wieder auf die Beine zu kommen. Reines Wunschdenken. Ich kam zwar auf die Beine, hatte aber noch so viel Schwung, dass ich gleich weiter nach vorne rollte. Schließlich rappelte ich mich auf.

Wo zum Teufel war ich?

Keine Zeit zum Nachdenken. Ich nahm an, dass ich irgendwo hinten im Garten war. Ich sah Wald. Die Einfahrt und die Vorderseite des Hauses befanden sich vermutlich hinter mir. Ich rannte in diese Richtung, hörte dann aber, wie die Haustür geöffnet wurde. Die drei Männer kamen heraus.

Oh, oh!

Also drehte ich mich um und rannte auf den Wald zu. Die Dunkelheit verschluckte mich. Ich konnte vielleicht zwei Meter weit sehen, doch langsamer zu laufen kam nicht in Frage. Drei Männer waren hinter mir her, und mindestens einer hatte eine Pistole.

»Hier rüber!«, rief einer von ihnen.

»Das können wir nicht machen, Jed. Du hast die beiden doch gerade auf dem Bildschirm gesehen.«

Also rannte ich weiter. Ich rannte so schnell ich konnte in den Wald, und dann rannte ich mit dem Kopf gegen einen Baum. Es war ein bisschen wie bei Karl dem Kojoten, wenn er auf einen Rechen tritt – ein dumpfer Aufprall, dann vibrierte alles. Mein Gehirn zitterte. Ich stand schlagartig still, dann fiel ich zu Boden. Mein Kopf, der schon vorher wehgetan hatte, schrie jetzt vor Schmerz.

Ich sah, wie sich der Strahl einer Taschenlampe näherte.

Also versuchte ich mich irgendwie in ein Versteck zu rollen. Mein Kopf stieß seitlich gegen einen anderen Baum – oder womöglich gegen denselben. Alles tat weh. Ich rollte in die andere Richtung, versuchte dabei, ganz tief unten zu bleiben. Der Taschenlampenstrahl zerteilte die Luft über mir.

Ich hörte Schritte näher kommen.

Ich musste weg.

Hinten am Haus knirschten Reifen auf dem Kies. Ein Wagen fuhr in die Einfahrt.

»Jed?«

Ein scharfes Flüstern. Die Taschenlampe bewegte sich nicht mehr. Noch einmal hörte ich, wie jemand nach Jed rief. Dann wurde die Taschenlampe ausgeschaltet. Ich lag wieder in absoluter Dunkelheit. Schritte entfernten sich.

Steh auf und hau ab, Blödmann.

Mein Kopf ließ es nicht zu. Ich blieb noch einen Moment liegen, dann blickte ich nach hinten zum alten Farmhaus in der Ferne, das ich so zum ersten Mal von draußen sah. Ich lag nur da und starrte es an. Wieder einmal schien ich den Boden unter den Füßen zu verlieren.

Es war das Hauptgebäude des Creative-Recharge-Refugiums.

Sie hatten mich in dem Haus festgehalten, in dem Natalie gewohnt hatte.

Was zum Teufel ging hier vor?

Der Wagen hielt an. Ich richtete mich ein wenig auf, um besser sehen zu können, und verspürte ein mir bisher unbekanntes Gefühl der Erleichterung, als ich den Wagen sah.

Es war ein Streifenwagen.

Jetzt verstand ich ihre Aufregung. Jed und seine Leute hatten am Eingang Überwachungskameras angebracht. Sie hatten gesehen, dass der Streifenwagen kam, um mich zu retten. Da waren sie hektisch geworden. Absolut logisch.

Ich stand auf und lief auf meine Retter zu. Jed und seine Freunde würden mich nicht umbringen. Ich hatte den Waldrand fast erreicht, war noch etwa dreißig Meter vom Streifenwagen entfernt, als mir ein anderer Gedanke durch den Kopf ging.

Woher hatten die Polizisten gewusst, wo ich war?

Und mehr noch, woher hatten die Polizisten gewusst, dass ich in Schwierigkeiten steckte? Und wenn sie mich retten wollten, warum waren sie dann so langsam vorgefahren? Warum hatte Jed etwas von »unsere Freunde« gesagt? Ich wurde langsamer, die Erleichterung flaute ab, und mir schossen weitere Fragen durch den Kopf. Warum ging Jed breit lächelnd auf sie zu und hob lässig die Hand zum Gruß? Warum stiegen die Polizisten aus und erwiderten den Gruß mit einer ebenso lässigen Geste? Warum schüttelten sie sich die Hände und klopften sich wie alte Kumpel auf den Rücken?

»Hey, Jed«, rief einer der beiden.

Oh verdammt. Es war der Stämmige. Der andere Polizist war Jerry, der Dünne. Ich beschloss zu bleiben, wo ich war.

»Hey, Jungs«, sagte Jed. »Wie geht's euch?«

»Alles bestens, Mann. Wann seid ihr zurückgekommen?«

»Vor ein paar Tagen. Was gibt's?«

Der Stämmige sagte: »Kennst du einen Mann namens Jake Fisher?«

Langsam … Vielleicht waren sie doch nicht gekommen, um mich zu retten.

»Nein, ich glaube nicht«, sagte Jed. Die anderen waren auch aus dem Haus gekommen. Weiteres Händeschütteln und Rückenklopfen. »Sagt mal, kennt ihr einen … wie hieß der Kerl noch?«

»Jacob Fisher.«

Alle schüttelten den Kopf und murmelten, dass sie den Namen noch nie gehört hätten.

»Es läuft eine Fahndung nach ihm«, sagte der Stämmige. »Er ist College-Professor. Hat offenbar einen Mann umgebracht.«

Mir stockte das Blut.

Der Dünne ergänzte: »Der Trottel hat es sogar gestanden.«

»Klingt, als wäre er ein gefährlicher Mann«, sagte Jed. »Aber ich versteh nicht, was das mit uns zu tun haben soll.«

»Erstens haben wir ihn vor ein paar Tagen davon abgehalten, dein Grundstück zu betreten.«

»Mein Grundstück?«

»Ja. Aber wir sind nicht nur deshalb hier.«

Ich duckte mich ins Unterholz, wusste nicht, was ich tun sollte.

»Na ja, wir haben sein Handy orten lassen«, sagte der Stämmige.

»Und da«, ergänzte der Dünne, »haben die Koordinaten uns direkt hierhergeführt.«

»Das versteh ich nicht.«

»Ganz einfach, Jed. Wir können sein iPhone orten. Ist heutzutage überhaupt kein Problem. Ehrlich gesagt sogar völlig banal, ich hab so einen *Tracker* für das Handy meines Jungen. Jedenfalls wissen wir, dass der Typ jetzt gerade hier auf deinem Grundstück ist.«

»Ein Killer?«

Der dünne Jerry griff in den Wagen und nahm irgendeinen kleinen Computer heraus. Er sah einen Moment lang darauf, tippte dann aufs Display und verkündete: »Er muss im Umkreis von fünfzig Metern … in dieser Richtung sein.«

Der Dünne zeigte direkt auf mich.

Mehrere Szenarien gingen mir durch den Kopf. Das erste und naheliegendste: aufgeben, die Hände in die Luft strecken, aus dem Wald herausspazieren und dabei aus vollem Hals rufen: »Ich ergebe mich.« In Polizeigewahrsam war ich wenigstens vor Jed und seinen Leuten sicher.

Ich zog diese Möglichkeit ernsthaft in Erwägung – Arme hochheben, rufen, ergeben –, als ich sah, wie Jed seine Pistole zog.

Oh, oh!

Der Stämmige sagte: »Was hast du vor, Jed?«

»Das ist meine Pistole. Ganz legal und offiziell. Und wir sind auf meinem Grundstück, oder?«

»Richtig.«

»Dieser Mörder, hinter dem ihr her seid …«, fing Jed an.

Jetzt war ich schon ein Mörder.

»… könnte doch bewaffnet und gefährlich sein. Wenn ihr ihn hier jagen wollt, helfen wir euch dabei.«

»Wir brauchen keine Hilfe, Jed. Steck die wieder ein.«

»Es ist immer noch mein Grundstück, oder?«

»Das ist es.«

»Wenn ihr nichts dagegen habt, werde ich also hierbleiben.«

Plötzlich lag das naheliegendste Szenario gar nicht mehr so nahe. Jed war aus zwei Gründen versessen darauf, mich umzubringen. Erstens glaubte er, dass ich etwas mit Todds Ermordung zu tun hatte. Deshalb hatten sie mich hergelockt und gefangen genommen. Außerdem konnten Tote nicht reden. Wenn ich mich ergab, konnte ich den Polizisten erzählen, was vorher passiert war – dass sie mich entführt und auf mich geschossen hatten. Da stand dann zwar mein Wort gegen ihres, andererseits lag bei Cookies Haus eine Kugel, die aus seiner Pistole stammte. Es gab Telefonaufzeichnungen, die belegten, dass Cookie mich angerufen hatte. Als Beweis würde das alles wohl nicht reichen, aber Jed würde das Risiko wahrscheinlich lieber nicht eingehen wollen.

Wenn Jed mich jetzt erschoss – selbst wenn er das tat, während ich mit erhobenen Händen auf sie zuging –, konnte man es entweder als Notwehr oder schlimmstenfalls als nervösen Zeigefinger ansehen. Er würde mich erschießen und sagen, er hätte eine Waffe gesehen oder so etwas, und laut dem Stämmigen und dem dünnen Jerry hatte ich schließlich auch schon einen Mann getötet. Auch seine Vermonter Kumpel würden Jeds Version stützen, und der Einzige, der ihnen widersprechen könnte – meine Wenigkeit –, wäre dann nur noch Futter für die Würmer.

Es gab noch mehr zu bedenken. Wenn ich mich ergab, wie lange würde die Polizei mich festhalten? Ich näherte mich der Wahrheit. Das spürte ich. Sie dachten, ich hätte jemanden getötet. Verdammt, und ich hatte gewissermaßen ein Geständnis abgelegt. Wie lange konnte man mich da also in Gewahrsam behalten? Ziemlich lange vermutlich.

Wenn sie mich jetzt schnappten, bekam ich wahrscheinlich nie die Gelegenheit, Natalies Schwester Julie mit alldem zu konfrontieren.

»Hier entlang«, sagte der dünne Jerry.

Sie gingen los. Direkt auf mich zu. Jed hob die Pistole, hielt sie die ganze Zeit im Anschlag.

Ich ging rückwärts. Mein Kopf fühlte sich an, als wäre er in Sirup gehüllt.

»Wenn Sie im Wald sind«, rief der Stämmige, »kommen Sie mit erhobenen Händen heraus.«

Sie kamen näher. Ich ging noch ein paar Schritte rückwärts und duckte mich hinter einem Baum. Der Wald war sehr dicht. Wenn ich weit genug hineinkam, war ich wenigstens für eine Weile sicher. Ich nahm einen Stein und warf ihn, so weit ich konnte, nach links. Alle drehten sich um. Taschenlampen wurden angeschaltet und auf die Stelle gerichtet, an der der Stein gelandet war.

»Hier drüben«, rief jemand.

Jed ging mit der Pistole im Anschlag voran.

Ergeben? Nein, lieber nicht.

Der Stämmige ging neben Jed. Jed beschleunigte seinen Schritt, rannte fast, aber der Stämmige legte ihm eine Hand auf den Arm. »Langsam«, sagte er. »Er könnte bewaffnet sein.«

Jed wusste natürlich, dass das nicht der Fall war.

Der dünne Jerry rührte sich nicht. »Das Ding hier sagt, dass er immer noch da drüben ist.«

Wieder zeigte er in meine Richtung. Sie waren vierzig bis fünfzig Meter von mir entfernt. Also versteckte ich mein Handy – das zweite in drei Tagen – unter einem Blätterhaufen und verschwand so leise wie möglich tiefer in den Wald hinein. Ich nahm noch ein paar Steine mit, die ich werfen konnte, wenn ich sie ablenken musste.

Die anderen versammelten sich wieder bei Jerry und fingen dann an, gemeinsam in Richtung Handy zu gehen.

Ich lief schneller und immer tiefer in den Wald hinein. Ich sah sie nicht mehr, nur noch ihre Taschenlampen.

»Er ist ganz in der Nähe«, sagte der Dünne.

»Oder zumindest«, sagte Jed, der einen Hoffnungsschimmer am Horizont sah, »sein Handy.«

In geduckter Haltung ging ich weiter, ohne Plan. Ich hatte keine Ahnung, in welche Richtung ich gehen sollte und wie groß der Wald war. Vielleicht konnte ich ihnen entkommen, indem ich in Bewegung blieb, aber im Endeffekt hatte ich keine Vorstellung, wie ich hier wegkommen sollte.

Vielleicht, überlegte ich, könnte ich einen Bogen zum Haus zurück schlagen.

Ich hörte Stimmengemurmel. Sie waren so weit entfernt, dass ich sie nicht mehr sah. Das war gut. Offensichtlich hatten sie angehalten. Die Taschenlampen leuchteten nach unten.

»Hier ist er nicht«, sagte jemand.

Der Stämmige genervt: »Das seh ich selbst.«

»Vielleicht ist der Tracker kaputt.«

Wahrscheinlich standen sie genau dort, wo ich das Handy versteckt hatte. Ich fragte mich, wie viel Zeit ich dadurch wohl gewann. Viel wohl nicht, aber vielleicht würde es reichen. Ich stand auf, um weiterzurennen, da passierte es.

Ich bin kein Arzt oder Naturwissenschaftler, daher kann ich Ihnen die Funktionsweise von Adrenalin nicht erklären. Jedenfalls hatte es mir geholfen, mit den Schmerzen vom Schlag gegen den Kopf, dem Sprung durchs Fenster und dem Aufprall auf dem Boden klarzukommen. Es hatte mir geholfen, mich vom Kopf-voran-gegen-den-Baum-Rennen zu erholen, selbst als meine Lippe dick wurde und ich das Blut auf der Zunge schmeckte.

Inzwischen weiß ich jedoch – ich lernte es genau in diesem Moment –, dass Adrenalin nicht ewig wirkt. Es ist ein körpereigenes Hormon, und es steht nicht grenzenlos zur Verfügung. Gut möglich, dass es den stärksten uns bekannten Rausch auslöst, aber seine Wirkung lässt schnell nach, wie ich feststellen musste.

Und so nahm der Adrenalinausstoß allmählich ab.

Der Schmerz hingegen nahm nicht allmählich zu, er traf mich wie die Sense des Schnitters. Ein Blitz fuhr in mein Gehirn und zwang mich auf die Knie. Ich musste mir mit der Hand den Mund zuhalten, um nicht laut aufzuschreien.

Ich hörte, wie ein weiterer Wagen die Einfahrt hinaufkam. Hatte der Stämmige Verstärkung gerufen?

In der Ferne erklangen Stimmen.

»Sein Handy!«

»Was zum … er hat's versteckt.«

»Los, verteilt euch.«

Hinter mir raschelte etwas. Ich fragte mich, wie groß mein Vorsprung war und wie lange dieser Vorsprung die Taschenlampen und Kugeln von mir fernhalten würde. Kaum sehr lange. Wieder überlegte ich, ob es nicht doch am besten wäre, mich zu ergeben und es drauf ankommen zu lassen. Doch der Gedanke behagte mir einfach nicht. Der Stämmige sagte: »Bleib zurück, Jed. Wir kümmern uns darum.«

»Das ist mein Grundstück«, erwiderte Jed. »Es ist ziemlich groß. Zu zweit schafft ihr das nicht.«

»Aber …«

»Mein Grundstück, Jerry.« Jeds Stimme klang aggressiv. »Ihr seid ohne Durchsuchungsbefehl hier.«

»Ein Durchsuchungsbeschluss?« Der Stämmige. »Ist das dein Ernst? Wir haben uns Sorgen um deine Sicherheit gemacht.«

»Die mache ich mir auch«, erwiderte Jed. »Ihr habt keine Ahnung, wo dieser Mörder sich versteckt hat, oder?«

»Also …«

»Dann könnte er also auch im Haus sein. Irgendwo versteckt. Lauert uns auf. Keine Chance, Bro … wir bleiben hier bei euch.«

Schweigen.

Steh *auf*, forderte ich meinen Körper auf.

»Dann bleibt in Sichtweite«, sagte der Stämmige. »Ich will keine Heldentaten. Sobald jemand was sieht, ruft er die anderen.«

Ich hörte beifälliges Murmeln, dann zerteilten die Strahlen der Taschenlampen wieder die Dunkelheit. Sie schwärmten aus. Die Leute konnte ich im Dunkeln nicht sehen, nur die hüpfenden Lichtstrahlen. Genug, um zu wissen, dass ich richtig tief in der Scheiße steckte.

Steh auf, du Blödmann!

Ich geriet vor Schmerz ins Taumeln, schaffte es aber, auf die Beine zu kommen. Wie ein steifbeiniges Filmmonster stakste ich vorwärts. Ich hatte vielleicht drei oder vier Schritte zurückgelegt, als ein Lichtstrahl über meinen Rücken huschte.

Sofort sprang ich hinter einen Baum.

Hatten sie mich entdeckt?

Ich wartete, dass jemand rufen würde. Nichts geschah. Ich presste den Rücken gegen den Baumstamm, hörte nur meinen eigenen Atem. Hatte der Lichtstrahl mich erfasst? Ja, da war ich mir ziemlich sicher. Hundertprozentig wusste ich es aber nicht. Ich blieb, wo ich war, und wartete.

Schritte näherten sich.

Ich wusste nicht, was ich tun sollte. Wenn mich jemand gesehen hatte, war ich erledigt. Hier konnte ich nicht weg. Also wartete ich darauf, dass jemand die anderen zu Hilfe rief.

Nichts außer näher kommenden Schritten.

Moment mal … Wenn mich jemand entdeckt hatte, warum hatte er die anderen nicht gerufen? Vielleicht war ja doch alles bestens. Vielleicht hatte er mich einfach für einen Baum gehalten oder so etwas.

Oder hatte er niemanden gerufen, weil er mich erschießen wollte?

Ich wollte noch einen Moment in Ruhe darüber nachdenken. Wenn ich also annahm, dass Jed mich gesehen hatte, hätte er die anderen gerufen? Nein. Denn wenn er sie rufen würde, könnte ich fliehen, dann wären der Stämmige und der dünne Jerry auch hinter mir her, was es schwieriger machte, mich zu töten. Was würde Jed also tun, wenn er mich entdeckt hatte? Wenn er wusste, dass ich mich hinter ebendiesem Baum versteckte, tja, dann könnte Jed sich vielleicht alleine mit der Pistole im Anschlag anschleichen und …

Peng.

Die Schritte wurden lauter.

Mein Gehirn versuchte es wieder mit diesen schnellen Echsen-Instinkten – einmal hatte mich das schließlich schon gerettet –, aber nachdem die Neuronen ein oder zwei Sekunden lang heiß gelaufen waren, kam ich zu einem bestürzenden, wenn auch nicht unbedingt überraschenden Ergebnis:

Ich war erledigt. Es gab keinen Ausweg mehr.

Ich versuchte, alle meine verbliebenen Kräfte für einen gewaltigen Sprint zu sammeln, aber, ehrlich gesagt, was sollte das bringen? Ich würde sie nur auf mich aufmerksam machen, und in meinem jetzigen Zustand käme ich sowieso nicht weit. Sie würden mich erschießen oder zumindest festnehmen. Wenn ich darüber nachdachte, waren das meine einzigen Möglichkeiten: erschossen oder festgenommen zu werden. Wenn man mich fragte, hätte ich es vorgezogen, festgenommen zu werden. Die Frage lautete also, wie ich die Chance erhöhen konnte, festgenommen zu werden.

Ich hatte keine Ahnung.

Ein Lichtstrahl tanzte vor mir auf dem Boden. Ich presste den Rücken fester gegen den Baum und stellte mich auf die Zehenspitzen. Als würde das etwas nützen. Die Schritte kamen näher. Aus der Lautstärke der Schritte und der Helligkeit der Taschenlampe schloss ich, dass die Person keine zehn Meter mehr von mir entfernt war.

Diverse Möglichkeiten schossen mir durch den Kopf. Ich konnte hier stehen bleiben und mich auf ihn stürzen. Wenn es Jed wäre, könnte ich versuchen, ihn zu entwaffnen. Aber ein Kampf würde nicht nur meinen Aufenthaltsort verraten, sondern, falls es nicht Jed war – sondern zum Beispiel der Stämmige –, die Jagdsaison unter Einsatz von Schusswaffen für alle einläuten.

Was sollte ich also tun? Ich konnte nur hoffen, dass man mich nicht gesehen hatte.

Hoffen war natürlich kein echter Plan und nicht einmal eine echte Alternative. Es war Wunschdenken. Reine Fantasie. Damit legte ich mein Schicksal in die Hände des … tja … Schicksals.

Die Schritte waren nur noch ein bis zwei Meter entfernt. Ich wappnete mich – ohne zu wissen, wofür –, verließ mich ganz auf meine Reptilien-Instinkte, als ich ein Flüstern hörte.

»Sagen Sie kein Wort. Ich weiß, dass Sie hinter dem Baum sind.«

Es war Cookie.

»Ich geh gleich an Ihnen vorbei«, flüsterte sie weiter. »Folgen Sie mir. Bleiben Sie so dicht wie möglich hinter mir.«

»Was?«

»Tun Sie's einfach.« Ihr Ton duldete keinen Widerspruch. »Bleiben Sie direkt hinter mir.«

Cookie ging so nah an meinem Baum vorbei, dass sie fast darüber stolperte, und stapfte weiter. Ich zögerte keinen Moment und schloss mich ihr an. Sowohl rechts als auch links von mir sah ich die Lichtkegel der Taschenlampen.

»Das war keine Show, oder?«, fragte Cookie.

Ich wusste nicht, was sie meinte.

»Sie haben Natalie geliebt, stimmt's?«

»Ja«, flüsterte ich.

»Ich bringe Sie, so weit ich kann. Wir treffen gleich auf einen Pfad. Den gehen Sie nach rechts. Bleiben Sie geduckt und außer Sicht. Der Pfad führt zur Lichtung an der weißen Kapelle. Da kennen Sie sich ja aus. Ich werde versuchen, die anderen hier noch ein bisschen zu beschäftigen. Machen Sie, dass Sie so weit wie möglich wegkommen. Gehen Sie nicht nach Hause. Da finden die Sie.«

»Wer findet mich da?«

Ich versuchte, im Gleichschritt mit ihr zu gehen wie ein nerviges Kind, das jemanden nachahmt.

»Sie müssen aufhören, Jake.«

»Wer findet mich da?«

»Die ganze Sache ist viel größer, als Sie sich vorstellen können. Sie haben keine Ahnung, mit wem Sie es zu tun haben. Absolut keine.«

»Dann sagen Sie es mir.«

»Wenn Sie nicht aufhören, bringen Sie uns noch alle um.« Cookie schwenkte nach rechts. Ich blieb hinter ihr. »Da vorne ist der Pfad. Ich geh dann nach links. Sie folgen ihm nach rechts. Verstanden?«

»Wo ist Natalie? Lebt sie?«

»In ein paar Sekunden sind wir auf dem Pfad.«

»Sagen Sie es mir.«

»Sie hören mir nicht zu. Sie müssen die Finger davonlassen.«

»Dann sagen Sie mir, wo Natalie ist.«

Ich hörte, wie der Stämmige in der Ferne etwas rief, verstand ihn aber nicht. Cookie wurde langsamer.

»Bitte«, sagte ich.

Ihre Stimme klang leer und hohl. »Ich weiß nicht, wo Natalie ist. Ich weiß nicht, ob sie lebt oder tot ist. Jed weiß es auch nicht. Und die anderen genauso wenig.«

Wir erreichten den Pfad. Sie wandte sich nach links. »Eins noch, Jake.«

»Was?«

»Wenn Sie zurückkommen, werde ich Ihnen nicht noch einmal das Leben retten.« Cookie zeigte mir die Pistole in ihrer Hand. »Ich werde es beenden.«

ZWEIUNDZWANZIG

Ich kannte den Pfad.

Rechts war ein kleiner Teich. In ihm waren Natalie und ich einmal nachts geschwommen. Wir waren keuchend aus dem Wasser gestiegen und hatten uns nackt in den Armen gelegen, Haut an Haut. »Das hatte ich noch nie«, sagte sie langsam. »Also, ich hatte das, aber … nicht *das*.«

Ich verstand sie. Mir ging es genauso.

Ich kam an der alten Bank vorbei, auf die Natalie und ich uns nach dem Kaffee im Cookies oft gesetzt hatten. Vor mir erhob sich verschwommen die Silhouette der Kapelle. Ich sah nicht hin, es war nicht hilfreich, wenn mich die Erinnerungen ablenkten. Mein Wagen stand nur gut einen halben Kilometer entfernt. Ich fragte mich, ob die Polizei ihn schon gefunden hatte, ohne zu wissen, wie sie das gemacht hatte. Lange würde ich ihn nicht mehr fahren können – wahrscheinlich wurde auch nach Wagen und Kennzeichen gefahndet. Doch ich musste diesen Ort irgendwie verlassen, ich musste es riskieren.

Die Straße war so dunkel, dass ich den Wagen nur aus der Erinnerung wiederfand. Schließlich lief ich praktisch dagegen. Als ich die Tür öffnete, durchschnitt das Licht der Innenbeleuchtung die Dunkelheit. Hastig stieg ich ein und zog die Tür zu. Was jetzt? Offenbar befand ich mich auf der Flucht. Ich erinnerte mich an eine Fernsehserie, in der ein Flüchtiger seine Autokennzeichen gegen die eines anderen Wagens ausgetauscht hatte. Das könnte helfen. Vielleicht fand ich ja irgendwo einen geparkten Wagen. Selbstverständlich würde ich einen finden. Nur hatte ich leider keinen Schraubenzieher dabei. Ging das auch ohne Schraubenzieher? Ich durchwühlte meine Taschen und zog eine Fünf-Cent-Münze heraus. Konnte man die als Schraubenzieher benutzen?

Es würde zu lange dauern.

Aber ich hatte jetzt ein Ziel. Ich fuhr nach Süden, wobei ich sorgfältig darauf achtete, weder zu schnell noch zu langsam zu werden. Abwechselnd trat ich auf Gas oder Bremse, als könnte die korrekte Geschwindigkeit mich irgendwie unsichtbar machen. Die Straßen waren dunkel, und das war wahrscheinlich gut so. Ich musste mir immer wieder sagen, dass auch die Strafvollzugsbehörden nicht auf jede Fahndung sofort reagieren können. Wahrscheinlich blieb mir noch Zeit, wenn ich mich von den Hauptstraßen fernhielt.

Mein iPhone war weg, und ich fühlte mich nackt und ohnmächtig. Komisch, wie sehr wir an solchen Geräten hängen. Ich fuhr weiter nach Süden.

Und jetzt? Ich hatte nur sechzig Dollar in der Tasche. Damit kam ich nicht weit. Und die Polizei würde mitkriegen, wenn ich die Kreditkarte benutzte, und mich sofort festnehmen. Na ja, vielleicht nicht sofort. Aber sie würden den Zahlungsvorgang registrieren und einen Streifenwagen losschicken. Ich wusste zwar nicht, wie lange das dauerte, bezweifelte aber, dass es sofort passieren würde. Polizisten sind gut, aber sie sind nicht allgegenwärtig.

Eigentlich hatte ich keine Wahl. Ich musste ein kalkuliertes Risiko eingehen. Die Interstate 91, der größte Highway in der Gegend, lag direkt vor mir. Ich nahm sie bis zur ersten Raststätte, wo ich weit hinten parkte, in der dunkelsten Ecke, die ich finden konnte. Ich klappte tatsächlich meinen Kragen hoch, als ich hineinging. Als ich an dem kleinen Tankstellenshop vorbeikam, fiel mir etwas auf.

Sie verkauften dort Kugelschreiber und Filzstifte. Keine große Auswahl, aber vielleicht...

Ich überlegte kurz, dann ging ich darauf zu. Als ich die kleine Auswahl an Schreibutensilien betrachtete, war die Enttäuschung größer, als ich erwartet hatte.

»Kann ich Ihnen helfen?«

Die Frau hinter dem Tresen konnte höchstens zwanzig Jahre alt sein. Sie war blond mit rosa Strähnchen. Richtig, rosa.

»Hübsche Frisur«, sagte ich charmant wie immer.

»Das Rosa?« Sie deutete auf die Strähnen. »Das zeigt die Solidarität mit an Brustkrebs erkrankten Frauen. Sagen Sie, ist alles in Ordnung?«

»Natürlich, warum?«

»Sie haben eine dicke Beule am Kopf. Die blutet auch ein bisschen.«

»Oh, das. Kein Problem, mir geht's gut.«

»Wir haben hier auch Erste-Hilfe-Sets. Wäre vielleicht nützlich.«

»Ja, vielleicht.« Ich drehte mich wieder zu den Stiften um. »Ich brauche einen roten Filzstift, sehe hier aber keinen.«

»Rote haben wir nicht. Nur schwarze.«

»Oh.«

Sie musterte mein Gesicht. »Aber ich hab hier einen.« Sie griff in eine Schublade und zog einen roten Filzstift heraus. »Wir benutzen ihn für die Inventur, um Sachen durchzustreichen.«

Ich versuchte, mir nicht anmerken zu lassen, wie scharf ich auf den Stift war. »Kann ich Ihnen den abkaufen?«

»Ich glaube nicht, dass ich den verkaufen darf.«

»Bitte«, sagte ich. »Es wäre wirklich wichtig.«

Sie überlegte kurz. »Ich mach Ihnen einen Vorschlag. Sie kaufen das Erste-Hilfe-Set und versprechen mir, dass Sie Ihre Beule verarzten, dann lege ich den Marker dazu.«

Ich ging darauf ein und eilte in die Toilette. Wahrscheinlich tickte die Uhr schon. Irgendwann würden ein paar Streifenwagen die größeren Raststätten abklappern und die Autokennzeichen überprüfen. So war es doch, oder?

Ich versuchte, ruhig zu atmen. Ich sah mir mein Gesicht im Spiegel an. Autsch. Beulen auf der Stirn und eine aufgeplatzte rechte Augenbraue. Ich reinigte die Wunde, so gut es ging, verband sie aber nicht, da ich mit einem Verband auffallen würde wie ein bunter Hund.

Der Geldautomat stand direkt neben den Verkaufsautomaten, aber der musste noch ein paar Minuten warten.

Ich ging raus zum Wagen. Mein Kennzeichen lautete »704 LI6«. In Massachusetts sind Zahlen und Buchstaben rot. Mit dem Filzstift verwandelte ich die 0 in eine 8, das L in ein E, das I in ein T und die 6 in eine 8. Ich trat einen Schritt zurück. Einer eingehenden Untersuchung hielt es nicht stand, aber schon aus ein paar Schritten Entfernung las man jetzt »784 ET8«.

Gern hätte ich mich mit einem zufriedenen Lächeln für meinen Einfallsreichtum belohnt, doch dafür war keine Zeit. Ich ging zurück zum Geldautomaten und überlegte, wie ich mich ihm am besten näherte. Ich wusste, dass alle

Geldautomaten mit Kameras ausgerüstet waren – wer wusste das nicht? –, aber selbst wenn es mir gelang, nicht gesehen zu werden, würde die Polizei erkennen, dass es meine Kreditkarte war.

Geschwindigkeit schien mir daher wichtiger zu sein. Wenn die Polizei hinterher ein Foto von mir hatte, musste ich das halt akzeptieren.

Ich besitze zwei Kreditkarten. Ich hob von beiden den Höchstbetrag ab und eilte zurück zum Wagen. An der nächsten Ausfahrt bog ich vom Highway ab und fuhr auf Nebenstraßen weiter. Als ich in Greenfield ankam, parkte ich den Wagen an einer Nebenstraße im Ortszentrum. Ich überlegte, ob ich den nächsten Bus nehmen sollte, das erschien mir aber zu naheliegend. Also winkte ich ein Taxi heran und fuhr damit nach Springfield. Natürlich zahlte ich bar. Von dort fuhr ich mit dem Peter-Pan-Bus nach Manhattan. Während der ganzen Fahrt beobachtete ich meine Umgebung, schließlich konnte jederzeit – was weiß ich – ein Polizist oder ein Gangster auftauchen und mich schnappen.

Leicht paranoid?

In Manhattan nahm ich ein Taxi raus nach Ramsey, New Jersey, wo, wie ich wusste, Natalies Schwester Julie Pottham wohnte.

Als wir Ramsey erreichten, sagte der Fahrer: »Okay, Kumpel, wohin jetzt?«

Es war vier Uhr morgens – eindeutig zu spät (oder, je nach Standpunkt, zu früh), um Natalies Schwester zu besuchen. Außerdem brauchte ich eine Pause. Ich hatte Kopfschmerzen. Ich war mit den Nerven am Ende. Mein Körper zitterte vor Anstrengung.

»Zu einem Motel.«

»Ein Stück geradeaus ist ein Sheraton.«

Die würden einen Ausweis und vermutlich eine Kreditkarte sehen wollen. »Nein. Etwas … Billigeres.«

Wir fanden eine dieser Absteigen für Trucker, Fremdgänger und Flüchtlinge. Passenderweise hieß es Fair Motel. Mir gefiel die Ehrlichkeit: Wir sind nicht großartig, wir sind nicht einmal gut, wir sind fair, also anständig. Ein Schild über der Markise verkündete, dass es »Stundenpreise« gebe (genau wie im Ritz-Carlton), Farbfernseher (womit sie all jene Mitbewerber ausstachen, die noch Schwarz-Weiß-Fernseher im Zimmer hatten) und – mein Lieblings-Extra – »Jetzt mit Handtüchern!«

In diesem Laden brauchte man keinen Ausweis. Wahrscheinlich brauchte man nicht einmal einen Pulsschlag.

Die Frau am Empfang war über siebzig. Sie musterte mich mit Augen, die schon alles gesehen hatten. Auf ihrem Namensschild stand MABEL. Ihre Haare hatten die Beschaffenheit von Heu. Ich bat um ein Zimmer nach hinten hinaus.

»Haben Sie eine Reservierung?«, fragte sie.

»Das soll jetzt ein Witz sein, oder?«

»Stimmt«, sagte Mabel. »Aber die Zimmer hinten sind voll. Alle wollen Zimmer nach hinten raus. Liegt wahrscheinlich am guten Ausblick auf die Müllcontainer. Aber wenn Sie möchten, hätte ich ein hübsches Zimmer mit Blick auf den Staples-Büroartikelladen.«

Mabel gab mir den Schlüssel zu Zimmer 12, das sich nicht als der Alptraum entpuppte, den ich eigentlich erwartet hatte. Es war sauber und *anständig*. Ich versuchte, nicht daran zu denken, was dieses Zimmer im Laufe seiner Existenz alles gesehen hatte. Aber wenn ich mich an solchen Dingen störte, hätte ich auch nicht ins Ritz-Carlton gehen dürfen.

Voll bekleidet sank ich aufs Bett und fiel sofort in einen Schlaf, der so tief war, dass ich mich nicht ans Einschlafen erinnerte und beim Aufwachen auch keine Ahnung hatte, wie spät es war. Ich streckte die Hand zum Nachttisch aus, um auf mein iPhone zu sehen, als mir einfiel, dass ich es leider nicht mehr hatte. Die Polizei hatte es. Würden sie die Daten checken? Sahen sie sich an, auf welchen Websites ich war, lasen sie meine SMS und E-Mails? Würden sie auch mein Haus auf dem Campus checken? Sie hatten einen richterlichen Beschluss zur Ortung meines Handys bekommen, da musste ich doch annehmen, dass sie auch einen Durchsuchungsbeschluss für meine Wohnung hatten. Und wenn schon. Sie würden nichts Belastendes finden. Vielleicht ein paar Peinlichkeiten, aber wer hat noch nie etwas im Internet gesucht, was peinlich sein könnte?

Ich hatte immer noch Kopfschmerzen. Starke Kopfschmerzen. Außerdem stank ich wie ein Otter. Duschen würde helfen, aber nicht lange, wenn ich hinterher wieder dieselben Klamotten anzog. Ich taumelte in die helle Morgensonne, schirmte die Augen ab wie ein Vampir oder jemand, der sich zu lange in einem Spielcasino aufgehalten hatte. Mabel saß immer noch am Empfang.

»Wow, wann machen Sie denn mal Feierabend?«, fragte ich.

»Wollen Sie mich anbaggern?«

»Äh, nein.«

»Ansonsten sollten Sie sich noch ein bisschen frisch machen, bevor Sie richtig loslegen. Ich habe da gewisse Mindestanforderungen.«

»Hätten Sie ein Aspirin für mich?«

Mabel runzelte die Stirn, griff in ihre Handtasche und förderte ein kleines Arsenal an Schmerztabletten zu Tage: Paracetamol, Ibuprofen, Naproxen, Aspirin. Ich entschied mich für Paracetamol, schluckte zwei und bedankte mich bei ihr.

»Der Target unten an der Straße hat eine Abteilung für Übergrößen«, sagte Mabel. »Vielleicht sollten Sie sich ein paar neue Sachen kaufen.«

Prächtige Idee. Ich ging hin, kaufte eine Jeans, ein Flanellhemd, von Unterwäsche gar nicht zu reden. Dazu eine Reisezahnbürste, Zahnpasta und ein Deodorant. Ich wollte zwar nicht ewig auf der Flucht bleiben, aber unbedingt noch etwas erledigen, bevor ich mich der Polizei stellte.

Ich wollte von Angesicht zu Angesicht mit Natalies Schwester reden.

Letzte Anschaffung: ein Einweg-Handy. Ich rief Benedict auf seinem Handy und im Büro an. Er ging nicht ran. Wahrscheinlich war es ihm noch zu früh. Ich überlegte, wen ich noch anrufen könnte, und beschloss, es bei Shanta zu versuchen. Sie meldete sich nach dem ersten Klingeln.

»Hallo?«

»Hier ist Jake.«

»Was ist das für eine Telefonnummer?«

»Ein Einweg-Handy«, sagte ich.

Sie schwieg einen Moment lang. »Erzählst du mir, was los ist?«

»Zwei Polizisten aus Vermont suchen mich.«

»Wieso?«

Ich erklärte es schnell.

»Halt mal«, sagte Shanta. »Du bist vor der Polizei geflohen?«

»Ich hab ihnen nicht getraut. Ich dachte, die würden mich umbringen.«

»Dann stell dich jetzt.«

»Nachher. Aber nicht sofort.«

»Jake, hör mir zu. Wenn du auf der Flucht bist, wenn die Polizei dich sucht …«

»Ich muss erst noch etwas erledigen.«

»Du musst dich stellen.«

»Das werde ich auch, aber …«

»Aber was? Bist du übergeschnappt?«

Vielleicht. »Äh, nein.«

»Wo zum Teufel bist du?«

Ich sagte nichts.

»Jake? Das ist kein Spiel. Wo bist du?«

»Ich ruf dich zurück.«

Wütend auf mich selbst legte ich auf. Shanta anzurufen war ein Fehler gewesen. Sie war zwar eine Freundin, in erster Linie aber ganz anderen Leuten und Organisationen verpflichtet.

Okay, tief durchatmen. Was jetzt?

Ich wählte die Nummer von Natalies Schwester.

»Hallo?«

Es war Julie. Ich legte auf. Sie war zu Hause. Mehr wollte ich nicht wissen. In meinem Motelzimmer hing die große Werbeanzeige eines Taxi-Unternehmens. Anscheinend fuhren die Leute nicht besonders gern mit dem eigenen Wagen ins Fair Motel. Ich wählte die Nummer und bestellte mir ein Taxi zum Target. Dann verzog ich mich in die Herrentoilette, wusch mich so gut, wie es am Waschbecken ging, und zog die neuen Sachen an.

Eine Viertelstunde später klingelte ich an Julie Potthams Tür.

Sie hatte so eine Glastür vor der eigentlichen Haustür, so dass sie sehen konnte, wer da war, aber noch sicher hinter der Glastür stand. Und als Julie sah, wer auf dem Treppenabsatz stand, weiteten sich ihre Augen, und sie hielt sich die Hand vor den Mund.

»Behaupten Sie immer noch, Sie wüssten nicht, wer ich bin?«, fragte ich.

»Verschwinden Sie. Sonst ruf ich die Polizei.«

»Warum haben Sie mich belogen, Julie?«

»Verlassen Sie mein Grundstück.«

»Nein. Sie können die Polizei rufen, und die kann mich hier wegzerren, aber ich werde wiederkommen. Oder ich folge Ihnen zur Arbeit. Oder ich komme nachts. Sie werden mich nicht los, bis ich Antworten auf meine Fragen bekommen habe.«

Julies Blick flackerte unruhig von rechts nach links. Ihre Haare waren immer noch braun. Sie hatte sich in den letzten sechs Jahren nicht viel verändert. »Lassen Sie meine Schwester in Ruhe. Sie ist glücklich verheiratet.«

»Und mit wem?«

»Was?«

»Todd ist tot.«

Das stoppte sie. »Was reden Sie da?«

»Er wurde ermordet.«

Ihre Augen weiteten sich noch mehr. »Was? Oh mein Gott, was haben Sie getan?«

»Was? Ich? Nein. Sie glauben …?« Das Gespräch geriet außer Kontrolle. »Es hatte nichts mit mir zu tun. Todd wurde in seinem Haus gefunden, in dem er mit seiner Frau und zwei Kindern lebte.«

»Kinder? Sie haben keine Kinder.«

Ich sah sie an.

»Ich meine, das hätte sie mir doch erzählt…« Julies Stimme versagte. Sie wirkte geschockt, und das hatte ich nicht erwartet. Ich war davon ausgegangen, dass sie über alles Bescheid wusste, eine Komplizin war, bei welcher Angelegenheit auch immer.

»Julie«, sagte ich ganz langsam, in der Hoffnung, dass sie sich wieder fing, »warum haben Sie bei meinem Anruf so getan, als wüssten Sie nicht, wer ich bin?«

Ihre Stimme klang immer noch abwesend. »Wo?«, fragte sie.

»Was?«

»Wo wurde Todd ermordet?«

»Er wohnte in Palmetto Bluff in South Carolina.«

Sie schüttelte den Kopf. »Das ergibt doch keinen Sinn. Sie haben sich geirrt. Oder Sie lügen.«

»Nein«, sagte ich.

»Wenn Todd tot wäre – ermordet, wie Sie sagen –, hätte Natalie mir das doch erzählt.«

Ich leckte mir die Lippen, versuchte, nicht allzu verzweifelt zu klingen. »Dann haben Sie keinen Kontakt zu ihr?«

Schweigen.

»Julie?«

»Natalie hatte befürchtet, dass das passieren könnte.«

»Dass was passieren könnte?«

Endlich sah sie mir in die Augen. Ihr Blick traf mich wie ein Laserstrahl. »Natalie ist davon ausgegangen, dass Sie irgendwann kommen würden. Sie hat mir sogar gesagt, wie ich mich dann verhalten soll.«

Ich schluckte: »Und wie?«

»Ich sollte Sie an Ihr Versprechen erinnern.«

Schweigen.

Ich trat einen Schritt näher an sie heran. »Ich hab mein Versprechen gehalten«, sagte ich. »Sechs Jahre lang habe ich es gehalten. Lassen Sie mich rein, Julie.«

»Nein.«

»Todd ist tot. Das Versprechen, das ich damals gegeben habe, habe ich gehalten. Jetzt ist das vorbei.«

»Ich glaube Ihnen nicht.«

»Sehen Sie auf der Webseite von Lanford nach. Da finden Sie die Todesanzeige.«

»Was?«

»Im Internet. Todd Sanderson. Gucken Sie sich seine Todesanzeige an. Ich warte hier so lange.«

Ohne noch ein Wort zu sagen, trat sie zurück und schloss die Haustür. Ich wusste nicht, was das bedeutete. Ich wusste nicht, ob sie auf der Webseite nachsehen würde oder ob sie einfach die Nase voll hatte. Ich wusste nicht, wo ich sonst hingehen sollte. Also blieb ich vor der Tür stehen und wartete. Zehn Minuten später kam Julie zurück. Sie öffnete die Glastür und winkte mich herein.

Ich nahm auf der Couch Platz. Julie setzte sich mir gegenüber. Sie wirkte bestürzt. Ihre Augen sahen aus wie gesprungene Murmeln.

»Das versteh ich nicht«, sagte sie. »Da steht, er ist verheiratet und hat Kinder. Ich dachte …«

»Was dachten Sie?«

Sie schüttelte heftig den Kopf. »Warum interessieren

Sie sich so sehr dafür? Natalie hat Sie verlassen. Ich bin auf ihrer Hochzeit gewesen. Ich habe damals gedacht, Sie lassen sich sowieso nicht blicken, aber Natalie war sicher, dass Sie kommen. Warum? Sind Sie so eine Art Masochist?«

»Natalie war sicher, dass ich komme?«

»Ja.«

Ich nickte.

»Was ist?«, fragte sie.

»Sie wusste, dass ich es mit eigenen Augen sehen muss.«

»Wieso?«

»Weil ich es nicht geglaubt habe.«

»Dass sie sich in einen anderen Mann verliebt hat?«

»Ja.«

»Aber das hat sie«, sagte Julie. »Und dann hat sie Ihnen das Versprechen abgenommen, sie in Ruhe zu lassen.«

»Ich habe damals schon geahnt, dass irgendetwas an dem Versprechen faul war. Schon in dem Moment, als ich es ihr gegeben habe, und selbst hinterher, als ich mit eigenen Augen gesehen habe, wie sie einem anderen Mann die Treue schwört, habe ich nicht geglaubt, dass Natalie aufgehört hat, mich zu lieben. Ich weiß, dass das ziemlich wahnhaft klingt oder zumindest so, als würde ich die dickste rosa Brille in der Geschichte der Menschheit tragen. Oder vielleicht, als wäre ich eine Art Egomane, der die Wahrheit nicht akzeptieren kann. Aber ich bin mir ganz sicher. Ich weiß, wie ich mich gefühlt habe, als ich mit ihr zusammen war – und ich weiß auch, wie sie sich gefühlt hat. Der ganze Kram, über den wir uns so oft lustig machen, dass zwei Herzen im Gleichtakt schlagen, dass die Sonne auch bei bedecktem Himmel scheint, dass eine Verbindung über das Körperliche hinausgeht, dass man mehr als ein paar Gedanken oder Ansichten teilt – plötzlich verstand ich es. Bei Natalie und mir stimmte das alles. Wir haben uns da nichts vorgemacht. Man merkt sofort, wenn sich in so eine Liebe ein falscher Ton einschleicht. Es gab zu viele Augenblicke, in denen es mir den Atem verschlug. Ich hätte alles dafür getan, sie zum Lachen zu bringen. Wenn ich ihr in die Augen blickte, konnte ich unendlich weit sehen. Wenn ich sie in den Armen hielt, wusste ich – so etwas erlebt man nur einmal im Leben und auch nur, wenn man Glück hat. Wir hatten einen seltenen und besonderen Ort gefunden, einen strahlenden, passenden Ort, und wenn man so glücklich ist, trauert man jedem Moment seines Lebens nach, den man nicht an diesem Ort verbringen kann, weil es einem wie Verschwendung vorkommt. Man bedauert andere Menschen, weil ihnen diese fortwährenden Ausbrüche der Leidenschaft und des Gefühls nicht vergönnt sind. Durch Natalie fühlte ich mich lebendig. In ihrer Nähe war alles überraschend, das Leben knisterte vor Spannung. So kam es mir damals vor – und ich *weiß*, dass es Natalie genauso erging. Wir waren nicht blind vor Liebe. Ganz im Gegenteil. Die Liebe hat uns klarsichtig gemacht, und deshalb wird mich das Ganze nicht loslassen. Ich hätte ihr das Versprechen niemals geben dürfen. Mein Kopf mag verwirrt gewesen sein, mein Herz war es nicht. Ich hätte auf mein Herz hören sollen.«

Als ich den kurzen Vortrag beendet hatte, liefen ihr Tränen übers Gesicht.

»Sie glauben das wirklich, oder?«

Ich nickte. »Ganz egal, was Sie mir erzählen.«

»Und trotzdem …«, sagte Julie.

Ich beendete den Gedankengang für sie: »Und trotzdem hat Natalie sich von mir getrennt und ihren alten Lover geheiratet.«

Julie zog eine Grimasse. »Ihren alten Lover?«

»Ja.«

»Todd war kein alter Lover.«

»Was?«

»Sie hatten sich gerade erst kennengelernt. Das ging alles aberwitzig schnell.«

Ich versuchte, den Kopf klar zu bekommen. »Aber sie hat mir doch gesagt, dass sie schon früher miteinanderausgegangen sind, sich geliebt und sogar zusammengewohnt haben, aber dann hätten sie sich getrennt, bis ihnen klar wurde, dass sie zusammen gehörten …«

Doch Julie schüttelte den Kopf. Der Boden unter meinen Füßen fing an zu schwanken.

»Es war eine stürmische Romanze«, sagte sie. »So hat Natalie mir das erzählt. Ich habe damals nicht verstanden, warum das mit der Hochzeit plötzlich so schnell gehen musste. Aber Natalie, na ja, sie war halt eine Künstlerin. Unberechenbar. Sie hatte, wie Sie es nannten, diese leidenschaftlichen Ausbrüche.«

Das Ganze war vollkommen unlogisch. Es ergab überhaupt keinen Sinn. Aber vielleicht würde diese ganze Verwirrung endlich zu einer gewissen Klarheit führen.

»Wo ist Natalie?«, fragte ich.

Julie klemmte sich eine Strähne hinters Ohr und sah zu Boden.

»Bitte erzählen Sie es mir.«

»Ich begreif das alles nicht«, sagte Julie.

»Ich weiß. Ich will nur helfen.«

»Sie hat mich gewarnt. Und mich aufgefordert, Ihnen nichts zu erzählen.«

Ich wusste nicht, was ich darauf erwidern sollte.

»Es ist wohl das Beste, wenn Sie jetzt gehen«, sagte Julie.

Keine Chance, aber vielleicht wurde es Zeit, es auf einem anderen Weg zu versuchen, sie noch etwas mehr aus dem Konzept zu bringen. »Wo ist Ihr Vater?«, fragte ich.

Als sie mich vor der Tür stehen sah, hatte sich ganz allmählich ein Ausdruck der Verwunderung in ihre Miene geschlichen. Jetzt sah sie aus, als hätte ich ihr eine Ohrfeige gegeben. »Was?«

»Er hat in Lanford unterrichtet – sogar in meinem Fachbereich. Wo ist er jetzt?«

»Was hat er denn damit zu tun?«

Gute Frage, dachte ich. Eine ganz großartige Frage sogar. »Natalie hat mir nie etwas über ihn erzählt.«

»Nicht?« Julie zuckte lustlos die Achseln. »Dann stand sie Ihnen vielleicht doch nicht so nah, wie Sie gedacht haben.«

»Sie war mit mir auf dem Campus und hat kein Wort über ihn gesagt. Warum nicht?«

Julie überlegte einen Moment. »Es ist fünfundzwanzig Jahre her, dass er uns verlassen hat. Ich war fünf Jahre alt. Natalie neun. Ich kann mich kaum an ihn erinnern.«

»Wohin ist er gegangen?«

»Was spielt das für eine Rolle?«

»Bitte, wohin ist er gegangen?«

»Er ist mit einer Studentin durchgebrannt, die Beziehung hat aber nicht lange gehalten. Meine Mutter … sie hat ihm das nie verziehen. Er hat wieder geheiratet und eine neue Familie gegründet.«

»Und wo?«

»Das weiß ich nicht, und es ist mir auch egal. Meine Mutter hat erzählt, dass er irgendwo in den Westen gezogen ist. Mehr weiß ich nicht. Es hat mich nicht interessiert.«

»Und Natalie?«

»Was ist mit ihr?«

»Hat sie sich für ihren Vater interessiert?«

»Ob sie sich für ihn interessiert hat? Das spielte doch gar keine Rolle. Er war schließlich durchgebrannt.«

»Wusste Natalie, wo er war?«

»Nein. Aber… ich glaube, er war der Grund dafür, dass Natalie, was Männer betrifft, immer so verdreht war. Als wir klein waren, war sie überzeugt, dass Dad eines Tages zurückkommen und wir wieder eine Familie werden würden. Selbst als er wieder geheiratet hatte. Und sogar als er mit dieser Frau andere Kinder hatte. Er taugt einfach nichts, hat Mom immer gesagt. Für sie war er gestorben – für mich genauso.«

»Für Natalie aber nicht.«

Julie antwortete nicht. Sie wirkte gedankenverloren.

»Was ist?«, fragte ich.

»Meine Mutter ist jetzt im Pflegeheim. Wegen Komplikationen mit ihrem Diabetes. Ich habe versucht, mich um sie zu kümmern, aber…« Sie verstummte. »Wissen Sie, Mom hat nie wieder geheiratet. Sie hat nie wirklich gelebt. All das hatte unser Vater ihr genommen. Trotzdem hat Natalie sich immer nach einer Versöhnung gesehnt. Sie dachte immer noch… ich weiß auch nicht… dass es noch nicht zu spät ist. Natalie war eine Träumerin. Es war, als würde es etwas beweisen, wenn sie Dad fände – als könnte sie dann auch einen Mann finden, der sie nicht verlassen würde, was auch der Beweis dafür wäre, dass Dad uns eigentlich nie verlassen wollte.«

»Julie?«

»Was ist?«

Ich wartete, bis sie mir direkt in die Augen sah. »Sie hat diesen Mann kennengelernt.«

Julie sah aus dem Fenster in den Garten und blinzelte. Eine Träne lief ihr die Wange hinab.

»Wo ist Natalie?«, fragte ich.

Sie schüttelte den Kopf.

»Ich werde nicht gehen, bis Sie es mir erzählen. Bitte. Wenn sie mich immer noch nicht sehen will …«

»Natürlich will sie Sie nicht sehen«, fauchte Julie plötzlich wütend. »Wenn sie Sie sehen wollte, hätte sie dann nicht selbst Kontakt zu Ihnen aufgenommen? Sie hatten vorhin vollkommen recht.«

»Womit?«

»Was die Wahnvorstellungen betrifft. Und dass Sie eine rosa Brille tragen.«

»Dann helfen Sie mir, die Brille abzunehmen«, sagte ich unbeirrt. »Ein für alle Mal. Helfen Sie mir, die Wahrheit zu sehen.«

Ich weiß nicht, ob meine Worte sie erreichten, ließ mich aber nicht von meinem Ziel abbringen. Vielleicht sah sie das in meinen Augen. Vielleicht gab sie deshalb schließlich klein bei.

»Nach der Hochzeit sind Natalie und Todd nach Dänemark gezogen«, sagte Julie. »Da haben sie gelebt, waren aber sehr viel unterwegs. Todd hat als Arzt für eine Wohltätigkeitsorganisation gearbeitet. Den Namen habe ich vergessen. Irgendwas mit Anfang oder so.«

»Fresh Start.«

»Ja, genau. Für die haben sie viele arme Länder bereist. Todd hat viele Bedürftige operiert, Natalie sich der Kunst gewidmet und Unterricht gegeben. Sie waren glücklich. Das dachte ich jedenfalls.«

»Wann haben Sie sie zum letzten Mal gesehen?«

»Bei der Hochzeit.«

»Moment mal. Sie haben Ihre Schwester sechs Jahre lang nicht gesehen?«

»Ja. Nach der Hochzeit hat Natalie mir erzählt, dass ihr Leben mit Todd eine wunderbare lange Reise werden würde. Sie hatte mich vorgewarnt, dass viel Zeit vergehen könnte, bis ich sie wiedersehe.«

Ich traute meinen Ohren nicht. »Sie sind nicht mal rübergeflogen, um sie zu besuchen? Und Natalie war nicht wieder hier?«

»Nein. Wie gesagt, sie hatte mich vorgewarnt. Sie schickt mir gelegentlich eine Postkarte aus Dänemark. Das ist alles.«

»Wie ist es mit E-Mails oder Telefongesprächen?«

»Will sie nicht. Sie meinte, die moderne Technologie würde ihre Gedanken vernebeln und so ihre Arbeit beeinträchtigen.«

Ich verzog das Gesicht. »Das hat sie gesagt?«

»Ja.«

»Und Sie haben es ihr abgenommen? Was ist bei einem Notfall?«

Julie zuckte die Achseln. »Es ist das Leben, das sie führen will.«

»Fanden Sie das nicht ein bisschen seltsam?«

»Doch. Und ich habe genau wie Sie argumentiert. Aber

was sollte ich machen? Sie hat es ganz deutlich gesagt – sie wollte es so. Das war der Beginn einer neuen Reise für sie. Wer war ich, dass ich mich ihnen hätte in den Weg stellen dürfen?«

Ich schüttelte ungläubig den Kopf. »Und wann haben Sie die letzte Postkarte von ihr bekommen?«

»Das ist schon eine Weile her. Vor ein paar Monaten, vielleicht einem halben Jahr.«

Ich lehnte mich zurück. »Im Prinzip wissen Sie also gar nicht, wo sie ist, oder?«

»Ich würde sagen, sie ist in Dänemark, aber genau weiß ich es nicht, nein. Ich verstehe auch nicht, wie ihr Mann in South Carolina mit einer anderen Frau und Kindern leben konnte. Ich meine, das ergibt doch alles überhaupt keinen Sinn. Also weiß ich nicht, wo sie ist.«

Ein lautes Klopfen an der Tür erschreckte uns. Julie griff tatsächlich nach meiner Hand, als suchte sie Trost. Es klopfte noch einmal, und eine Stimme rief:

»Jacob Fisher? Hier spricht die Polizei. Das Haus ist umstellt. Kommen Sie mit hoch erhobenen Händen heraus.«

DREIUNDZWANZIG

Ich weigerte mich, ein Wort zu sagen, bevor mein Anwalt – Benedict – eingetroffen war.

Das dauerte eine Weile. Der leitende Beamte hatte sich als Jim Mulholland vom New York Police Department vorgestellt. Keine Ahnung, wieso er für diesen Fall zuständig war: Lanford College liegt in Massachusetts. Und auch als ich Otto an der Route 91 getötet hatte, waren wir noch in Massachusetts. Dann war ich nach Vermont gefahren, und festgenommen hatten sie mich in New Jersey. Abgesehen davon, dass ich mit öffentlichen Verkehrsmitteln durch Manhattan gefahren war, hatte ich keine Ahnung, was das NYPD mit der Angelegenheit zu tun hatte.

Mulholland war ein rundlicher Mann mit einem vollen Schnurrbart, der mich an Magnum erinnerte. Er betonte ständig, dass ich keineswegs festgenommen sei und jederzeit gehen könne, aber Herrgott noch mal, sie wären wirklich *extrem* dankbar, wenn ich mit ihnen kooperieren würde. Er plauderte höflich, fast ein wenig dümmlich, während er mit mir zu einem Revier in Midtown Manhattan fuhr. Er bot mir ein Erfrischungsgetränk, Kaffee, Sandwiches an oder was immer ich sonst wollte. Da ich plötzlich Hunger hatte, nahm ich an. Ich wollte gerade zulangen, als ich mich daran erinnerte, dass eigentlich nur die Schuldigen in Gewahrsam aßen. Das hatte ich mal irgendwo gelesen. Ein

Schuldiger wüsste, was vorging, daher wäre er in der Lage, zu schlafen und zu essen. Die Unschuldigen seien dazu viel zu verwirrt und verängstigt.

Aber schließlich war ich ja schuldig …

Ich genoss jeden Bissen, als ich das Sandwich verspeiste. Gelegentlich versuchten Mulholland oder seine Partnerin Susan Telesco, eine große Blondine in Jeans und Rollkragenpullover, mich in ein Gespräch zu verwickeln. Ich lehnte ab und erinnerte sie daran, dass ich von meinem Recht gebraucht gemacht hätte, einen Anwalt hinzuzuziehen. Nach drei Stunden erschien Benedict. Wir vier – Mulholland, Telesco, Benedict und meine Wenigkeit – setzten uns an den Tisch in einem Vernehmungsraum, dessen Einrichtung so gewählt war, dass sie die Befragten nicht zu sehr einschüchterte. Nicht, dass ich viel Erfahrung mit Vernehmungsräumen hätte, doch ich hatte sie mir immer als kahle Räume mit nackten Wänden vorgestellt. Dieser war jedoch in einem hellen Beige gehalten.

»Wissen Sie, warum Sie hier sind?«, fragte Mulholland.

Benedict runzelte die Stirn. »Ist das Ihr Ernst?«

»Was?«

»Wie sollen wir Ihrer Ansicht nach auf diese Frage antworten? Vielleicht mit einem Geständnis? ›Oh, aber natürlich, Mr Mulholland, ich nehme an, Sie haben mich festgenommen, weil ich diese beiden Schnapsläden überfallen habe?‹ Könnten Sie diese Spielchen unterlassen und gleich zum Thema kommen?«

»Hören Sie«, sagte Mulholland und rutschte auf seinem Stuhl nach vorne, »wir sind auf Ihrer Seite.«

»Oje.«

»Doch, das ist mein voller Ernst. Wir müssen nur noch

ein paar Details klären, dann können wir alle zufrieden nach Hause gehen.«

»Was erzählen Sie da?«, fragte Benedict.

Mulholland nickte Telesco zu. Sie öffnete einen Ordner und schob ein Stück Papier über den Tisch. Als ich die Verbrecherfotos sah – Vorderansicht und Profil –, fing das Blut in meinen Adern an zu kochen.

Es war Otto.

»Kennen Sie diesen Mann?«, fragte Telesco.

»Sag nichts.« Das hatte ich auch nicht vor, aber Benedict legte mir vorsichtshalber die Hand auf den Arm. »Wer ist das?«

»Er heißt Otto Devereaux.«

Als ich den Namen hörte, lief mir ein Schauder über den Rücken. Sie hatten mir ihre Gesichter gezeigt. Zumindest Otto hatte mir seinen richtigen Namen genannt. Das konnte nur eins bedeuten – sie hatten nie vorgehabt, mich lebend aus dem Transporter zu lassen.

»Ihr Mandant hat kürzlich ausgesagt, dass er auf einem Highway in Massachusetts eine Auseinandersetzung mit einem Mann hatte, dessen Beschreibung perfekt auf Otto passt. Damals hat Ihr Mandant auch erklärt, er wäre gezwungen gewesen, Mr Devereaux aus Notwehr zu töten.«

»Mein Mandant hat diese Aussage zurückgezogen. Er war desorientiert und stand unter Alkoholeinfluss.«

»Sie verstehen nicht, worauf wir hinauswollen«, sagte Mulholland. »Wir wollen ihm nicht den Hintern aufreißen. Wenn wir könnten, würden wir ihm einen Orden verleihen.« Er breitete die Hände aus. »Wir stehen alle auf derselben Seite.«

»Soso?«

»Otto Devereaux war ein Vollzeit-Drecksack von fast biblischen Ausmaßen. Es würde zu lange dauern, Ihnen jetzt sein komplettes Strafregister zu präsentieren. Also konzentrieren wir uns nur auf ein paar Highlights. Wir hätten also Mord, Körperverletzung und Erpressung. Sein Spitzname lautete Heimwerker, weil er seine Opfer gern mit Werkzeugen folterte. Er war Geldeintreiber für die berüchtigten Ache-Brüder, bis einer von denen zu dem Schluss kam, dass Otto ihnen zu barbarisch vorging. Danach hat er dann auf eigene Faust gearbeitet oder für Gangster, die in Schwierigkeiten steckten und einen echten Brutalo zur Unterstützung brauchten.«

Er lächelte mir zu. »Hören Sie, Jake, ich weiß nicht, wie Sie den Kerl kaltgestellt haben, aber es war ein Segen für die Menschheit.«

»Das bedeutet also«, sagte Benedict, »dass Sie, rein hypothetisch gesprochen, hier sind, um uns Ihren Dank auszusprechen.«

»Nicht nur hypothetisch. Sie sind ein Held. Wir wollen Ihnen die Hand schütteln.«

»Sagen Sie«, warf Benedict ein, »wo haben Sie seine Leiche gefunden?«

»Das spielt keine Rolle.«

»Was war die Todesursache?«

»Auch das spielt keine Rolle.«

Mit einem breiten Lächeln sagte Benedict: »Wollen Sie Ihren Helden wirklich so behandeln?« Er nickte in meine Richtung. »Wenn sonst nichts weiter ist, würden wir jetzt gerne gehen.«

Mulholland warf Telesco einen Blick zu. Ich meinte, den Anflug eines Lächelns in ihrem Gesicht zu sehen. Das gefiel mir ganz und gar nicht. »Okay«, sagte er dann. »Wenn es so laufen soll.«

»Soll heißen?«

»Das soll überhaupt nichts heißen. Sie können gehen.«

»Tut uns leid, dass wir Ihnen nicht weiterhelfen konnten«, sagte Benedict.

»Kein Problem. Wir wollten uns, wie schon gesagt, nur bei dem Mann bedanken, der diesen Scheißkerl aus dem Verkehr gezogen hat.«

»Mhm.« Wir standen auf. »Wir finden selbst raus.«

Wir waren fast an der Tür, als Susan Telesco sagte: »Ach, Professor Fisher?«

Ich drehte mich um.

»Hätten Sie etwas dagegen, wenn wir Ihnen noch ein Foto zeigen?«

Beide sahen mich an, als wäre ihnen das eigentlich zu viel Aufwand, als hätten sie alle Zeit der Welt und würden sich absolut nicht für meine Antwort interessieren. So als wäre es egal, ob ich mir das Foto ansah oder ging. Keine große Sache. Ich rührte mich nicht. Sie rührten sich nicht.

»Professor Fisher?«, sagte Telesco.

Sie zog das Foto mit der Rückseite nach oben aus dem Ordner, als wären wir im Casino beim Blackjack. Und ich sah das Glitzern in ihren Augen. Es wurde zehn Grad kälter im Raum.

»Zeigen Sie es mir«, sagte ich.

Sie drehte das Foto um. Ich erstarrte.

»Kennen Sie diese Frau?«, fragte sie.

Ich antwortete nicht. Ich starrte das Foto an. Ja, natürlich kannte ich diese Frau.

Es war Natalie.

»Professor Fisher?«

»Ich kenne sie.«

Es war ein Schwarz-Weiß-Foto. Es sah aus wie ein Standbild aus einem Überwachungsvideo. Natalie eilte einen Flur entlang.

»Was können Sie mir darüber sagen?«

Benedict legte mir eine Hand auf die Schulter. »Warum stellen Sie meinem Mandanten diese Frage?«

Telesco fixierte mich mit ihrem Blick. »Als wir Sie suchten, waren Sie bei ihrer Schwester zu Besuch. Würden Sie uns verraten, was Sie da wollten?«

»Ich versuche es noch einmal«, sagte Benedict. »Warum stellen Sie meinem Mandanten diese Frage?«

»Die Frau heißt Natalie Avery. Wir haben uns im Vorfeld schon einmal lange mit ihrer Schwester Julie Pottham unterhalten. Sie behauptete, ihre Schwester lebe in Dänemark.«

Dieses Mal stellte ich eine Gegenfrage. »Was wollen Sie von ihr?«

»Ich bin nicht befugt, darüber zu sprechen.«

»Dann bin ich das auch nicht«, sagte ich.

Telesco sah Mulholland an. Er zuckte die Achseln. »Okay. Dann können Sie jetzt gehen.«

Wir rasten in Gedanken aufeinander zu und warteten darauf, dass der andere zuerst auswich. Ein anderes Bild: Ich hatte keinen Trumpf im Ärmel, also blinzelte ich als Erster. »Wir sind ein paar Mal miteinander ausgegangen«, sagte ich.

Sie warteten, dass ich weitersprach.

Benedict sagte: »Jake …«, aber ich forderte ihn mit einer Geste auf, den Mund zu halten.

»Ich suche sie.«

»Warum?«

Ich sah Benedict an. Er schien ebenso neugierig zu sein wie die Polizisten. »Ich habe sie geliebt«, sagte ich. »Ich bin nie ganz über die Trennung hinweggekommen. Daher hoffte ich … Ich weiß nicht. Offenbar hoffe ich auf die große Versöhnung.«

Telesco notierte etwas. »Warum jetzt?«

Die anonyme E-Mail ging mir wieder durch den Kopf.

Du hast es versprochen.

Ich setzte mich wieder und zog das Foto zu mir herüber. Ich schluckte. Natalie hatte die Schultern hochgezogen. Ihr schönes Gesicht … ich spürte, wie mir die Tränen kamen … sie sah verängstigt aus. Ich streichelte mit dem Finger über ihr Gesicht, als könnte sie die Berührung spüren. Ich hasste es. Ich hasste es, sie so ängstlich zu sehen.

»Wo war das?«, fragte ich.

»Das spielt keine Rolle.«

»Ach Blödsinn. Sie suchen sie, oder? Warum?«

Sie sahen sich an. Telesco nickte: »Sagen wir doch einfach«, fing Mulholland langsam an, »dass Natalie für uns eine Person von besonderem Interesse ist.«

»Steckt sie in Schwierigkeiten?«

»Was uns betrifft nicht.«

»Was soll das jetzt wieder heißen?«

»Was könnte das wohl heißen?« Zum ersten Mal verlor er die Fassung, und ich sah den Zorn hinter der Fassade, die Mulholland bisher aufrechterhalten hatte. »Wir suchen sie …« Er tippte auf das Foto von Otto. »… er und seine

Freunde aber auch. Und wer sollte sie Ihrer Meinung nach zuerst finden?«

Ich starrte das Foto an, während mein kurzzeitig tränenverhangener Blick langsam wieder klarer wurde, als mir noch etwas auffiel. Ich versuchte, keine Miene zu verziehen und mir auch sonst nichts anmerken zu lassen. In der linken unteren Ecke waren Zeit und Datum angegeben: 23:47, 24. Mai ... vor sechs Jahren.

Das Foto war ein paar Wochen, bevor Natalie und ich uns kennengelernt hatten, entstanden.

»Professor Fisher?«

»Ich weiß nicht, wo sie ist.«

»Aber Sie suchen sie?«

»Ja.«

»Warum jetzt?«

Ich zuckte die Achseln. »Ich habe sie vermisst.«

»Aber warum ausgerechnet jetzt?«

»Es hätte auch vor einem Jahr passieren können. Oder in einem Jahr. Irgendwann musste es passieren.«

Sie glaubten mir nicht. Schade eigentlich.

»Haben Sie etwas herausbekommen?«

»Nein.«

»Wir könnten Ihnen helfen«, sagte Mulholland.

Ich sagte nichts.

»Wenn Ottos Freunde sie zuerst finden ...«

»Warum suchen die sie überhaupt? Und, viel wichtiger, warum suchen Sie sie?«

Sie wechselten das Thema. »Sie waren in Vermont. Zwei Polizisten dort haben Sie identifiziert und auch Ihr iPhone gefunden. Was wollten Sie da?«

»Da haben wir uns kennengelernt.«

»Hat sie auf der Farm gewohnt?«

Ich redete zu viel. »Wir haben uns in Vermont kennengelernt. Sie hat in einer Kapelle da oben geheiratet.«

»Und wie ist Ihr Handy dorthin gekommen?«

»Er muss es wohl verloren haben«, sagte Benedict. »Wären Sie denn so freundlich, es uns zurückzugeben?«

»Selbstverständlich, das lässt sich arrangieren. Kein Problem.«

Schweigen.

Ich sah Telesco an. »Haben Sie auch in den letzten sechs Jahren nach ihr gesucht?«

»Am Anfang schon. In den letzten Jahren nicht sehr intensiv.«

»Warum nicht?«, fragte ich. »Na ja, eigentlich ist es die gleiche Frage, die Sie mir gerade gestellt haben: Warum jetzt?«

Wieder sahen die beiden Polizisten sich an. Mulholland wandte sich an Telesco: »Erzählen Sie es ihm.«

Telesco sah mich an. »Wir hatten aufgehört, sie zu suchen, weil wir davon ausgingen, dass sie tot ist.«

Irgendwie hatte ich mit der Antwort gerechnet. »Wie kamen Sie darauf?«

»Es hat nichts mit Ihnen zu tun. Sie müssen uns hier helfen.«

»Ich weiß nichts.«

»Wenn Sie uns nicht sagen, was Sie wissen«, sagte Telesco plötzlich streng, »vergessen wir alles, was wir über Otto wissen.«

Benedict: »Was zum Teufel soll das jetzt heißen?«

»Was schon? Ihr Mandant beruft sich auf Notwehr.«

»Und?«

»Sie haben mich nach der Todesursache gefragt. Hier ist die Antwort: Er hat dem Mann das Genick gebrochen. Ich habe eine Neuigkeit für Sie: Ein gebrochenes Genick ist nur selten das Ergebnis von Selbstverteidigungsmaßnahmen.«

»Erstens bestreiten wir, dass er irgendetwas mit dem Tod dieses Verbrechers zu tun hat …«

Sie hob die Hand. »Sparen Sie sich das für später auf.«

»Es ändert sowieso nichts«, sagte ich. »Sie können mir mit allem Möglichen drohen, ich weiß nichts.«

»Otto hat Ihnen nicht geglaubt, oder?«

Bobs Stimme: *»Wo ist sie?«*

Mulholland beugte sich näher an mich heran. »Sind Sie wirklich so dumm zu glauben, dass die Sache damit erledigt ist? Glauben Sie, die werden Sie jetzt einfach vergessen? Beim ersten Mal haben die Sie unterschätzt. Das wird ihnen nicht noch einmal passieren.«

»Wer sind ›die‹?«, fragte ich.

»Ein paar richtig finstere Gestalten«, sagte er. »Mehr brauchen Sie nicht zu wissen.«

»Das ergibt doch überhaupt keinen Sinn«, sagte Benedict.

»Hören Sie mir genau zu. Entweder finden die Natalie zuerst«, sagte Mulholland, »oder wir. Die Entscheidung liegt bei Ihnen.«

Wieder sagte ich: »Ich weiß wirklich nichts.«

Was stimmte. Außerdem hatte Mulholland eine Möglichkeit nicht in Betracht gezogen, auch wenn sie nicht sehr wahrscheinlich war.

Ich könnte sie zuerst finden.

VIERUNDZWANZIG

Benedict fuhr. »Erklärst du mir, was los ist?«

»Ist eine lange Geschichte«, sagte ich.

»Wir haben eine lange Fahrt vor uns. Und wo wir gerade dabei sind: Wohin willst du eigentlich?«

Gute Frage. Auf den Campus konnte ich nicht zurück, und zwar nicht nur deshalb, weil ich dort unerwünscht war, sondern vor allem, weil ein paar richtig finstere Gestalten hinter mir her waren. Ich fragte mich, ob Jed und Cookie zur selben Gruppe finsterer Gestalten gehörten wie Otto und Bob oder ob sogar zwei verschiedene Gruppen finsterer Gestalten hinter mir her waren. Unklar. Bob und Otto waren kaltblütige Profis, Jed und Cookie herumwurstelnde Amateure – unsicher, zornig, verängstigt. Ich wusste nicht, was mir das sagen sollte, nahm aber an, dass es wichtig war.

»Ich weiß es nicht.«

»Ich fahr erst mal Richtung Lanford, okay? Und unterwegs erzählst du mir, was los ist.«

Das tat ich. Benedict sah auf die Straße und nickte gelegentlich. Seine Miene blieb gefasst, seine Hände blieben immer am Lenkrad. Als ich fertig war, sagte er ein paar Sekunden lang nichts. Dann: »Jake.«

»Ja.«

»Du musst damit aufhören.«

»Ich weiß nicht, ob ich das kann.«

»Viele Leute wollen dich umbringen.«

»Ich war noch nie besonders beliebt«, sagte ich.

»Das stimmt natürlich, aber jetzt bist du irgendwie tief ins Kacka getreten.«

»Ihr Geisteswissenschaftler macht immer so große Worte.«

»Das ist kein Witz«, sagte er.

Das war mir klar.

»Diese Leute in Vermont«, sagte Benedict. »Wer waren die?«

»In gewisser Weise alte Freunde. Das ist ja das Irrste an dieser Geschichte. Jed und Cookie waren damals schon da, als ich Natalie kennengelernt habe.«

»Und jetzt wollen sie dich umbringen?«

»Jed glaubt, dass ich etwas mit dem Mord an Todd Sanderson zu tun habe. Ich weiß aber weder, wieso er sich dafür interessiert, noch, woher er Todd kannte. Es muss irgendeine Verbindung zwischen ihnen geben.«

»Eine Verbindung zwischen Todd Sanderson und diesem Jed?«

»Ja.«

»Die Antwort liegt auf der Hand, oder?«

Ich nickte. »Natalie«, sagte ich.

»Ja.«

Ich dachte darüber nach. »Als ich Natalie das erste Mal gesehen habe, saß sie neben Jed. Im ersten Moment hatte ich sie sogar für ein Paar gehalten.«

»Na dann«, sagte Benedict, »klingt es, als gäbe es zwischen euch dreien eine Art Verbindung.«

»Soll heißen?«

»Ihr habt alle mit Natalie geschlafen.«

Das gefiel mir nicht. »Woher willst du das wissen«, protestierte ich lahm.

»Darf ich etwas Offensichtliches zu Gehör bringen?«

»Wenn es sein muss.«

»Ich war mit der einen oder anderen Frau zusammen«, sagte Benedict. »Auch auf die Gefahr, dass es ein bisschen angeberisch klingen mag, aber ich glaube, man könnte mich auf diesem Gebiet sogar als Experten bezeichnen.«

Ich verzog das Gesicht. »Angeberisch klingen *mag*?«

»Manche Frauen machen nur Probleme. Verstehst du, was ich sagen will?«

»Probleme.«

»Genau.«

»Und ich vermute, du wirst mir jetzt sagen, dass Natalie zu diesen Frauen gehört.«

»Du, Jed, Todd«, sagte Benedict. »Nichts für ungut, aber dafür gibt es nur eine Erklärung.«

»Und die lautet?«

»Deine Natalie ist eine vollkommen durchgeknallte Irre.«

Ich runzelte die Stirn. Wir schwiegen eine Weile.

»Ich hab ein kleines Gästehaus, das ich gelegentlich als Büro nutze«, sagte Benedict. »Du könntest da einziehen, bis sich die ganze Sache etwas beruhigt hat.«

»Danke.«

Wir schwiegen eine Weile.

»Jake.«

»Ja.«

»Wir Männer verlieben uns immer gern in die Verrückten«, sagte Benedict. »Das ist eins unserer Hauptprobleme. Wir behaupten, wir wollten keine komplizierten Beziehungen, das ist aber nicht wahr.«

»Eine tiefgründige Erkenntnis, Benedict.«

»Darf ich dir noch eine letzte Frage stellen?«

»Klar.«

Ich meinte zu sehen, dass er das Lenkrad fester umklammerte. »Wie bist du auf Todds Todesanzeige gestoßen?«

Ich drehte mich zu ihm um. »Was?«

»Seine Todesanzeige. Wie bist du darauf gestoßen?«

Ich fragte mich, ob sich die Verwirrung in meiner Miene zeigte. »Sie war auf der Lanford-Homepage. Was soll die Frage?«

»Nichts. Ist reine Neugier, weiter nichts.«

»Ich hab dir das doch erzählt, als du bei mir im Büro warst – und du hast mich bestärkt, als ich gesagt habe, ich wollte zur Beerdigung in den Süden runterfahren, weißt du noch?«

»Ja«, sagte Benedict. »Und jetzt bestärke ich dich darin, die Finger von der Sache zu lassen.«

Ich antwortete nicht. Wir fuhren eine Weile schweigend weiter. Benedict unterbrach die Stille.

»Ein Punkt beschäftigt mich allerdings noch«, sagte er.

»Und der wäre?«

»Wie kommt es, dass die Polizei dich im Haus von Natalies Schwester gefunden hat?«

Das hatte ich mich auch schon gefragt, jetzt wurde mir jedoch klar, dass die Antwort auf der Hand lag. »Shanta.«

»Sie wusste, wo du bist?«

Ich erzählte ihm, dass ich sie angerufen hatte und wie dumm ich gewesen war, das Einweg-Handy zu behalten. Wenn die Polizei einen über ein Handy orten konnte, galt das wahrscheinlich auch für ein Einweg-Handy, sobald sie die Nummer hatte (die bei meinem Anruf auf Shantas Display erschienen war). Ich hatte es immer noch in der Tasche und überlegte, ob ich es aus dem Fenster werfen sollte. Aber das war nicht nötig. Über die Polizei brauchte ich mir im Moment keine Sorgen zu machen.

Als Präsident Tripp mich vom Campus verwiesen hatte, war ich nach Hause gegangen, hatte einen Koffer und meinen Laptop gepackt und sie in meinem Büro im Clark House deponiert. Ich fragte mich, ob womöglich jemand mein Haus oder das Büro überwachte. Es kam mir zwar etwas übertrieben vor, trotzdem ging ich lieber auf Nummer sicher. Benedict schlug vor, weit entfernt zu parken. Wir hielten nach verdächtigen Dingen Ausschau. Wir sahen nichts.

»Wir können auch einen Studenten deine Sachen abholen lassen«, sagte Benedict.

Ich schüttelte den Kopf. »In dieser Sache ist schon ein Student zu Schaden gekommen.«

»Hier besteht doch kein Risiko.«

»Trotzdem.«

Das Clark House war geschlossen. Ich schlich mich vorsichtig durch den Hintereingang hinein, schnappte meine Sachen und eilte zurück zu Benedicts Auto. Keiner schoss auf mich. Ein Punkt für die Guten. Benedict fuhr nach hinten auf sein Grundstück und setzte mich an seinem Gästehaus ab.

»Danke«, sagte ich.

»Ich muss noch einen Stapel Tests benoten. Kommst du zurecht?«

»Natürlich.«

»Wegen des Kopfs solltest du zum Arzt gehen.«

Ich hatte noch leichte Kopfschmerzen. Sie stammten

entweder von den Nachwirkungen einer leichten Gehirnerschütterung, der Erschöpfung, dem Stress oder einer Kombination dieser Ursachen. Ich wusste es nicht genau, ging aber davon aus, dass ein Arzt mir auch nicht weiterhelfen konnte. Ich dankte Benedict noch einmal und machte es mir im Zimmer bequem. Ich nahm den Laptop aus der Tasche und stellte ihn auf den Schreibtisch.

Es war Zeit für ein bisschen Cyber-Schnüffelei.

Vielleicht fragen Sie sich, was mich zu solch einem erstklassigen Ermittler macht, der weiß, wie man im Internet schnüffelt. Ich war keiner und wusste es nicht. Aber ich wusste, wie man Begriffe ins Google-Suchfeld eingab. Und das tat ich.

Zuerst suchte ich nach einem Datum: der 24. Mai vor sechs Jahren.

Es war das Datum, das auf dem Überwachungsfoto stand, das die Polizei mir in New York gezeigt hatte. Aller Wahrscheinlichkeit nach handelte es sich bei dem, was damals geschehen war, um ein Verbrechen. Vielleicht wurde in den Medien darüber berichtet. War das weit hergeholt? Wahrscheinlich schon. Aber es war ein Anfang.

Als ich auf die Enter-Taste drückte, erschienen zuerst ein paar Treffer über einen Tornado in Kansas. Ich musste die Suche einengen. Ich ergänzte »NYC« im Suchfeld und drückte wieder auf Enter. Der erste Link führte zu einem Artikel über die 2:1-Niederlage der New York Rangers gegen die Buffalo Sabres. Eishockey. Der zweite Link: Die New York Mets schlagen die Arizona Diamondbacks 5:3. Baseball. Mann, was waren wir eine sportbesessene Gesellschaft!

Schließlich stieß ich auf eine Internetseite, die zu den New Yorker Tageszeitungen und ihren Archiven führte. In den letzten beiden Wochen dominierte eine Serie schamloser Bankraube die Titelseiten der New Yorker Zeitungen. Die Räuber hatten immer nachts zugeschlagen, keinerlei Spuren hinterlassen und sich so den Spitznamen »Die Unsichtbaren« erarbeitet. Sehr prägnant. Dann klickte ich auf den Link zu den Archiven vom 24. Mai vor sechs Jahren und ging den New-York-City-Teil der Zeitungen durch.

Topstorys des Tages: Ein bewaffneter Mann attackiert das französische Konsulat. Die Polizei zerschlägt einen von einer ukrainischen Bande geführten Heroinhändlerring. Ein Polizist namens Jordan Smith erscheint bei der gegen ihn laufenden Vergewaltigungsverhandlung vor Gericht. Ein verdächtiger Hausbrand in Staten Island. Gegen einen Manager des Solem-Hamilton-Hedgefonds wird Anklage wegen des Aufbaus eines Schneeballsystems erhoben. Einem staatlichen Rechnungsprüfer werden ethische Verfehlungen vorgeworfen.

Das brachte mich nicht weiter. Oder vielleicht doch. Vielleicht war Natalie Mitglied einer ukrainischen Bande gewesen. Vielleicht hatte sie den Hedgefonds-Manager gekannt – das Überwachungskamera-Foto sah aus wie aus der Lobby eines Bürohauses – oder womöglich den staatlichen Rechnungsprüfer. Wo war ich an diesem Tag vor sechs Jahren gewesen? Am 24. Mai. Ich musste gerade aus einem Seminar gekommen sein.

Vor sechs Jahren.

Mein Leben war ein Chaos gewesen, wie Benedict mir in der Bibliotheksbar noch einmal ins Gedächtnis gerufen hatte. Einen Monat zuvor war mein Vater an einem Herzinfarkt gestorben. Meine Dissertation lief nicht gut. Am 24. Mai. Das war damals, als Professor Trainor seine Abschlussparty gegeben hatte, bei der Alkohol an Minderjährige ausgeschenkt worden war. Ich hatte verlangt, dass er dafür ernsthaft getadelt wurde, was den Ursprung der Spannungen zwischen Professor Hume und mir bildete.

Aber es ging hier nicht um mein Leben. Es ging um Natalies.

Das Überwachungsfoto war am 24. Mai entstanden. Ich überlegte einen Moment lang. Angenommen, es hätte am 24. Mai ein Verbrechen oder einen ähnlichen Vorfall gegeben. Gut, von dieser Annahme war ich vorher schon ausgegangen, doch jetzt dachte ich weiter. Wenn der Vorfall am 24. Mai stattgefunden hatte, wann hätten die Zeitungen dann darüber berichtet?

Natürlich am 25. Mai, nicht am 24.

Das war keine brillante Schlussfolgerung, aber extrem plausibel. Ich klickte auf die Zeitungen vom 25. Mai und überflog wieder den New-York-City-Teil. Topstorys: Der örtliche Bürgerrechtler Archer Minor wurde erschossen. Zwei Personen starben bei einem Brand in Chelsea. Die Polizei erschoss einen unbewaffneten Teenager. Ein Mann brachte seine Exfrau um. Der Direktor einer Highschool wurde wegen Veruntreuung von Schulgeldern festgenommen.

Es war reine Zeitverschwendung.

Ich kniff die Augen zusammen und rieb sie. Aufgeben klang jetzt wirklich verlockend, wenn nicht gar vernünftig. Ich könnte mich hinlegen und die Augen schließen. Ich könnte mein Versprechen halten und den Wunsch der Frau respektieren, die ich für meine wahre Liebe hielt. Ja vielleicht hatten, wie Benedict nahegelegt hatte, womöglich auch Todd und Jed Natalie für ihre wahre Liebe gehalten.

Ein sehr urtümliches Gefühl – nennen wir es Eifersucht – ergriff mich.

So leid es mir tat, aber ich konnte es mir nicht vorstellen.

Jed hatte mich nicht wie ein eifersüchtiger Liebhaber attackiert. Todd … ich hatte keine Ahnung, was da vorgefallen war, es spielte aber auch keine Rolle. Ich konnte mich nicht einfach zurückziehen. Es war einfach nicht meine Art … und wessen Art ist das schon? Wie konnte ein vernunftbegabter Mensch damit leben, dass so viele Fragen unbeantwortet blieben?

Eine leise Stimme in meinem Kopf meinte: Na ja, aber zumindest *lebst* du.

Egal. Es ging einfach nicht. Ich war angegriffen, bedroht, überfallen und festgenommen worden, darüber hinaus hatte ich einen Menschen getötet …

Immer langsam … Ich hatte einen Menschen getötet – und inzwischen kannte ich auch seinen Namen.

Ich googelte einen Namen: Otto Devereaux.

Ich ging davon aus, als ersten Treffer eine Todesanzeige zu bekommen. Aber so war es nicht. Der erste Link führte zu einem Forum für »Gangster-Fans«. Ja, allen Ernstes. Ich klickte auf ein Diskussionsthema, aber um dem Thread zu folgen, musste man sich anmelden. Also tat ich das.

Ein Thread hatte den Titel: »RIP, OTTO«. Ich klickte auf den Link.

Heilige Scheiße! Otto Devereaux, einem der härtesten Mafia-Killer und -erpresser, wurde das Genick gebrochen! Seine Leiche wurde wie ein Müllsack im Straßengraben am Saw Mill River Parkway entsorgt. Respekt, Otto. Du wusstest, wie man killt, Bro.

Ich schüttelte den Kopf. Was kam als Nächstes – eine Fanseite für verurteilte Kinderschänder?

Es folgte ungefähr ein Dutzend Kommentare von Leuten, die an ein paar von Ottos schrecklichsten Taten erinnerten und, ja, seine Arbeit lobten. Es heißt, im Internet könne man jede erdenkliche Verkommenheit finden. Ich war auf eine Seite für Bewunderer gewalttätiger Gangster gestoßen. Was für eine Welt.

Der vierzehnte Kommentar war ein Volltreffer:

> Otto wird diesen Samstag im Franklin Funeral Home in Queens zu Grabe getragen. Es ist eine private Feier, ihr könnt also nicht hingehen und ihm die letzte Ehre erweisen. Fans können aber Blumen schicken. Die Adresse lautet:

Es wurde eine Adresse in Flushing, Queens, genannt.

Auf dem Tisch lag ein Notizblock. Ich nahm ihn, griff nach einem Stift und lehnte mich zurück. Dann schrieb ich Natalies Namen links auf die Seite. Darunter Todds. Dann folgten weitere Namen: meiner, Jed, Cookie, Bob, Otto – eigentlich alle Namen, die mir gerade einfielen. Delia Sanderson, Eban Trainor, Natalies Vater Aaron Kleiner, ihre Mutter Sylvia Avery, Julie Pottham, sogar Malcolm Hume. Alle. Auf der rechten Seite zeichnete ich dann von oben nach unten eine Zeitleiste.

Ich wollte so weit in die Vergangenheit gehen, wie ich konnte. Wann hatte das Ganze angefangen?

Ich hatte keine Ahnung.

Also noch einmal von vorn.

Vor fünfundzwanzig Jahren war Natalies Vater, der hier in Lanford unterrichtete, mit einer Studentin durchgebrannt.

Laut Julie Pottham war ihr lieber, alter Dad umgezogen und hatte wieder geheiratet. Nur dass er nicht mehr aufzufinden war. Wie hatte Shanta es ausgedrückt? Der Apfel fällt nicht weit vom Stamm. Sowohl Natalie als auch ihr Vater waren wie vom Erdboden verschluckt. Beide wurden unsichtbar, fielen aus dem Raster.

Ich zog eine Verbindungslinie zwischen Natalie und ihrem Vater.

Wie konnte ich mehr über diese Verbindung herausbekommen? Ich dachte an das, was Julie gesagt hatte. Vielleicht wusste ihre Mom mehr, als sie erzählte. Vielleicht hatte sie Dads Adresse. Ich musste mit ihr reden. Aber wie? Sie war in einem Pflegeheim. Das hatte Julie erzählt. Ich wusste aber nicht, in welchem sie war, und bezweifelte, dass Julie es mir verraten würde. Aber es konnte nicht so schwer sein, Mrs Avery aufzuspüren.

Ich kreiste den Namen von Natalies Mutter, Sylvia Avery, ein.

Zurück zur Zeitleiste. Ich ging zwanzig Jahre zurück, also bis zu der Zeit, als Todd Sanderson in Lanford studiert hatte. Nach dem Selbstmord seines Vaters wäre er fast des Colleges verwiesen worden. Ich dachte an seine Studentenakte und seine Todesanzeige. In beiden wurde erwähnt, dass Todd durch die Gründung einer Wohltätigkeitsorganisation Wiedergutmachung geleistet hatte.

Ich schrieb *Fresh Start* auf den Block.

Erstens war Fresh Start auf ebendiesem Campus gegründet worden, als Folge des Trubels, den Todd verursacht hatte. Zweitens hatte Natalie ihrer Schwester vor sechs Jahren erzählt, dass sie gemeinsam mit Todd die Welt bereisen und karitativ für Fresh Start arbeiten würde. Drittens hatte Todds richtige Frau Delia Sanderson mir erzählt, dass Fresh Start Todds große Leidenschaft gewesen war. Viertens war mein geliebter Mentor Professor Hume in der Entstehungsphase von Fresh Start Fachbereichsvorsitzender gewesen.

Ich klopfte mit dem Stift auf den Block. Fresh Start war immer dabei. Wobei genau, konnte ich allerdings nicht sagen.

Auf jeden Fall musste ich mir diese Wohltätigkeitsorganisation einmal genauer angucken. Wenn Natalie wirklich für Fresh Start unterwegs war, musste irgendjemand in dieser Organisation zumindest in groben Zügen wissen, wo sie sich aufhielt. Wieder suchte ich im Internet. Fresh Start half Menschen, einen Neustart in Angriff zu nehmen. Die Arbeit wirkte allerdings etwas unkoordiniert. So unterstützten sie zum Beispiel Operationen von Gaumenspalten bei Kindern. Sie halfen politischen Flüchtlingen bei der Asylsuche. Sie unterstützten Menschen mit finanziellen Problemen. Sie halfen Personen bei der Suche nach einer neuen Arbeitsstelle, unabhängig davon, was in der Vergangenheit vorgefallen war.

Das Motto am unteren Rand der Homepage fasste es zusammen: »Wir helfen jedem, der verzweifelt einen Neustart sucht.«

Ich runzelte die Stirn. Ging es nicht vielleicht noch etwas unbestimmter?

Es gab einen Spendenaufruf und den entsprechenden Link dazu. Fresh Start war eine gemeinnützige Organisation, daher konnte man die Spenden von der Steuer absetzen. Zuständige Personen wurden nicht aufgeführt – weder Todd Sanderson noch Malcolm Hume oder sonst irgendjemand. Es wurde auch keine Büroadresse genannt. Die Telefonnummer hatte die Vorwahl 843 – South Carolina. Ich wählte die Nummer. Ein Anrufbeantworter sprang an. Ich hinterließ keine Nachricht.

Im Internet fand ich eine Gesellschaft, die diverse Wohltätigkeitsorganisationen untersuchte, »damit Sie sicher spenden können«. Gegen eine kleine Gebühr schickten sie einen vollständigen Bericht über die jeweilige Organisation einschließlich Steuerformular 990 (was immer das sein mochte) und eine »verständliche Analyse mit vollständigen Finanzdaten, Beschlüssen der Organisation, den Biographien der Verantwortlichen, dem Eigentum der Organisation, den für Spendenwerbung und andere Aktivitäten ausgegebenen Summen«. Ich zahlte die kleine Gebühr. Ich bekam eine E-Mail, in der mir mitgeteilt wurde, dass ich den Bericht am folgenden Tag per E-Mail erhalten würde.

So lange konnte ich warten. Mein Kopf pulsierte wie ein geprellter Zeh. Ich verspürte ein überwältigendes Verlangen nach Schlaf, das von meinem Knochenmark auszugehen schien. Morgen früh würde ich zu Otto Devereaux' Beerdigung fahren, aber jetzt brauchte der Körper Ruhe und Nahrung. Ich duschte, aß etwas und schlief wie ein Toter, was, wenn man sich ansah, was um mich herum passierte, der Situation angemessen zu sein schien.

FÜNFUNDZWANZIG

Benedict beugte sich ins Fenster seines eigenen Autos. »Das gefällt mir nicht.«

Ich machte mir nicht die Mühe zu antworten. Wir hatten das schon zigmal besprochen. »Danke, dass du mir deinen Wagen leihst.«

Mein Auto hatte ich mit den veränderten Kennzeichen auf der Straße in Greenfield stehen lassen. Irgendwann musste ich mir überlegen, wann ich es wieder abholte, aber das musste warten.

»Ich kann auch mitkommen«, sagte Benedict.

»Du musst unterrichten.«

Benedict widersprach nicht. Wir verpassten nie ein Seminar. Ich hatte in den letzten Tagen schon genug Studenten kleineren oder größeren Schaden zugefügt, indem ich mich der Suche nach Natalie widmete. Ich würde nicht zulassen, dass noch jemand in irgendeiner Form dafür büßen musste.

»Dein Plan besteht also darin, zu dieser Gangster-Beerdigung zu fahren?«

»Im Prinzip schon.«

»Ziemlich ausgereift.«

Ich konnte ihm kaum widersprechen. Ich wollte Otto Devereaux' Beerdigung heimlich beobachten. Ich hoffte, dabei irgendwie in Erfahrung zu bringen, warum er mich entführt hatte, für wen er arbeitete und warum diese Leute hinter Natalie her waren. Die Details musste ich noch näher ausarbeiten – zum Beispiel, wie das Ganze überhaupt funktionieren sollte –, aber im Moment hatte ich sowieso keine Arbeit, und untätig herumzusitzen, bis Bob oder Jed mich fanden, war auch keine erbauliche Alternative.

Daher wollte ich lieber selbst die Initiative ergreifen. Das hätte ich auch meinen Studenten geraten.

Die Route 95 in Connecticut und New York ist im Prinzip eine Aneinanderreihung von Baustellen, die sich als Interstate Highway maskieren. Trotzdem kam ich recht zügig voran. Das Franklin-Begräbnisinstitut lag am Northern Boulevard in Flushing, Queens. Aus irgendeinem unerfindlichen Grund zeigte das Foto auf ihrer Webseite die allseits beliebte Bow Bridge aus dem Central Park, die man aus den Hochzeitsszenen fast aller romantischen Komödien kennt, die in Manhattan spielen. Ich hatte keine Ahnung, warum sie diese Brücke anstatt eines Fotos ihres Beerdigungsinstituts gewählt hatten – bis ich davor anhielt.

Was für eine letzte Ruhestätte.

Das Franklin Beerdigungsinstitut sah aus, als wäre es 1978 für zwei Zahnarztpraxen und vielleicht noch die eines Proktologen erbaut worden. Das Gelb der Fassade gemahnte an die Zähne eines Kettenrauchers. Hochzeiten, Partys und sonstige Feierlichkeiten spiegeln oft die Persönlichkeit des Gastgebers wider. Für Beerdigungen galt das so gut wie nie. Der Tod war wirklich der große Gleichmacher, und zwar so sehr, dass alle Beerdigungsinstitute, abgesehen von denen in Spielfilmen, im Endeffekt identisch sind. Sie sind immer farblos, routiniert und bieten weniger Trost und Zuspruch als vielmehr Phrasen und Rituale.

Und was jetzt? Ich konnte schließlich nicht einfach reingehen. Womöglich war Bob da. Ich könnte versuchen, mich im Hintergrund zu halten, aber Männer meiner Größe können nicht so leicht in einer Menschenmenge verschwinden. Ein Mann im schwarzen Anzug zeigte den Trauergästen, wo sie parken sollten. Ich fuhr vor und versuchte ein Lächeln aufzusetzen, das dem Besuch einer Beerdigung angemessen schien – was auch immer das genau bedeuten mochte. Der Mann im schwarzen Anzug fragte: »Wollen Sie zur Beisetzung von Devereaux oder von Johnson?«

Geistesgegenwärtig wie ich war, sagte ich: »Johnson.«

»Dann parken Sie bitte links.«

Ich fuhr auf den weitläufigen Parkplatz. Die Johnson-Beerdigung fand offenbar vorn am Eingang statt. Für Ottos war weiter hinten ein Zelt aufgebaut. Rechts in der Ecke entdeckte ich einen freien Parkplatz, in den ich rückwärts hineinsetzte, so dass ich einen perfekten Blick auf das Devereaux-Zelt hatte. Falls mich durch Zufall jemand von der Johnson-Beerdigung oder ein Mitarbeiter des Beerdigungsinstituts entdeckte, könnte ich immer noch den Trauergast geben, der einen Moment lang Ruhe brauchte.

Ich dachte an meinen letzten Beerdigungsbesuch vor gerade einmal sechs Tagen in einer kleinen Kapelle in Palmetto Bluff. Wenn ich meine Zeitleiste dabeigehabt hätte, wäre mir darauf die sechsjährige Lücke zwischen der Hochzeit in einer weißen Kapelle und der Beerdigung in einer anderen ins Auge gefallen. Sechs Jahre. Ich überlegte, wie viele Tage in diesen sechs Jahren vergangen waren, in denen ich nicht in irgendeiner Form an Natalie gedacht hatte, und mir wurde schnell bewusst, dass die Antwort *nicht ein einziger* lautete.

Die viel interessantere Frage war im Moment jedoch: Wie waren die letzten sechs Jahre für sie verlaufen?

Eine Stretch-Limousine fuhr beim Zelt vor und hielt an. Noch so ein seltsames Ritual: Oft fahren wir nur ein einziges Mal in einem Auto mit, das wir mit Luxus und Dekadenz verbinden, und das ist ausgerechnet dann, wenn wir über den Tod eines geliebten Menschen trauern. Vielleicht gibt es ja auch tatsächlich keinen besseren Zeitpunkt dafür? Zwei Männer in dunklen Anzügen gingen hinüber und öffneten die Türen der Limousine – es fehlte nur der rote Teppich. Eine schlanke Mittdreißigerin stieg aus. Sie hatte einen etwa sechs- oder siebenjährigen Jungen mit langen roten Haaren an der Hand. Der kleine Junge trug einen schwarzen Anzug, was mir fast obszön vorkam. Kleine Jungen sollten einfach keine schwarzen Anzüge tragen.

Dieser eigentlich doch so naheliegende Punkt war mir noch gar nicht in den Sinn gekommen: Otto könnte Familie haben. Otto könnte eine schlanke Frau gehabt haben, mit der er Tisch, Bett und seine Träume geteilt hatte. Er könnte einen langhaarigen Sohn gehabt haben, der ihn geliebt und mit dem er im Garten Ball gespielt hatte. Weitere Personen stiegen aus der Limousine. Eine ältere Frau wischte sich die nicht enden wollenden Tränen mit ihrem in der Faust zusammengeknüllten Taschentuch ab. Sie musste von einem jüngeren Paar fast zum Zelt getragen werden. Ottos Mutter und seine Geschwister? Ich wusste es nicht. Die Familie bildete eine Reihe am Zelteingang. Mit eindeutig verstörten Mienen begrüßten sie die Trauergäste. Der kleine Junge wirkte verloren, verwirrt, verängstigt, als hätte sich jemand heimlich angeschlichen und ihm in den Bauch geschlagen.

Das musste ich wohl auf meine Rechnung nehmen.

Ich saß absolut still. Ich hatte Otto nur als abgeschlossene Einheit gesehen. Ich hatte gedacht, ihn zu töten wäre nur eine private Tragödie, das Ende eines vereinzelten, isolierten Menschenlebens. Aber keiner von uns war wirklich isoliert. Jeder Tod schlug Wellen, erzeugte einen Nachhall.

So schwer es mir auch fiel, das Ergebnis anzusehen, im Endeffekt änderte das nichts daran, dass mein Handeln gerechtfertigt gewesen war. Ich richtete mich etwas weiter auf und sah mir die Trauergäste genauer an. Ich hatte erwartet, dass die Reihe vor dem Eingang aussehen würde wie die Schlange bei einem Statisten-Casting für die Mafia-Serie *Die Sopranos*. Ein paar der Gestalten sahen auch fraglos so aus, insgesamt wirkte die Trauergemeinde jedoch sehr gemischt. Die Gäste schüttelten der Familie die Hand, umarmten sie, und manche küssten sich. Manche hielten die Umarmungen lange, manche klopften sich nur kurz auf die Schultern. Irgendwann brach die Frau, die ich für Ottos Mutter hielt, fast zusammen, aber zwei Männer fingen sie auf.

Ich hatte ihren Sohn getötet. Der Gedanke war gleichermaßen real wie auch unwirklich.

Eine weitere Stretch-Limousine fuhr vor und hielt direkt vor der Begrüßungsreihe. Alle schienen kurz zu erstarren. Zwei Männer, die wie *Offensive Linemen* einer American-Football-Mannschaft aussahen, öffneten die Hintertür. Ein großer, dünner Mann mit Pomade in den Haaren stieg aus. Die Menge fing an zu tuscheln. Der Mann musste über siebzig sein und kam mir irgendwie bekannt vor, ich konnte ihn jedoch nicht einordnen. Er stellte sich nicht hinten an der Schlange an, vielmehr teilte sich die Menge vor ihm wie das Rote Meer vor Moses. Der Mann hatte einen dieser dünnen Schnurrbärte, die aussahen wie mit einem Bleistift aufgemalt. Er nickte ein paar Mal, während er auf die Familie zuging, und schüttelte einigen Leuten kurz die Hand.

Wer immer der Mann war, er war wichtig.

Der dünne Mann mit dem dünnen Schnurrbart blieb stehen und begrüßte jedes Familienmitglied. Eins von ihnen – ich hielt ihn für Ottos Schwager – ging auf die Knie. Der dünne Mann schüttelte den Kopf, worauf sich der vermeintliche Schwager zaghaft wieder erhob. Einer der Offensive Linemen blieb immer einen Schritt vor dem dünnen Mann, der andere einen Schritt hinter ihm. Keiner folgte ihnen, während sie die Empfangsreihe abschritten.

Nachdem der dünne Mann die Hand von Ottos Mutter geschüttelt hatte, die die Letzte in der Reihe war, drehte er sich um und ging zurück zu seiner Limousine. Ein Lineman öffnete ihm die Hintertür. Der dünne Mann stieg ein. Die Tür wurde geschlossen. Ein Lineman nahm auf dem Fahrersitz Platz, der andere neben ihm auf dem Beifahrersitz. Die Stretch-Limousine setzte zurück. Alle warteten darauf, dass die Limousine mit dem dünnen Mann davonfuhr.

Auch eine Minute nachdem die Limousine außer Sicht war, rührte sich noch niemand. Eine Frau bekreuzigte sich. Schließlich setzte sich die Schlange wieder in Bewegung. Die Familie nahm weiter Beileidsbekundungen entgegen. Ich wartete, fragte mich, wer der dünne Mann war und ob das für mich irgendeine Bedeutung hatte. Ottos Mutter fing wieder an zu schluchzen.

Als ich sie ansah, gaben ihre Knie nach. Sie fiel in die Arme eines Mannes und weinte an seiner Brust. Der Mann half ihr wieder auf die Beine, und sie durfte sich an seiner

Brust ausweinen. Ich sah, dass er ihr den Rücken streichelte und ihr seine Anteilnahme aussprach. Er hielt sie lange in seinen Armen. Der Mann blieb extrem geduldig stehen und wartete.

Es war Bob.

Ich duckte mich in meinen Sitz, obwohl ich vermutlich über hundert Meter entfernt war. Mein Herz fing an zu klopfen. Ich holte tief Luft und riskierte einen weiteren Blick. Sanft löste Bob sich von Ottos Mutter. Er lächelte ihr zu und stellte sich zu einer Männergruppe, die etwa zehn Meter entfernt stand.

Mit Bob waren sie zu sechst. Einer zog eine Schachtel Zigaretten aus der Tasche. Außer Bob nahmen alle eine. Gut zu wissen, dass mein Gangster gesund lebte. Ich griff nach meinem Handy, suchte die Kamera-App, zoomte auf Bobs Gesicht und machte vier Fotos.

Und was jetzt?

Am besten war es wohl, einfach abzuwarten. Vielleicht so lange, bis die Beerdigung zu Ende war, um dann Bob zu seiner Wohnung zu folgen.

Und dann?

Ich hatte keine Ahnung. Absolut keine. Wahrscheinlich ging es darum herauszubekommen, wer er war und wie er wirklich hieß, um dann hoffentlich ein Motiv dafür zu finden, warum er mich nach Natalie gefragt hatte. Er war eindeutig der Chef gewesen. Also musste er den Grund kennen, oder? Ich konnte auch einfach abwarten und zusehen, wie er in seinen Wagen stieg, um mir das Kennzeichen zu notieren. Vielleicht half Shanta mir dann dabei, seinen richtigen Namen zu ermitteln. Allerdings vertraute ich ihr nicht mehr hundertprozentig, und woher sollte ich wissen, ob Bob nicht mit einem seiner Raucherfreunde zur Beerdigung gefahren war?

Vier Männer entfernten sich von der Gruppe und gingen ins Zelt. Bob blieb mit einem Mann zurück. Dieser Mann sah jünger aus. Sein Anzug glitzerte wie eine Diskokugel, und offenbar gab Bob Glitzeranzug Anweisungen. Glitzeranzug nickte eifrig. Als Bob fertig war, ging er ins Zelt. Glitzeranzug folgte ihm nicht. Stattdessen stolzierte er mit den übertriebenen Bewegungen eines Comichelden in die entgegengesetzte Richtung zu einem strahlend weißen Cadillac Escalade.

Ich biss mir auf die Unterlippe und überlegte, was ich tun sollte. Die Beerdigung würde eine Weile dauern – vermutlich zwischen einer halben und einer Stunde. Es gab keinen Grund, hier sitzen zu bleiben. Inzwischen konnte ich ebenso gut Glitzeranzug folgen und sehen, was das brachte.

Ich ließ den Wagen an und folgte ihm auf den Northern Boulevard. Es war ein seltsames Gefühl – »einen Verbrecher zu beschatten« –, doch offenbar war es einfach ein Tag für seltsame Aktionen. Ich wusste nicht, in welcher Entfernung ich dem Cadillac folgen sollte. Würde er mich entdecken? Ich bezweifelte es, obwohl ich in New York mit einem Kennzeichen aus Massachusetts herumfuhr. Er bog rechts ab auf den Francis Lewis Boulevard. Ich blieb zwei Autos hinter ihm. Listig. Ich kam mir vor wie Starsky und Hutch. Oder zumindest wie einer von ihnen.

Wenn ich nervös bin, erzähle ich mir selbst oft dumme Witze.

Glitzeranzug hielt bei einem Mega-Gartencenter namens Global Garden. Toll, dachte ich. Er besorgt ein Blumengebinde für Ottos Beerdigung. Noch so eine komische Sache bei Beerdigungen: Man trägt Schwarz und tötet dann etwas so Farbenfrohes wie Blumen, um alles damit zu dekorieren. Das Center war allerdings geschlossen. Ich wusste nicht, was ich davon halten sollte, also wartete ich erst einmal ab. Glitzeranzug fuhr hinters Gebäude. Ich folgte ihm, blieb aber auf Abstand und hielt mich ein wenig im Hintergrund. Glitzeranzug stieg aus dem Cadillac und stolzierte zur Hintertür des Gartencenters. Er war ein großartiger Stolzierer. Ich wollte kein vorschnelles Urteil fällen, aber angesichts der Gesellschaft, die er pflegte, des Glitzerns seines Anzugs und des angeberischen Stolzierens nahm ich an, dass Glitzeranzug das war, was die Studenten heutzutage als Vollpfosten bezeichneten. Er klopfte mit dem Ring, den er am kleinen Finger trug, an die Hintertür und wartete, wobei er leicht auf den Fußballen tänzelte wie ein Boxer während der Eröffnung des Kampfes durch den Ringrichter. Ich dachte, das Tänzeln wäre nur Show, hatte mich jedoch geirrt.

Ein Jugendlicher – er hätte ein Student von mir sein können – mit einer hellgrünen Gartencenter-Schürze und einer verkehrt herum aufgesetzten Brooklyn-Nets-Baseballkappe öffnete die Tür und trat heraus, woraufhin Glitzeranzug ihm ins Gesicht schlug.

Oh Mann, wo war ich da nur hineingeraten?

Die Baseballkappe flog auf den Boden. Der Junge stürzte hinterher und hielt sich die Nase. Glitzeranzug packte ihn an den Haaren. Er senkte den Kopf so tief, dass ich fürchtete, er könnte in die vermutlich gebrochene Nase des Jungen beißen, und schrie ihn an. Dann richtete er sich wieder auf und trat dem Jungen in die Rippen. Der Junge krümmte sich vor Schmerzen.

Okay, das reichte.

Getrieben von einer ziemlich berauschenden und alles anderen als ungefährlichen Mischung aus Angst und Instinkt öffnete ich die Autotür. Die Angst konnte ich unter Kontrolle bringen. Das hatte ich in meiner Zeit als Türsteher gelernt. Jeder, der auch nur ein Jota Menschlichkeit in sich trägt, verspürt Angst bei körperlichen Auseinandersetzungen. Das liegt in unserer Natur. Die Kunst liegt darin, sie im Zaum zu halten, sich nicht von ihr schwächen oder gar lähmen zu lassen. Erfahrung ist dabei hilfreich.

»Stopp«, rief ich, und dann – hier kam der Instinkt ins Spiel – ergänzte ich: »Polizei!«

Der Kopf von Glitzeranzug sauste zu mir herum.

Ich griff in meine Tasche und zog mein Portemonnaie heraus. Ich klappte es auf. Nein, ich habe keine Polizeimarke, aber er war viel zu weit entfernt, um das erkennen zu können. Mein Auftreten musste reichen, um ihn zu überzeugen. Ich versuchte ruhig und entschlossen zu wirken.

Der Junge taumelte rückwärts zur Tür. Er blieb kurz stehen, um seine Brooklyn-Nets-Baseballkappe aufzuheben, setzte sie mit dem Schirm nach hinten auf und verschwand im Gebäude. Er interessierte mich nicht. Ich klappte das Portemonnaie zu und näherte mich Glitzeranzug. Auch er hatte offenbar Erfahrung mit solchen Situationen. Er floh nicht. Er sah nicht schuldbewusst aus. Er versuchte nicht, irgendeine Erklärung abzugeben. Er wartete einfach, bis ich bei ihm war.

»Ich habe eine Frage«, sagte ich. »Wenn Sie sie beantworten, vergessen wir die ganze Sache.«

»Welche Sache?«, erwiderte Glitzeranzug. Er lächelte. Seine winzigen Zähne sahen aus wie Tic-Tacs. »Ich sehe hier nichts, was man vergessen könnte. Sie etwa?«

Ich hielt mein iPhone in der Hand, auf dem sich das beste Foto befand, das ich von Bob gemacht hatte. »Wer ist dieser Mann?«

Glitzeranzug sah es kurz an. Dann lächelte er wieder. »Darf ich die Marke noch mal sehen?«

Uh-oh. So viel zur Überzeugungskraft meines selbstsicheren Auftretens.

»Sagen Sie mir einfach …«

»Sie sind kein Cop.« Glitzeranzug fand das komisch. »Soll ich Ihnen sagen, woher ich das weiß?«

Ich antwortete nicht. Die Hintertür des Gartencenters öffnete sich einen Spaltbreit. Der Junge spähte heraus. Er sah mich an und bedankte sich mit einem kurzen Nicken.

»Wenn Sie ein Cop wären, würden Sie den Mann kennen.«

»Jetzt sagen Sie mir einfach seinen Namen und …«

Glitzeranzug steckte die Hand in die Hosentasche. Vielleicht würde er eine Pistole ziehen. Vielleicht ein Messer. Oder ein Taschentuch. Ich wusste es nicht. Ich fragte auch nicht. Vermutlich, weil es mich nicht interessierte.

Es reichte mir.

Ohne ein Wort zu sagen oder sonst irgendeine Vorwarnung schlug ich ihm die Faust auf die Nase. Ich hörte das Knirschen, das klang, als wäre ich auf einen großen Käfer getreten. Blut floss sein Gesicht herab. Selbst durch den schmalen Türspalt konnte ich sehen, dass der Junge im Gartencenter lächelte.

»Was zum …«

Ich schlug noch einmal zu, zielte wieder auf die eindeutig gebrochene Nase. »Wer ist das?«, fragte ich. »Wie heißt er?«

Glitzeranzug nahm seine Nase in beide Hände, als wäre sie ein verletztes Küken, das er retten wollte. Ich trat ihm das Bein weg. Er ging fast an der gleichen Stelle zu Boden wie der Junge nicht einmal eine Minute zuvor. Der Türspalt im Hintergrund wurde geschlossen. Der Junge wollte wohl nichts damit zu tun haben. Ich nahm es ihm nicht übel. Das Blut verschmierte den Glitzeranzug. Wahrscheinlich konnte man es einfach abwischen, wie von einem PVC-Tisch. Ich hob die Faust und beugte mich zu ihm hinunter.

»Wer ist das?«

»Oh Mann«, näselte Glitzeranzug mit einem Anflug von Ehrfurcht in der Stimme. »Sie sind ja so was von tot.«

Damit hätte er mich fast aus dem Konzept gebracht. »Wer ist das?«

Ich holte noch etwas weiter aus. Er hob die Hand in dem jämmerlichen Versuch, sich zu verteidigen. So hätte er den Schlag nicht einmal abbremsen können.

»Okay, okay«, sagte er. »Danny Zuker. Das ist der Mann, mit dem Sie sich angelegt haben, Kumpel. Mit Danny Zuker.«

Anders als Otto hatte Bob nicht seinen echten Namen benutzt.

»Sie sind ein toter Mann, Bro.«

»Ich hatte Sie schon beim ersten Mal verstanden«, fauchte ich, aber selbst ich hörte die Angst in meiner Stimme.

»Danny ist auch nicht der Typ, der auf Versöhnung steht. Oh Mann, Sie sind so was von tot. Hören Sie, was ich sage? Sie wissen das doch selbst, oder?«

»Ein toter Mann, ja, ich hab's gehört. Legen Sie sich auf den Bauch. Die rechte Wange auf den Boden.«

»Wieso?«

Wieder holte ich mit der Faust aus. Er legte sich auf den Bauch und legte die falsche Wange auf den Boden. Ich sagte es ihm. Er drehte den Kopf um. Ich zog ihm das Portemonnaie aus der Gesäßtasche.

»Wollen Sie mich jetzt beklauen?«

»Ruhe.«

Ich zog den Ausweis heraus und las den Namen laut vor: »Edward Locke, gleich hier aus Flushing, New York.«

»Ja, na und?«

»Jetzt kenne ich also Ihren Namen. Und ich weiß, wo Sie wohnen. Sehen Sie, man kann das auch zu mehreren spielen.«

Er gluckste über meine Bemerkung.

Ich ließ sein Portemonnaie fallen. »Dann wollen Sie ihm von unserer kleinen Kontroverse erzählen?«

»Von unserer was?«

»Werden Sie ihm davon erzählen?«

Ich sah sein blutverschmiertes Lächeln. »Sobald Sie hier weg sind, Bro. Wieso? Wollen Sie noch ein paar Drohungen loswerden?«

»Nein, keineswegs, ich finde, Sie sollten es ihm erzählen«, sagte ich mit ruhiger Stimme. »Aber ich frage mich natürlich, wie das dann aussieht.«

Den Kopf immer noch auf dem Boden, runzelte er die Stirn. »Wie sieht was aus?«

»Sie, Edward Locke, wurden gerade von einem Ihnen unbekannten Mann überfallen. Er hat Ihnen die Nase gebrochen, Ihren hübschen Anzug ruiniert – und was haben Sie getan, um sich weitere Prügel zu ersparen? Tja, offenbar haben Sie gesungen wie ein Kanarienvogel.«

»Was?«

»Nach gerade einmal zwei Schlägen haben Sie Danny Zuker verraten.«

»Hab ich nicht! Ich würde doch nie …«

»Nach nur zwei Schlägen haben Sie mir seinen Namen genannt. Glauben Sie, dass Sie Danny damit beeindrucken können? Sie scheinen ihn ja ziemlich gut zu kennen. Wie wird er Ihrer Ansicht nach auf die Story reagieren, dass Sie ihn einfach so verraten haben?«

»Ich hab ihn nicht verraten.«

»Ich könnte mir vorstellen, dass er das anders sieht.«

Schweigen.

»Liegt ganz bei Ihnen«, sagte ich. »Aber ich hätte einen Vorschlag. Wenn Sie nichts erzählen, wird Danny nie etwas davon erfahren. Er wird nicht wissen, dass Sie Mist gebaut und Prügel bezogen haben. Er wird nicht wissen, dass Sie ihn nach nur zwei Schlägen verraten haben.«

Weiteres Schweigen.

»Haben wir uns verstanden, Edward?«

Er antwortete nicht, und ich bestand nicht auf einer Antwort. Es war Zeit zu gehen. Ich bezweifelte, dass Edward mein Nummernschild von hier aus erkennen konnte – Benedicts Nummernschild –, wollte aber kein Risiko eingehen.

»Ich geh jetzt. Bleiben Sie auf dem Boden, bis ich weg bin, dann ist alles vorbei.«

»Außer meiner gebrochenen Nase«, schmollte er.

»Die heilt schon wieder. Bleiben Sie einfach liegen.«

Ich behielt ihn im Auge, als ich zum Wagen zurückging. Edward Locke rührte sich nicht. Ich stieg in den Wagen und fuhr weg. Ich fühlte mich ziemlich gut, worauf ich jedoch nicht besonders stolz war. Ich fuhr wieder auf den

Northern Boulevard und am Beerdigungsinstitut vorbei. Es gab keinen Grund mehr, hier anzuhalten. Fürs Erste hatte ich genug Staub aufgewirbelt. Als ich an der nächsten Ampel halten musste, checkte ich schnell meine E-Mails. Bingo. Ich hatte eine von der Webseite, die Wohltätigkeitsorganisationen prüfte. Der Betreff lautete:

Vollständige Analyse von Fresh Start

Das hatte Zeit, bis ich zurück war. Aber vielleicht … Ich sah mich um. Es dauerte nicht lange. Zwei Blocks weiter entdeckte ich das *Cybercraft Internet Café*. Ich ging zwar nicht davon aus, dass sie die Parkplätze in der Umgebung nach mir absuchten, aber das Café war auf alle Fälle weit genug vom Beerdigungsinstitut entfernt.

Drinnen sah es aus wie in einem überfüllten Technik-Fachbereich. Dutzende Computer standen nebeneinander in kleinen Kabuffs an der Wand. Alle waren besetzt. Abgesehen von meiner Wenigkeit schien kein Kunde über zwanzig zu sein.

»Sie müssen etwas warten«, sagte ein krass abgefuckter Chiller mit mehr Piercings als Zähnen.

»Schon okay«, sagte ich.

Es hatte wirklich Zeit, und ich wollte nach Hause. Ich wollte gerade gehen, als eine Gruppe, die offenbar irgendein Online-Game gespielt hatte, geschlossen aufschrie. Sie klopften sich gegenseitig auf die Schultern und gratulierten sich mit komplizierten Händeschüttel-Ritualen, dann standen sie von ihren Rechnern auf.

»Wer hat gewonnen?«, fragte der Chiller.

»Randy Corwick, Mann.«

Dem Chiller gefiel das. »Schiebt die Kohle rüber.« Dann fragte er mich: »Wie lange brauchen Sie den Rechner, Pops?«

»Zehn Minuten«, sagte ich.

»Sie haben fünf. Terminal sechs. Der ist heiß, Mann. Machen Sie nix Lahmes dran, damit er nicht auskühlt.«

Fantastisch. Ich loggte mich ein und öffnete die E-Mail. Ich lud den Finanzbericht von Fresh Start herunter. Er war achtzehn Seiten lang: eine Gewinn- und Verlustrechnung, Diagramme für Ausgaben, Einnahmen, Profitabilität, Liquidität, Abschreibungen und Lebensdauer von Immobilien und anderen Sachanlagen, eine Aufstellung über die Arten der Verbindlichkeiten, eine Bilanz, eine sogenannte Marktwertbestimmung …

Ich unterrichtete Politikwissenschaft. Von Zahlen und Geschäften verstand ich nichts.

Weiter hinten fand ich die Entstehungsgeschichte der Organisation. Sie war tatsächlich vor zwanzig Jahren von drei Leuten gegründet worden: Professor Malcolm Hume wurde als wissenschaftlicher Berater genannt. Dazu zwei Studenten als gleichberechtigte Präsidenten: Todd Sanderson und Jedediah Drachman.

Mir gefror das Blut in den Adern. Wie lautete die gängige Abkürzung für jemanden, der Jedediah hieß?

Jed.

Ich hatte immer noch keine Ahnung, was vorging, aber irgendwie drehte sich offenbar alles um Fresh Start.

»Zeit ist um, Pops.« Der Chiller. »In einer Viertelstunde ist der nächste Terminal frei.«

Ich schüttelte den Kopf. Ich bezahlte für die fünf Minuten und taumelte zurück zum Wagen. War mein Mentor irgendwie in die Sache verwickelt? Was für gute Taten waren es, die Fresh Start veranlassten, mich umbringen zu wollen? Ich wusste es nicht. Es war Zeit, nach Hause zu fahren und darüber nachzudenken oder vielleicht einmal mit Benedict über das Ganze zu sprechen. Eventuell hatte er ja eine Idee.

Ich ließ Benedicts Wagen an und fuhr, immer noch leicht benommen, Richtung Westen auf den Northern Boulevard. Ich hatte die Adresse des Franklin Beerdigungsinstituts ins Navigationssystem eingegeben, ging aber davon aus, dass ich für den Rückweg nur auf *Letzte Ziele* tippen musste und eine Liste bekäme, in der auch Benedicts Wohnung enthalten war. An der nächsten roten Ampel tippte ich also auf *Letzte Ziele*. Ich wollte gerade zu Benedicts Adresse in Lanford, Massachusetts, herunterscrollen, als mein Blick an der ersten Adresse hängen blieb, dem Ort, den Benedict als letzten besucht hatte. Sie lautete nicht Lanford, Massachusetts.

Sie lautete Kraftboro, Vermont.

SECHSUNDZWANZIG

Meine Welt geriet ins Wanken, taumelte, kippte und stand Kopf.

Ich starrte nur stumm auf das Navigationssystem. Die vollständige Adresse lautete 260 VT-14, Kraftboro, Vermont. Ich kannte die Adresse. Ich hatte sie vor Kurzem in mein eigenes Navi eingegeben.

Es war die Adresse des Creative-Recharge-Refugiums.

Mein bester Freund hatte das Refugium besucht, in dem Natalie vor zehn Jahren gewohnt hatte. Er hatte den Ort besucht, an dem sie Todd geheiratet hatte. Er hatte den Ort besucht, an dem Jed und seine Bande zuletzt versucht hatten, mich umzubringen.

Ein paar Sekunden lang, vielleicht länger, konnte ich mich nicht rühren. Ich saß reglos im Wagen. Das Radio war an, ich hätte aber nicht sagen können, was gerade lief. Es kam mir vor, als würde die Welt stillstehen. Die Realität brauchte eine Weile, um durch den dicken Dunst, der mich umgab, zu mir durchzudringen. Als sie das geschafft hatte, traf sie mich wie ein unerwarteter Kinnhaken.

Ich war allein.

Selbst mein bester Freund hatte mich belogen – Korrektur: belog mich *immer noch*.

Einen Moment, sagte ich mir. Dafür muss es eine logische Erklärung geben.

Doch wie sollte die aussehen? Welche mögliche Erklärung konnte es dafür geben, dass diese Adresse in Benedicts Navigationssystem erschien? Was zum Teufel ging hier vor? Wem konnte ich noch trauen?

Die letzte Frage war die einzige, die ich beantworten konnte: Niemandem.

Ich bin groß und kräftig. Ich halte mich für ziemlich unabhängig. Aber ich glaube nicht, dass ich mich jemals so klein oder so herzzerreißend einsam gefühlt hatte wie in diesem Moment.

Ich schüttelte den Kopf. Okay, Jake, hör auf damit. Schluss mit dem Selbstmitleid. Zeit zu handeln.

Als Erstes ging ich die anderen Adressen in Benedicts Navi durch. Ich fand nichts Interessantes. Schließlich fand ich seine Wohnung und tippte darauf, damit das Navi mich zurückleitete. Ich fuhr los. Unterwegs schaltete ich im Radio zwischen den Sendern hin und her, immer auf der Suche nach dem einen, schwer zu definierenden, perfekten Song. Nichts zu machen. Ich begleitete jeden Mist, der lief, mit lautem Pfeifen. Es half nicht. Die vielen Baustellen auf der Route 95 gaben meiner angeschlagenen Psyche den Rest.

Den größten Teil der Fahrt führte ich imaginäre Gespräche mit Benedict. Ich probte gewissermaßen, wie ich an ihn herantreten sollte, was ich sagen würde, was er antworten könnte, was ich darauf erwidern würde.

Als ich in Benedicts Straße einbog, umklammerte ich das Lenkrad fester. Ich sah auf die Uhr. Sein Seminar lief noch eine Stunde, also würde er nicht zu Hause sein. Gut. Ich parkte an der Gästehütte und ging zu seinem Haus. Wieder überlegte ich, was ich tun sollte. Eigentlich brauchte ich weitere Informationen. Ich war noch nicht bereit, ihn einem Verhör zu unterziehen. Ich wusste nicht genug. Das einfache, Francis Bacon zugeschriebene Axiom, das wir unseren Studenten immer wieder predigten, kam hier voll zum Tragen: »Wissen ist Macht.«

Im falschen Felsen neben der Mülltonne hatte Benedict immer einen Ersatzschlüssel für sein Haus versteckt. Man könnte sich fragen, woher ich das wusste, also werde ich es Ihnen verraten: Wir sind beste Freunde. Wir haben keine Geheimnisse voreinander.

Eine andere Stimme in meinem Kopf fragte: War das alles nur eine große Lüge? Ist diese Freundschaft nie echt gewesen?

Ich dachte an das, was Cookie mir im dunklen Wald zugeflüstert hatte: *»Wenn Sie nicht aufhören, bringen Sie uns noch alle um.«*

Das war nicht als bildhafte Übertreibung gemeint, trotzdem machte ich weiter und hatte damit auf eine mir unerfindliche Art »all diese« Menschenleben in Gefahr gebracht. Wer waren »all diese«? Brachte ich sie sowieso in gewissem Sinne in Gefahr? Sollte Benedict mich im Auge behalten oder so etwas?

Aber wir wollen ja nicht vollkommen paranoid werden.

Gut, okay, eins nach dem anderen. Es gab immer noch die Möglichkeit, dass es eine vollkommen harmlose Erklärung für die Adresse im Navigationssystem gab. Ich bin nicht unbedingt der kreative Typ. Ich neige zu ziemlich naheliegenden, geradlinigen Sichtweisen. Aber vielleicht hatte sich jemand anders seinen Wagen ausgeliehen. Vielleicht hatte ihn sogar jemand geklaut. Vielleicht hatte eine seiner nächtlichen Eroberungen eine Bio-Farm aus der Nähe sehen wollen. Vielleicht machte ich mir gerade aber auch mal wieder etwas vor.

Ich steckte den Schlüssel ins Schloss. Wollte ich diese Grenze wirklich überschreiten? Wollte ich wirklich in die Wohnung meines besten Freundes eindringen, um herumzuschnüffeln?

Darauf können Sie Ihren Arsch verwetten.

Ich nahm die Hintertür. Meine Wohnung konnte man mit etwas Wohlwollen als funktional bezeichnen. Benedicts ähnelte dem Harem eines Dritte-Welt-Prinzen. Im Wohnzimmer standen Dutzende exklusive, bunte Sitzsäcke. Die Wände waren mit lebhaften Wandteppichen geschmückt. In allen vier Ecken standen große, afrikanische Skulpturen. Die Einrichtung war auf tausendfache Weise übertrieben, trotzdem hatte ich mich hier immer wohlgefühlt. Vor allem auf dem großen gelben Sitzsack. Darauf hatte ich mir schon diverse Football-Spiele angesehen. Und viele Stunden lang mit der Xbox gespielt.

Die Xbox-Controller lagen auf dem Sitzsack. Ich starrte darauf, obwohl ich nicht davon ausging, dass sie mir viele Informationen preisgeben würden. Ich fragte mich, wonach ich hier eigentlich suchte. Vermutlich nach einem Hinweis. Nach irgendetwas, das mir verriet, warum Benedict zum Kidnapper-Versteck-Farm-Refugium in Kraftboro, Vermont, gefahren war. Ich hatte keinen Schimmer, wie dieser Hinweis aussehen könnte.

Ich fing an, die Schubladen zu durchsuchen. Zuerst die in der Küche. Nichts. Dann ging ich ins Gästezimmer. Nichts. Ich versuchte es mit dem begehbaren Kleiderschrank und der Büroecke im Wohnzimmer. Wieder nichts. Ich versuchte es im Schlafzimmer. Nichts. Auch dort stand ein Schreibtisch mit Computer. Ich sah in die Schubladen. Nichts.

Absolut gar nichts.

Ich überlegte. Wer hatte nicht irgendetwas Persönliches im Haus? Andererseits: Was würde man bei mir finden? Nicht viel, aber mehr als bei Benedict. Ein paar alte Fotos, ein paar private Briefe und noch ein paar Kleinigkeiten aus meiner Vergangenheit.

Bei Benedict gab es nichts dergleichen. Na und?

Ich suchte weiter. Ich hoffte darauf, eine Verbindung zwischen Benedict und dem Creative-Recharge-Refugium in Vermont oder sonst irgendetwas zu finden. Ich setzte mich an seinen Schreibtisch. Benedict war viel kleiner als ich, also passten meine Beine nicht richtig darunter. Ich beugte mich vor und drückte eine Taste am Computer. Der Bildschirm wurde hell. Wie die meisten Leute hatte Benedict seinen Computer nicht komplett heruntergefahren. Plötzlich wurde mir klar, wie altmodisch meine bisherige Hausdurchsuchung gewesen war. Niemand bewahrte heutzutage noch Geheimnisse in Schubladen auf.

Wir bewahren sie im Computer auf.

Ich öffnete Microsoft Office und sah mir die zuletzt bearbeiteten Dokumente an. Das erste war eine Word-Datei mit der Bezeichnung VBM-WXY.doc. Komischer Name. Ich klickte darauf.

Die Datei ließ sich nicht öffnen. Sie war passwortgeschützt.

Langsam …

Es hatte keinen Sinn, das Passwort herausbekommen zu wollen. Ich hatte keine Idee. Ich überlegte, wie ich das Passwort umgehen könnte. Mir fiel nichts ein. Die anderen kürzlich bearbeiteten Dateien waren Empfehlungsschreiben für Studenten. Zwei für medizinische Fakultäten, zwei für juristische Fakultäten und eine für eine Wirtschaftshochschule.

Was also enthielt diese passwortgeschützte Datei?

Keine Ahnung. Ich klickte auf das E-Mail-Symbol am unteren Bildschirmrand. Auch dafür brauchte man ein Passwort. Ich suchte auf dem Schreibtisch nach einem Zettel mit einem Passwort – das gab es bei vielen Leuten –, fand aber nichts. Noch eine Sackgasse.

Und jetzt?

Ich klickte auf den Internet-Browser. Benedicts Yahoo!-Nachrichtenseite erschien. Auch die brachte mich nicht weiter. Ich öffnete die Chronik und landete endlich so etwas wie einen Treffer. Benedict war vor Kurzem auf Facebook gewesen. Ich klickte auf den Link. Das Profil eines Mannes namens – unglaublich, aber wahr – John Smith erschien. John Smith hatte kein Foto von sich eingestellt. Er hatte keine Freunde. Er hatte keinen Status. Seine Adresse war angegeben mit New York, NY.

Dieser Computer war bei Facebook unter dem Namen John Smith angemeldet.

Hm. Ich überlegte. Offenbar hatte Benedict einen falschen Facebook-Account. Ich kannte viele Leute, die so etwas hatten. Ein Freund von mir nutzt einen Musik-Dienst, der über Facebook läuft und all seinen Freunden sämtliche Songs anzeigt, die er sich angehört hat. Da ihm das nicht gefiel, hatte auch er sich einen Account unter einem falschen Namen eingerichtet. Jetzt sieht keiner mehr, welche Musik er mag.

Die Tatsache, dass Benedict einen falschen Facebook-

Account besaß, hatte nichts zu bedeuten. Interessanter war allerdings das, was ich feststellte, als ich seinen Namen ins Suchfeld eingab. Benedict Edwards hatte keinen offiziellen Facebook-Account. Im Mitgliederverzeichnis waren zwei Benedict Edwards aufgeführt. Einer war ein Musiker aus Oklahoma City, der andere ein Tänzer aus Tampa, Florida. Keiner von ihnen war mein Benedict Edwards.

Und noch einmal: na und? Viele Leute haben keinen Facebook-Account. Ich hatte mir zwar einen eingerichtet, benutzte ihn aber fast nie. Mein Profilbild war das Jahrbuchfoto. Ich nahm höchstens eine Freundschaftsanfrage pro Woche an. So war ich auf ungefähr fünfzig Freunde gekommen. Ursprünglich hatte ich mich einmal angemeldet, weil manche Leute mir Links zu Fotos und Ähnlichem schickten, die ich nur angucken konnte, wenn ich selbst einen Facebook-Account hatte. Darüber hinaus übten die sogenannten sozialen Netzwerke nur einen sehr geringen Reiz auf mich aus.

Vielleicht hatte Benedict den Account aus demselben Grund eingerichtet. Wir waren zusammen in vielen E-Mail-Verteilern. Wahrscheinlich hatte auch er sich den falschen Account eingerichtet, um sich Verlinkungen zu Facebook ansehen zu können.

Als ich mir die Chronik ansah, brach diese Theorie sofort in sich zusammen. Der erste Link führte zum Facebook-Account eines Mannes namens Kevin Backus. Ich klickte darauf. Zuerst dachte ich, es handele sich um einen weiteren falschen Account von Benedict und Kevin Backus wäre nur ein weiteres Pseudonym. Aber so war es nicht. Kevin Backus war irgendein unscheinbarer Mann. Auf seinem Profilfoto trug er eine Sonnenbrille und posierte mit hochgestrecktem Daumen. Als ich es betrachtete, runzelte ich unwillkürlich die Stirn.

Ich zermarterte mir das Gehirn. Kevin Backus. Weder der Name noch das Gesicht sagten mir irgendetwas.

Ich klickte auf sein *Profil*. Es war praktisch leer. Weder Adresse noch Schule, Beruf oder sonst irgendetwas wurde genannt. Die einzige Angabe lautete »In einer Beziehung«. Diesem Eintrag zufolge lebte er in einer Beziehung mit einer Frau namens Marie-Anne Cantin. Der Name war blau unterlegt, was bedeutete, dass auch sie einen Facebook-Account hatte. Ich brauchte nur auf ihren Namen zu klicken.

Was ich dann auch tat.

Als ihre Seite erschien – als ich Marie-Anne Cantins Profilfoto sah –, erkannte ich das Gesicht sofort.

Benedict hatte ihr Foto im Portemonnaie.

Oh Mann. Ich schluckte, lehnte mich zurück, schnappte nach Luft. Jetzt verstand ich es. Ich spürte Benedicts Schmerz förmlich. Ich hatte die große Liebe meines Lebens verloren. Benedict war es offenbar ebenso ergangen. Marie-Anne Cantin war in der Tat eine phänomenale Frau. Meine Beschreibung: hohe Wangenknochen, majestätisch, Afroamerikanerin, wobei Letzteres, wie mir auffiel, als ich mir ihr Profil weiter durchlas, nicht ganz stimmte.

Sie war keine Afroamerikanerin. Sie war, tja, Afrikanerin. Ihrer Facebook-Seite zufolge lebte Marie-Anne Cantin in Ghana.

Diese Tatsache war, nahm ich an, durchaus interessant, wenn auch auf eine Das-geht-mich-nichts-an-Art. Benedict hatte diese Frau offenbar irgendwie kennengelernt. Er hatte sich in sie verliebt. Er verehrte sie. Was sollte das mit seinem Besuch in Kraftboro, Vermont, zu tun …

Immer langsam mit den jungen Pferden.

Hatte ich mich nicht auch in eine Frau verliebt? Verehrte ich sie nicht auch immer noch? Und war ich nicht auch in Kraftboro, Vermont, gewesen?

War Kevin Backus womöglich Benedicts Version von Todd Sanderson?

Ich runzelte die Stirn. Das erschien mir doch recht unwahrscheinlich. Und irgendwie falsch. Trotzdem, so falsch es mir auch erschien, ich musste dem nachgehen. Schließlich war Marie-Anne Cantin im Moment meine einzige Spur. Ich klickte auf ihr *Profil*. Es war beeindruckend. Sie hatte in Oxford Wirtschaftswissenschaft studiert und in Harvard einen Jura-Abschluss gemacht. Sie arbeitete als Rechtsberaterin für die Vereinten Nationen. Sie lebte in Accra, der Hauptstadt Ghanas, und stammte auch von dort. Und sie befand sich, was ich schon wusste, »in einer Beziehung« mit Kevin Backus.

Und jetzt?

Ich klickte auf ihre Fotoalben, die allerdings nicht freigegeben waren. Ich hatte keine Möglichkeit, sie anzusehen. Dann hatte ich eine Idee. Ich klickte so lange auf den »Zurück«-Pfeil, bis ich wieder auf Kevin Backus' Facebook-Seite war. Seine Fotoalben waren für jeden einsehbar. Also auch für mich. Okay, gut. Ich begann, sie durchzuklicken. Warum, wusste ich nicht genau. Ich hatte keine Vorstellung, was ich zu finden hoffte.

Kevin Backus hatte seine Fotos in verschiedene Alben sortiert. Ich fing mit dem Album an, das einfach »Glückliche Tage« hieß. Darin befanden sich gut zwanzig Bilder entweder von meinem Kevin mit seiner liebsten Freundin Marie-Anne oder gelegentlich Marie-Anne alleine, offenbar von Kevin geknipst. Sie wirkten glücklich. Korrigiere: Sie wirkte glücklich – er glückselig. Ich stellte mir vor, wie Benedict vor dem Computer saß und diese Fotos von der Frau, die er liebte, mit diesem Kevin an ihrer Seite durchklickte. Ich sah ihn mit einem Glas Scotch in der Hand vor mir. Ich sah vor mir, wie es immer dunkler im Zimmer wurde. Ich sah, wie das Licht des blauen Bildschirms sich auf seiner übergroßen Ameisenmensch-Brille spiegelte. Ich sah, wie ihm eine einsame Träne die Wange herunterlief.

Zu dick aufgetragen?

Facebook war ganz groß darin, Exliebhaber zu quälen, indem es immer alles im Blick behielt. Man konnte seinen Ex nicht mehr entkommen. Man hatte ihre Leben jederzeit direkt vor Augen. Mann, das ging an die Substanz. Das tat Benedict also nachts – er marterte sich. Hundertprozentig konnte ich das natürlich nicht sagen, ich war mir aber ziemlich sicher, dass es auf so etwas hinauslief. Ich dachte an den alkoholbeschwingten Abend in der Bar und daran, wie behutsam er das zerknitterte Foto von Marie-Anne aus dem Portemonnaie geholt hatte. Ich hatte die Qual in seinen gelallten Worten noch im Ohr.

»Die einzige Frau, die ich je lieben werde.«

Benedict, du armes Schwein.

Armes Schwein… vielleicht war er das ja… aber ich hatte immer noch keine Ahnung, was das bedeutete oder in welcher Beziehung das Ganze zu Benedicts kürzlichem Besuch in Vermont stand. Ich klickte noch ein paar Fotoalben durch. Eins hieß »Familie«. Kevin hatte zwei Brüder und eine Schwester. Auf mehreren Fotos war seine Mutter zu sehen. Den Vater entdeckte ich nicht. Es gab ein Fotoalbum mit dem Namen »Kintampo Wasserfall« und ein weiteres, das »Mole Nationalpark« hieß. Darin befanden sich vor allem Fotos von Wildtieren und Naturphänomenen.

Das letzte Fotoalbum hieß »Studium in Oxford«. Eigenartig. Dort hatte Marie-Anne Cantin Wirtschaftswissenschaft studiert. Waren Kevin und Marie-Anne schon so lange zusammen? Kannten sie sich schon vom College? Ich bezweifelte es. Das kam mir für »in einer Beziehung« sehr lange vor, aber hey, was wusste ich denn schon?

Die Fotos in diesem Album waren erheblich älter – nach den Frisuren, der Kleidung und Kevins Gesicht zu urteilen, waren sie mindestens fünfzehn, wenn nicht zwanzig Jahre alt. Ich würde wetten, dass diese Fotos aus der Zeit vor der allgemeinen Verbreitung von Digitalkameras stammten. Wahrscheinlich hatte Kevin sie eingescannt. Ich warf einen flüchtigen Blick auf die kleinen Vorschaubilder, ging aber nicht davon aus, hier etwas Interessantes zu finden, bis ich bei einem Foto in der zweiten Reihe erstarrte.

Mit zittriger Hand nahm ich die Maus, schob den Cursor auf das Bild und klickte. Das Foto wurde größer. Es war ein Gruppenbild. Acht Personen, alle in schwarzen Talaren, alle breit lächelnd. Ich erkannte Kevin Backus. Er stand ganz rechts neben einer Frau, die ich nicht kannte. Ihre Körpersprache deutete darauf hin, dass sie ein Paar waren. Tatsächlich sah das Foto auf den zweiten Blick aus, als wären darauf vier Paare bei der Abschlussfeier. Ganz sicher war ich mir natürlich nicht. Möglicherweise waren auch einfach nur jeweils Mann und Frau nebeneinander platziert worden, aber das glaubte ich nicht.

Mein Blick fiel sofort auf die Frau links. Es war Marie-Anne Cantin. Ihr Lächeln war absolut umwerfend, ein echter Hammer. Damit konnte man einem Mann schon den

Kopf verdrehen. Allein dafür, dass sie ihm ein solches Lächeln schenkte, würden viele Männer sich in sie verlieben. Ein Mann würde dieses Lächeln Tag für Tag sehen und derjenige sein wollen, der es in ihr Gesicht zauberte. Er würde es ganz für sich allein haben wollen.

Mann, ich hab's verstanden, Benedict. Ich hab's wirklich verstanden.

Marie-Anne sah einen Mann liebevoll an, den ich nicht erkannte.

Zumindest nicht auf den ersten Blick.

Auch er war Afrikaner oder Afroamerikaner. Sein Kopf war kahlrasiert. Er trug keinen Bart. Er trug keine Brille. Deshalb erkannte ich ihn anfangs nicht. Deshalb war ich mir selbst, als ich ganz genau hinsah, nicht ganz sicher. Andererseits war es die einzige logische Erklärung.

Benedict.

Es gab nur zwei Probleme. Erstens hatte Benedict seinen Abschluss nicht in Oxford gemacht. Zweitens lautete der Name, der unter dem Foto stand, nicht Benedict Edwards. Er lautete Jamal W. Langston.

Hä?

Vielleicht war es nicht Benedict. Vielleicht sah Jamal W. Langston einfach aus wie Benedict.

Ich runzelte die Stirn. Ja, klar, wieso auch nicht? Und vielleicht verehrte Benedict nur ganz zufällig eine Frau, die vor langer Zeit mit einem Mann zusammen gewesen war, der genauso aussah wie er!

Dämliche Theorie.

Welche Möglichkeiten gab es sonst? Nur eine: Benedict Edwards war eigentlich Jamal W. Langston.

Ich verstand es nicht. Oder vielleicht doch. Die Teile ergaben zwar noch kein Bild, aber vielleicht lagen sie endlich alle auf dem Tisch. Ich googelte Jamal W. Langston. Der erste Treffer war ein Link zu einer Zeitung namens *The Statesman*. Wenn man dem Link Glauben schenkte, war es »Ghanas älteste Tageszeitung – Gegründet 1949«.

Ich klickte auf den Artikel. Als ich ihn sah – als ich die Schlagzeile las –, hätte ich fast laut aufgeschrien, aber ich begann auch, erste Einzelheiten auf einigen der Puzzleteile auf dem Tisch zu erkennen.

Es war Jamal W. Langstons Todesanzeige.

Wie konnte das sein …? Ich fing an zu lesen, meine Augen weiteten sich, als ein paar Teile sich zusammenfügten.

Als hinter mir eine erschöpfte Stimme ertönte, lief mir ein kalter Schauer über den Rücken. »Mann, es wäre mir echt lieber gewesen, wenn du das nicht gesehen hättest.«

Ich drehte mich langsam zu Benedict um. Er hielt eine Pistole in der Hand.

SIEBENUNDZWANZIG

Hätte ich all die surrealen Augenblicke, die ich in den letzten Tagen erlebt hatte, in eine Rangfolge bringen müssen, wäre der Anblick meines besten Freundes, der eine Pistole auf mich richtete, mit knappem Vorsprung auf dem ersten Platz gelandet. Ich schüttelte den Kopf. Wieso hatte ich nichts gemerkt oder gespürt? Seine Brille und ihre Fassung waren mehr als lächerlich. Die Frisur hatte mich fast dazu gebracht, seine geistige Gesundheit oder die Parameter seines persönlichen Raum-Zeit-Kontinuums anzuzweifeln.

Benedict stand in grünem Rollkragenpullover, beiger Cordhose und Tweedjacke vor mir – mit einer Pistole in der Hand. Ein Teil von mir wollte laut auflachen. Ich hatte tausend Fragen an ihn, fing aber mit der an, die ich von Anfang an immer wieder gestellt hatte.

»Wo ist Natalie?«

Wenn ihn die Frage überraschte, ließ er es sich nicht anmerken. »Das weiß ich nicht.«

Ich zeigte auf die Pistole in seiner Hand. »Wirst du mich erschießen?«

»Ich habe einen Eid geschworen«, sagte er. »Ein Versprechen gegeben.«

»Mich zu erschießen?«

»Jeden zu erschießen, der mein Geheimnis aufdeckt.«

»Selbst deinen womöglich besten Freund?«

»Selbst den.«

Ich nickte. »Ich versteh das, weißt du?«

»Was verstehst du?«

»Jamal W. Langston«, sagte ich mit einer kurzen Geste Richtung Computer. »Ein Staatsanwalt mit einer Mission. Er hat sich mit den mörderischen, ghanaischen Drogenkartellen angelegt, ohne sich um seine eigene Sicherheit zu kümmern. Er hat sie zur Strecke gebracht, was bis dahin noch niemand geschafft hatte. Der Mann ist als Held gestorben.«

Ich wartete darauf, dass er etwas sagte. Das tat er nicht.

»Tapferer Mann«, sagte ich.

»Ein Narr«, korrigierte Benedict.

»Die Kartelle haben Rache geschworen – und wenn man dem Artikel Glauben schenken kann, waren sie erfolgreich. Jamal W. Langston ist bei lebendigem Leibe verbrannt. Aber das stimmt nicht, oder?«

»Kommt darauf an.«

»Kommt worauf an?«

»Nein, Jamal ist nicht bei lebendigem Leibe verbrannt«, sagte Benedict. »Die Kartelle haben aber trotzdem erfolgreich Rache genommen.«

Es fiel mir wie die sprichwörtlichen Schuppen von den Augen. Oder, nein, ich hatte eher den Eindruck, als würde die Brennweite einer Kamera richtig eingestellt. Der verschwommene Fleck im Hintergrund bekam plötzlich Form und Gestalt. Mit jeder Drehung – oder mit jeder Sekunde – wurde das Bild schärfer. Natalie, das Refugium, unsere unvermittelte Trennung, die Hochzeit, die New Yorker Polizei, das Überwachungsfoto, ihre mysteriöse E-Mail an mich, das Versprechen, das sie mir vor sechs Jahren abgenommen hatte … jetzt passte alles zusammen.

»Du hast deinen Tod vorgetäuscht, um diese Frau zu retten, stimmt's?«

»Auch sie«, sagte er. »Und mich selbst natürlich.«

»Aber vor allem sie.«

Er antwortete nicht. Stattdessen trat Benedict – oder sollte ich ihn Jamal nennen? – näher an den Computer-Monitor heran. Er hatte feuchte Augen, als er die Hand ausstreckte und mit der Fingerspitze sanft über Marie-Annes Gesicht streichelte.

»Wer ist sie?«, fragte ich.

»Meine Frau.«

»Weiß sie, was du getan hast?«

»Nein.«

»Warte«, sagte ich, und in meinem Kopf drehte sich alles, als mir bewusst wurde, was das bedeutete. »Selbst sie denkt, dass du tot bist?«

Er nickte. »Das sind die Regeln. Das ist Teil des Eids, den wir ablegen. Nur so ist garantiert, dass alle sicher sind.«

Wieder stellte ich mir vor, wie er hier vor dem Computer saß, die Facebook-Seite aufrief, die Fotos anstarrte, ihren Status, die neuen Entwicklungen in ihrem Leben – zum Beispiel, dass sie »in einer Beziehung« mit einem anderen Mann lebte.

»Wer ist Kevin Backus?«, fragte ich.

Benedict rang sich eine Art Lächeln ab. »Kevin ist ein alter Freund von uns. Er hat lange auf seine Chance gewartet. Das ist schon okay so. Ich will nicht, dass sie allein ist. Er ist ein guter Mann.«

Selbst das Schweigen stach mir ins Herz.

»Erzählst du mir, was hier los ist?«, fragte ich.

»Da gibt's nichts zu erzählen.«

»Ich denke schon.«

Er schüttelte den Kopf. »Ich hab's dir schon gesagt. Ich weiß nicht, wo Natalie ist. Ich bin ihr nie begegnet. Außer von dir habe ich ihren Namen auch nie gehört.«

»Das kann ich nicht recht glauben.«

»Schade.« Er hielt die Pistole immer noch in der Hand. »Wieso hast du Verdacht gegen mich geschöpft?«

»Das Navi in deinem Wagen. Es hat mir verraten, dass du zum Refugium in Kraftboro, Vermont, gefahren bist.

Er zog eine Grimasse. »Wie dumm von mir.«

»Warum bist du da hingefahren?«

»Was glaubst du?«

»Ich weiß es nicht.«

»Ich wollte dir das Leben retten. Ich bin direkt nach der Polizei auf Jeds Farm angekommen. Offenbar hast du meine Hilfe nicht gebraucht.«

Ich erinnerte mich – der Wagen, der die Zufahrt hinaufgekommen war, als die Polizei mein vergrabenes Handy gefunden hatte.

»Wirst du mich erschießen?«, fragte ich.

»Du hättest auf Cookie hören sollen.«

»Das konnte ich nicht. Gerade du müsstest das doch verstehen.«

»Ich?« So etwas wie Wut lag in seiner Stimme. »Bist du völlig irre? Du hast es eben selbst gesagt. Ich habe alles getan, um die Frau, die ich liebe, in Sicherheit zu bringen. Und du? Du tust alles dafür, dass sie ermordet wird.«

»Wirst du mich jetzt erschießen oder nicht?«

»Du musst das verstehen.«

»Ich glaube, das tu ich«, sagte ich. »Du warst Staatsanwalt. Du hast ein paar wirklich üble Gestalten ins Gefängnis gebracht. Sie haben versucht, sich an dir zu rächen.«

»Sie haben es mehr als nur versucht«, sagte er und blickte wieder auf Marie-Annes Foto. »Sie haben sie entführt. Sie haben sie sogar … sie haben ihr wehgetan.«

»Oh nein«, sagte ich.

Tränen standen ihm in den Augen. »Es war eine Warnung. Ich habe sie dann noch einmal zurückbekommen, aber spätestens in dem Moment war klar, dass wir verschwinden müssen.«

»Und warum seid ihr das nicht?«

»Sie hätten uns gefunden. Das Kartell in Ghana schmuggelt für die Lateinamerikaner. Deren Tentakel reichen überallhin. Ganz egal, wohin wir gegangen wären, sie hätten uns aufgespürt. Ich hatte überlegt, unser beider Tod vorzutäuschen, aber …«

»Aber was?«

»Aber Malcolm meinte, sie würden uns das niemals abnehmen.«

Ich schluckte. »Malcolm Hume?«

Er nickte. »Na ja, Fresh Start hatte Leute dort. Die haben von meiner Lage gehört. Professor Hume war für mich zuständig. Er hat sich allerdings nicht ganz ans Protokoll gehalten. Er hat mich hierhergeholt, weil er meinte, ich könnte dem College als Dozent gute Dienste leisten und außerdem anderen beim Untertauchen helfen, falls es nötig werden sollte.«

»Du meinst Menschen wie Natalie.«

»Davon weiß ich nichts.«

»Doch, das tust du.«

»Fresh Start ist stark aufgegliedert. Unterschiedliche Personen kümmern sich um unterschiedliche Arbeitsbereiche und unterschiedliche Mitglieder. Ich habe nur mit Malcolm zusammengearbeitet. Ich war auch eine Weile im Trainingszentrum in Vermont, hatte aber zum Beispiel bis vor ein paar Tagen noch nie etwas von Todd Sanderson gehört.«

»Und unsere Freundschaft?«, fragte ich. »Gehörte das zu deiner Arbeit? Solltest du mich im Auge behalten?«

»Nein. Wieso hätten wir dich im Auge behalten sollen?«

»Wegen Natalie.«

»Zum x-ten Mal. Ich bin ihr nie begegnet. Ich weiß nichts über sie oder ihren Fall.«

»Aber sie ist ein Fall, stimmt's?«

»Du begreifst es einfach nicht. Ich weiß es nicht.« Er schüttelte den Kopf. »Niemand hat deine Natalie mir gegenüber je erwähnt.«

»Klingt aber doch logisch, oder? Das wirst du wohl zugeben müssen.«

Er antwortete nicht.

»Du hast es nicht Refugium genannt«, sagte ich. »Du hast es gerade als Trainingszentrum bezeichnet. Eigentlich eine brillante Idee, es als Künstler-Refugium in einer abgelegenen Gegend zu tarnen. Darauf kommt wohl so schnell niemand, oder?«

»Ich habe schon viel zu viel verraten«, sagte Benedict. »Es spielt keine Rolle.«

»Natürlich tut's das. Fresh Start. Schon als ich den Namen hörte, hätte ich darauf kommen müssen. Das machen sie. Sie verschaffen Menschen, die das nötig haben, einen Neustart. Ein Drogenkartell wollte dich umbringen. Also haben sie dich gerettet. Haben dir einen Neustart ermöglicht. Ich weiß nicht, was dazu alles nötig ist – aber auf jeden Fall doch wohl falsche Papiere. Und ein plausibler Grund dafür, dass eine Person verschwindet. Bei dir war es eine Leiche. Oder vielleicht habt ihr einen Leichenbeschauer oder einen Polizisten bestochen, was weiß denn ich? Vielleicht ein Training, wie ihr euch verhalten sollt, Sprachunterricht zum Erlernen einer neuen Sprache oder eines neuen Akzents, vielleicht auch eine Verkleidung wie deine. Übrigens, kannst du die alberne Brille jetzt abnehmen?«

Er lächelte kurz. »Das geht nicht. Ich hab früher Kontaktlinsen getragen.«

Ich schüttelte den Kopf. »Vor sechs Jahren war Natalie also in diesem Trainingszentrum. Warum, weiß ich noch nicht. Ich vermute, es hat etwas mit dem Überwachungsfoto zu tun, das die New Yorker Polizei uns gezeigt hat. Vielleicht hat sie ein Verbrechen begangen, ich vermute aber, dass sie Zeugin von irgendetwas geworden ist. Von etwas Bedeutendem.«

Ich brach ab. Irgendetwas passte nicht ganz zusammen. Trotzdem fuhr ich fort.

»Wir haben uns kennengelernt«, sagte ich. »Und uns verliebt. Das wurde wahrscheinlich nicht sehr gern gesehen … aber vielleicht war sie auch aus einem anderen Grund da, als unsere Beziehung anfing. Ich weiß nicht, was genau passiert ist, auf jeden Fall musste Natalie plötzlich verschwinden. Und zwar schnell. Wie hätte eure Organisation reagiert, wenn sie mich hätte mitnehmen wollen?«

»Nicht positiv.«

»Klar. Genau wie bei dir und Marie-Anne.« Ich brauchte

kaum Pausen, um darüber nachzudenken, die Teile fielen wie von selbst an ihren Platz. »Aber Natalie kannte mich. Sie wusste, was ich für sie empfand. Sie wusste, dass ich es ihr niemals abgenommen hätte, wenn sie einfach gegangen wäre. Sie wusste, wenn sie einfach Knall auf Fall verschwand, würde ich ihr bis ans Ende der Welt folgen. Ich hätte nicht ohne Weiteres aufgegeben.«

Benedict starrte mich schweigend an.

»Und was ist dann passiert?«, fuhr ich fort. »Ich vermute, dass eure Organisation ihren Tod hätte vortäuschen können wie bei dir, aber in ihrem Fall hätte das niemand geglaubt. Wenn sie sowohl von der New Yorker Polizei als auch von Leuten wie Danny Zuker gesucht wurde, hätte man wirklich wasserdichte Beweise für ihren Tod gebraucht. Sie hätten ihre Leiche sehen wollen, einen DNA-Test gemacht und so weiter. Es hätte nicht funktioniert. Also hat sie ihre Hochzeit vorgetäuscht. In vielerlei Hinsicht war das perfekt. Die Aufführung überzeugte nicht nur mich, sondern auch ihre Schwester und ihre engsten Freunde. Viele Fliegen mit einer Klappe. Mir hat sie erzählt, Todd wäre ein alter Liebhaber und sie habe plötzlich erkannt, dass er ihre wahre Liebe sei. So klang es viel plausibler als eine Version, in der sie ihn gerade erst kennengelernt hatte. Aber als ich mich bei Julie nach ihm erkundigte, sagte sie, sie wäre Todd nie begegnet. Sie hatte es einfach für eine stürmische Romanze gehalten. Ganz egal, selbst wenn wir es alle etwas seltsam fanden, was hätten wir tun sollen? Natalie war verheiratet und verschwunden.«

Ich sah zu ihm hoch.

»Habe ich recht, Benedict? Oder Jamal? Oder wie immer du auch heißt? Bin ich zumindest nah dran?«

»Ich weiß es nicht. Das ist keine Lüge. Ich weiß absolut nichts über Natalie.«

»Warum nicht? Was ist mit deinem tollen Eid?«

»Der Eid ist real. Du hast keine Vorstellung, wie real er ist.« Er griff in seine Tasche und zog eine kleine Dose heraus. Meine Oma hatte auch eine solche Dose für ihre Tabletten. »So eine hat jeder von uns.«

»Was ist da drin?«, fragte ich.

Er öffnete sie. In der Dose befand sich nur eine einzige schwarz-gelbe Kapsel. »Zyankali«, sagte er einfach, und es wurde kälter im Raum. »Wer immer Todd Sanderson in seine Gewalt gebracht hat, muss ihn überrascht haben, bevor er die Gelegenheit hatte, sich die Kapsel in den Mund zu stecken.« Er trat einen Schritt auf mich zu. »Jetzt verstehst du, oder? Du verstehst, warum Natalie dir das Versprechen abgenommen hat?«

Ich saß nur da, war nicht in der Lage, mich zu bewegen.

»Wenn du sie findest, tötest du sie. So einfach ist das. Wenn die Organisation kompromittiert wird, werden viele Menschen sterben. Gute Menschen. Menschen wie deine Natalie und meine Marie-Anne. Menschen wie du und ich. Verstehst du es jetzt? Verstehst du, warum du aufhören musst, sie zu suchen?«

Das tat ich. Aber ich sträubte mich immer noch gegen das Unvermeidliche. »Es muss eine andere Möglichkeit geben.«

»Die gibt es nicht.«

»Ihr habt einfach nicht richtig darüber nachgedacht.«

»Doch, das habe ich«, sagte er mit der sanftesten Stimme, die ich je gehört habe. »Öfter als du dir vorstellen kannst. Jahr für Jahr. Du hast ja keine Ahnung.«

Er schob die Tablettendose wieder in die Tasche.

»Du weißt, dass ich die Wahrheit sage, Jake. Du bist mein bester Freund. Abgesehen von einer Frau, die ich nie wieder sehen oder berühren werde, bist du der wichtigste Mensch in meinem Leben. Bitte, Jake. Bitte zwing mich nicht, dich zu töten.«

ACHTUNDZWANZIG

Beinahe hätte ich es ihm abgenommen.

Korrigiere: Eine ganze Weile lang habe ich es ihm abgenommen. Auf den ersten Blick schien Benedict – er bestand darauf, dass ich ihn immer mit diesem Namen ansprach und mir niemals einen Schnitzer erlaubte – absolut recht zu haben. Ich musste aufhören.

Natürlich kannte ich nicht alle Details. Ich wusste nicht, wie die Angelegenheit mit Fresh Start im Einzelnen ablief. Ich wusste nicht genau, warum und wohin Natalie verschwunden war. Genaugenommen wusste ich nicht einmal, ob sie noch lebte. Die New Yorker Polizei nahm an, dass sie tot war. Ich wusste nicht, warum, aber wahrscheinlich spekulierten sie darauf, dass jemand wie Natalie nicht einfach abtauchen konnte und überlebte, wenn Leute wie Danny Zuker und Otto Devereaux sie tot sehen wollten.

Es gab noch mehr, was ich nicht wusste. Ich wusste nicht, wie Fresh Start arbeitete, nichts über die Trainingszentren, die als Refugien getarnt wurden, und auch nichts über Jed und Cookie oder die Funktionen der einzelnen Personen in der Organisation. Ich wusste nicht, wie vielen Menschen Fresh Start beim Neustart geholfen hatte oder wann sie damit angefangen hatten, auch wenn sie laut des Berichts über die Geschäftstätigkeiten von Wohltätigkeitsorganisationen vor zwanzig Jahren, als Todd Sanderson in Lanford studierte, gegründet worden waren. Aus den Bausteinen meines Halbwissens hätte ich wahrscheinlich ein großzügiges Haus errichten können. Aber das war jetzt nicht mehr wichtig. Wichtig war jedoch, dass Menschenleben auf dem Spiel standen. Ich hatte verstanden, warum sie den Eid ablegten. Ich hatte verstanden, dass diejenigen, die solche Risiken eingegangen waren und solche Opfer gebracht hatten, Menschen umbringen würden, um sich und ihre Lieben zu schützen.

Außerdem war es ein großer Trost für mich, dass meine Beziehung zu Natalie keine Lüge gewesen war, sondern dass sie, allem Anschein nach, die wahrhaftigste Liebe, die ich je erlebt habe, geopfert hatte, um unser beider Leben zu retten. Doch dieses Wissen und die damit verbundene vollkommene Hilflosigkeit zerriss mir das Herz. Der Schmerz kehrte zurück – anders und stärker als zuvor.

Was konnten wir zur Linderung dieses Schmerzes tun? Genau … Benedict und ich gingen in die Bibliotheksbar. Dieses Mal gaben wir nicht vor, dass die Umarmung einer Fremden uns helfen würde. Wir wussten, dass nur Freunde wie *Jack Daniels* oder *Ketel 1* die Bilder, die dieses Leid hervorriefen, auslöschen oder zumindest verwischen konnten.

Unsere Freundschaft mit Jack und Ketel war schon ziemlich innig geworden, als ich eine ganz einfache Frage in den Raum stellte. »Warum kann ich nicht bei ihr sein?«

Benedict antwortete nicht. Er war plötzlich fasziniert von irgendetwas am Boden seines Drinks. Er hoffte, dass ich die Frage wieder vergaß. Das tat ich nicht.

»Warum kann ich nicht auch untertauchen und mit ihr zusammenleben?«

»Darum«, sagte er.

»Darum?«, wiederholte ich. »Was soll das? Bist du wieder fünf Jahre alt?«

»Wärst du bereit, das zu tun, Jake? Würdest du aufhören zu unterrichten? Dein ganzes Leben hier, mit allem, was dazugehört, an den Nagel hängen?«

»Ja.« Ohne jedes Zögern. »Natürlich würde ich das.«

Wieder starrte Benedict in seinen Drink. »Ja, kann ich mir vorstellen«, sagte er mit Grabesstimme.

»Und?«, fragte ich.

Benedict schloss die Augen. »Sorry, aber das geht nicht.«

»Warum nicht?«

»Aus zwei Gründen«, sagte er. »Erstens machen wir das nicht. Das ist einfach ein Teil der Abmachung und eine Folge der Aufgliederung unserer Organisation. Es ist zu gefährlich.«

»Aber ich könnte es machen«, sagte ich und hörte das Flehen in meinem Lallen. »Seitdem sind sechs Jahre vergangen. Wenn ich jetzt sagen würde, dass ich ins Ausland ziehe oder …«

»Nicht so laut.«

»Sorry.«

»Jake?«

»Ja?«

Er sah mir in die Augen. »Das ist das letzte Mal, dass wir darüber reden. Über dieses ganze Thema. Ich weiß, wie schwer das ist, aber du musst mir versprechen, das alles nie wieder anzusprechen. Hast du das verstanden?«

Ich antwortete nicht direkt. »Du sagtest, es gäbe zwei Gründe dafür, dass ich nicht bei ihr sein kann.«

»Stimmt.«

»Was ist der zweite?«

Er senkte den Blick und trank in einem gewaltigen Schluck sein Glas aus. Er behielt den Schnaps im Mund, während er beim Barkeeper mit einer kurzen Geste den nächsten bestellte. Der Barkeeper runzelte die Stirn. Wir hatten ihn die ganze Zeit in Bewegung gehalten.

»Benedict?«

Er hob das Glas, versuchte, die letzten Tropfen herauszuholen. Dann sagte er: »Keiner weiß, wo Natalie ist.«

Ich verzog das Gesicht. »Ich versteh schon, dass ihr das geheim halten …«

»Es geht hier nicht nur um Geheimhaltung.« Mit einem ungeduldigen Blick verfolgte er den Barkeeper. »Keiner weiß, wo sie ist.«

»Komm schon. Irgendjemand muss es doch wissen.«

Er schüttelte den Kopf. »Das ist auch Teil des Konzepts. Es ist unsere Lebensversicherung. Genau deshalb überleben unsere Leute jetzt gerade, das hoffe ich zumindest. Todd wurde gefoltert. Das weißt du doch, oder? Er konnte aber nur wenig verraten – das Refugium in Vermont, ein paar Mitglieder –, aber nicht einmal er weiß, wohin die Leute gehen, nachdem wir ihnen den Neustart ermöglicht haben.«

»Aber sie wissen, wer du bist.«

»Das weiß nur Malcolm. Ich bin eine Ausnahme, weil ich aus dem Ausland kam. Und der Rest? Fresh Start hat ihnen ein neues Leben aufgebaut, ihnen die notwendigen Werkzeuge an die Hand gegeben. Und um die Sicherheit aller zu gewährleisten, gehen die Leute dann ihrer Wege und erzählen niemandem, wohin es sie zieht. Das meine ich mit aufgliedern. Wir alle wissen gerade genug – und kein Stück mehr.«

Keiner wusste, wo Natalie war. Er hatte es mir so gut wie nur möglich erklärt. Natalie schwebte in großer Gefahr, und ich konnte nichts dagegen tun. Natalie war irgendwo da draußen auf sich allein gestellt, und ich konnte nicht bei ihr sein.

Dann fielen bei Benedict die Rollläden. Weitere Erklärungen würde ich nicht bekommen. Das war mir inzwischen klar. Als wir die Bar verließen und zum Haus zurücktorkelten, gab ich mir selbst eine Art Versprechen. Ich würde mich zurückziehen. Ich würde die Finger von der Sache lassen. Ich konnte mit dem Schmerz leben – schließlich hatte ich das in etwas anderer Form schon sechs Jahre lang getan –, wenn im Gegenzug die Sicherheit der Frau, die ich liebte, gewährleistet war.

Ohne Natalie konnte ich leben, nicht aber damit, dass ich etwas tat, was sie in Gefahr bringen könnte. Man hatte mich mehrmals gewarnt. Es wurde Zeit, auf diese Warnungen zu hören.

Ich war raus.

Das sagte ich mir selbst, als ich in die Gästehütte stolperte. Das war mein Plan, als ich den Kopf aufs Kissen legte und die Augen schloss. Das glaubte ich zu tun, als ich mich auf den Rücken drehte und zusah, wie die Zimmerdecke sich drehte, weil ich zu viel getrunken hatte. Das hielt ich für die Wahrheit, bis der Wecker 6:18 Uhr zeigte. Da fiel mir etwas ein, das ich fast schon vergessen gehabt hatte.

Natalies Vater.

Ich fuhr hoch und blieb stocksteif im Bett sitzen.

Ich wusste immer noch nicht, was mit Professor Aaron Kleiner passiert war.

Natürlich war es möglich, wenn auch nicht sehr wahrscheinlich, dass Julie Pottham recht hatte, ihr Vater mit einer Studentin durchgebrannt war und dann noch einmal geheiratet hatte. In dem Fall hätte Shanta ihn allerdings problemlos gefunden. Nein, er war einfach verschwunden.

Genau wie seine Tochter Natalie zwanzig Jahre später.

Vielleicht gab es dafür ja eine einfache Erklärung. Vielleicht hatte Fresh Start auch ihm geholfen. Nein, Fresh Start war erst vor zwanzig Jahren gegründet worden. Könnte Professor Kleiners Verschwinden ein Wegbereiter der Organisation gewesen sein? Malcolm Hume und Natalies Vater hatten sich gekannt. Natalies Mutter war sogar zu ihm gegangen, als Aaron Kleiner die Familie verlassen hatte. Also hatte mein Mentor ihm vielleicht geholfen unterzutauchen und dann … tja … dann hatte er Jahre später unter dem Deckmantel einer Wohltätigkeitsorganisation eine Gruppe gebildet, um anderen Leuten in Kleiners Situation zu helfen?

Möglich.

Außer dass Kleiners Tochter zwanzig Jahre später auch verschwinden musste? War das plausibel?

Nein, das war es nicht.

Und warum sollte die New Yorker Polizei mir ein sechs Jahre altes Überwachungsfoto zeigen? Was hatte das mit Natalies Vater zu tun? Was war mit Danny Zuker und Otto Devereaux? Wie konnte Natalies Schicksal mit dem ihres Vaters zusammenhängen, der vor fünfundzwanzig Jahren verschwunden war?

Lauter gute Fragen.

Ich stand auf und überlegte, wie ich weiter vorgehen könnte. Aber wieso weiter vorgehen? Ich hatte Benedict versprochen, die Finger von der Sache zu lassen. Darüber hinaus verstand ich jetzt die sehr reale und konkrete Gefahr, die ich heraufbeschwor, wenn ich diese Nachforschungen weiterverfolgte – und zwar nicht nur für mich, sondern für viele Menschen, auch für die Frau, die ich liebte. Natalie hatte sich entschlossen unterzutauchen. Ganz egal, ob sie sich selbst, mich oder uns beide schützen wollte, ich musste nicht nur ihren Wunsch, sondern auch ihre Einschätzung respektieren. Als sie diese Entscheidung getroffen hatte, hatte sie mehr gewusst, als ich jetzt weiß, hatte die Vor- und Nachteile abgewogen und war zu dem Schluss gekommen, dass sie untertauchen musste.

Wer war ich, dass ich mich über ihre Entscheidung hinwegsetzen durfte?

Wieder war ich also drauf und dran, die Finger von der Sache zu lassen, mich damit abzufinden, mit dieser schrecklichen, aber unvermeidbaren Enttäuschung weiterzuleben, als ein anderer Gedanke mich traf wie ein Schlag, so dass ich fast gestolpert wäre. Ich blieb ganz ruhig stehen und ließ ihn mir immer wieder und aus allen erdenklichen Perspektiven durch den Kopf gehen. Ja, es gab ihn, den Punkt, den wir übersehen hatten. Ein Punkt, der das, wovon Benedict mich überzeugt hatte, von Grund auf änderte.

Benedict war auf dem Weg zu seinem Seminar, als ich über den Campus auf ihn zurannte. Als er meinen Gesichtsausdruck sah, erstarrte er. »Was ist los?«

»Ich kann es nicht auf sich beruhen lassen.«

Er seufzte. »Wir haben das doch besprochen.«

»Ich weiß«, sagte ich. »Aber wir haben etwas übersehen.«

Sein Blick wanderte hin und her, als fürchtete er, jemand könnte uns belauschen. »Jake, du hast mir versprochen …«

»Die Sache hat nicht bei mir angefangen.«

»Was?«

»Diese neue Gefahr. Die Fragen der New Yorker Polizei. Otto Devereaux und Danny Zuker. Fresh Start im Belagerungszustand. Es hat nicht mit mir angefangen. Meine Suche nach Natalie war nicht die Ursache. Ich habe das Ganze nicht losgetreten.«

»Ich versteh nicht, was du mir sagen willst.«

»Todds Ermordung«, sagte ich. »Dadurch wurde ich in die Sache hineingezogen. Ihr glaubt alle, dass ich damit begonnen und Fresh Start in Gefahr gebracht hätte. Das stimmt aber nicht. Irgendjemand wusste schon vorher Bescheid. Irgendjemand hat das von Todd erfahren, ihn gefoltert und umgebracht. Ich habe mich erst danach eingemischt – als ich Todds Todesanzeige gesehen habe.«

»Das ändert absolut nichts«, sagte Benedict.

»Das ändert alles. Wenn Natalie irgendwo sicher versteckt wäre, hättest du recht. Dann müsste ich die Finger von der Sache lassen. Verstehst du nicht? Sie ist in Gefahr. Jemand weiß, dass sie gar nicht geheiratet hat und ins Ausland gegangen ist. Jemand, der so weit gegangen ist, Todd umzubringen. Der ist ihr auf der Spur, und Natalie weiß es nicht einmal.«

Benedict rieb sich das Kinn.

»Diese Leute sind hinter ihr her«, sagte ich. »Ich kann mich nicht einfach zurückziehen. Siehst du das denn nicht?«

Er schüttelte den Kopf. »Nein, das sehe ich nicht.« Seine Stimme klang ausgelaugt und erschöpft. »Vor allem sehe ich nicht, wie du durch dein Eingreifen etwas anderes erreichen könntest, als dass sie umgebracht wird. Hör zu, Jake.

Ich weiß, was du meinst, aber wir haben die Wagenburg geschlossen. Die Gruppe ist geschützt. Alle sind abgetaucht, bis die Sache vorbei ist.«

»Aber Natalie ist…«

»Natalie ist in Sicherheit, solange du dich da raushältst. Wenn nicht – wenn wir alle auffliegen –, könnte es den Tod bedeuten, und zwar nicht nur für sie, sondern auch für Marie-Anne, mich und viele andere. Ich versteh, was du meinst, aber dein Blick ist getrübt. Du bist nicht bereit, die Wahrheit zu akzeptieren. Deine Sehnsucht nach ihr ist so groß, dass du dir die Dinge so zurechtlegst, dass du eingreifen musst. Merkst du das nicht?«

Ich schüttelte den Kopf. »Nein. Nein, das merke ich wirklich nicht.«

Er sah auf die Uhr. »Hör zu, ich muss ins Seminar. Lass uns hinterher darüber reden. Aber warte zumindest bis dahin, okay?«

Ich sagte nichts.

»Versprich's mir, Jake.«

Ich versprach es ihm. Aber dieses Mal hielt ich mich nur sechs Minuten statt sechs Jahre an mein Versprechen.

NEUNUNDZWANZIG

Ich fuhr zur Bank und hob viertausend Dollar in bar ab. Als der Angestellte am Schalter sich das vom Hauptkassierer abzeichnen lassen wollte, musste der noch beim Filialleiter nachfragen. Ich versuchte mich zu erinnern, wann ich das letzte Mal an einem Bankschalter gewesen war, statt das Geld am Automaten zu holen, kam aber nicht darauf.

Ich hielt am CVS-Drogeriemarkt und kaufte zwei Einweg-Handys. Weil ich wusste, dass die Polizei jedes Handy orten konnte, wenn es in Betrieb war, schaltete ich mein iPhone aus und steckte es wieder ein. Zum Telefonieren würde ich die Einweg-Handys benutzen – und auch die würde ich wann immer möglich ausschalten. Wenn die Polizei solche Handys orten konnte, war dazu vielleicht auch jemand wie Danny Zuker in der Lage. Ich wusste es nicht genau, mein Paranoia-Pegel befand sich aber verständlicherweise auf einem Allzeithoch.

Wahrscheinlich konnte ich nicht lange abtauchen, ein paar Tage vielleicht, aber mehr Zeit brauchte ich nicht.

Eins nach dem anderen. Benedict behauptete, niemand bei Fresh Start wüsste, wo Natalie sich befand. Das überzeugte mich nicht. Schließlich war die Organisation in Lanford – zumindest – unter anderem auf Geheiß eines gewissen Professor Malcolm Hume aus der Taufe gehoben worden.

Es wurde Zeit, meinen alten Mentor anzurufen.

Zum letzten Mal hatte ich den Mann, in dessen Büro ich jetzt arbeitete, vor zwei Jahren bei einem politikwissenschaftlichen Seminar über den Missbrauch der Verfassung gesehen. Sonnengebräunt und dynamisch war er aus Florida eingeflogen. Seine Zähne waren erschreckend weiß. Wie viele Ruheständler aus Florida wirkte er ausgeruht, zufrieden und ziemlich alt. Wir hatten uns gut verstanden, unser Verhältnis erschien mir allerdings etwas distanziert. Doch Malcolm Hume war schon früher oft reserviert gewesen. Ich liebte den Mann. Für mich war er, neben meinem Vater, das, was einem Vorbild am nächsten kam. Er hatte jedoch ganz deutlich gemacht, dass der Ruhestand für ihn einen Abschluss markierte. Die »akademischen Kletten« hatte er immer verabscheut, diese älteren Professoren und Verwaltungskräfte, die noch lange nach ihrem Verfallsdatum blieben wie alternde Sportler, die das Unvermeidliche nicht wahrhaben wollten. Nachdem er unsere heiligen Hallen einmal verlassen hatte, kehrte Professor Hume nur selten zurück. Er war kein Freund von Nostalgie und wollte sich nicht auf seinen Lorbeeren ausruhen. Selbst mit achtzig blickte Malcolm Hume noch in die Zukunft. Für ihn war die Vergangenheit genau das, was das Wort besagte: vergangen.

Obwohl ich unsere frühere Zusammenarbeit für extrem fruchtbar hielt, standen wir also nicht in regelmäßigem Kontakt. Dieser Abschnitt seines Lebens war beendet. Malcolm Hume genoss jetzt unten in Florida das Golfspiel, seinen Krimi-Leseclub und seine Bridge-Gruppe. Vielleicht hatte er auch Fresh Start hinter sich gelassen. Ich wusste nicht, wie er auf meinen Anruf reagieren würde – ob er ihn womöglich beunruhigte oder nicht. Ehrlich gesagt interessierte es mich auch nicht sonderlich.

Ich brauchte Antworten.

Ich wählte die Nummer seines Festnetzanschlusses unten in Vero Beach. Nach dem fünften Klingeln schaltete sich sein Anrufbeantworter ein. Malcolms donnernde, vom Alter leicht angeraute Stimme bat mich, eine Nachricht zu hinterlassen. Als ich das tun wollte, fiel mir ein, dass ich keine echte Rückrufnummer mehr besaß, weil ich die Handys ja so wenig wie möglich einschalten wollte. Also beschloss ich, es später noch einmal zu versuchen.

Was jetzt?

Dann schwirrte mir wieder der Kopf, und auch dieses Mal ging es um Natalies Vater. Er war der Schlüssel. Wer, fragte ich mich, könnte mir Auskunft darüber geben, was mit ihm passiert war? Die Antwort war offensichtlich: Natalies Mutter.

Ich überlegte, ob ich Julie Pottham anrufen und sie fragen sollte, doch das schien mir auch dieses Mal reine Zeitverschwendung zu sein. Ich fuhr in die örtliche Bibliothek, setzte mich an einen Internet-Terminal und suchte nach Sylvia Avery. Ich fand sie, allerdings war die angegebene Adresse die von Julie Pottham in Ramsey, New Jersey. Ich lehnte mich kurz zurück und überlegte. Dann rief ich die Gelben Seiten auf und suchte nach den Pflegeheimen in Ramsey. Ich fand drei. Ich rief sie nacheinander an und bat, sobald sich jemand meldete, jedes Mal darum, mit Sylvia Avery verbunden zu werden. Alle drei Gesprächspartner teilten mir mit, dass es keinen »Bewohner« (alle verwendeten dieses Wort) dieses Namens gäbe. Ich setzte mich wieder an den Terminal und erweiterte meine Suche auf Bergen County, New Jersey. Ich erhielt zu viele Treffer. Also öffnete ich eine Karte der Gegend und fing an, die Pflegeheime in der Umgebung von Ramsey anzurufen. Beim sechsten Versuch erwiderte die Mitarbeiterin der Hyde-Park-Wohnresidenz: »Sylvia? Ich glaube, sie ist gerade beim Handarbeiten mit Louise. Möchten Sie eine Nachricht hinterlassen?«

Handarbeiten mit Louise? Wie ein Kind im Sommerlager. »Nein danke, ich rufe später noch mal an. Haben Sie Besuchszeiten?«

»Wir sehen es am liebsten, wenn Besucher tagsüber zwischen acht und acht kommen.«

»Vielen Dank.«

Ich legte auf und sah mir die Webseite der Hyde-Park-Residenz an. Es gab einen Stundenplan im Internet. *Handarbeit mit Louise* war aufgeführt. Anschließend fanden der *Scrabble Club* und *Gemeinsame Fantasie-Reisen* statt – dann *Backen wie bei Muttern*. Morgen stand ein dreistündiger Ausflug zum Paramus-Park-Einkaufszentrum auf dem Plan, aber heute … ja … da fand alles in der Residenz statt. Gut.

Ich ging rüber zur Autovermietung und fragte nach einem Mittelklassewagen. Ich bekam einen Ford Fusion. Ich musste eine Kreditkarte vorlegen, aber das ließ sich nicht ändern. Zeit für die nächste Spritztour – dieses Mal zu Natalies Mutter. Ich musste keine Bedenken haben, dass sie nicht da sein könnte. Bewohner von Pflegeheimen unternahmen nur selten spontane Ausflüge. Und falls Sylvia es doch tat, würde sie nicht lange wegbleiben, so dass ich warten konnte. Eigentlich wusste ich sowieso nicht, wohin ich sonst sollte. Man konnte nie wissen – vielleicht stand mir ja ein weiterer reizender Abend bei Mabel im Fair Motel bevor.

Als ich auf die Route 95 kam, dachte ich sofort wieder an meine Fahrt auf dieser Straße am … wow, das war erst gestern gewesen. Ich überlegte. Dann fuhr ich auf einen Parkplatz, zog mein iPhone aus der Tasche und stellte es an. Ich hatte diverse neue E-Mails und Anrufe. Drei waren von Shanta. Ich ignorierte sie und ging ins Internet, um Danny Zuker zu googeln. Es gab diverse Treffer, alle betrafen einen Prominenten aus Hollywood. Ich versuchte es mit dem Namen in Kombination mit dem Wort *Mafia*. Nichts. Ich rief das Forum für Gangsterfreunde auf. Auch dort fand ich nichts über Danny Zuker.

Was nun?

Vielleicht hatte ich den Namen falsch geschrieben. Ich versuchte es mit Zucker, Zooker und Zoocker. Ohne Ergebnis. Ich war in der Nähe der Ausfahrt nach Flushing. Es war zwar ein Umweg, aber kein besonders großer. Also beschloss ich, es zu versuchen. Ich bog ab und fuhr weiter zum Francis Lewis Boulevard. Das Global Garden Mega-Gartencenter, wo ich Edward ein paar geklatscht hatte, war geöffnet. Ich dachte daran, wie ich ihn verprügelt hatte. Ich war immer stolz darauf gewesen, mich an die Regeln zu halten, und hatte meinen gestrigen Gewaltausbruch damit gerechtfertigt, dass ich den Jungen retten wollte. Wenn ich ehrlich war, musste ich jedoch zugeben, dass ich Edward nicht auf die Nase hätte schlagen müssen. Ich brauchte Informationen. Ich hatte das Gesetz gebrochen, um sie zu bekommen. Es war leicht, eine vermeintlich plausible Erklärung für mein Handeln zu finden. Natürlich war es verlockend, mir die Informationen zu besorgen, während ich Edward seine wohlverdiente Strafe zukommen ließ.

Ich fragte mich jedoch – und das musste ich unbedingt

genauer untersuchen, sobald ich Zeit dafür hatte –, ob es mir nicht auch irgendwie Spaß gemacht hatte. Hatte ich Edward wirklich schlagen müssen, um die Information zu bekommen? Eigentlich nicht. Es hätte auch andere Möglichkeiten gegeben. Und so schrecklich es auch war, diesen Gedanken überhaupt zuzulassen, ich fragte mich auch, ob ich bei Ottos Tod nicht auch eine klammheimliche Freude empfunden hatte. In meinen Seminaren spreche ich häufig über die Bedeutung primitiver Instinkte in der Philosophie und der politischen Theorie. Hielt ich mich für immun? Vielleicht dienten all die Regeln, die ich hochhielt, gar nicht in erster Linie dem Schutz der anderen, sondern vielmehr dazu, uns vor uns selbst zu schützen.

In seinem Seminar über die *Anfänge der politischen Theorie* hatte Malcolm Hume ausgiebige Debatten über den schmalen Grat geführt, auf dem man sich dabei bewegte. Ich hatte es als nutzloses Gerede abgetan. Für mich gab es falsch oder richtig und sonst nichts.

Aber auf welcher Seite des schmalen Grats befand ich mich selbst gerade?

Ich parkte in der Nähe des Eingangs, ging an einem großen »Stauden und Töpfe«-Sonderverkauf vorbei und dann hinein. Der Laden war riesig. Der beißende Geruch von Mulch lag in der Luft. Ich ging links herum – vorbei an Schnittblumen, Sträuchern, Wohnaccessoires, Gartenmöbeln, Erde und Kompost, Torf und so weiter. Mein suchender Blick erfasste jeden mit einer grünen Schürze. Ich brauchte gut fünf Minuten, bis ich den Jungen in der Abteilung für Düngemittel fand.

Seine Nase war bandagiert, beide Augen blau umrandet. Auch bei der Arbeit trug er die Brooklyn-Nets-Baseballkappe mit dem nach hinten gedrehten Schirm. Er half einem Kunden, Düngersäcke auf seinen Wagen zu laden, während der Kunde mit ihm sprach. Der Junge nickte beflissen. Er trug einen Ohrring. Die Haare, die unter der Kappe herausragten, waren blond gesträhnt, wahrscheinlich gefärbt. Der Junge arbeitete schwer, lächelte ununterbrochen und achtete darauf, die Wünsche des Kunden zu erfüllen. Ich war beeindruckt.

Ich ging weiter, stellte mich hinter ihn und wartete. Ich überlegte, wie ich verhindern konnte, dass er abzuhauen versuchte, sobald ich ihn ansprach. Als er mit seinem Kunden fertig war, hielt er sofort nach einem anderen Kunden Ausschau, dem er helfen konnte. Ich trat näher an ihn heran und tippte ihm auf die Schulter.

Er drehte sich lächelnd um. »Was kann ich …?«

Als er mein Gesicht sah, verstummte er sofort. Ich rechnete damit, dass er losrennen würde, und hatte keine Ahnung, was ich dagegen tun könnte. Da ich direkt neben ihm stand, hätte ich ihn festhalten können, was aber die Aufmerksamkeit der Leute auf uns gelenkt hätte. Ich sammelte mich und wartete auf seine Reaktion.

»Alter!« Er umarmte mich und zog mich an sich. Damit hatte ich nicht gerechnet, ließ es aber geschehen. »Danke, Mann. Besten Dank.«

»Äh, keine Ursache.«

»Oh Mann, Sie sind mein Held, klar? Edward ist so ein krasses Arschloch. Der hat es immer auf mich abgesehen, weil er weiß, dass ich nicht so stark bin. Danke, Mann. Vielen Dank.«

Ich wiederholte noch einmal, dass es kein Problem wäre.

»Was treiben Sie eigentlich?«, fragte er. »Ein Cop sind

Sie nicht. Das weiß ich. Sind Sie … eine Art Superheld oder so was?«

»Superheld?«

»Ich meine, ob Sie irgendwo abhängen und Schwächeren helfen oder so? Und dann nach Kontakten zu MM fragen?« Plötzlich verfinsterte sich seine Miene. »Mann, dann hoffe ich mal, dass Sie ein ganzes Superhelden-Team an Ihrer Seite haben, wenn Sie es mit denen aufnehmen wollen.«

»Genau danach wollte ich Sie fragen«, sagte ich.

»Oh?«

»Edward arbeitet für einen Mann namens Danny Zuker, stimmt das?«

»Sie wissen doch Bescheid.«

»Wer ist Danny Zuker?«

»Der perverseste Typ aller Zeiten. Er würde einen Welpen abmurksen, weil er ihn schief angeguckt hat. Sie können sich nicht vorstellen, was für ein krasser Psycho der Typ ist. Da pisst Edward sich in die Hose. Ehrlich.«

Toll. »Und für wen arbeitet dieser Danny?«

Der Junge trat einen halben Schritt zurück. »Das wissen Sie nicht?«

»Nein. Darum bin ich hier.«

»Ehrlich?«

»Ja.«

»Das war ein Witz, Alter – von wegen Superheld, mein ich. Ich dachte, hey, Sie kriegen mit, wie ich zusammengeschlagen werde, und, na ja, weil Sie groß sind und Rowdys nicht abkönnen und so. Das war's aber nicht, oder?«

»Nein. Ich brauche Informationen.«

»Dann hoff ich mal, dass Sie doch Superkräfte haben und kugelsicher sind. Wenn Sie sich mit den Typen anlegen …«

»Ich werde vorsichtig sein«, sagte ich.

»Ich will nicht, dass Sie verletzt werden oder so, bloß weil Sie mir einen Gefallen getan haben, alles klar?«

»Alles klar«, sagte ich in meinem besten professoralen Tonfall. »Sagen Sie mir einfach, was Sie wissen.«

Der Junge zuckte die Achseln. »Eddie ist mein Buchmacher. Das ist alles. Ich schulde ihm was, und er tut Leuten gern weh. Aber er ist ein kleines Licht. Wie schon gesagt, er arbeitet für Danny Z. Danny ist ein ganz großes Tier bei MM.«

»Was ist MM?«

»Ich würd ja den Finger gegen die Nase drücken, aber die tut so schon tierisch weh.«

Ich nickte. »Danny Z gehört also zur Mafia? Wollen Sie das sagen?«

»Ich weiß nicht, ob das so heißt. Na ja, den Namen Mafia kenn ich bloß aus uralten Filmen und so. Ich kann Ihnen nur sagen, dass Danny Z direkt für den Boss von MM arbeitet. Der Mann ist legendär.«

»Wie heißt er?«

»Ihr Ernst? Sie wissen das nicht? Wie können Sie hier leben und das nicht wissen?«

»Ich lebe nicht hier.«

»Oh.«

»Erzählen Sie es mir?«

»Sie haben was gut. Also klar. Wie gesagt, Danny Z ist die rechte Hand für MM.«

»Und MM ist?«

Eine ältere Frau trat zwischen uns. »Hallo, Harold.«

Er begrüßte sie mit einem breiten Lächeln. »Hallo, Mrs H. Wie haben sich die Petunien bei Ihnen gemacht?«

»Sie hatten vollkommen recht, dass sie am besten in den Blumenkasten passen. Sie haben so ein wunderbares Händchen für Arrangements.«

»Vielen Dank.«

»Wenn Sie Zeit haben …«

»Ich komme gleich zu Ihnen, sobald ich hier fertig bin.«

Mrs H schlurfte davon. Harold sah ihr lächelnd hinterher.

»Harold«, versuchte ich ihn zum Thema zurückzubringen, »wer ist MM?«

»Ach kommen Sie, Mann, lesen Sie keine Zeitung? MM. Danny Z ist die rechte Hand vom größten, übelsten Typen von allen – Maxwell Minor.«

Es machte Klick in meinem Kopf. Man muss es mir am Gesicht angesehen haben, denn Harold fragte: »Hey, Alter, alles klar?«

Mein Puls raste. Das Blut fing an, in den Ohren zu surren. Ich hätte auf meinem iPhone nachsehen können, brauchte dafür aber einen großen Bildschirm. »Ich muss etwas im Internet nachsehen.«

»Der Chef lässt hier keinen ins Internet. Ist alles geblockt.«

Ich bedankte mich und eilte nach draußen. Minor. Den Namen hatte ich im Zusammenhang mit der ganzen Sache schon gehört. Ich raste wie ein Irrer den Northern Boulevard entlang zum Cybercraft Internet Café. Dort arbeitete der gleiche Chiller wie gestern. Falls er mich erkannte, ließ er es sich nicht anmerken. Vier Terminals waren frei. Ich setzte mich an einen und gab die Adresse ein, in der die New Yorker Zeitungen und deren Archive verlinkt wurden. Wieder suchte ich nach dem 25. Mai vor sechs Jahren – einen Tag nachdem das Überwachungsfoto von Natalie entstanden war. Der Computer schien ewig zu brauchen, bis er ein Suchergebnis ausspuckte.

Komm schon, komm schon …

Dann erschien die Schlagzeile:

Bürgerrechtler niedergeschossen

Archer Minor in eigener Kanzlei exekutiert

Ich wollte laut »Heureka!« schreien, konnte mich aber gerade noch zurückhalten. Minor. Das konnte kein Zufall sein. Ich klickte auf den Artikel und las:

> Archer Minor, Sohn des berüchtigten Mafia-Bosses Maxwell Minor, Strafverteidiger und Opferrechts-Aktivist, wurde gestern in seiner Kanzlei in einem Wolkenkratzer an der Park Avenue exekutiert. Offensichtlich kam er bei einem Anschlag um, den sein eigener Vater autorisiert hatte. »Der Minor-Sohn, der auf den Weg der Tugend zurückgefunden hatte«. So war Archer Minor bekannt geworden, der vor allem Opfer von Gewaltverbrechen vertrat. In den letzten Wochen hatte er sogar seinen eigenen Vater öffentlich angeprangert und versprochen, der Staatsanwaltschaft Beweise für die Vergehen seiner Familie vorzulegen.

Weitere Einzelheiten wurden im Artikel nicht genannt. Wieder rief ich die Suchmaschine auf und gab den Namen Archer Minor ein. In der Woche nach seiner Ermordung war jeden Tag mindestens ein Artikel erschienen. Ich überflog sie, immer auf der Suche nach einem Hinweis auf eine Verbindung zwischen Archer Minor und Natalie. Ein Artikel, der zwei Tage nach dem Mord veröffentlicht wurde, weckte meine Aufmerksamkeit.

Polizei sucht Zeugin für Minor-Mord

Zuverlässige Quellen aus New Yorker Polizeikreisen behaupten, es werde intensiv nach einer Frau gesucht, bei der es sich womöglich um eine Augenzeugin des Mordes an dem zum Helden gewordenen Gangstersohn Archer Minor handele. Auf Nachfrage stand das NYPD nicht für eine Stellungnahme zur Verfügung. »Wir verfolgen verschiedene Spuren«, sagte Polizeisprecher Anda Olsen. »Wir haben berechtigte Hoffnungen, bald einen Verdächtigen in Gewahrsam nehmen zu können.«

Es passte. Zumindest halbwegs.

Ich rief mir das Überwachungsfoto von Natalie in der Lobby eines Bürogebäudes ins Gedächtnis. Okay, was jetzt? Ich startete einen Versuch, die Einzelteile zusammenzusetzen: Aus irgendeinem Grund war Natalie an dem Abend in Minors Kanzlei gewesen. Sie hatte den Mord oder den Mörder beobachtet. Das wäre eine Erklärung für die Angst in ihrem Gesicht. Sie war geflohen und hatte gehofft, dass niemand etwas davon mitbekam, aber die Polizei hatte die Videos der Überwachungskameras überprüft und sie beim Durchqueren der Lobby entdeckt.

Es musste noch mehr dahinterstecken, offenbar hatte ich irgendetwas übersehen. Ich las weiter.

Auf die Frage nach dem Motiv für das Verbrechen antwortete Olsen: »Wir gehen davon aus, dass Archer Minor ermordet wurde, weil er das Richtige tun wollte.« Bürgermeister Bloomberg bezeichnete Archer Minor als Helden. »Ihm ist es gelungen, die vermeintlichen Zwänge und Abhängigkeiten zu überwinden, die mit seiner Herkunft und seinem Familiennamen einhergingen, um so zu einem großen New Yorker zu werden. Seine unermüdliche Arbeit sowohl für Opfer von Verbrechen als auch dafür, Gewalttäter vor Gericht zu stellen, wird unvergessen bleiben.«

Viele Leute fragen sich, warum Archer Minor, der kürzlich seinen Vater Maxwell Minor und dessen berüchtigtes Verbrechersyndikat MM anprangerte, keinen Polizeischutz genoss. »Darauf wurde auf seinen eigenen Wunsch verzichtet«, sagte Olsen. Minors Witwe hat laut einer Quelle aus ihrem Umfeld gesagt, ihr Mann hätte sein Leben lang daran gearbeitet, die Verbrechen seines Vaters wiedergutzumachen. »Archer wollte von Anfang an nur eine gute Ausbildung, um ein anständiges Leben zu führen«, hieß es, »aber ganz egal, wie schnell er auch rannte, es gelang ihm nicht, dem dunklen Schatten seines Vaters zu entkommen.«

Dennoch hat er es immer wieder versucht. Archer Minor trat lautstark für die Rechte von Verbrechensopfern ein. Nach seinem Abschluss auf der Columbia Law School arbeitete er eng mit den Strafvollzugsbehörden zusammen. Er vertrat vorwiegend die Opfer von Gewaltverbrechen, setzte sich für hohe Schadenersatzzahlungen an seine Mandanten ein und forderte lange Haftstrafen für die Täter.

Die Polizei wollte Spekulationen keinen Vorschub leisten, allgemein wird jedoch die schockierende Theorie vertreten, dass Maxwell Minor den Anschlag auf seinen Sohn in Auftrag gegeben hat. Maxwell Minor hat diesen Vorwurf nicht direkt abgestritten, dazu jedoch die folgende kurze

Stellungnahme abgegeben: »Meine Familie und ich sind bestürzt über den Tod meines Sohnes Archer. Ich bitte die Medien, die Familie in Ruhe trauern zu lassen.«

Ich leckte mir die Lippen und klickte auf den Link zur nächsten Seite. Als ich das Foto von Maxwell Minor sah, war ich nicht im Geringsten überrascht. Es war der Mann mit dem bleistiftdünnen Schnurrbart, den ich auf Otto Devereaux' Beerdigung gesehen hatte.

Langsam fügte sich alles zusammen.

Ich merkte, dass ich die Luft angehalten hatte. Ich lehnte mich zurück und versuchte, mich einen Moment zu entspannen, indem ich die Hände hinter dem Kopf verschränkte und die Augen schloss. Auf meiner geistigen Zeitleiste bildeten sich jede Menge neue Verbindungen. Natalie war bei diesem Mord vor Ort gewesen. Ich nahm an, dass sie Zeugin des Verbrechens geworden war. Irgendwann hatte die New Yorker Polizei herausbekommen, dass Natalie die Frau auf dem Video war. Sie fürchtete um ihr Leben und beschloss zu verschwinden.

Aber was war dann passiert?

Irgendwie hatte Natalie Kontakt zu Fresh Start aufgenommen. Wie war das abgelaufen? Ich hatte keine Ahnung. Wie nahm man überhaupt Kontakt zu Fresh Start auf? Ich nahm an, dass die Mitglieder der Organisation die Augen offen hielten. Wie bei Benedict, ehedem Jamal. Sie wandten sich an die Personen, die ihrer Ansicht nach Hilfe brauchten und verdienten.

Jedenfalls hatten sie Natalie ins Creative-Recharge-Refugium geschickt, bei dem es sich zumindest teilweise um eine Fassade handelte, hinter der sich die Organisation versteckte. Eine brillant gewählte, wie ich hinzufügen möchte. Ein paar der Anwesenden waren wahrscheinlich wirklich aus künstlerischen Gründen dort. Natalie erfüllte beide Voraussetzungen. So hatte man sie für alle sichtbar versteckt. Wahrscheinlich hatten sie Natalie aufgefordert, sich dort aufzuhalten, bis abzusehen war, wie sich die Sache mit Archer Minors Ermordung entwickelte. Wenn es der Polizei ohne ihre Hilfe gelungen wäre, den Täter zu verhaften, hätte sie vermutlich in ihr normales Leben zurückkehren können. Vielleicht hatte die Polizei die Frau auf dem Foto nicht oder noch nicht identifizieren können. Ganz egal, das war sowieso reine Spekulation, wahrscheinlich lag ich aber nicht allzu weit daneben.

Irgendwann hatte die Realität ihr hässliches Haupt gehoben, die Idylle zerstört und ihre Hoffnung zunichtegemacht, bei ihrem neuen Liebhaber bleiben zu können. Es standen nur noch zwei Dinge zur Auswahl: verschwinden oder sterben.

Also war sie verschwunden.

Ich las noch ein paar Artikel über den Fall, fand aber nicht mehr viel Neues. Archer Minor wurde als eine Art rätselhafter Held porträtiert. Er war dazu erzogen worden, der Böseste unter den Bösen zu sein. Sein älterer Bruder war in »Bandenmanier«, wie die Zeitungen es nannten, exekutiert worden, als Archer noch aufs College ging. Daraufhin sollte Archer das »Familienunternehmen« leiten. Ich fühlte mich fast ein wenig an den Film *Der Pate* erinnert, nur dass der gute Sohn in diesem Fall nicht klein beigegeben hatte. Archer Minor weigerte sich nicht nur strikt, MM beizutreten, er arbeitete unermüdlich daran, sie zu Fall zu bringen.

Wieder fragte ich mich, was meine süße Natalie spätabends in diese Kanzlei geführt haben mochte. Natürlich könnte sie eine Mandantin gewesen sein, doch das erklärte nicht, warum sie so spät abends dort gewesen war. Sie könnte Archer Minor gekannt haben, ich hatte aber keine Ahnung, woher. Ich wollte gerade aufgeben und diesen Punkt als Zufall abtun, als ich eine kleine, unscheinbare Todesanzeige las.

Was zum …?

Ich musste tatsächlich die Augen schließen, sie reiben und noch einmal von vorne anfangen. Weil es nicht sein konnte. Genau in dem Moment, wo alles zusammenpasste – als ich Fortschritte zu machen glaubte –, traf mich erneut ein unerwarteter Tiefschlag:

> Archer Minor, 41 Jahre alt, aus Manhattan, aufgewachsen in Flushing, Queens, New York. Mr Minor war Teilhaber der Anwaltskanzlei Pashaian, Dressner und Rosenburgh, deren Geschäftsräume sich im Lock-Horne-Building, 245 Park Avenue in New York City befinden. Archer bekam viele Ehrungen und Auszeichnungen für seine Arbeit für Wohltätigkeitsorganisationen. Er besuchte die Saint Francis Prep School und legte sein Examen mit der Note summa cum laude am Lanford College …

DREISSIG

Über die Telefonleitung hörte ich Mrs Dinsmore seufzen. »Sind Sie nicht suspendiert?«

»Sie vermissen mich. Geben Sie's zu.«

Selbst inmitten dieser ständig wachsenden Kombination aus Horror und Konfusion fühlte ich mich geerdet, als ich Mrs Dinsmores Stimme hörte. Es gab nur wenige Konstanten in meinem Leben, mit Mrs Dinsmore herumzualbern war eine davon. Es wirkte beruhigend, an einem persönlichen Ritual festzuhalten, während die Welt um mich herum im Chaos versank.

»Die Suspendierung schließt vermutlich auch Anrufe bei College-Mitarbeitern ein«, sagte Mrs Dinsmore.

»Auch wenn es nur um Telefonsex geht?«

Ich sah ihren missbilligenden Blick in über 250 Kilometer Entfernung vor mir. »Was wollen Sie, Sie Komiker?«

»Sie müssen mir einen Riesengefallen tun«, sagte ich.

»Und was kriege ich dafür?«

»Haben Sie das mit dem Telefonsex nicht mitbekommen?«

»Jake?«

Ich konnte mich nicht erinnern, dass sie mich je mit dem Vornamen angesprochen hatte.

»Ja?«

Plötzlich klang ihre Stimme beinah zärtlich. »Was ist

los? Suspendiert zu werden passt ganz und gar nicht zu Ihnen. Sie sind sonst doch unser größtes Vorbild hier.«

»Das ist eine sehr lange Geschichte.«

»Sie haben mich nach Professor Kleiners Tochter gefragt. Die, in die Sie verliebt sind.«

»Ja.«

»Suchen Sie sie immer noch?«

»Ja.«

»Hängt das mit Ihrer Suspendierung zusammen?«

»Ja.«

Stille. Dann räusperte Mrs Dinsmore sich.

»Was brauchen Sie, Professor Fisher?«

»Eine Studentenakte.«

»Schon wieder?«

»Ja.«

»Sie benötigen eine schriftliche Genehmigung des Studenten«, sagte Mrs Dinsmore. »Das habe ich Ihnen beim letzten Mal schon gesagt.«

»Und genau wie beim letzten Mal ist der Student tot.«

»Oh«, sagte sie. »Wie heißt er?«

»Archer Minor.«

Schweigen.

»Kannten Sie ihn?«

»Nein, als Studenten nicht.«

»Aber?«

»Aber ich erinnere mich daran, in der *Lanford News* gelesen zu haben, dass er vor ein paar Jahren ermordet wurde.«

»Vor sechs Jahren«, sagte ich.

Ich ließ den Motor an, behielt das Handy aber am Ohr.

»Damit ich das richtig verstehe«, sagte Mrs Dinsmore. »Sie suchen Natalie Avery, richtig?«

»Richtig.«

»Und um sie zu finden, müssen Sie die persönlichen Akten nicht nur von einem, sondern sogar von zwei ermordeten Studenten einsehen?«

So hatte ich das seltsamerweise noch gar nicht betrachtet. »Da ist wohl was dran«, sagte ich.

»Ich könnte so dreist sein zu bemerken, dass das nicht unbedingt nach einer Liebesgeschichte klingt.«

Ich sagte nichts. Ein paar Sekunden vergingen.

»Ich rufe zurück«, sagte Mrs Dinsmore und legte auf.

Die Hyde-Park-Wohnresidenz ähnelte einem Marriott Courtyard Hotel.

Und auch noch einem recht hübschen, etwas vornehm, mit einem viktorianischen Pavillon am Eingang – trotzdem schrie die Anlage mir entgegen: unpersönlich, Fertigbau, Massenproduktion. Das Hauptgebäude war dreigeschossig mit Türmchen an den Ecken. Auf einem übergroßen Schild stand EINGANG RESIDENZ. Ich folgte dem Weg eine Rollstuhlrampe hinauf und öffnete die Tür.

Die Frau hinter dem Schreibtisch hatte eine Bienenkorb-Helmfrisur, wie ich sie zum letzten Mal bei einer Senatorengattin zirka aus dem Jahr 1964 gesehen hatte. Sie begrüßte mich mit einem so hölzernen Lächeln, dass Draufklopfen Glück gebracht hätte.

»Kann ich Ihnen helfen?«

Ich lächelte und breitete die Arme aus. Irgendwo hatte ich gelesen, dass man mit ausgebreiteten Armen offener und vertrauenswürdiger erschien, während verschränkte Arme genau das Gegenteil bewirkten. Ich wusste nicht, ob das stimmte. Es fühlte sich an, als könnte ich jemanden hochnehmen und davontragen. »Ich möchte Sylvia Avery besuchen.«

»Erwartet sie Sie?«, fragte Bienenkorb.

»Nein, ich glaube nicht. Ich war nur gerade in der Gegend.«

Sie sah mich zweifelnd an. Ich nahm es ihr nicht übel. Ich glaube nicht, dass allzu viele Leute einfach mal in einem Altenheim vorbeischauen. »Wenn Sie sich hier bitte eintragen würden?«

»Selbstverständlich.«

Sie drehte ein übergroßes Gästebuch um, das mich an Hochzeiten, Beerdigungen oder Hotels in alten Filmen erinnerte, schob es zu mir herüber und reichte mir einen großen Füller. Ich trug meinen Namen ein. Die Frau drehte das Gästebuch wieder um.

»Mr Fisher.« Sie las meinen Namen sehr langsam vor. Dann sah sie mich an und blinzelte. »Darf ich fragen, woher Sie Miss Avery kennen?«

»Über ihre Tochter Natalie. Ich dachte, es wäre nett, mal vorbeizuschauen.«

»Sylvia wird sich sicher freuen.« Bienenkorb deutete nach links. »Unser Wohnzimmer ist frei, und es ist sehr gemütlich. Wollen Sie sich dort mit ihr treffen?«

Gemütlich? »Sehr gern«, sagte ich.

Bienenkorb stand auf. »Ich bin sofort wieder da. Machen Sie es sich bequem.«

Ich ging in das freie, gemütliche Wohnzimmer. Ich wusste, was los war. Bienenkorb wollte das Treffen im Blick behalten, für den Fall, dass ich nicht ganz koscher war. Logisch.

Sicher ist sicher. Die Sofas mit den Blumenmustern waren wirklich ganz hübsch, trotzdem vermittelten sie nicht den Eindruck, dass man sich darauf wohlfühlen konnte. Eigentlich vermittelte hier nichts diesen Eindruck. Die Ausstattung sah aus wie in einem Musterhaus, das perfekt dafür eingerichtet war, das Positive hervorzuheben, aber der Geruch nach Desinfektionsmitteln, Industriereiniger und – ja, ich wage, es auszusprechen – alten Menschen war unverkennbar. Ich blieb stehen. In der Ecke stand eine alte Frau mit einem Rollator in einem ramponierten Bademantel. Sie redete wild gestikulierend auf die Wand ein.

Mein neues Einweg-Handy fing an zu klingeln. Ich sah aufs Display, obwohl ich wusste, dass ich die Nummer nur einer Person gegeben hatte: Mrs Dinsmore. Ein Schild untersagte die Benutzung von Handys, aber in letzter Zeit bewegte ich mich sowieso regelmäßig am Rande der Legalität. Ich ging in eine Ecke, drehte mich zur Wand, nahm den Anruf an und flüsterte ganz im Stil der Frau mit dem Rollator: »Hallo?«

»Ich habe Archer Minors Akte«, sagte Mrs Dinsmore. »Soll ich sie Ihnen mailen?«

»Das wäre toll. Haben Sie sie direkt vor sich?«

»Ja.«

»Steht irgendetwas Seltsames drin?«

»Ich habe noch nicht reingesehen. Inwiefern seltsam?«

»Können Sie kurz einen Blick hineinwerfen?«

»Was soll ich suchen?«

Ich überlegte. »Wie wäre es mit einer Verbindung zwischen den beiden Mordopfern. Wohnten sie im selben Haus? Oder haben sie ein oder mehrere Seminare zusammen besucht?«

»Die beiden Fragen kann ich direkt beantworten. Archer Minor hatte sein Examen schon gemacht, als Todd Sanderson noch nicht einmal eingeschrieben war. Sonst noch etwas?«

Als ich darüber nachdachte, war es, als legten sich ein paar eisige Finger um mein Herz.

Mrs Dinsmore fragte: »Sind Sie noch dran?«

Ich schluckte. »War Archer Minor auf dem Campus, als Professor Kleiner durchgebrannt ist?«

Es entstand eine kurze Pause. Dann sagte Mrs Dinsmore mit abwesender Stimme: »Ich glaube, das war in seinem ersten oder zweiten Jahr hier.«

»Könnten Sie nachsehen, ob er …?«

»Schon dabei.« Ich hörte die Tastatur klappern. Ich sah mich um. Auf der anderen Seite des Raums winkte mir die alte Frau mit dem Rollator und dem ramponierten Bademantel vielsagend zu. Ich winkte ebenso vielsagend zurück. Warum auch nicht?

Dann sagte Mrs Dinsmore: »Jake?«

Wieder mein Vorname.

»Ja?«

»Archer Minor hat Professor Kleiners Seminar *Bürgerrechte und Pluralismus* besucht. Laut Akte bekam er eine Eins.«

Bienenkorb kam zurück. Sie schob Natalies Mutter in einem Rollstuhl vor sich her. Ich erkannte Sylvia Avery von der Hochzeit vor sechs Jahren. Schon damals sah sie für ihr Alter nicht sehr gut aus, und dem ersten Eindruck nach hatte sich das nicht gebessert.

Ich hatte das Handy noch am Ohr und fragte Mrs Dinsmore: »Wann?«

»Wann was?«

»Wann hat Archer Minor dieses Seminar besucht?«

»Einen Moment.« Dann hörte ich, wie Mrs Dinsmore kurz nach Luft schnappte. Ich kannte die Antwort bereits. »Das war in dem Semester, in dem Professor Kleiner verschwunden ist.«

Ich nickte. Daher die Eins. In dem Semester hatten alle eine Eins bekommen.

In meinem Kopf rotierte alles. Ohne darauf zu warten, dass es aufhörte, dankte ich Mrs Dinsmore und legte auf, als Bienenkorb Sylvia Avery zu mir herüberschob. Ich hatte gehofft, dass sie uns im »Wohnzimmer« alleine lassen würde, aber sie wartete. Ich räusperte mich.

»Miss Avery, Sie erinnern sich vielleicht nicht mehr an mich …«

»Natalies Hochzeit«, unterbrach sie mich. »Sie waren der verschmähte Liebhaber, den sie sitzen gelassen hat.«

Ich sah Bienenkorb an. Sie legte eine Hand auf Sylvia Averys Schulter. »Alles in Ordnung, Sylvia?«

»Natürlich ist alles in Ordnung«, fauchte sie. »Hauen Sie ab und lassen Sie uns in Ruhe.«

Das hölzerne Lächeln zuckte nicht einmal, so wie es für Holz eben typisch ist. Bienenkorb ging zurück zu ihrem Schreibtisch. Sie warf uns von dort noch einen Blick zu, als wollte sie sagen: *Ich sitze zwar nicht bei euch, aber ich werde euch nicht aus den Augen lassen.*

»Sie sind zu groß«, sagte Sylvia Avery zu mir.

»Tut mir leid.«

»Das hilft mir nichts. Setzen Sie sich einfach hin, damit ich mir nicht die ganze Zeit den Hals verrenken muss.«

»Oh«, sagte ich. »Tut mir leid.«

»Tut mir leid, tut mir leid … Jetzt setzen Sie sich endlich.«

Ich setzte mich auf das Sofa. Sie musterte mich einen Moment lang. »Was wollen Sie?«

Sylvia Avery wirkte klein und runzelig in ihrem Rollstuhl, aber wer wirkte in einem Rollstuhl schon gesund und kräftig? Ich antwortete mit einer Gegenfrage.

»Hören Sie jemals etwas von Natalie?«

Sie sah mich mit misstrauischem Blick an. »Wer will das wissen?«

»Äh, ich.«

»Sie schickt mir gelegentlich Karten. Warum?«

»Aber gesehen haben Sie sie nicht?«

»Nein. Aber das ist schon okay. Sie ist ein Freigeist, wissen Sie? Wenn man einem Freigeist seine Freiheit lässt, fliegt er davon. Deshalb nennt man solche Menschen Freigeister.«

»Wissen Sie, wo dieser Freigeist gelandet ist?«

»Nicht, dass es Sie etwas anginge, aber Natalie lebt im Ausland. Glücklich wie nur irgendwas mit ihrem Mann Todd. Ich freue mich darauf, dass die beiden irgendwann Kinder bekommen.« Ihre Augen verengten sich. »Wie war noch Ihr Name?«

»Jake Fisher.«

»Sind Sie verheiratet, Jake?«

»Nein.«

»Waren Sie je verheiratet?«

»Nein.«

»Haben Sie eine Frau oder eine feste Freundin?«

Ich sparte mir die Antwort.

»Wie schade.« Sylvia Avery schüttelte den Kopf. »Ein großer, kräftiger Mann wie Sie. Sie sollten heiraten. Eine Frau würde sich in Ihrer Gegenwart sicher fühlen. Sie dürfen nicht allein sein.«

Die Richtung, in die sich das Gespräch entwickelte, gefiel mir nicht. Also musste ich das Thema wechseln.

»Miss Avery?«

»Ja.«

»Wissen Sie, womit ich meine Brötchen verdiene?«

Sie sah mich von oben bis unten an. »Sie sehen aus wie ein Football-Spieler.«

»Ich bin College-Professor«, sagte ich.

»Oh.«

Ich wandte mich ihr direkt zu, damit ich ihre Reaktion auf meine Worte besser beobachten konnte. »Ich unterrichte Politikwissenschaft am Lanford College.«

Der letzte Hauch von Farbe wich aus ihren Wangen.

»Mrs Kleiner?«

»So heiße ich nicht.«

»So hießen Sie aber einmal, oder? Sie haben Ihren Mädchennamen wieder angenommen, nachdem Ihr Mann Lanford verlassen hat.«

Sie schloss die Augen. »Was wissen Sie darüber?«

»Das ist eine lange Geschichte.«

»Hat Natalie Ihnen das erzählt?«

»Nein«, sagte ich. »Kein Wort. Nicht einmal, als ich mit ihr auf dem Campus war.«

»Gut.« Sie fuhr sich mit der zitternden Hand über den Mund. »Gott, woher wissen Sie dann davon?«

»Ich muss mit Ihrem Exmann sprechen.«

»Was?« Sie riss die Augen ängstlich auf. »Oh nein, das kann nicht wahr sein …«

»Was kann nicht wahr sein?«

Sie saß nur da, presste die Hand auf den Mund und schwieg.

»Bitte, Miss Avery. Es ist sehr wichtig, dass ich mit ihm spreche.«

Sylvia Avery kniff die Augen fest zusammen wie ein Kind, das sich wünschte, ein Monster würde verschwinden. Ich blickte ihr über die Schulter. Bienenkorb beobachtete uns mit unverhohlener Neugier. Ich rang mir ein Lächeln ab, das mindestens ebenso aufgesetzt wie ihres wirken musste, um ihr zu signalisieren, dass alles in Ordnung war.

Sylvia Avery flüsterte: »Warum wollen Sie gerade jetzt etwas darüber wissen?«

»Ich muss ihn sprechen.«

»Das ist alles so elendig lange her. Wissen Sie, was ich tun musste, um darüber hinwegzukommen? Wissen Sie, wie weh das tut?«

»Ich will niemandem wehtun.«

»Nicht? Dann hören Sie auf. Warum, um alles in der Welt, sollten Sie mit dem Mann reden wollen? Wissen Sie, was er Natalie angetan hat, als er durchgebrannt ist?«

Ich wartete, weil ich hoffte, dass sie weitersprechen würde, was sie nach einer kurzen Pause tat.

»Sie müssen das verstehen. Julie war zu jung. Sie konnte sich kaum an ihren Vater erinnern. Aber Natalie? Sie ist nie darüber hinweggekommen. Die Erinnerung hat sie nie losgelassen.«

Wieder fuhr sie sich mit der zittrigen Hand übers Gesicht. Sie wandte den Blick ab. Ich wartete noch etwas, aber Sylvia Avery hatte erst einmal aufgehört zu reden.

Ich versuchte, entschieden zu klingen. »Wo ist Professor Kleiner jetzt?«

»Kalifornien«, sagte sie.

»Wo in Kalifornien?«

»Das weiß ich nicht.«

»In der Umgebung von Los Angeles, San Francisco? San Diego? Kalifornien ist ziemlich groß.«

»Wie schon gesagt, weiß ich das nicht. Wir haben keinen Kontakt.«

»Woher wissen Sie dann, dass er in Kalifornien ist?«

Sie schwieg einen Moment lang. Ihre Miene verdunkelte sich. »Genaugenommen weiß ich das gar nicht«, sagte sie. »Er könnte auch umgezogen sein.«

Eine Lüge.

»Sie haben Ihren Töchtern erzählt, dass er wieder geheiratet hätte.«

»Das stimmt.«

»Woher wussten Sie das?«

»Aaron hat mich angerufen und es erzählt.«

»Ich dachte, Sie haben keinen Kontakt.«

»Seit Langem nicht mehr.«

»Wie heißt seine Frau?«

Sie schüttelte den Kopf. »Keine Ahnung. Und wenn ich es wüsste, würde ich es Ihnen nicht sagen.«

»Warum nicht? Dass Sie es Ihren Töchtern nicht erzählt haben, okay, das sehe ich ein. Sie wollten sie schützen. Aber warum sollten Sie es mir nicht sagen?«

Sie verdrehte die Augen. Ich beschloss zu bluffen.

»Ich habe die Heiratsurkunden überprüft«, sagte ich. »Ihre Ehe wurde nie geschieden.«

Sylvia Avery grunzte leise. Bienenkorb konnte es unmöglich gehört haben, aber ihre Ohren richteten sich auf wie bei einem Hund, der ein Geräusch hört, das sonst niemand hören kann. Wieder schenkte ich ihr ein »Alles in Ordnung«-Lächeln.

»Wie konnte Ihr Mann noch einmal heiraten, wenn Sie nie geschieden wurden?«

»Das müssen Sie ihn fragen.«

»Was ist passiert, Miss Avery?«

Sie schüttelte den Kopf. »Lassen Sie es gut sein.«

»Er ist nicht mit einer Studentin durchgebrannt, richtig?«

»Doch, das ist er«, sagte sie. Jetzt versuchte sie es mit Entschiedenheit. Aber es gelang ihr nicht. Es klang zu defensiv, zu routiniert. »Ja, Aaron ist durchgebrannt und hat mich verlassen.«

»Sie wissen, dass Lanford College ein ziemlich kleiner Campus ist, oder?«

»Natürlich weiß ich das. Ich habe da sieben Jahre lang gelebt. Und?«

»Die Campus-Medien wären heiß gelaufen, wenn eine Studentin ihr Studium abgebrochen hätte, um mit einem Professor durchzubrennen. Ihre Eltern hätten beim Präsidenten angerufen. Es hätte Mitarbeiterversammlungen gegeben. Oder sonst irgendetwas. Ich habe das überprüft. In der Zeit, als Ihr Mann verschwand, hat niemand sein Studium abgebrochen. Es gab keine Studentin, die Seminare geschwänzt hat, und es ist auch keine verschwunden.«

Auch dies war ein Bluff, aber ein guter. Auf einem so kleinen Campus wie dem von Lanford blieb so etwas nicht lange geheim. Wenn eine Studentin mit einem Professor durchgebrannt wäre, hätten alle, insbesondere Mrs Dinsmore, ihren Namen gekannt.

»Vielleicht war sie auf dem Strickland. Dem staatlichen College gleich um die Ecke. Ja, ich glaube, sie hat da studiert.«

»So ist das damals nicht abgelaufen«, sagte ich.

»Bitte«, sagte Miss Avery. »Was soll das werden?«

»Ihr Mann ist verschwunden. Und jetzt, fünfundzwanzig Jahre danach, passiert dasselbe mit Ihrer Tochter.«

Endlich schien sie zuzuhören. »Was?« Sie schüttelte den Kopf ein wenig zu energisch. Fast wie ein trotziges Kind. »Ich habe Ihnen doch schon gesagt, dass Natalie im Ausland lebt.«

»Nein, Miss Avery, das tut sie nicht. Sie hat Todd nie geheiratet. Das war ein Trick. Todd war schon verheiratet. Außerdem wurde er vor knapp einer Woche ermordet.«

Das war zu viel. Sylvia Averys Kopf fiel erst zur Seite, dann nach vorn, als hätte ihre Halswirbelsäule sich in Gummi verwandelt. Ich sah, wie Bienenkorb hinter ihr zum Telefon griff. Sie sah mich an, während sie mit jemandem sprach. Das hölzerne Lächeln war verschwunden.

»Natalie war ein so fröhliches Mädchen.« Ihr Kopf hing immer noch herab. »Sie können sich das gar nicht vorstellen. Oder vielleicht schon. Sie haben sie geliebt. Sie haben ihr wahres Ich gesehen, aber das war ja auch viel später. Nachdem sich so viele Dinge bereits wieder gebessert hatten.«

»Inwieweit gebessert?«

»Wissen Sie, als Natalie klein war, mein Gott, das Mädchen hat ihren Vater angehimmelt. Wenn er nach dem Seminar nach Hause kam, ist sie vor Freude schreiend zu ihm gelaufen.« Schließlich hob Sylvia Avery wieder den Kopf. Ein vages Lächeln lag auf ihrem Gesicht, als sie die Erinnerung an eine weit zurückliegende Vergangenheit vor Augen hatte. »Aaron hat sie hochgehoben, herumgewirbelt, und sie hat laut gelacht…«

Sie schüttelte den Kopf. »Wir waren so unglaublich glücklich.«

»Was ist passiert, Miss Avery?«

»Er ist durchgebrannt.«

»Warum?«

Sie schüttelte den Kopf. »Das ist egal.«

»Nein, ist es nicht.«

»Die arme Natalie. Sie konnte damals schon nicht loslassen, und jetzt …«

»Jetzt was?«

»Sie verstehen das nicht. Sie werden es auch nie verstehen.«

»Erklären Sie es mir.«

»Warum? Wer sind Sie überhaupt?«

»Ich bin der Mann, der sie liebt«, sagte ich. »Und auch der Mann, den sie liebt.«

Sie wusste nicht, wie sie damit umgehen sollte. Ihr Blick war immer noch zu Boden gerichtet, beinahe so, als fehlte ihr die Kraft, ihn zu heben. »Natalie hat sich sehr verändert, als ihr Vater durchgebrannt ist. Sie ist mürrisch geworden. Das fröhliche kleine Mädchen war für immer verschwunden. So als ob Aaron ihre Fröhlichkeit mitgenommen hätte. Sie konnte seine Entscheidung einfach nicht akzeptieren. Warum hatte ihr Vater sie verlassen? Was hatte sie falsch gemacht? Warum liebte er sie nicht mehr?«

Ich stellte sie mir vor – meine Natalie als Kind, die sich von ihrem eigenen Vater verlassen und verstoßen gefühlt hatte. Ich spürte ein Stechen in der Brust.

»Hinterher hatte sie lange Probleme, Menschen zu vertrauen. Es war unvorstellbar. Sie hat alle weggestoßen, gleichzeitig die Hoffnung aber nie aufgegeben.« Sylvia

Avery sah mich an. »Kennen Sie sich mit Hoffnung aus, Jake?«

»Ich glaube schon«, sagte ich.

»Sie ist das Grausamste auf der Welt. Selbst der Tod ist besser. Wenn man tot ist, hat der Schmerz ein Ende. Aber die Hoffnung zieht dich immer wieder hoch, nur um dich hinterher wieder auf den harten Boden der Tatsachen fallen zu lassen. Die Hoffnung hält dein Herz in der Hand, nur um es dann in der Faust zu zerquetschen. Immer wieder. Es hört nie auf. Das ist Hoffnung.«

Sie legte die Hände in ihren Schoß und sah mich streng an. »Tja, verstehen Sie, daher habe ich versucht, ihr die Hoffnung zu nehmen.«

Ich nickte. »Sie wollten, dass Natalie ihren Vater vergisst«, sagte ich.

»Ja.«

»Indem Sie behaupteten, er wäre durchgebrannt und hätte die ganze Familie verlassen.«

Ihre Augen wurden feucht. »Ich hielt es für das Beste. Verstehen Sie? Ich dachte, auf die Art würde Natalie ihn vergessen.«

»Sie haben Natalie erzählt, dass ihr Vater wieder geheiratet hat«, sagte ich. »Sie haben ihr erzählt, dass er andere Kinder hat. Das war aber alles gelogen, oder?«

Sylvia Avery antwortete nicht. Ihre Miene verhärtete sich.

»Miss Avery?«

Sie sah mich an. »Lassen Sie mich zufrieden.«

»Ich muss wissen …«

»Was Sie wissen müssen, interessiert mich nicht. Lassen Sie mich zufrieden.«

Sie fing an, nach hinten zu rollen. Ich griff nach dem Rollstuhl. Der blieb plötzlich stehen. Die Decke fiel von ihrem Schoß. Als ich nach unten blickte, ließ ich den Rollstuhl ohne Aufforderung los. Ihr halbes rechtes Bein fehlte. Sie zog die Decke langsamer als nötig hoch. Ich sollte es sehen.

»Diabetes«, sagte sie. »Es musste vor drei Jahren amputiert werden.«

»Tut mir leid.«

»Glauben Sie mir, das war gar nichts.« Wieder streckte ich die Hand aus, sie schlug sie jedoch zur Seite. »Auf Nimmerwiedersehen, Jake. Lassen Sie meine Familie in Ruhe.«

Sie rollte weg. Mir blieb keine Wahl. Ich musste schweres Geschütz auffahren.

»Erinnern Sie sich an einen Studenten namens Archer Minor?«

Der Rollstuhl blieb stehen. Ihr Unterkiefer klappte nach unten.

»Archer Minor hat in Lanford ein Seminar Ihres Mannes besucht«, sagte ich. »Erinnern Sie sich an ihn?«

»Wie ...« Ihre Lippen bewegten sich weiter, brachten jedoch keine Worte hervor, bis sie schließlich sagte: »Bitte.« Anfangs hatte ihre Stimme ängstlich geklungen, jetzt sprach Entsetzen aus ihr. »Bitte halten Sie sich da raus.«

»Wussten Sie, dass Archer Minor tot ist? Er wurde ermordet.«

»Gott sei Dank!«, presste sie zwischen den Zähnen hervor. Dann schloss sie den Mund so fest, als bereue sie ihre Worte, kaum dass sie sie ausgesprochen hatte.

»Bitte erzählen Sie mir, was passiert ist.«

»Lassen Sie es gut sein.«

»Ich kann nicht.«

»Ich verstehe nicht, was Sie mit der Angelegenheit zu tun haben. Es geht Sie nichts an.« Sie schüttelte den Kopf. »Natürlich … es ist ja kein Wunder …«

»Was?«

»Dass Natalie sich in Sie verliebt.«

»Wieso?«

»Sie sind ein Träumer. Genau wie ihr Vater. Er konnte auch nichts auf sich beruhen lassen. Manche Menschen können das einfach nicht. Ich bin eine alte Frau. Hören Sie auf mich. Die Welt ist ein Chaos, Jake. Manche wollen nur Schwarz und Weiß sehen. Diese Menschen bezahlen dafür. Mein Ehemann war einer von ihnen. Er musste überall seine Nase hineinstecken. Und Sie, Jake, gehen den gleichen Weg.«

Ich hörte ferne Echos aus der Vergangenheit – von Malcolm Hume und Eban Trainor, aber auch von Benedict. Ich dachte an meine eigenen Gedanken in der letzten Zeit, daran, wie es sich anfühlte, einen Menschen zu schlagen oder gar zu töten.

»Was ist damals mit Archer Minor passiert?«, fragte ich.

»Sie werden nicht aufhören. Sie werden weiter herumbohren, bis alle tot sind.«

»Es bleibt zwischen Ihnen und mir«, sagte ich. »Es wird diesen Raum nicht verlassen. Sagen Sie es mir einfach.«

»Und wenn ich mich weigere?«

»Dann bohre ich weiter. Was ist mit Archer Minor passiert?«

Wieder wandte sie den Blick ab, zupfte sich mit den Fingern gedankenverloren an der Lippe. Ich richtete mich etwas mehr auf, versuchte, ihren Blick auf mich zu ziehen.

»Man sagt doch, der Apfel fällt nicht weit vom Stamm.«

»Ja«, sagte ich.

»Der Junge hat es versucht. Archer Minor wollte der Apfel sein, der nicht nur herunterfällt, sondern weit wegrollt. Er wollte ein guter Mensch werden. Er wollte seinem Milieu entfliehen. Aaron hat das verstanden. Er hat versucht, ihm zu helfen.«

Sie nahm sich Zeit, um die Decke auf ihrem Schoß zurechtzulegen.

»Und was ist passiert?«, fragte ich.

»Archer war in Lanford überfordert. Auf der Highschool hatte sein Vater Druck auf die Lehrer ausüben können, so dass sie ihm Einsen gegeben haben. Ich weiß nicht, ob er den hohen Wert im College-Eignungstest, der in seinem Lebenslauf stand, wirklich erreicht hat. Ich weiß auch nicht, wie er die anderen Zugangstests bestanden hat. Was das wissenschaftliche Arbeiten in Lanford betraf, war der Junge jedenfalls überfordert.«

Wieder machte sie eine Pause.

»Bitte fahren Sie fort.«

»Dafür gibt es keinen Grund«, sagte sie.

Dann erinnerte ich mich an das, was Mrs Dinsmore mir als Erstes erzählt hatte, als ich mich nach Professor Aaron Kleiner erkundigt hatte.

»Es hatte Täuschungsversuche von Studenten gegeben, stimmt's?«

Ihre Körpersprache verriet mir, dass ich einen Volltreffer gelandet hatte.

»War Archer Minor darin verwickelt?«, fragte ich.

Sie antwortete nicht. Doch das war auch nicht nötig.

»Miss Avery?«

»Er hatte einem Studenten eine Semesterarbeit abgekauft, der ein Jahr zuvor seinen Abschluss gemacht hatte. Der Student hatte dafür eine Eins bekommen. Archer hat sie nur abgetippt und als seine eigene Arbeit ausgegeben. Er hatte nicht ein einziges Wort verändert. Er dachte, Aaron würde sich sowieso nicht daran erinnern. Aber Aaron erinnerte sich an alles.«

Ich kannte die College-Regeln. In Lanford hatte ein solches Plagiat einen sofortigen Rauswurf zur Folge.

»Hat Ihr Mann ihn gemeldet?«

»Ich habe ihm gesagt, er soll das nicht tun. Ich sagte, er solle Archer eine zweite Chance geben. Wobei es mir nicht um Archer ging. Ich wusste einfach, was passieren würde.«

»Sie wussten, dass seine Familie außer sich sein würde.«

»Aaron hat es trotzdem gemeldet.«

»Wem?«

»Dem Fachbereichsvorsitzenden.«

Mein Mut sank. »Malcolm Hume?«

»Ja.«

Ich lehnte mich zurück. »Was hat Malcolm dazu gesagt?«

»Er hat Aaron gebeten, die Sache auf sich beruhen zu lassen. Aaron sollte nach Hause gehen und das Ganze noch einmal überdenken.«

Ich dachte an meine eigene Auseinandersetzung mit Eban Trainor. Er hatte mir etwas Ähnliches gesagt, richtig? Man wurde nicht Außenminister, wenn man nicht bereit war, Kompromisse einzugehen, Deals zu machen, Bedingungen auszuhandeln und zu verstehen, dass die Graustufen in der Welt vorherrschten.

»Ich bin sehr müde, Jake.«

»Ich verstehe da etwas nicht.«

»Lassen Sie die Angelegenheit auf sich beruhen.«

»Archer Minor wurde nicht gemeldet. Er hat seinen Abschluss mit summa cum laude gemacht.«

»Wir habe Drohanrufe bekommen. Ein Mann hat mich besucht. Er ist ins Haus gekommen, als ich unter der Dusche stand. Er saß auf meinem Bett, als ich herauskam. Er hatte Fotos von Natalie und Julie in der Hand. Er hat kein Wort gesagt. Er hat nur mit den Fotos von Natalie und Julie in der Hand auf dem Bett gesessen. Irgendwann ist er dann aufgestanden und gegangen. Können Sie sich vorstellen, wie das war?«

Ich dachte daran, wie Danny Zuker bei mir eingebrochen war und auf meinem Bett gesessen hatte. »Haben Sie es Ihrem Mann erzählt?«

»Natürlich.«

»Und?«

Auch dieses Mal ließ sie sich Zeit mit der Antwort. »Ich glaube, da hat er endlich begriffen, wie gefährlich das alles war. Aber es war schon zu spät.«

»Was hat er getan?«

»Aaron ist gegangen. Uns zuliebe.«

Ich nickte. Jetzt verstand ich es. »Aber das konnten Sie Natalie nicht erzählen. Sie konnten es niemandem erzählen. Sie hätten die Leute in Gefahr gebracht. Also haben Sie allen erzählt, dass er mit einer Studentin durchgebrannt ist. Dann sind Sie weggezogen und haben Ihren Mädchennamen wieder angenommen.«

»Ja«, sagte sie.

Aber ich hatte etwas übersehen. Vermutlich sogar eine ganze Menge. Irgendetwas passte immer noch nicht richtig zusammen, es nagte an mir, hatte sich im Hinterkopf festgesetzt, ich kam aber nicht ganz heran. Wie zum Beispiel war es möglich, dass Natalie zwanzig Jahre später Archer Minor über den Weg gelaufen war?

»Natalie dachte, ihr Vater hätte sie im Stich gelassen«, sagte ich.

Sie schloss nur die Augen.

»Aber Sie sagten, Natalie hätte sich nicht damit abgefunden.«

»Sie hat nicht aufgehört, mich zu bedrängen. Sie war so traurig. Ich hätte ihr diese Geschichte niemals erzählen dürfen. Aber ich hatte keine Wahl. Ich habe das alles nur zum Schutz meiner beiden Töchter getan. Sie werden das nicht verstehen. Sie werden nicht verstehen, was eine Mutter manchmal tun muss. Aber ich musste doch meine Töchter schützen, oder?«

»Ja, das stimmt.«

»Und jetzt sehen Sie sich an, was passiert ist. Sehen Sie sich an, was ich getan habe.« Sie legte die Hände vors Gesicht und fing an zu schluchzen. Die alte Frau im ramponierten Bademantel mit dem Rollator hörte auf, mit der Wand zu sprechen. Bienenkorb sah aus, als bereitete sie sich auf ihren Einsatz vor. »Ich hätte mir eine andere Geschichte ausdenken müssen. Natalie hat mich immer weiter bedrängt, wollte unbedingt wissen, was mit ihrem Vater passiert ist. Sie hat nie damit aufgehört.«

Jetzt verstand ich. »Also haben Sie ihr irgendwann die Wahrheit gesagt.«

»Die Lüge hatte ihr Leben ruiniert, verstehen Sie? Sie war in dem Glauben aufgewachsen, dass ihr geliebter Vater ihr das angetan hatte. Sie brauchte einfach einen Abschluss.

Den hatte ich ihr vorenthalten. Also habe ich ihr schließlich die Wahrheit gesagt. Ich habe ihr erzählt, dass ihr Vater sie liebte. Ich habe ihr erzählt, dass sie nichts falsch gemacht hat. Ich habe ihr erzählt, dass er sie niemals im Stich lassen würde.«

Ich nickte, als sie das erzählte. »Also haben Sie ihr von Archer Minor erzählt. Und deshalb war sie an dem Tag bei ihm.«

Sie antwortete nicht. Sie schluchzte nur. Bienenkorb hatte genug. Sie kam zu uns herüber.

»Wo ist Ihr Mann jetzt, Miss Avery?«

»Ich weiß es nicht.«

»Und Natalie? Wo ist sie?«

»Das weiß ich auch nicht. Aber, Jake?«

Bienenkorb stellte sich neben sie. »Ich glaube, das reicht jetzt.«

Ich beachtete sie nicht. »Was ist, Miss Avery?«

»Lassen Sie es gut sein. Uns allen zuliebe. Machen Sie nicht denselben Fehler wie mein Mann.«

EINUNDDREISSIG

Als ich den Highway erreichte, schaltete ich mein iPhone ein. Ich ging nicht davon aus, dass es zurückverfolgt wurde, und selbst wenn, hätten sie nur erfahren, dass ich auf der Route 287 in der Nähe des Palisades Mall war. Das hätte sie vermutlich nicht viel weitergebracht. Ich fuhr rechts ran. Ich hatte neue Nachrichten, zwei E-Mails und drei SMS, alle von Shanta und jede dringender als die vorherige. Insgesamt fünf. In den ersten beiden SMS bat sie höflich darum, dass ich mich bei ihr melden solle. In den folgenden beiden E-Mails wurde die Bitte eindringlicher. In der letzten warf sie das große Netz aus:

An: Jacob Fisher
Von: Shanta Newlin

Jake,
hör auf, mich zu ignorieren. Ich habe eine wichtige Verbindung zwischen Natalie Avery und Todd Sanderson entdeckt.
Shanta

Holla. Ich überquerte den Hudson auf der Tappan Zee Bridge und bog an der ersten Ausfahrt ab. Ich schaltete das iPhone aus und griff nach einem der Einweg-Handys.

Ich wählte Shantas Nummer und wartete. Sie meldete sich nach dem zweiten Klingeln.

»Ich hab's begriffen«, sagte sie. »Du bist sauer auf mich.«

»Du hast der New Yorker Polizei die Nummer von meinem Einweg-Handy gegeben. Du hast ihnen geholfen, mich zu finden.«

»Schuldig. Aber das war nur zu deinem Besten. Die hätten auf dich schießen oder dich wegen Widerstands gegen Vollstreckungsbeamte verhaften können.«

»Ich habe allerdings keinerlei Widerstand geleistet. Ich war auf der Flucht vor ein paar Durchgeknallten, die mich umbringen wollten.«

»Ich kenne Mulholland. Ein guter Mann. Ich wollte einfach sichergehen, dass nicht irgendein Hitzkopf auf dich schießt.«

»Wieso sollte er? Ich war nicht einmal ein richtiger Verdächtiger.«

»Das ist auch egal, Jake. Du brauchst mir nicht zu vertrauen. Ist schon okay. Aber wir müssen uns unterhalten.«

Ich machte den Motor aus. »Du sagtest, du hättest eine Verbindung zwischen Natalie Avery und Todd Sanderson gefunden.«

»Ja.«

»Was für eine?«

»Das erzähl ich dir, wenn wir uns unterhalten. Von Angesicht zu Angesicht.«

Ich überlegte.

»Hör zu, Jake, das FBI wollte dich festnehmen und ausgiebig verhören. Ich konnte sie überzeugen, dass es besser ist, wenn ich das für sie erledige.«

»Das FBI?«

»Ja.«

»Was wollen die von mir?«

»Komm einfach her, Jake. Das ist in Ordnung, vertrau mir.«

»Klar.«

»Es läuft darauf hinaus, dass du dich mit mir oder mit dem FBI unterhältst.« Shanta seufzte. »Pass auf, wenn ich dir erzähle, worum es geht, versprichst du dann, dass du herkommst und mit mir redest?«

Ich überlegte kurz. »Ja.«

»Versprochen?«

»Ehrenwort. Also, worum geht's?«

»Es geht um mehrere Banküberfälle, Jake.«

Mein neues regelübertretendes, am Rande der Illegalität lebendes Ich missachtete auf dem Rückweg nach Lanford, Massachusetts, diverse Geschwindigkeitsbegrenzungen. Dabei versuchte ich, die neu erhaltenen Informationen einzuordnen, fügte sie in meine Zeitleiste ein, prüfte verschiedene Theorien und Mutmaßungen, verwarf die meisten, fing wieder von vorne an. In mancher Hinsicht passte das alles ziemlich gut zusammen, aber einige dieser vermeintlichen Zusammenhänge kamen mir doch arg konstruiert vor.

Mir fehlte immer noch einiges, unter anderem die Antwort auf die große Frage: Wo war Natalie?

Vor fünfundzwanzig Jahren war Professor Aaron Kleiner zu seinem Fachbereichsvorsitzenden Malcolm Hume gegangen, weil er einen Studenten bei einem Plagiat (bzw. beim Kauf und der kompletten Übernahme) einer Semesterarbeit ertappt hatte. Mein späterer Mentor hatte ihn unmissverständlich aufgefordert, die Sache auf sich beruhen zu lassen – genauso, wie er es dann mir gegenüber bei dem Vorfall mit Professor Eban Trainor gemacht hatte.

Ich fragte mich, ob Archer Minor Aaron Kleiners Familie persönlich bedroht hatte oder ob es von MM angeheuerte Hilfskräfte waren. Eigentlich spielte das jedoch keine Rolle. Sie hatten Kleiner so sehr unter Druck gesetzt, dass der keine andere Möglichkeit sah, als zu verschwinden. Ich versuchte, mich in seine Situation zu versetzen. Vermutlich war Kleiner verängstigt, fühlte sich gefangen, in die Enge getrieben.

Wen hätte er in dieser Situation um Hilfe gebeten?

Der erste Gedanke war wieder: Malcolm Hume.

Und Jahre später, als Kleiners Tochter sich in der gleichen Situation befand: verängstigt, gefangen, in die Enge getrieben …?

Die ganze Geschichte war förmlich übersät mit den Fingerabdrücken meines Mentors. Ich musste wirklich dringend mit ihm reden. Also wählte ich noch einmal Malcolms Nummer in Florida, es ging aber wieder niemand ran.

Shanta Newlin wohnte in einem Backstein-Stadthaus, das meine Mutter als »echtes Schmuckstück« bezeichnet hätte. Mit überquellenden Blumenkästen in voller Blüte und halbrunden Fenstern. Alles war perfekt symmetrisch. Ich ging den gepflasterten Weg entlang und drückte die Klingel. Ich war überrascht, als ein kleines Mädchen die Tür öffnete.

»Wer bist du?«, fragte das kleine Mädchen.

»Ich bin Jake. Und wer bist du?«

Das Mädchen war etwa fünf oder sechs Jahre alt. Sie wollte gerade antworten, als Shanta mit gestresster Miene erschien. Sie hatte die Haare nach hinten gebunden, trotzdem fielen ihr ein paar Strähnen in die Augen. Auf ihrer Augenbraue hatte sich Schweiß gesammelt.

»Lass mich das machen, Mackenzie«, sagte Shanta zu dem Mädchen. »Was habe ich dir über das Türaufmachen, wenn kein Erwachsener dabei ist, gesagt?«

»Nichts.«

»Also, ja, das stimmt wohl.« Sie räusperte sich. »Du darfst die Tür nicht aufmachen, wenn kein Erwachsener dabei ist.«

Das Mädchen deutete auf mich. »Er ist dabei. Er ist ein Erwachsener.«

Shanta sah mich mit empörter Miene an. Ich zuckte die Achseln. Das Mädchen hatte recht. Shanta bat mich herein und sagte Mackenzie, sie solle im Wohnzimmer spielen gehen.

»Darf ich raus?«, fragte Mackenzie. »Ich will auf die Schaukel.«

Shanta sah mich an. Wieder zuckte ich die Achseln. Langsam hatte ich darin Übung. »Klar, wir können alle nach hinten gehen«, sagte Shanta mit einem so forcierten Lächeln, dass ich fürchtete, sie bräuchte Klammern, um es auch nur einen Moment länger aufrechtzuerhalten.

Ich hatte immer noch keine Ahnung, wer Mackenzie war und was sie hier machte, hatte aber eigentlich auch andere Sorgen. Wir gingen in den Garten. Dort stand ein brandneues Zedernholz-Schaukelgerüst bestehend aus Schaukelpferd, Rutsche, überdachtem Unterschlupf und einer Sandkiste. Soweit ich wusste, wohnte Shanta allein, was das Ganze noch seltsamer machte. Mackenzie hüpfte auf das Schaukelpferd.

»Die Tochter meines Verlobten«, erläuterte Shanta.

»Oh.«

»Wir heiraten im Herbst. Er zieht hier ein.«

»Klingt gut.«

Wir sahen zu, wie Mackenzie schwungvoll auf dem Pferd schaukelte. Dabei musterte sie Shanta mit finsterem Blick.

»Das Kind hasst mich«, sagte Shanta.

»Hast du denn keine Märchen gelesen, als du klein warst? Du bist die böse Stiefmutter.«

»Vielen Dank, das ist eine große Hilfe.« Shanta sah mich an. »Wow, du siehst ja furchtbar aus.«

»Ist das wieder die Stelle, an der ich sagen müsste: ›Du solltest mal den Anderen sehen‹?«

»Was tust du dir an, Jake?«

»Ich suche den Menschen, den ich liebe.«

»Will sie überhaupt gefunden werden?«

»Das Herz stellt keine Fragen.«

»Der Penis stellt keine Fragen«, sagte sie. »Das Herz ist für gewöhnlich etwas klüger.«

Auch wieder wahr, dachte ich. »Was war das mit dem Bankraub?«

Sie schirmte mit der Hand ihre Augen vor der Sonne ab: »Wir sind wohl etwas ungeduldig, was?«

»Auf jeden Fall bin ich nicht in Stimmung für irgendwelche Spielchen, so viel ist sicher.«

»Nachvollziehbar. Weißt du noch, wie du mich zum ersten Mal gebeten hast zu prüfen, was mit Natalie Avery passiert ist?«

»Ja.«

»Als ich ihren Namen durch die Datenbanksysteme gejagt habe, ergab das zwei Treffer. Einer stammte von der

New Yorker Polizei. Gewissermaßen der Haupttreffer. Sie suchten sie dringend. Ich wurde zum Schweigen verdonnert. Du bist mein Freund. Du solltest mir vertrauen können. Aber ich arbeite auch für die Strafvollzugsbehörden. Ich darf Freunden nicht einfach irgendetwas über laufende Ermittlungen erzählen. Das verstehst du doch, oder?«

Ich nickte so knapp wie möglich, weniger um meine Zustimmung zu bekunden, als vielmehr, damit sie weitersprach.

»Der andere Treffer ist mir damals kaum aufgefallen«, sagte Shanta. »In dem wurde sie nicht gesucht, es wollte nicht einmal jemand mit ihr reden. Ihr Name wurde nur ganz am Rande erwähnt.«

»In welchem Zusammenhang?«

»Dazu komme ich gleich. Einen Moment Geduld, ja?«

Wieder nickte ich knapp. Erst das Achselzucken, jetzt das Nicken.

»Ich möchte dir beweisen, dass ich gute Absichten habe«, sagte sie. »Ich hätte das nicht tun müssen, aber ich habe mit dem NYPD gesprochen und mir eine Genehmigung geben lassen. Nur, damit du das richtig verstehst. Ich überschreite meine Kompetenzen nicht und hintergehe auch niemanden.«

»Nur mich«, sagte ich.

»Tiefschlag.«

»Ja, ich weiß.«

»Und vollkommen grundlos. Ich versuche, dir zu helfen.«

»Okay, tut mir leid. Was ist mit dem NYPD?«

Sie ließ mich noch ein wenig zappeln. »Das NYPD glaubt, dass Natalie Avery Zeugin eines Mordes geworden ist – dass sie den Mörder gesehen hat und ihn eindeutig identifizieren könnte. Außerdem glaubt das NYPD, dass der Täter eine bedeutende Person aus dem organisierten Verbrechen ist. Kurz gesagt: Deine Natalie wäre in der Lage, einen der führenden New Yorker Mafia-Bosse in den Knast zu bringen.«

Ich wartete, dass sie weitersprach – was sie nicht tat.

»Und weiter?«

»Mehr kann ich dir nicht sagen.«

Ich schüttelte den Kopf. »Du musst mich für einen Idioten halten.«

»Was?«

»Das NYPD hat mich vernommen. Sie haben mir ein Foto eines Überwachungsvideos von Natalie gezeigt und gesagt, sie müssten mit ihr reden. Alles, was du mir gerade erzählt hast, wusste ich schon. Und, was noch wichtiger ist, *du* wusstest, dass ich es schon wusste. Und das soll jetzt der Beweis für deine guten Absichten sein? Erzähl doch keinen Scheiß. Du versuchst, mein Vertrauen zu gewinnen, indem du mir verrätst, was ich sowieso schon weiß.«

»Das ist nicht wahr.«

»Wer war das Mordopfer?«

»Ich bin nicht befugt …«

»Archer Minor, der Sohn von Maxwell Minor. Die Polizei glaubt, Maxwell hätte den Killer auf seinen eigenen Sohn angesetzt.«

Sie sah mich verdutzt an. »Woher weißt du das?«

»War nicht schwer, sich das zusammenzureimen. Verrat mir eins.«

Shanta schüttelte den Kopf. »Das darf ich nicht.«

»Du bist mir schließlich noch den Beweis deiner guten

Absichten schuldig. Weiß das NYPD, warum Natalie an dem Abend dort war? Sag mir nur das.«

Ihr Blick wanderte zur Schaukel. Mackenzie war vom Schaukelpferd gestiegen und kletterte die Leiter zur Rutsche hinauf. »Nein, das wissen sie nicht.«

»Auch keine Vermutung?«

»Das NYPD ist das gesamte Videomaterial vom Sicherheitssystem des Lock-Horne-Buildings durchgegangen. Das System war damals auf dem neuesten Stand der Technik. Das Video, das sie zuerst gefunden haben, zeigt deine Freundin, wie sie den Flur im einundzwanzigsten Stock entlangrennt. Es gibt auch noch ein paar Bilder von ihr im Fahrstuhl, aber das beste Bild – das, was sie dir gezeigt haben – stammt aus der Lobby im Erdgeschoss, als sie das Gebäude verlässt.«

»Irgendwelche Aufnahmen vom Mörder?«

»Mehr kann ich dir nicht sagen.«

»Ich könnte jetzt fragen: ›Kannst du nicht, oder darfst du nicht?‹, aber der Spruch ist schon ziemlich alt.«

Sie runzelte die Stirn. Wegen meiner letzten Bemerkung, dachte ich, bis mir plötzlich klar wurde, dass es um etwas anderes ging. Mackenzie stand oben auf der Rutsche. »Mackenzie, das ist gefährlich.«

»Das mach ich immer«, erwiderte das Mädchen.

»Ist mir egal, ob du das immer machst. Setz dich bitte hin und rutsch runter.«

Sie setzte sich, rutschte aber nicht.

»Der Bankraub?«, fragte ich.

Shanta schüttelte den Kopf – aber auch diese Reaktion galt nicht meinen Worten, sondern dem dickköpfigen Mädchen oben auf der Rutsche. »Hast du etwas über die Bankraubserie im Raum New York gehört?«

Ich erinnerte mich an ein paar Artikel, die ich gelesen hatte. »Die Banken wurden nachts ausgeraubt, als sie geschlossen waren. Die Medien haben die Einbrecher ›die Unsichtbaren‹ getauft oder so ähnlich.«

»Genau.«

»Was hat Natalie damit zu tun?«

»In Verbindung mit einem dieser Bankraube ist ihr Name aufgetaucht – um genau zu sein, bei dem an der Canal Street in Manhattan vor zwei Wochen. Eine Bank, die den Ruf hatte, sicherer als Fort Knox zu sein. Die Räuber haben zwölftausend Dollar in bar mitgenommen und vierhundert Schließfächer aufgebrochen.«

»Zwölftausend klingt aber nicht nach dem ganz großen Wurf.«

»Ist es auch nicht. Anders als in Hollywood-Filmen haben Banken im Allgemeinen keine Millionenbeträge in ihren Tresoren. Die Schließfächer könnten allerdings ein Vermögen enthalten haben. Den eigentlichen Reibach machen die Einbrecher meist damit. Als meine Oma starb, hat meine Mutter ihren Goldring mit einem Vier-Karat-Diamanten in ein Schließfach gelegt, damit ich ihn eines Tages bekomme. Der Ring alleine ist wahrscheinlich an die vierzig Riesen wert. Wer weiß, was da alles drinliegt? Die Versicherungssumme für einen der vorherigen Einbrüche lag bei 3,7 Millionen Dollar. Klar lügen die Menschen auch. Urplötzlich lag dann gerade ein Familienerbstück im Schließfach. Aber du verstehst, worauf ich hinauswill.«

Ich verstand, worauf sie hinauswollte. Es interessierte mich nicht besonders. »Und in Verbindung mit diesem Einbruch an der Canal Street ist Natalies Name aufgetaucht?«

»Ja.«

»Inwiefern?«

»Es war nur eine ganz, ganz kleine und unscheinbare Notiz.« Shanta hielt Daumen und Zeigefinger einen Zentimeter voneinander entfernt, um zu zeigen, wie klein sie war. »Eigentlich völlig bedeutungslos. Für sich allein genommen hätte sich wohl niemand dafür interessiert.«

»Aber du interessierst dich dafür.«

»Jetzt ja.«

»Warum?«

»Weil plötzlich so vieles rund um deine wahre Liebe überhaupt keinen Sinn mehr ergibt.«

Dagegen konnte ich nichts einwenden.

»Und was hältst du davon?«, fragte sie.

»Was soll ich wovon halten? Ich weiß nicht, was ich sagen soll. Ich weiß nicht einmal, wo Natalie ist, und schon gar nicht, wie sie auf ganz unscheinbare Weise mit einem Bankraub in Verbindung stehen könnte.«

»Das meine ich. Ich dachte auch, das würde keine Rolle spielen, bis ich nach dem anderen Namen gesucht habe, den du erwähnt hast: Todd Sanderson.«

»Ich hatte kein Wort davon gesagt, dass du nach ihm suchen sollst.«

»Stimmt, das hab ich aber trotzdem. Auch bei ihm habe ich zwei Treffer gelandet. Der Haupttreffer war natürlich seine Ermordung vor einer Woche.«

»Moment, besteht etwa eine Verbindung zwischen Todd und demselben Bankraub?«

»Ja. Hast du je Oscar Wilde gelesen?«

Ich verzog das Gesicht. »Ja.«

»Es gibt ein wunderbares Zitat von ihm: Ein Elternteil

zu verlieren kann man als Pech bezeichnen, beide zu verlieren ist Unachtsamkeit.«

»Aus *Bunbury oder Ernst sein ist alles*«, sagte ich, weil ich Akademiker bin und einfach nicht anders kann.

»Stimmt. Wenn eine der Personen, nach denen du mich gefragt hast, im Umfeld eines Bankraubs erwähnt wird, ist das nicht von Bedeutung. Aber wenn beide auftauchen, kann das kein Zufall mehr sein.«

Und, dachte ich, rund eine Woche nach dem Banküberfall wurde Todd Sanderson ermordet.

»Dann war Todds Verbindung zu dem Banküberfall auch ganz klein und unscheinbar?«, fragte ich.

»Nein. Die war nur klein, würde ich sagen.«

»Inwiefern?«

»Mackenzie!«

Ich drehte mich in Richtung des Schreis um und sah eine Frau, die Shanta Newlin für meinen Geschmack etwas zu ähnlich sah. Gleiche Größe, gleiches Gewicht, gleiche Frisur. Die Frau stand mit so weit aufgerissenen Augen da, als wäre ein Flugzeug im Garten abgestürzt. Ich folgte ihrem Blick. Mackenzie stand oben auf der Rutsche.

Shanta war am Boden zerstört. »Tut mir furchtbar leid, Candace. Ich habe ihr gesagt, dass sie sich hinsetzen soll.«

»Du hast es ihr *gesagt*?«, wiederholte Candace schnippisch.

»Tut mir leid. Ich habe sie im Auge behalten. Ich habe mich dabei nur mit einem Freund unterhalten.«

»Soll das eine Entschuldigung sein?«

Mit einem breiten Lächeln, das sagte: *Meine Arbeit ist getan*, setzte Mackenzie sich, rutschte hinunter und rannte auf Candace zu: »Hi, Mommy.«

Mommy. Wie nicht anders zu erwarten.

»Ich bring euch zur Tür«, versuchte Shanta Schadensbegrenzung zu betreiben.

»Bemüh dich nicht. Wir sind schon draußen«, sagte Candace, »wir können einfach außen herumgehen.«

»Warte, Mackenzie hat ein wunderschönes Bild gemalt. Ich hab es drinnen. Sie will es bestimmt mit nach Hause nehmen.«

Candace und Mackenzie waren schon auf dem Weg zur Straße. »Ich habe hunderte Bilder, die meine Tochter gemalt hat«, rief Candace. »Du kannst es behalten.«

Shanta sah den beiden hinterher, als sie hinter dem Haus verschwanden. Ihre sonst militärisch stramme Haltung war verschwunden. »Was zum Teufel mache ich da, Jake?«

»Etwas ausprobieren«, sagte ich. »Leben.«

Sie schüttelte den Kopf. »Das kann nicht funktionieren.«

»Liebst du ihn?«

»Ja.«

»Dann funktioniert es auch. Wird nur ein bisschen vertrackt.«

»Woher diese Weisheit?«

»Ich habe eine Ausbildung am Lanford College«, sagte ich. »Außerdem gucke ich nachmittags viele Talkshows.«

Shanta drehte sich um und musterte das Schaukelgerüst. »Todd Sanderson hatte ein Schließfach bei der Bank in der Canal Street«, sagte sie. »Er war eins der Opfer des Bankraubs. Das ist alles. Für sich betrachtet hat auch das keine Bedeutung.«

»Er wurde dann aber eine Woche später ermordet«, sagte ich.

»Genau.«

»Moment, glaubt das FBI, dass er etwas mit den Banküberfällen zu tun hat?«

»Ich bin nicht in alle Einzelheiten der Ermittlung eingeweiht.«

»Aber?«

»Ich habe keine Ahnung, welche Verbindung da besteht – zwischen dem Banküberfall in Manhattan und seiner Ermordung unten im Palmetto Bluff.«

»Aber jetzt?«

»Na ja, der Name von deiner Natalie ist auch aufgetaucht.«

»Ganz, ganz klein und unscheinbar.«

»Genau.«

»Wie klein?«

»Im Zuge so eines Überfalls erstellt das FBI eine sehr genaue Inventarliste. Da wird wirklich jedes Detail erfasst. Die Leute, die so ein Schließfach haben, bewahren darin oft wichtige Dokumente auf. Aktien und Schuldscheine, Vollmachten, Besitzurkunden und so weiter. Davon ist natürlich vieles auf dem Fußboden gelandet. Was soll ein Einbrecher auch mit solchen Papieren? Das FBI hat also alles katalogisiert. Ein Mann hat zum Beispiel den Fahrzeugbrief vom Auto seines Bruders darin aufbewahrt. Also steht auch der Name des Bruders auf der Liste.«

Ich versuchte zu verstehen, was sie mir sagen wollte. »Wenn ich dich richtig verstehe, stand Natalies Name also auf einem dieser Dokumente aus den Schließfächern?«

»Genau.«

»Ein eigenes Schließfach hatte sie aber nicht?«

»Nein. Es wurde in Todd Sandersons Schließfach gefunden.«

»Und was war es? Um was für ein Dokument handelte es sich?«

Shanta drehte sich um und sah mir in die Augen: »Ihr Testament.«

ZWEIUNDDREISSIG

Das FBI, sagte Shanta, würde gern erfahren, was ich über die ganze Sache wusste. Ich sagte ihr die Wahrheit: Ich wusste nichts darüber. Ich fragte Shanta, was in dem Testament stand. Es war sehr einfach. Ihr gesamter Besitz sollte gleichmäßig zwischen ihrer Mutter und ihrer Schwester aufgeteilt werden. Außerdem wollte sie eingeäschert werden, und interessanterweise sollte die Asche im Wald oberhalb vom Campus am Lanford College verstreut werden.

Ich dachte zuerst über das Testament nach, dann über den Fundort. Die Antwort war noch nicht greifbar, ich hatte aber den Eindruck, dass ich ihr immer näher kam.

Als ich mich auf den Weg machen wollte, fragte Shanta: »Bist du sicher, dass du wirklich keine Ahnung hast, was das bedeuten könnte?«

»Ganz sicher«, sagte ich.

Ich dachte aber, dass ich inzwischen womöglich doch eine Ahnung hatte. Die wollte ich allerdings weder mit Shanta noch mit dem FBI teilen. Ich traute Shanta insoweit, wie ich jemandem trauen konnte, der mir offen gesagt hatte, dass sie in erster Linie den Strafvollzugsbehörden verpflichtet war. Daher wäre es eine Katastrophe, ihr etwas über Fresh Start zu erzählen. Der springende Punkt war jedoch, dass Natalie selbst den Strafvollzugsbehörden nicht vertraut hatte.

Warum eigentlich nicht?

Darüber hatte ich überhaupt noch nicht nachgedacht. Natalie hätte der Polizei vertrauen und eine Aussage machen können, worauf sie in ein Zeugenschutzprogramm oder etwas Ähnliches aufgenommen worden wäre. Das hatte sie aber nicht getan. Warum nicht? Sie musste irgendetwas wissen, das sie davon abhielt. Und wenn sie der Polizei nicht vertraute, warum um alles in der Welt sollte ich das tun?

Wieder holte ich mein Handy aus der Tasche und rief Malcolm Humes Nummer in Florida an. Wieder ging niemand ran. Jetzt reichte es. Ich eilte rüber zum Clark House. Mrs Dinsmore machte es sich gerade an ihrem Schreibtisch bequem. Sie sah mich über ihre Lesebrille hinweg an. »Sie dürften nicht hier sein.«

Ich verkniff mir eine Verteidigung oder einen dummen Spruch. Ich erzählte ihr von meinen erfolglosen Versuchen, Malcolm Hume zu erreichen.

»Er ist nicht in Vero Beach«, sagte sie.

»Wissen Sie, wo er ist?«

»Das weiß ich.«

»Könnten Sie es mir sagen?«

Sie ließ sich etwas Zeit, während sie ein paar Papiere aufeinanderlegte und sie mit einer Büroklammer fixierte. »Er ist in seiner Hütte in der Nähe vom Lake Canet.«

Dahin hatte er mich vor vielen Jahren einmal zu einer Angeltour eingeladen. Ich war aber nicht hingefahren. Ich hasste Angeln. Ich verstand nicht, warum man das tun sollte, andererseits war ich noch nie der Typ für entspannte, meditative Tätigkeiten gewesen. Es fällt mir schwer herunterzufahren. Ich lese lieber, als zu entspannen. Mir ist es lieber, wenn das Gehirn beschäftigt ist. Ich erinnerte mich aber, dass er mir erzählt hatte, das Grundstück befände sich seit Generationen in Besitz der Familie seiner Frau. Im Scherz hatte er einmal gesagt, er käme sich dort gern wie ein Eindringling vor, weil es sich dann mehr wie Urlaub anfühlte.

Oder auch wie das perfekte Versteck.

»Ich wusste gar nicht, dass er das Grundstück noch hat«, sagte ich.

»Er kommt ein paar Mal im Jahr hier rauf. Er genießt die Abgeschiedenheit.«

»Auch das wusste ich nicht.«

»Weil er es niemandem erzählt.«

»Ihnen schon.«

»Ja, mir schon«, sagte Mrs Dinsmore, als wäre es das Normalste der Welt. »Er möchte dort keine Gesellschaft haben. Er möchte allein sein, um in Ruhe und Frieden schreiben und angeln zu können.«

»Schon klar«, sagte ich. »Um dem aufregenden, hektischen Leben der geschlossenen Wohnanlage in Florida zumindest für eine Weile zu entkommen.«

»Urkomisch.«

»Danke.«

»Sie wurden beurlaubt«, sagte sie, »also sollten Sie vielleicht besser verschwinden.«

»Mrs Dinsmore?«

Sie sah zu mir hoch.

»Sie wissen, was ich Sie in letzter Zeit alles gefragt habe?«

»Sie meinen die ermordeten Studenten und vermissten Professoren?«

»Ja.«

»Was ist damit?«

»Sie müssen mir die Adresse vom Haus am See geben. Ich muss persönlich mit Professor Hume sprechen.«

DREIUNDDREISSIG

Als College-Professor, besonders auf einem kleinen Campus, lebt man ziemlich abgeschieden. Man bewegt sich die ganze Zeit in der surrealen Welt der sogenannten höheren Bildung. Man lebt bequem. Es gibt kaum Gründe, diese Welt zu verlassen. Ich hatte zwar ein Auto, fuhr es aber höchstens einmal pro Woche. Zu meinen Seminaren ging ich zu Fuß. Ich ging zu Fuß in den Ort Lanford, wo sich meine Lieblingsläden, meine Lieblingskneipen, meine Lieblingskinos, meine Lieblingsrestaurants und so weiter befanden. Ich hielt mich im hochmodernen Sportstudio des Colleges fit. Nicht nur die Studenten waren hier isoliert, sondern auch alle anderen, die hier ihren Lebensunterhalt verdienten.

Man neigte dazu, sein ganzes Leben im Elfenbeinturm des bildungsbürgerlichen Amerika zu verbringen.

Und natürlich hat das Einfluss auf die Geistesverfassung der darin lebenden Menschen, aber auch in rein körperlicher Hinsicht war ich in der guten Woche, seit ich Todd Sandersons Todesanzeige gesehen hatte, mehr unterwegs gewesen als in den letzten sechs Jahren zusammen. Das mag leicht übertrieben sein, aber gewiss nicht sehr. Die gewaltsamen Auseinandersetzungen in Verbindung mit der Steifheit durch das stundenlange Sitzen, sei es im Auto oder im Flugzeug, hatten mich viel Kraft gekostet. Zeitweise hatte mich das Adrenalin zwar auf Trab gehalten, doch ich hatte auch auf die harte Tour erfahren, dass der Vorrat an dieser körpereigenen Droge keineswegs unerschöpflich war.

Als ich von der Route 202 abbog und in Richtung des ländlichen Gebiets an der Grenze zwischen Massachusetts und New Hampshire fuhr, fing mein Rücken an zu schmerzen. Also hielt ich bei Lee's Hot Dog Stand, um mir kurz die Beine zu vertreten. Auf einem Schild wurde das Backfisch-Sandwich angepriesen. Ich entschied mich jedoch für einen Hot Dog mit Käse-Pommes und einer Coke. Es schmeckte wunderbar, und auf dem Weg zu der abgelegenen Hütte dachte ich einen Moment lang über das Konzept der Henkersmahlzeit nach. Offenbar war ich nicht in bester Gemütsverfassung. Ich verschlang also das Essen, kaufte und vertilgte noch einen Hot Dog und stieg wieder ins Auto. Ich kam mir seltsam erholt vor.

Ich ließ den Otter River State Forest hinter mir. Es waren nur noch ungefähr zehn Minuten bis zu Malcolms Haus. Seine Handynummer hatte ich nicht, wusste nicht einmal, ob er ein Handy besaß. Allerdings hätte ich ihn sowieso nicht angerufen. Ich wollte einfach auftauchen und gucken, was dann geschah. Ich wollte Professor Hume keine Zeit geben, sich auf unser Treffen vorzubereiten. Ich wollte Antworten, von denen ich annahm, dass mein alter Mentor sie kannte.

Eigentlich brauchte ich gar nicht alles zu wissen. Ich wusste schon genug. Aber ich wollte Gewissheit haben, dass Natalie in Sicherheit war und erfahren hatte, dass ein paar wirklich üble Gestalten ihr wieder auf den Fersen waren, und wenn irgend möglich, wollte ich prüfen, ob ich abtauchen und mit ihr zusammen sein könnte. Ja, ich kannte die

Regeln und Schwüre von Fresh Start, aber mein Herz interessierte das absolut nicht.

Es musste eine Möglichkeit geben.

Fast hätte ich das kleine Schild übersehen, das auf den Attal Drive hinwies. Ich bog links auf die Schotterstraße ein, die sich den Berg hinaufschlängelte. Als ich oben ankam, lag der Lake Canet ruhig wie ein Spiegel vor mir. Heutzutage spricht jeder gerne von Ursprünglichkeit, doch als ich das Wasser sah, bekam das Wort eine ganz neue Kraft und Energie. Ich hielt an und stieg aus. Die Luft war so frisch, dass man das Gefühl hatte, schon ein einziger Atemzug reiche aus, um die Lunge zu reinigen. Die Ruhe und die Stille waren einfach überwältigend. Ich wusste, wenn ich etwas rief, erzeugte mein Ruf ein Echo. Dieses Echo würde ein weiteres erzeugen und so fort, so dass es nie ganz verklang. Der Ruf würde den Wald bewohnen, dabei immer schwächer werden, aber nie vollkommen verhallen, sondern sich mit den anderen Geräuschen aus der Vergangenheit vereinen, die irgendwo noch als leises Summen die freie Natur erfüllten.

Ich hielt nach dem Haus am See Ausschau. Es war nicht zu sehen. Ich entdeckte nur zwei Anleger. An beiden waren Kanus befestigt. Sonst nichts. Ich stieg wieder in den Wagen und fuhr weiter. Die Straße wurde schlechter. Der Wagen polterte über die unebene Fahrbahn, die mir die Unzulänglichkeit der Stoßdämpfer vor Augen führte. Ich war froh, dass ich die Zusatzversicherung für den Mietwagen abgeschlossen hatte – ein absurder Gedanke in dieser Situation, aber die Gedanken gehen ja bekanntlich ihre eigenen Wege. Mir fiel wieder ein, dass Professor Hume einen Pick-up-Truck mit Allradantrieb besessen hatte, nicht unbedingt das typische Gefährt für einen Geisteswissenschaftler. Jetzt verstand ich, warum.

Ein Stück vor mir standen zwei Pick-up-Trucks nebeneinander. Ich hielt dahinter und stieg aus. Mir fiel auf, dass im Sand etliche Reifenspuren zu sehen waren. Entweder war Malcolm mehrmals hin und her gefahren, oder er hatte Gesellschaft.

Ich wusste nicht recht, was ich davon halten sollte.

Als ich den Hügel hinaufblickte und die kleine Hütte mit den dunklen Fenstern sah, traten mir Tränen in die Augen.

Dieses Mal herrschte keine Morgendämmerung. Vom rosavioletten Schimmer des Tagesanbruchs war nichts zu sehen. Vielmehr ging die Sonne hinter der Hütte unter, warf lange Schatten und verwandelte das, was leer und verlassen wirkte, in etwas Düsteres und Bedrohliches.

Es war die Hütte von Natalies Gemälde.

Ich ging den Weg hinauf zur Vordertür. Der Weg hatte etwas Verträumtes, das an Alice im Wunderland erinnerte – ich kam mir vor, als verließe ich die richtige Welt und würde in Natalies Gemälde eindringen. Ich erreichte die Tür. Eine Klingel gab es nicht. Als ich klopfte, zerriss das Geräusch die Stille wie ein Schuss.

Ich wartete, hörte aber nichts im Haus.

Ich klopfte noch einmal. Immer noch nichts. Ich überlegte, was ich tun sollte. Vielleicht zum See hinuntergehen und nachsehen, ob Malcolm in einem Boot unterwegs war? Das spiegelglatte Wasser und die Stille, die ich gerade bewundert hatte, sprachen allerdings dagegen, dass sich dort jemand aufhielt. Und was war mit den vielen Reifenspuren?

Ich legte die Hand auf den Knauf. Er ließ sich drehen. Die Tür war nicht abgeschlossen, denn – wie ich jetzt bemerkte – sie ließ sich gar nicht abschließen. Der Knauf hatte kein Schlüsselloch. Ich stieß sie auf und trat ein. Es war dunkel. Also schaltete ich das Licht an.

Niemand da.

»Professor Hume?«

Direkt nach Abschluss meines Examens hatte er darauf bestanden, dass ich ihn Malcolm nenne. Es ist mir nie gelungen.

Ich sah in die Küche. Leer. Die Hütte hatte nur ein Schlafzimmer. Aus irgendeinem seltsamen Grunde schlich ich auf Zehenspitzen darauf zu.

Als ich das Schlafzimmer betrat, erstarrte ich.

Oh nein …

Malcolm Hume lag auf dem Bett. Er lag auf dem Rücken und hatte eingetrockneten Schaum im Gesicht. Sein Mund stand halboffen, sein Gesicht war zu einem letzten Schmerzensschrei verzerrt.

Meine Knie sackten weg. Ich musste mich an der Wand festhalten. Erinnerungen schossen mir durch den Kopf. Sie warfen mich beinah um: mein erstes Seminar bei ihm (im ersten Studienjahr: Hobbes, Locke und Rousseau), mein erster Besuch in seinem Büro, das jetzt meins ist (wir diskutierten über Darstellungen von Recht und Gewalt in der Literatur), die vielen Stunden, in denen er mich bei der Arbeit an meiner Dissertation unterstützt hatte (Thema: Das Rechtsstaatsprinzip), seine herzliche Umarmung, die feuchten Augen, als man mir die Examensurkunde überreichte.

Eine Stimme hinter mir sagte: »Sie konnten einfach nicht die Finger davonlassen.«

Ich fuhr herum und sah Jed, der eine Pistole auf mich richtete.

»Ich war das nicht«, sagte ich.

»Ich weiß. Das war er selbst.« Jed starrte mich an. »Zyankali.«

Benedicts Pillendose fiel mir wieder ein. Er hatte gesagt, dass alle Mitglieder von Fresh Start immer eine bei sich trugen.

»Wir hatten Ihnen doch gesagt, dass Sie sich da raushalten sollen.«

Ich schüttelte den Kopf, versuchte, mich zu sammeln, dem Teil von mir, der einfach zusammensacken und losheulen wollte, zu sagen, dass dafür später noch Zeit wäre. »Die ganze Sache hat angefangen, bevor ich da reingezogen wurde. Ich wusste absolut nichts darüber, bis ich Todd Sandersons Todesanzeige gesehen habe.«

Jed wirkte plötzlich erschöpft. »Das spielt keine Rolle. Wir haben Sie auf tausend verschiedene Arten gebeten, die Finger davonzulassen. Sie haben nicht auf uns gehört. Es ist völlig egal, ob Sie daran schuld sind oder nicht. Sie wissen über uns Bescheid. Wir haben einen Eid geschworen.«

»Mich umzubringen?«

»In diesem Fall schon, ja.« Wieder sah Jed zum Bett. »Wenn Malcolm mutig genug war, sich das anzutun, müsste ich da nicht zumindest den Mut aufbringen können, Sie zu töten?«

Er drückte nicht ab. Jed wollte mich nicht mehr erschießen. Jetzt merkte ich es. Als er dachte, ich hätte Todd ermordet, wollte er es, aber der Gedanke, dass er mich nur aus dem Grund umbringen sollte, um mich zum Schweigen zu bringen, behagte ihm nicht. Schließlich sah er wieder auf die Leiche hinab.

»Malcolm hat Sie geliebt«, sagte Jed. »Wie einen Sohn. Er hätte nicht gewollt…« Seine Stimme verklang. Er ließ die Pistole sinken.

Zaghaft trat ich einen Schritt auf ihn zu. »Jed?«

Er sah mich an.

»Ich glaube, ich weiß, wie Maxwell Minors Männer auf Todd gestoßen sind.«

»Wie?«

»Zuerst habe ich noch eine Frage«, sagte ich. »Hat Fresh Start mit Todd Sanderson, Malcolm Hume oder… mit Ihnen angefangen?«

»Was hat das denn damit zu tun?«

»Nur… gedulden Sie sich noch einen Moment, ja?«

»Fresh Start hat mit Todd angefangen«, sagte Jed. »Sein Vater wurde eines abscheulichen Verbrechens bezichtigt.«

»Kindesmissbrauch«, sagte ich.

»Ja.«

»Was dazu führte, dass sein Vater schließlich Selbstmord begangen hat«, sagte ich.

»Sie können sich nicht vorstellen, wie sehr das Todd mitgenommen hat. Ich war damals sein Zimmergenosse und sein bester Freund. Ich musste mit ansehen, wie er vor die Hunde ging. Er hat nur noch darüber geschimpft und geflucht, wie unfair das alles sei. Irgendwann haben wir uns gefragt, was passiert wäre, wenn sein Vater hätte wegziehen können. Aber selbst dann hätten die Vorwürfe ihn natürlich verfolgt. Es gab einfach kein Entkommen.«

»Außer«, sagte ich, »mit einem Neustart.«

»Genau. Wir erkannten, dass es Menschen gibt, die gerettet werden mussten – und die einzige Chance, sie zu retten, lag darin, ihnen ein neues Leben zu geben. Auch Professor Hume verstand das. Auch er kannte jemanden, der einen Neustart gebraucht hätte.«

Ich überlegte kurz und fragte mich, ob es sich bei diesem Jemand womöglich um Professor Aaron Kleiner handelte.

»Also haben wir uns zusammengetan«, fuhr Jed fort. »Unter dem Deckmantel einer legalen Wohltätigkeitsorganisation haben wir diese Gruppe gebildet. Mein Vater war U.S. Marshal. Er hat Personen im Zeugenschutzprogramm untergebracht. Daher wusste ich, wie das ablief. Mein Großvater hatte mir die alte Farm der Familie vererbt. Wir haben sie in ein Refugium verwandelt. Da haben wir den Menschen beigebracht, wie sie sich verhalten sollten, wenn sie eine neue Identität annahmen. Als Spieler musste man sich von Las Vegas und Rennbahnen fernhalten. Wir haben auch psychologisch mit ihnen gearbeitet, damit sie verstanden, dass das Verschwinden eine Form des Selbstmords und der Erneuerung war – man liquidierte ein Lebewesen, um ein anderes zu erschaffen. Wir haben tadellose neue Identitäten aufgebaut. Wir haben mit Falschinformationen gearbeitet, um mögliche Verfolger in die Irre zu führen. Wir haben sie mit Tätowierungen und Verkleidungen abgelenkt. In einigen Fällen hat Todd kosmetische Operationen durchgeführt, um das Aussehen der Person zu verändern.«

»Und was ist dann passiert?«, fragte ich. »Wohin haben Sie die Menschen gebracht, die Sie gerettet hatten?«

Jed lächelte. »Das ist ja das Schöne daran. Wir haben sie nirgends hingebracht.«

»Das versteh ich nicht.«

»Sie suchen Natalie, hören aber nicht zu. Keiner von uns weiß, wo sie ist. So läuft das. Selbst wenn wir wollten, könnten wir es Ihnen nicht sagen. Wir helfen den Menschen, geben ihnen die erforderlichen Mittel an die Hand, dann setzen wir sie irgendwo an einem Bahnhof ab und haben keine Ahnung, wohin es sie verschlägt. Das ist Teil unseres Sicherheitssystems.«

Ich versuchte, seine Worte zu begreifen – der Gedanke, dass ich keine Möglichkeit hatte, sie zu finden, dass keine Chance bestand, dass wir je zusammenkamen, der Gedanke, dass das Ganze von Anfang an für die Katz war, drohte mich zu erdrücken.

»Irgendwann«, sagte ich, »hat Natalie euch um Hilfe gebeten.«

Wieder sah Jed aufs Bett hinab. »Sie hat sich an Malcolm gewandt.«

»Woher kannte sie ihn?«, fragte ich.

»Das weiß ich nicht.«

Aber ich wusste es. Natalies Mutter hatte ihrer Tochter von Archer Minors Plagiat erzählt und dass ihr Vater daraufhin untertauchen musste. Vermutlich hatte Natalie sich auf die Suche nach ihrem Vater gemacht, und da gehörte Malcolm Hume sicher zu den Ersten, zu denen sie Kontakt aufgenommen hatte. Und Malcolm hatte sich angefreundet mit der Tochter des geschätzten Kollegen, der untertauchen musste. Hatte Malcolm ihrem Vater geholfen, sich vor Archer Minors Familie zu verstecken? Ich wusste es nicht. Wahrscheinlich schon. Auf jeden Fall waren die Geschehnisse um Aaron Kleiner für Malcolm Hume ein Grund, sich an Fresh Start zu beteiligen. Vermutlich hatte er seine Tochter sofort ins Herz geschlossen und unter seine Fittiche genommen.

»Natalie ist zu Ihnen gekommen, weil sie Zeugin eines Mordes geworden ist«, sagte ich.

»Nicht nur irgendeines Mordes. Des Mordes an Archer Minor.«

Ich nickte. »Sie hat also den Mord gesehen. Dann ist sie zu Malcolm gegangen. Und Malcolm hat sie ins Refugium gebracht.«

»Zuerst hat er sie hierhergebracht.«

Natürlich, dachte ich. Das Gemälde. Dieser Ort hat es inspiriert.

Jed lächelte.

»Was ist?«

»Sie begreifen es nicht, oder?«

»Was begreife ich nicht?«

»Sie standen Malcolm so nahe«, sagte er. »Er hat Sie wirklich geliebt wie einen Sohn.«

»Ich kann Ihnen nicht folgen.«

»Vor sechs Jahren, als Sie Hilfe beim Schreiben Ihrer Dissertation brauchten, hat Malcolm Hume Ihnen vorgeschlagen, eine Weile ins Refugium in Vermont zu gehen, stimmt's?«

Ich fröstelte bis auf die Knochen. »Ja. Na und?«

»Fresh Start besteht natürlich nicht nur aus uns dreien. Wir haben einige sehr engagierte Mitarbeiter. Cookie und ein paar andere kennen Sie ja. Allzu viele sind es aus nachvollziehbaren Gründen nicht. Wir müssen uns hundertprozentig aufeinander verlassen können. Malcolm war zeitweise der Ansicht, Sie könnten ein Gewinn für die Organisation sein.«

»Ich?«

»Deshalb hatte er Ihnen vorgeschlagen, ins Refugium zu gehen. Er hatte gehofft, Ihnen dort zeigen zu können, was Fresh Start macht, so dass Sie sich uns anschließen können.«

Ich wusste nicht recht, was ich sagen sollte, also hielt ich mich an das Naheliegendste. »Und warum hat er das nicht getan?«

»Ihm ist klar geworden, dass Sie nicht sehr gut hineingepasst hätten.«

»Das verstehe ich nicht.«

»Wir arbeiten in einer ziemlich undurchschaubaren Welt, Jake. Einiges von dem, was wir tun, ist illegal. Wir gehen nach unseren eigenen Regeln vor. Wir entscheiden, wer schützenswert ist und wer nicht. Die Grenzen zwischen Schuld und Unschuld sind oft nicht sehr klar gezogen.«

Ich nickte, begriff es jetzt. Es ging um Schwarz-Weiß-Denken – und um Grautöne. »Professor Eban Trainor.«

»Er hatte eine Regel übertreten. Sie wollten ihn bestrafen. Sie hatten keinen Blick für die mildernden Umstände.«

Ich dachte daran, wie Malcolm Eban Trainor nach der Party verteidigt hatte, bei der zwei Studenten wegen Alkoholvergiftung ins Krankenhaus eingeliefert werden mussten. Jetzt begriff ich es. Professor Humes Einsatz für Trainor war zumindest zum Teil ein Test gewesen – den ich in Malcolms Augen nicht bestanden hatte. Und zwar zu Recht nicht. Ich war ein Verfechter des Rechtsstaatsprinzips. Wenn ein Damm erst einmal gebrochen war, wurde alles mitgerissen, was uns zu zivilisierten Menschen machte.

Zumindest bis vor einer Woche hatte ich das so gesehen.

»Jake?«

»Ja.«

»Wissen Sie wirklich, wie die Minors Todd Sanderson gefunden haben?«

»Ich glaube schon«, sagte ich. »Es gibt doch Unterlagen über Fresh Start, oder?«

»Nur in einer Internet-Cloud. Und es müssen mindestens zwei von uns dreien dabei sein – Todd, Malcolm und ich –, um darauf zuzugreifen.« Er blinzelte, wandte den Blick ab, blinzelte noch ein paar Mal. »Mir wird gerade bewusst, dass ich der Letzte bin. Die Unterlagen sind für immer verloren.«

»Aber es muss doch auch ein paar physische Unterlagen irgendwo geben, oder?«

»Zum Beispiel?«, fragte er.

»Zum Beispiel ihr Testament.«

»Ja, die gibt es, aber die werden an einem Ort aufbewahrt, an dem sie niemand findet.«

»Sie meinen zum Beispiel in einem Bankschließfach an der Canal Street?«

Jeds Unterkiefer klappte herunter. »Woher wissen Sie das?«

»Die Bank wurde überfallen. Die Räuber haben die Schließfächer aufgebrochen. Ich weiß nicht genau, wie das abgelaufen ist, aber offenbar ist Natalie für die Minors immer noch von allergrößter Bedeutung. Derjenige, der sie findet, könnte viel Geld damit verdienen. Ich vermute daher, dass irgendjemand – die Einbrecher, ein geschmierter Polizist, wer auch immer – ihren Namen erkannt hat. Der hat es den Minors gemeldet. Die Minors haben gesehen, dass ein Todd Sanderson aus Palmetto Bluff, South Carolina, der Mieter des Schließfachs war.

»Mein Gott«, sagte Jed. »Also haben sie ihm einen Besuch abgestattet.«

»Ja.«

»Todd wurde gefoltert«, sagte Jed.

»Ich weiß.«

»Sie haben ihn zum Reden gebracht. Man hält nur eine gewisse Menge Schmerz aus. Aber Todd wusste nicht, wo Natalie oder sonst irgendjemand war. Verstehen Sie? Er konnte nur das erzählen, was er wusste.«

»Wie zum Beispiel von Ihnen und dem Refugium in Vermont«, sagte ich.

Jed nickte. »Deshalb mussten wir es schließen. Deshalb mussten wir fliehen und so tun, als wäre es eine ganz normale Farm. Verstehen Sie?«

»Ja«, sagte ich.

Wieder sah er auf Malcolms Leiche herab. »Wir müssen ihn begraben, Jake. Wir beide. Hier draußen, an dem Ort, den er liebte.«

Und dann wurde mir etwas bewusst, das mich erschaudern ließ. Jed sah es mir an.

»Was ist?«

»Todd hatte keine Zeit, die Zyankali-Kapsel zu schlucken.«

»Wahrscheinlich haben sie ihn überrascht.«

»Genau. Und wenn sie ihn überrascht haben und er Ihren Namen preisgegeben hat, wird er wohl auch Malcolms Namen preisgegeben haben. Wahrscheinlich haben sie Männer nach Vero Beach geschickt, aber Malcolm war schon weg. Er war hier oben in der Hütte. Sein Haus war vermutlich leer. Aber so leicht geben diese Kerle nicht auf. Sie hatten gerade den ersten Hinweis seit sechs Jahren gefunden – das konnten sie nicht einfach auf sich beruhen lassen. Sie haben Fragen gestellt und sich private Aufzeichnungen angesehen. Selbst wenn sein Grundstück noch auf den Namen seiner verstorbenen Frau eingetragen war, hätten sie es entdeckt.«

Ich dachte an die vielen Reifenspuren vor dem Haus.

»Er ist tot«, sagte ich und sah aufs Bett. »Er hat beschlossen, sich selbst zu töten, und da noch keine Verwesungsspuren zu erkennen sind, ist das noch nicht sehr lange her. Warum?«

»Oh Gott.« Jetzt erkannte Jed es auch. »Weil Minors Männer ihn gefunden haben.«

Als er das sagte, hörte ich Wagen vorfahren. Jetzt gab es keinen Zweifel mehr. Minors Männer waren schon hier gewesen. Malcolm Hume hatte sie kommen sehen und die Sache selbst in die Hand genommen.

Was hätten sie in einer solchen Situation getan?

Sie hätten ihnen eine Falle gestellt. Sie hätten jemanden zurückgelassen, der die Hütte im Auge behielt und Bescheid sagte, sobald noch jemand erschien.

Jed und ich stürzten ans Fenster, als zwei schwarze Wagen hielten. Die Türen wurden geöffnet. Fünf Männer mit Pistolen sprangen heraus.

Einer von ihnen war Danny Zuker.

VIERUNDDREISSIG

Die Männer schwärmten in geduckter Haltung aus und suchten sich Deckung.

Jed griff in die Tasche und zog eine Pillendose heraus. Er klappte sie auf und warf mir die Kapsel zu.

»Ich will die nicht«, sagte ich.

»Ich habe die Pistole. Ich versuche, sie aufzuhalten. Sie versuchen, hier wegzukommen. Aber wenn Sie es nicht schaffen …«

Draußen rief Danny: »Es gibt nur einen Ausgang! Kommen Sie mit erhobenen Händen raus.«

Wir drückten uns auf den Boden.

»Glauben Sie ihm?«, fragte Jed.

»Nein.«

»Ich auch nicht. Die lassen uns hier nicht lebend raus. Also geben wir ihnen im Moment nur Zeit, in Position zu gehen.« Er stand auf. »Suchen Sie sich hinten einen Fluchtweg, Jake. Ich werde sie hier vorne beschäftigen.«

»Was?«

»Gehen Sie einfach.«

Ohne Vorwarnung schlug Jed ein Stück Scheibe aus dem vorderen Fenster heraus und fing an zu schießen. Innerhalb von Sekunden beharkten Kugeln die Seitenwand der Hütte, und der Rest des Fensters zersplitterte. Glasscherben regneten auf mich herab.

»Hauen Sie ab!«, rief Jed.

Ein drittes Mal ließ ich es mir nicht sagen. Ich robbte zur Hintertür. Ich wusste, dass hier meine einzige Chance lag. Jed fing an, blind zu feuern. Er stand mit dem Rücken zur Wand. Ich kroch in die Küche, lief dann geduckt über den Kunststoffboden zur Hintertür.

Ich hörte, wie Jed einen Jubelschrei ausstieß. »Ich hab einen!«

Prima. Noch vier. Weitere Schüsse. Noch schneller hintereinander. Die Wände wurden porös, drohten nachzugeben, als die Kugeln das Holz schwächten und es schließlich vereinzelt durchdrangen. Von der Hintertür sah ich, wie Jed erst einmal, gleich darauf noch ein zweites Mal getroffen wurde. Ich drehte mich um und wollte zu ihm zurücklaufen.

»Nein!«, rief er mir zu.

»Jed …«

»Wagen Sie es nicht. Raus hier!«

Ich wollte ihm helfen, erkannte aber auch, wie töricht das wäre. Es hätte ihm nichts gebracht. Es wäre einfach nur Selbstmord. Jed rappelte sich wieder auf. Er taumelte zur Vordertür.

»Okay!«, rief er. »Ich ergebe mich.«

Jed hatte die Pistole in der Hand. Er sah sich um, blinzelte mir zu und winkte noch einmal, dass ich weitergehen sollte.

Ich sah hinten aus dem Fenster, wollte auf diesem Weg flüchten. Das Haus stand direkt am Waldrand. Ich musste in den Wald kommen und das Beste hoffen. Weitere Pläne hatte ich nicht. Zumindest keine, die mir hier geholfen hätten. Ich zog mein iPhone aus der Tasche und schaltete es an. Ich hatte Empfang. Also wählte ich den Notruf 911, während ich aus dem Fenster sah.

Einer der Männer stand hinten links und behielt die Tür im Auge. Verdammt.

»Notrufzentrale, was wollen Sie melden?«

Ich erzählte kurz von der Schießerei, bei der mindestens zwei Männer verletzt worden waren. Ich gab die Adresse durch und legte das Handy zur Seite, unterbrach das Telefonat aber nicht. Hinter mir rief Danny Zuker: »Okay, werfen Sie zuerst die Pistole heraus.«

Ich glaubte ein Lächeln auf Jeds Gesicht zu erkennen. Er blutete. Ich wusste nicht, wie schwer er getroffen war, ob die jetzigen Verletzungen schon tödlich waren oder nicht, aber Jed wusste es vermutlich. Jed wusste, dass sein Leben ohnehin zu Ende war, ganz egal, was er tat, und diese Gewissheit erfüllte ihn offenbar mit einer eigenartigen Zufriedenheit.

Jed riss die Tür auf und fing einfach an zu schießen. Ich hörte, wie ein weiterer Mann einen Schmerzensschrei ausstieß – vielleicht hatte noch eine von Jeds Kugeln ihr Ziel gefunden –, doch dann hörte ich das hohle Ploppen von Kugeln, die in Fleisch eindrangen. Von meinem Platz aus sah ich, wie Jeds Körper nach hinten geworfen wurde, wobei die Arme wie in einem makabren Tanz über dem Kopf herumfuchtelten. Er fiel rückwärts in die Hütte. Der leblose Körper zuckte noch ein paar Mal, als weitere Kugeln in ihn einschlugen.

Es war vorbei. Für Jed. Und wahrscheinlich auch für mich.

Selbst wenn Jed zwei von ihnen getötet hatte, waren immer noch drei am Leben und bewaffnet. Welche Chance hatte ich da? Ich brauchte nur wenige Nanosekunden, um sie zu errechnen. Praktisch null. Eigentlich blieb mir nur eine Möglichkeit. Hinhalten. Ich musste sie so lange hinhalten, bis die Polizei eintraf. Ich überlegte, wie weit draußen wir waren… die Auffahrt, die Schotterstraße… und ich hatte auch vorher schon ewig kein städtisches Gebäude mehr gesehen.

Es hatte keinen Sinn, auf die Kavallerie zu warten.

Aber vielleicht wollten die Minors mich ja auch lebend.

Ich war ihre letzte Chance, Informationen über Natalie zu bekommen. Vielleicht brachte mir das noch etwas Zeit.

Sie kamen aufs Haus zu. Ich suchte nach einem Versteck.

Hinhalten. Einfach nur hinhalten.

Aber es gab kein Versteck. Ich stand auf und sah hinten aus dem Fenster. Der Mann dort wartete einfach auf mich. Ich rannte durch die Küche ins Schlafzimmer. Malcolm hatte sich nicht gerührt, aber das hatte ich auch nicht erwartet.

Ich hörte, wie jemand die Hütte betrat.

Ich öffnete den Riegel am Schlafzimmerfenster. Ich verließ mich einfach darauf, denn das war meine einzige Chance, dass der Mann hinten die Tür im Auge behielt. Das Schlafzimmerfenster befand sich auf der rechten Seite. Wenn er noch da stand, wo ich ihn von der Küche aus gesehen hatte, lag dieses Fenster außerhalb seines Blickfelds. Im Wohnzimmer sagte Danny Zuker: »Professor Fisher? Wir wissen, dass Sie hier drin sind. Wenn Sie uns noch länger warten lassen, machen Sie es nur noch schlimmer.«

Das Fenster quietschte, als ich es öffnete. Als sie das Geräusch hörten, rannten Zuker und sein Gefolgsmann los. Ich sah das, als ich mich nach dem Sprung aus dem Fenster abrollte und Richtung Wald sprintete.

Hinter mir ertönten Schüsse.

So viel dazu, dass sie mich lebend wollten.

Ich weiß nicht, ob es Einbildung oder Realität war, hätte aber schwören können, dass ich spürte, wie die Kugeln an mir vorbeizischten. Ich rannte weiter. Ich drehte mich nicht um. Ich rannte einfach ...

Jemand stürzte sich von der Seite auf mich und warf mich zu Boden.

Es musste der Mann sein, der draußen gelauert hatte. Er war von links gekommen. Wir lagen beide am Boden. Ich holte aus und schlug ihm mit aller Kraft ins Gesicht. Sein Kopf flog nach hinten. Ich schlug noch einmal zu. Wieder traf ich. Sein Körper erschlaffte.

Aber es war zu spät.

Danny Zuker und sein Gefolgsmann standen neben uns. Beide hatten ihre Pistolen auf mich gerichtet.

»Sie können am Leben bleiben«, sagte Zuker nur. »Sagen Sie mir einfach, wo sie ist.«

»Ich weiß es nicht.«

»Dann haben Sie keinen Wert für mich.«

Es war vorbei. Das war klar. Der Mann, der mich zu Boden geworfen hatte, schüttelte den Kopf. Er stand auf und griff nach seiner Pistole. Ich lag zwischen drei mit Pistolen bewaffneten Männern am Boden. Ich konnte nichts machen. Es waren keine Sirenen zu hören, die zu meiner Rettung eilten. Ein Mann stand links von mir, der andere – der, den ich k.o. geschlagen hatte – rechts.

Ich sah Danny Zuker an, der etwas abseits stand. Ich startete einen letzten, verzweifelten Versuch. »Sie haben Archer Minor getötet, stimmt's?«

Damit hatte ich ihn kalt erwischt. Ich sah die Verwirrung in seinem Gesicht. »Was?«

»Irgendjemand musste ihn zum Schweigen bringen«, sagte ich. »Und Maxwell Minor hätte niemals seinen eigenen Sohn umbringen lassen.«

»Sie sind ja verrückt.«

Die beiden anderen Männer sahen sich an.

»Warum sollten Sie sonst so intensiv nach ihr suchen?«, fragte ich. »Das ist sechs Jahre her. Sie wissen ganz genau, dass sie keine Aussage mehr machen wird.«

Danny Zuker schüttelte den Kopf. Es lag fast so etwas wie Trauer in seinem Gesicht. »Sie haben absolut keinen Schimmer, oder?«

Fast ein wenig widerstrebend hob er die Waffe. Ich hatte meinen letzten Trumpf ausgespielt. Ich wollte so nicht sterben – zwischen ihnen auf dem Boden liegend. Ich stand auf, fragte mich, was ich als Letztes tun würde und wann mein Leben beendet war.

Ein Schuss zerriss die Stille. Der Kopf des Mannes links von mir explodierte wie eine reife Tomate unter einem schweren Stiefel.

Wir anderen blickten in die Richtung, aus der der Schuss gekommen war. Ich reagierte als Erster. Mein Echsenhirn übernahm wieder, als ich mich auf den Mann stürzte, den ich schon k.o. geschlagen hatte. Ihn konnte ich am leichtesten erreichen, außerdem war er noch geschwächt.

Vielleicht konnte ich ihm die Waffe abnehmen.

Doch der Mann reagierte schneller, als ich erwartet hatte. Auch sein Echsenhirn funktionierte. Er trat einen Schritt zurück und zielte. Dieses Mal war ich zu weit entfernt, um rechtzeitig bei ihm zu sein.

Dann explodierte auch sein Kopf in einer roten Nebelwolke.

Blut spritzte mir ins Gesicht. Danny Zuker zögerte nicht. Er sprang hinter mich, schlang mir den Arm um den Hals, drückte mir die Pistole in den Nacken und nutzte mich so als Deckung.

»Keine Bewegung«, flüsterte er.

Ich rührte mich nicht. Es war wieder ganz still. Zuker blieb direkt hinter mir und zog mich mit sich zurück zum Haus, um von allen Seiten geschützt zu sein.

»Wo sind Sie?«, rief Zuker. »Zeigen Sie sich, sonst blas ich ihm das Hirn weg.«

Es raschelte. Zuker zog meinen Kopf nach rechts, damit er weiter hinter mir in Deckung war. Er drehte mich etwas weiter nach rechts – in Richtung des Raschelns. Ich sah auf die Lichtung.

Und mir stockte das Herz.

Mit einem Gewehr, das sie auf uns gerichtet hatte, kam Natalie den Hügel herab.

FÜNFUNDDREISSIG

Danny Zuker sagte als Erster etwas: »Na, wen haben wir denn da?«

Bei ihrem Anblick war mein Körper erstarrt. Unsere Blicke – trafen sich, und die Welt explodierte auf tausendfache Art. Die schlichte Tatsache, dass ich der Frau, die ich liebte, in die blauen Augen sehen durfte, war einer der großartigsten Momente meines Lebens, und selbst in dieser Situation, mit einer Pistole am Kopf, verspürte ich eine seltsame Dankbarkeit. Wenn er jetzt abdrückte, dann sollte es wohl so sein. In diesem kurzen Augenblick fühlte ich mich lebendiger als irgendwann in den letzten sechs Jahren. Wenn ich jetzt starb – und nein, ich wollte nicht sterben, ganz im Gegenteil, mehr denn je wollte ich leben und mit dieser Frau zusammen sein –, wäre ich als zufriedenerer Mensch gestorben, hätte ich ein erfüllteres Leben gehabt, als wenn ich einen Moment vorher gestorben wäre.

Natalie hatte das Gewehr immer noch auf uns gerichtet, als sie sagte: »Lassen Sie ihn los.«

Sie sah mich unverwandt an.

»Nein, lieber nicht, Schätzchen«, sagte Zuker.

»Wenn Sie ihn laufen lassen, können Sie mich dafür haben.«

»Nein!«, rief ich.

Zuker drückte mir den Pistolenlauf noch fester seitlich

in den Nacken. »Still.« Dann fragte er Natalie: »Warum sollte ich Ihnen vertrauen?«

»Wenn ich mehr an mich gedacht hätte als an ihn«, sagte sie, »hätte ich mich nicht gezeigt.«

Natalie sah mir weiter in die Augen. Ich wollte widersprechen. Ich würde diesem Tausch niemals zustimmen, aber etwas in ihrem Blick sagte mir, dass ich mich zumindest fürs Erste ruhig verhalten sollte. Sie nötigte mich förmlich, ihr zu gehorchen, die Sache nach ihren Regeln zu spielen.

Vielleicht, dachte ich, war sie ja nicht allein hier. Vielleicht waren irgendwo noch ein paar Leute versteckt. Vielleicht hatte sie einen Plan.

»Also gut«, sagte Zuker, der immer noch durch meinen Körper gedeckt war. »Legen Sie das Gewehr auf den Boden, dann lasse ich ihn gehen.«

»Lieber nicht«, sagte sie.

»Aha?«

»Wir bringen ihn zu seinem Wagen. Sie setzen ihn auf den Fahrersitz. Sobald er losfährt, lege ich das Gewehr weg.«

Zuker schien darüber nachzudenken. »Ich setze ihn in den Wagen, Sie legen die Waffe weg, und er fährt los.«

Natalie nickte noch einmal, sah mir immer noch direkt in die Augen und zwang mich, der Abmachung zuzustimmen. »Okay«, sagte sie.

Wir gingen am Haus entlang nach vorne. Natalie folgte uns in etwa dreißig Meter Abstand. Ich fragte mich, ob Cookie, Benedict oder ein anderes Mitglied von Fresh Start in der Nähe war. Vielleicht warteten sie bewaffnet auf dem Parkplatz und bereiteten sich darauf vor, Zuker mit einem Schuss niederzustrecken.

Als wir den Wagen erreichten, stellte Zuker sich so hin, dass der Wagen und mein Körper ihm Deckung boten. »Tür öffnen«, sagte er.

Ich zögerte.

Er drückte mir die Pistole in den Nacken. »Machen Sie die Tür auf.«

Ich sah Natalie an. Sie schenkte mir ein beruhigendes Lächeln, das tief in meine Brust eindrang und sie wie eine Eierschale sprengte. Als ich mich auf den Fahrersitz setzte, wurde mir voller Schrecken klar, was sie tat.

Sie hatte keinen Plan, mit dem sie uns beide hätte retten können.

Hier warteten keine weiteren Mitglieder von Fresh Start, um einzuschreiten. Niemand hielt sich versteckt, um aus dem Hinterhalt zuzuschlagen. Natalie hatte meine Aufmerksamkeit auf sich gelenkt, hatte diese Hoffnung in ihren Blick gelegt, damit ich mich nicht wehrte, damit ich nicht das Opfer brachte, das sie für mich bringen wollte.

Zum Teufel damit.

Ich ließ den Motor an. Natalie senkte das Gewehr. Mir blieb nicht mehr als eine Sekunde. Es war Selbstmord. Das wusste ich. Es gab keine Chance, dass wir beide hier lebend herauskamen. Genau das hatte sie sich auch gedacht. Einer von uns würde sterben. Am Ende hatten Jed, Benedict und Cookie recht behalten. Ich hatte es versaut. Ich war trotzig meinem »Die Liebe besiegt alles«-Mantra gefolgt, und jetzt war genau das eingetreten, wovor uns alle gewarnt hatten: Natalie hatte den Tod vor Augen.

Ich würde es nicht zulassen.

Als ich im Wagen saß, blieb Natalie stehen und konzentrierte sich ausschließlich auf Danny Zuker. Zuker verstand, dass er an der Reihe war, und entfernte den Pistolenlauf von meinem Nacken. Er nahm die Pistole in die andere Hand, so dass sie sich außerhalb meiner Reichweite befand und ich nicht auf dumme Gedanken kam.

»Sie sind dran«, sagte Zuker.

Natalie legte das Gewehr auf den Boden.

Es war so weit. In den letzten Sekunden hatte ich genau geplant, was ich machen würde, den exakten Ablauf, das Überraschungsmoment, alles. Jetzt zögerte ich keinen Augenblick. Ich war ziemlich sicher, dass Zuker genug Zeit hatte, um auf mich zu schießen. Das war mir egal. Er würde sich verteidigen müssen. Wenn er das tat, indem er auf mich schoss, gab das Natalie die Gelegenheit zu fliehen oder, was wahrscheinlicher war, ihr Gewehr wieder aufzuheben und auf ihn zu schießen.

Ich hatte keine Wahl. Wegfahren würde ich nicht, so viel war sicher.

Ohne jede Vorwarnung schoss meine linke Hand hoch. Ich glaube nicht, dass Zuker damit gerechnet hatte. Er war wohl davon ausgegangen, dass ich, wenn überhaupt, versuchen würde, an die Pistole zu kommen. Ich griff ihm ins Haar und zog ihn zu mir herunter. Wie erwartet richtete Danny die Waffe auf mich.

Mit links zog ich seinen Kopf weiter zu mir heran. Er ging davon aus, dass ich mit rechts nach der Waffe greifen würde.

Das tat ich nicht.

Stattdessen rammte ich ihm die Zyankali-Kapsel, die Jed mir gegeben hatte, in den Mund. Seine Augen weiteten sich vor Entsetzen, als er merkte, was ich getan hatte. Er zögerte kurz, als ihm bewusst wurde, dass er Zyankali im Mund hatte und ein toter Mann war, wenn er es nicht wieder herausbekam. Er wollte die Kapsel ausspucken, ich drückte ihm jedoch die Hand vor den Mund. Er biss kräftig hinein, worauf ich laut aufschrie, die Hand aber nicht wegnahm. Im gleichen Moment schoss er auf meinen Kopf.

Ich duckte mich zur Seite.

Die Kugel traf meine Schulter. Mehr Schmerz.

Danny fing an zu zucken, zielte noch einmal auf mich. Er kam jedoch nicht dazu, noch einmal abzudrücken. Natalies erste Kugel traf seinen Hinterkopf. Sie schoss noch zwei Mal, was allerdings nicht nötig war.

Ich ließ mich nach hinten fallen, griff nach meiner pulsierenden Schulter, versuchte, das Blut zu stoppen. Ich wartete darauf, dass sie zu mir kam.

Doch das tat sie nicht. Sie blieb, wo sie war.

Ich habe nie etwas Schöneres und Niederschmetternderes gesehen als ihren Gesichtsausdruck. Eine Träne lief ihre Wange hinunter. Sie schüttelte ganz langsam den Kopf.

»Natalie?«

»Ich muss weg«, sagte sie.

Meine Augen weiteten sich. »Nein.« Endlich hörte ich die Sirenen. Ich verlor Blut und war sehr schwach. Das spielte alles keine Rolle. »Nimm mich mit. Bitte.«

Natalie konnte kaum mehr an sich halten. Die Tränen flossen stärker. »Ich würde es nicht aushalten, wenn dir etwas zustößt. Verstehst du? Deshalb bin ich beim ersten Mal verschwunden. Ich halte es aus, dass dein Herz gebrochen ist. Aber ich halte es nicht aus, wenn du stirbst.«

»Ohne dich ist das für mich kein Leben.«

Die Sirenen kamen näher.

»Ich muss weg«, sagte sie durch die Tränen hindurch.

»Nein …«

»Ich werde dich immer lieben, Jake. Immer.«

»Dann lass uns zusammenbleiben.« Ich hörte das Flehen in meiner Stimme.

»Ich kann nicht. Das weißt du ganz genau. Folge mir nicht. Such nicht nach mir. Halt dein Versprechen dieses Mal.«

Ich schüttelte den Kopf. »Vergiss es«, sagte ich.

Sie drehte sich um und ging den Hügel hinauf.

»Natalie!«, rief ich.

Aber die Frau, die ich liebte, entfernte sich immer weiter aus meinem Leben. Wieder einmal.

SECHSUNDDREISSIG

Ein Jahr später

Hinten im Hörsaal hebt ein Student die Hand. »Professor Weiss?«

»Ja, Kennedy?«, sage ich.

So heiße ich jetzt. Paul Weiss. Ich unterrichte an einer großen Universität in New Mexico. Aus Sicherheitsgründen darf ich den Namen nicht nennen. Bei all den Leichen am See waren die Verantwortlichen zu dem Schluss gekommen, dass es am besten wäre, mich ins Zeugenschutzprogramm zu stecken. Und so hat es mich hierher in den Westen verschlagen. Gelegentlich macht mir die Höhe noch etwas zu schaffen, aber alles in allem gefällt es mir hier draußen. Das hat mich überrascht. Ich dachte immer, ich wäre ein echter Ostküstler. Im Leben geht es wohl oft darum, sich anzupassen.

Natürlich vermisse ich Lanford. Mir fehlt mein altes Leben. Zu Benedict habe ich verbotenerweise noch Kontakt. Wir benutzen einen E-Mail-Account als gemeinsamen Briefkasten, bei dem wir nie auf den Senden-Button klicken. Es ist ein ganz altmodischer AOL-Account, in dem wir uns Nachrichten schreiben und sie einfach im Entwürfe-Ordner liegen lassen. Wir loggen uns regelmäßig ein und sehen nach, ob es etwas Neues gibt.

Die große Neuigkeit in Benedicts Leben ist, dass das Drogenkartell, das ihn verfolgt hatte, nicht mehr existiert. Es hatte sich in irgendwelchen Revierkämpfen aufgerieben. Kurzum, es stünde ihm endlich frei, zu Marie-Anne zurückzukehren, aber als er ihren Facebook-Status das letzte Mal überprüfte, war aus dem »in einer Beziehung« ein »verheiratet« geworden. Ihre und Kevins Facebook-Seiten sind randvoll mit Fotos von ihrer Hochzeit.

Ich versuche ihn zu überzeugen, dass er ihr trotzdem die Wahrheit sagen soll. Er will es nicht. Er wolle ihr Leben nicht ins Chaos stürzen.

Das Leben ist nun einmal chaotisch, entgegne ich.

Tiefsinnig, oder?

Auch die übrigen Puzzleteile konnte ich schließlich auf ihren Platz legen. Das hatte allerdings noch eine ganze Weile gedauert. Einer der Minor-Gefolgsmänner, die von Jeds Kugeln getroffen worden waren, hatte überlebt. Seine Aussage bestätigte meine Vermutungen. Die Bankräuber, die die Unsichtbaren genannt wurden, waren in die Bank an der Canal Street eingebrochen. In Todd Sandersons Schließfach hatten sie sowohl Testamente als auch Pässe gefunden. In der Hoffnung, sie auf dem Schwarzmarkt verkaufen zu können, hatten sie die Pässe mitgenommen. Dann hatte einer von ihnen Natalies Namen erkannt und die Minors informiert, die selbst nach sechs Jahren noch nach ihr gesucht hatten. Da das Schließfach von einem Todd Sanderson gemietet worden war, hatten Danny Zuker und Otto Devereaux ihm einen Besuch abgestattet.

Was dann passierte, wissen Sie. Das meiste zumindest.

Aber einige Aspekte passten immer noch nicht ganz zusammen. Einen davon hatte ich schon direkt vor Danny

Zukers Tod angesprochen: Warum waren die Minors so versessen darauf, Natalie zu finden? Sie hatte doch über all die Jahre hinweg deutlich gezeigt, dass sie keine Aussage machen würde. Warum also sollten sie nach so langer Zeit noch einmal so viel Staub aufwirbeln und sie aus ihrem Versteck scheuchen, obwohl doch die Gefahr bestand, dass sie dadurch doch noch zur Polizei ging? Zwischenzeitlich hatte ich ja gemutmaßt, dass Danny Zuker hinter der ganzen Sache steckte: Er hätte Archer Minor umgebracht und wollte sicherstellen, dass die einzige Person, die Maxwell Minor davon erzählen konnte, auf Nimmerwiedersehen verschwand. Aber auch das passte nicht richtig, besonders wenn ich die Verwirrung einbezog, die sich in seiner Miene gezeigt hatte, als ich ihm diesen Vorwurf machte.

»Sie haben absolut keinen Schimmer, oder?«

Das waren Danny Zukers Worte gewesen. Er hatte recht gehabt. Doch allmählich hatte ich mir alles zusammenreimen können. Dabei hatte es sehr geholfen, die zentrale, immer noch ungeklärte Frage rund um den Vorfall, mit dem alles begonnen hatte, noch einmal in den Mittelpunkt zu stellen:

Wo war Natalies Vater?

Die Antwort darauf hatte ich schon vor fast einem Jahr erhalten. Zwei Tage bevor die Polizei mich nach New Mexico schickte, war ich noch einmal zu Natalies Mutter in der Hyde-Park-Residenz gefahren. Zugegebenermaßen in einer ziemlich miesen Verkleidung. (Meine jetzige Verkleidung ist schlichter: Ich habe mir den Kopf kahl rasiert. Die widerspenstigen Locken meiner Jugend sind verschwunden. Meine Birne strahlt. Es fehlt nur noch der goldene Ohrring, dann könnte man mich für Meister Proper halten.)

»Dieses Mal muss ich die Wahrheit wissen«, hatte ich zu Sylvia Avery gesagt.

»Die habe ich Ihnen erzählt.«

Ich verstand, dass Menschen untertauchten und neue Identitäten brauchten, weil sie des Kindesmissbrauchs beschuldigt wurden, sich bei einem Drogenkartell unbeliebt gemacht hatten, brutale Ehemänner hinter ihnen her waren oder einen Mafia-Mord beobachtet hatten. Aber ich verstand nicht, warum ein Mann, der an einem Plagiats-Skandal an einem College beteiligt gewesen war, für den Rest seines Lebens verschwinden musste – und selbst jetzt, nach Archer Minors Tod, nicht wieder auftauchte.

»Natalies Dad ist nicht untergetaucht, stimmt's?«

Sie antwortete nicht.

»Er wurde ermordet«, sagte ich.

Sylvia Avery wirkte inzwischen zu schwach, um zu widersprechen. Sie saß nur ganz still in ihrem Rollstuhl.

»Sie haben Natalie erzählt, dass ihr Vater sie niemals im Stich gelassen hätte.«

»Das hätte er auch nicht«, sagte sie. »Er hat sie so sehr geliebt. Julie hat er auch geliebt. Und mich. Aaron war ein sehr guter Mensch.«

»Zu gut«, sagte ich. »Einer, der nur in Schwarz-Weiß-Kategorien dachte.«

»Genau.«

»Als ich Ihnen erzählte, dass Archer Minor tot wäre, sagten Sie: ›Gott sei Dank!‹ Hat er Ihren Mann umgebracht?«

Sie senkte den Kopf.

»Es gibt niemanden mehr, der Ihnen oder Ihren Töchtern etwas tun kann«, sagte ich, auch wenn das nicht ganz der Wahrheit entsprach. »Hat Archer Minor Ihren Mann persönlich umgebracht, oder hat sein Vater einen Auftragskiller geschickt?«

Dann sprach sie es aus: »Es war Archer selbst.«

Ich nickte. Das hatte ich mir gedacht.

»Er ist mit einer Pistole zu uns gekommen«, sagte Sylvia. »Er hat verlangt, dass Aaron ihm die Unterlagen aushändigt, die sein Plagiat beweisen. Wissen Sie, er wollte wirklich aus dem Schatten seines Vaters treten, und wenn herausgekommen wäre, dass er betrogen hatte …«

»Dann wäre er genau wie sein Vater gewesen.«

»Ja. Ich habe Aaron angefleht, seine Forderung zu erfüllen. Aber Aaron wollte das nicht. Er dachte, Archer würde nur bluffen. Also hat Archer Aaron die Pistole an den Kopf gehalten und …« Sie schloss die Augen. »Er hat dabei gelächelt. Das vergesse ich nie. Dann hat er verlangt, dass ich ihm die Unterlagen gebe, sonst hätte er mich auch erschossen. Natürlich habe ich sie ihm gegeben. Später sind zwei Männer gekommen, die für seinen Vater gearbeitet haben. Sie haben Aarons Leiche mitgenommen. Einer von ihnen hat sich zu mir gesetzt. Er sagte, wenn ich auch nur ein Wort davon erzählte, würden sie meinen Mädchen schreckliche Dinge antun. Sie würden sie nicht einfach nur umbringen, sagte er. Vorher würden sie ihnen schreckliche Dinge antun. Das wiederholte er immer wieder. Er sagte, ich solle behaupten, Aaron wäre durchgebrannt. Das habe ich dann auch getan. Und weil ich meine Töchter schützen musste, habe ich diese Lüge all die Jahre aufrechterhalten. Das verstehen Sie doch, oder?«

»Ja, das verstehe ich«, sagte ich traurig.

»Ich musste meinen armen Aaron zum Übeltäter machen. Damit seine Töchter aufhören, nach ihm zu fragen.«

»Aber Natalie hat Ihnen die Geschichte nicht abgenommen.«

»Sie hat immer wieder nachgefragt.«

»Und, wie Sie schon sagten, konnte sie mit der Lüge nicht leben. Sie litt unter dem Gedanken, dass ihr Vater sie im Stich gelassen hatte.«

»Das ist ein schrecklicher Gedanke für ein kleines Mädchen. Ich hätte mir etwas anderes ausdenken müssen. Aber was?«

»Also hat sie immer wieder nachgefragt«, sagte ich.

»Sie hat keine Ruhe gegeben. Sie ist nach Lanford gefahren und hat mit Professor Hume gesprochen.«

»Aber Hume wusste auch nicht, was passiert war.«

»Nein. Und sie hat immer weiter gefragt.«

»Und das hätte sie in Schwierigkeiten bringen können.«

»Ja.«

»Also haben Sie beschlossen, ihr die Wahrheit zu sagen. Ihr Vater war nicht mit einer Studentin durchgebrannt. Er war nicht untergetaucht, weil er Angst vor den Minors hatte. Sie haben ihr die ganze Geschichte erzählt – dass Archer Minor ihren Vater kaltblütig und mit einem Lächeln im Gesicht erschossen hatte.«

Sylvia Avery nickte nicht. Es war nicht nötig. Ich verabschiedete mich von ihr und ging.

Jetzt wusste ich also, warum Natalie an jenem Abend in diesem Hochhaus war. Jetzt wusste ich, warum Natalie zu Archer Minor gegangen war, als sie davon ausgehen konnte, ihn allein im Büro anzutreffen. Jetzt wusste ich, warum Maxwell Minor nie aufgehört hatte, nach Natalie zu suchen. Es ging nicht darum, dass sie eine Aussage machen könnte.

Er war ein Vater, der Rache für die Ermordung seines Sohns wollte.

Mit absoluter Sicherheit weiß ich das alles nicht. Ich weiß nicht genau, ob Natalie Archer Minor mit einem Lächeln im Gesicht erschoss, ob sich die Kugel versehentlich löste, ob Archer Minor sie bedrohte, als sie ihm gegenübertrat, oder ob es sich um Notwehr handelte. Ich werde sie auch nicht fragen.

Mein früheres Ich hätte es interessiert. Mein jetziges nicht.

Das Seminar ist zu Ende. Ich gehe über das Universitätsgelände. Der Himmel über Santa Fe strahlt so blau wie sonst nirgends. Ich halte mir die Hand über die Augen und gehe weiter.

An dem Tag vor einem Jahr hatte ich der davonschreitenden Natalie hinterhergeschaut – mit einer Kugel in der Schulter. »Vergiss es«, lautete meine Antwort, als sie mich bat, ihr nicht zu folgen. Sie hörte mir nicht zu und blieb auch nicht stehen. Also stieg ich aus dem Wagen. Der Schmerz in meiner Schulter war nichts im Vergleich zu dem Schmerz, den ich verspürte, weil sie mich wieder verließ. Ich rannte ihr nach. Ich schlang meine Arme um sie, auch den verletzten, und zog sie an mich. Wir hielten unsere Augen fest geschlossen. Ich umklammerte sie und überlegte, ob ich je zuvor eine solche Zufriedenheit verspürt hatte. Sie fing an zu weinen. Ich drückte sie noch fester an mich. Sie legte den Kopf auf meine Brust. Einmal versuchte sie kurz, sich zu befreien. Aber nur für einen Moment. Sie wusste genau, dass ich sie dieses Mal nicht wieder loslassen würde.

Ganz egal, was sie getan hatte.

Ich habe sie nie wieder gehen lassen.

Eine wunderschöne Frau namens Diana Weiss trägt einen Ehering, der zu meinem passt. Sie hat beschlossen, ihr Kunstseminar bei diesem wunderschönen Wetter nach draußen zu verlegen. Sie geht von einem Studenten zum nächsten, gibt Tipps und Anregungen zu den im Entstehen begriffenen Werken.

Sie weiß, dass ich es weiß, obwohl wir nie darüber gesprochen haben. Ich frage mich, ob auch das zu der damaligen Entscheidung, mich zu verlassen, beigetragen hatte – ob sie das Gefühl hatte, ich könnte nicht mit der ganzen Wahrheit leben. Und vielleicht hätte ich es damals wirklich nicht gekonnt.

Jetzt kann ich es.

Als ich mich der Gruppe nähere, blickt Diana Weiss zu mir auf. Ihr Lächeln leuchtet heller als die Sonne. Heute strahlt meine schöne Frau noch mehr als sonst. Vielleicht glaube ich das nur, weil ich befangen bin. Vielleicht glaube ich das aber auch, weil sie im siebten Monat schwanger ist.

Ihr Seminar ist zu Ende. Die Studenten bleiben noch kurz, bevor sie langsam davonschlendern. Als wir schließlich allein sind, nimmt sie meine Hand, sieht mir in die Augen und sagt: »Ich liebe dich.«

»Ich liebe dich auch«, sage ich.

Sie lächelt zu mir hinauf. Gegen dieses Lächeln hat das Grau keine Chance. Es verschwindet hinter einem leuchtend bunten Nebelschleier.

Lust auf mehr Spannung von Harlan Coben?

Dann lesen Sie hier weiter …

Auf den nächsten Seiten finden Sie eine Leseprobe aus Harlan Cobens nächstem Thriller

»Ich vermisse dich«

Viel Spaß damit!

EINS

Kat Donovan drehte sich auf dem Hocker, auf dem schon ihr Vater gesessen hatte, von der Theke weg, um aufzustehen und den Pub zu verlassen, als Stacy sagte: »Was ich getan habe, wird dir nicht gefallen.«

Ihr Tonfall stoppte Kat mitten in der Bewegung. »Was hast du getan?«

Das O'Malley's war früher eine Polizistenkneipe vom alten Schlag gewesen. Schon Kats Großvater hatte hier rumgehangen. Später auch ihr Vater und seine Kollegen vom NYPD. Inzwischen hatte es sich in einen Yuppie-Schuppen voller Preppies, Masters-of-the-Universe, Poser und Arschlöcher verwandelt, lauter Typen in gestärkten und gebügelten weißen Hemden unter schwarzen Anzügen, mit Dreitagebart, die gerade so viel hatten enthaaren lassen, dass sie noch machohaft und unrasiert wirkten. Sie grinsten viel, diese soften Männer, mit ihren Extrem-Gel-Frisuren, und bestellten Ketel One statt Grey Goose, weil die Werbung ihnen erzählt hatte, dass das der Wodka für echte Männer wäre.

Stacys Blick streifte durch die Bar. Ein Ablenkungsmanöver. Kat gefiel das ganz und gar nicht.

»Was hast du getan?«, wiederholte Kat.

»Vorsicht«, sagte Stacy.

»Maulheld bei fünf Uhr.«

Kat drehte sich nach rechts um.

»Siehst du ihn?«, fragte Stacy.

»Klar.«

Die Einrichtung des O'Malley's hatte sich im Lauf der Jahre kaum verändert. Der alte Röhrenfernseher war zwar durch eine Unzahl Flachbildschirme ersetzt worden, auf denen zu viele unterschiedliche Sportereignisse gleichzeitig liefen – wen interessierten schon die Spiele der Edmonton Oilers? Abgesehen davon war das Cop-Kneipen-Feeling im O'Malley's jedoch noch erhalten. Und genau das zog diese Poser an, die Pseudo-Authentizität, die dadurch entstanden war, dass sie den Schuppen übernommen und alles vertrieben hatten, was den Laden früher ausgemacht hatte, sodass der Pub zu einer Disney-Version seines früheren Selbst geworden war.

Kat war die einzige Polizistin, die noch herkam. Die anderen gingen nach der Schicht entweder nach Hause oder zu einem Meeting der Anonymen Alkoholiker. Kat kam immer noch und versuchte, in aller Ruhe gemeinsam mit den Geistern der Vergangenheit auf dem alten Hocker ihres Vaters zu sitzen – ganz besonders an diesem Abend, wo die Gedanken an die Ermordung ihres Vaters ihr wieder einmal schwer zu schaffen machten. Sie wollte einfach nur hier sein, die Gegenwart ihres Vaters spüren, um – so kitschig das auch klingen mochte – daraus Kraft zu schöpfen.

Aber diese Weicheier ließen sie einfach nicht in Ruhe.

Und dieser spezielle Maulheld – Stacys und ihr Kosename für all die wahren Helden, die einen aufs Maul verdient hatten – beging eine typische Maulhelden-Sünde. Er trug eine Sonnenbrille. Abends um elf. In einer schlecht beleuchteten Kneipe. Andere Anklagen wegen Maulheldentums wurden für angekettete Brieftaschen, im Nacken gebundene Kopftücher, offene Seidenhemden, übermäßig viele Tattoos (strafverschärfend: Tribals), das Tragen von Militär-Erkennungsmarken, ohne beim Militär zu sein, und wirklich große, weiße Armbanduhren erhoben.

Sonnenbrille grinste und prostete Kat und Stacy zu.

»Er mag uns«, sagte Stacy.

»Lenk nicht ab. *Was* wird mir nicht gefallen?«

Als Stacy sich wieder zu ihr umdrehte, sah Kat über ihre Schulter hinweg die Enttäuschung in Sonnenbrilles Gesicht, das vor überteuerter Lotion glänzte. Sie hatte diesen Blick schon unzählige Male gesehen. Männer mochten Stacy. Und das war noch stark untertrieben. Stacy war furchteinflößend, umwerfend, zähne-, knochen- und metallerweichend heiß. In Stacys Gegenwart bekamen Männer weiche Knie und benahmen sich albern. Ziemlich albern. Extrem albern.

Vielleicht war es ein Fehler, mit so einer Frau in die Kneipe zu gehen, denn viele Männer kamen zu dem Schluss, dass sie bei dieser Frau nicht landen konnten. Sie erschien ihnen unerreichbar.

Ganz anders als Kat.

Und so nahm Sonnenbrille denn auch Kat ins Visier und machte sich auf den Weg, wobei er eher auf seinem eigenen Schleim dahinzugleiten schien als zu gehen.

Stacy unterdrückte ein Kichern. »Das wird spaßig.«

In der Hoffnung, ihn abzuschrecken, musterte Kat ihn mit leerem Blick und missbilligendem Stirnrunzeln. Doch Sonnenbrille war nicht zu bremsen. Er tänzelte im Rhythmus eines Soundtracks heran, der nur in seinem Kopf spielte.

»Hey, Babe«, sagte Sonnenbrille. »Heißt du zufällig Wi-Fi?«

Kat wartete.

»Ich spüre da nämlich so eine Verbindung.«

Stacy prustete los.

Kat starrte ihn nur an. Er fuhr fort.

»Ich mag euch kleine Bräute, weißt du? Ihr seid einfach entzückend. Weißt du, was gut auf mir aussehen würde? Du.«

»Jemals Erfolg mit den Sprüchen gehabt?«, fragte Kat.

»Ich bin noch nicht fertig.« Sonnenbrille hustete sich in die Hand, zog sein iPhone heraus und streckte es Kat entgegen. »Hey, Babe, Glückwunsch, du stehst ganz oben auf meiner To-do-Liste.«

Stacy war begeistert.

Kat fragte: »Wie heißen Sie?«

Er zog eine Augenbraue hoch. »Wie immer du willst, Baby.«

»Wie wäre es mit Dummschwätzer?« Kat öffnete die Jacke und zeigte ihm ihre Pistole am Gürtel. »Ich werde jetzt zu meiner Waffe greifen, Dummschwätzer.«

»Verdammt, Mädel, du bist wohl mein neuer Chef?« Er deutete auf seinen Schritt. » Weil du mir gerade was erhöht hast. Wenn auch nicht meinen Lohn.«

»Verschwinden Sie.«

»Meine Liebe für dich ist wie Durchfall«, sagte Sonnenbrille. »Ich kann sie einfach nicht in mir halten.«

Kat starrte ihn entgeistert an.

»War das zu viel?«, fragte er.

»Oh Mann, das ist einfach widerlich.«

»Mag sein, aber ich wette, den Spruch hast du noch nie gehört.«

Die Wette hätte er gewonnen. »Verschwinden Sie. Sofort.«

»Ehrlich?«

Stacy konnte sich vor Lachen kaum auf den Beinen halten.

Sonnenbrille wollte sich abwenden. »Moment. Das ist ein Test, oder? Nennst du mich Dummschwätzer, um mich scharf zu machen?«

»Verschwinden Sie.«

Er zuckte die Achseln, drehte sich um, sah Stacy an und dachte, was soll's? Er musterte ihren langen Körper von oben bis unten und sagte dann: »Das Wort des Tages ist Beine. Vielleicht sollten wir beide mal in uns gehen und die Untiefen dazwischen ausloten.«

Stacy war immer noch begeistert. »Nimm mich, Dummschwätzer, sofort. Auf der Stelle.«

»Wirklich?«

»Nein.«

Dummschwätzer drehte sich zu Kat um. Kat legte die Hand auf den Pistolengriff. Er hob die Hände und ging.

Kat sagte: »Stacy?«

»Hm.«

»Warum glauben diese Typen eigentlich immer wieder, sie hätten eine Chance bei mir?«

»Weil du hübsch und keck aussiehst.«

»Ich bin nicht keck.«

»Nein, aber du siehst keck aus.«

»Jetzt mal ehrlich, seh ich wirklich wie eine totale Versagerin aus?«

»Du siehst beschädigt aus«, sagte Stacy. »Ich sag das nicht gerne. Aber der Schaden … du strahlst es aus wie ein Pheromon, dem diese Weicheier nicht widerstehen können.«

Beide tranken einen Schluck.

»Also, was wird mir nicht gefallen?«, fragte Kat.

Stacy sah dem Dummschwätzer hinterher. »Jetzt tut er mir leid. Vielleicht sollte ich ihm einen Quickie gönnen.«

»Fang nicht wieder damit an.«

»Wieso?« Stacy schlug die angeberisch langen Beine übereinander und lächelte Dummschwätzer zu. Er zog ein Gesicht, das Kat an einen Hund erinnerte, den man zu lange im Auto gelassen hatte. »Findest du diesen Rock zu kurz?«

»Rock?«, sagte Kat. »Ich dachte, es wäre ein Gürtel.«

Stacy gefiel das. Sie genoss es, im Mittelpunkt zu stehen. Sie riss gerne Männer auf, weil sie glaubte, eine Nacht mit ihr wäre für die Typen eine Erfahrung, die ihr Leben verändern würde. Außerdem war es Teil ihres Jobs. Zusammen mit zwei anderen hinreißenden Frauen besaß Stacy eine Privatdetektei. Ihre Spezialität? Männer, die fremdgingen, zu überführen (oder sagen wir besser, zu verführen).

»Stacy?«

»Hmm.«

»Was wird mir nicht gefallen?«

»Das hier.«

Während sie weiter mit Dummschwätzer kokettierte, reichte sie Kat einen Zettel. Kat sah den Zettel an und runzelte die Stirn.

KD8115
HottestSexEvah

»Was ist das?«

»KD8115 ist dein Benutzername.«

Ihre Initialen und die Nummer ihrer Polizeimarke.

»HottestSexEvah ist dein Passwort. Oh, achte auf die Groß- und Kleinschreibung.«

»Und wofür sind die?«

»Eine Internetseite. YouAreJustMyType.com.«

»Was?«

»Eine Online-Partnerbörse.«

Kat verzog das Gesicht. »Bitte sag mir, dass das ein Scherz ist.«

»Ist was Seriöses.«

»Das sagt man auch über manche Striptease-Clubs.«

»Ich habe dich da angemeldet und für ein Jahr bezahlt.«

»Das soll ein Witz sein, oder?«

»Ich mache keine Witze. Ich arbeite gelegentlich für die Firma. Die ist gut. Und machen wir uns nichts vor, du brauchst jemanden. Du willst jemanden. Und hier wirst du ihn nicht finden.«

Kat seufzte, stand auf und nickte dem Barkeeper zu, einem Mann namens Pete, der aussah wie ein Charakterdarsteller, der immer die Rolle des irischen Barkeepers in einem Pub bekam, was er in diesem Fall tatsächlich war. Pete erwiderte das Nicken und schrieb Kats Drinks auf ihren Deckel.

»Wer weiß«, sagte Stacy. »Vielleicht findest du da den Richtigen.«

Kat ging zur Tür. »Wahrscheinlich aber auch wieder nur einen Dummschwätzer.«

Kat rief »YouAreJustMyType.com« auf, gab ihren Benutzernamen und das peinliche Passwort ein. Sie runzelte die Stirn, als sie die Kurzbeschreibung oben im Profil sah, die Stacy für sie ausgewählt hatte:

Hübsch und keck!

»Immerhin hat sie beschädigt weggelassen«, murmelte Kat.

Es war nach Mitternacht, aber Kat schlief nicht sehr viel. Die Wohnung, in der sie lebte, war eigentlich viel zu exklusiv für sie – eine Dachwohnung an der West 67th Street in der Nähe vom Central Park. Vor hundert Jahren hatten in diesem Haus und in den Nachbargebäuden, zu denen auch das berühmte *Hotel des Artistes* gehörte, Schriftsteller, Maler, Intellektuelle und andere Künstler gewohnt. Das geräumige, anheimelnde Apartment ging zur Straße hinaus, die kleineren Künstlerateliers nach hinten zum Hof. Irgendwann waren die alten Ateliers zu Einzimmerwohnungen umgebaut worden. Kats Vater, ein Polizist, der gesehen hatte, wie seine Freunde durch den Kauf von Immobilien reich geworden waren, hatte versucht, irgendwie daran teilzuhaben. Ein Mann, dem Dad das Leben gerettet hatte, hatte ihm die Wohnung billig verkauft.

Kat war zu Beginn ihres Studiums an der Columbia University hier eingezogen. Die Ausbildung an der Eliteuniversität hatte sie mit einem Stipendium der New Yorker Polizei bezahlt. Ihre Lebensplanung hatte ein Jurastudium und den Beitritt in eine führende Anwaltskanzlei in New York City vorgesehen, um dem Polizeidienst, dieser verfluchten Familientradition, zu entkommen.

Leider war es anders gekommen.

Neben der Tastatur stand ein Glas Rotwein. Kat trank zu viel. Sie wusste, dass das ganz dem Klischee entsprach. Polizisten, egal ob männlich oder weiblich, tranken zu viel. Aber manchmal sind diese Klischees eben nicht ganz grundlos entstanden. Sie funktionierte. Bei der Arbeit trank sie nicht. Es beeinträchtigte ihr Leben nicht merklich, aber wenn Kat spätnachts zum Telefon griff oder eine Entscheidung traf, war diese oft von einer gewissen, sagen wir, Nachlässigkeit gekennzeichnet. Im Lauf der Jahre hatte sie gelernt, das Handy auszuschalten und nach zehn Uhr abends keine E-Mails mehr zu schicken.

Aber jetzt saß sie spätnachts am Schreibtisch und sah sich wahllos Typen auf einer Partnervermittlungs-Webseite an.

Stacy hatte vier Fotos auf Kats Seite hochgeladen. Kats Profilbild, ein Porträt, war ein Ausschnitt aus einem Gruppenbild der Brautjungfern bei einer Hochzeit im letzten Jahr. Kat versuchte, es mit einem objektiven Blick zu betrachten, was ihr aber nicht gelang. Sie konnte das Foto nicht ausstehen. Die Frau darauf sah unsicher aus, lächelte flau und wirkte, als rechnete sie damit, im nächsten Moment eine Ohrfeige zu bekommen oder so etwas. Als sie sich schließlich an das schmerzliche Ritual machte, sich sämtliche Fotos anzusehen, stellte sie fest, dass es sich bei allen um Ausschnitte aus Gruppenbildern handelte – und dass Kat auf allen etwas verhuscht aussah.

Okay, Schluss mit ihrem eigenen Profil.

Bei der Arbeit traf sie nur Polizisten. Sie wollte keinen Cop. Cops waren gute Menschen, aber furchtbare Ehemänner. Das wusste sie nur zu gut. Als Oma unheilbar krank wurde, war Opa, der nicht damit zurechtkam, abgehauen und erst wieder aufgetaucht, als es … tja … zu spät war. Opa hatte sich das nie verziehen. Das war jedenfalls Kats Theorie. Er war einsam, und obgleich er für viele ein Held war, hatte er gekniffen, als es am wichtigsten gewesen wäre. Er hatte damit nicht leben können – und sein Dienstrevolver war immer zur Hand, dort auf dem obersten Regal in der Küche, wo er immer lag. Und irgendwann hatte Kats Großvater dort hineingegriffen, die Waffe heruntergenommen, sich allein an den Küchentisch gesetzt und …

Ka-boom.

Dad war immer wieder auf Sauftour gewesen und für mehrere Tage am Stück verschwunden. Mom hatte sich dann jedes Mal besonders fröhlich gegeben, was das Ganze nur noch gruseliger und unheimlicher gemacht hatte. Entweder behauptete sie, dass Dad in geheimer Mission unterwegs sei, oder sie ignorierte sein Verschwinden komplett und lebte ein buchstäbliches »Aus den Augen, aus dem Sinn«, bis Dad, vielleicht eine Woche später, frisch rasiert, mit einem breiten Lächeln im Gesicht und einem Dutzend Rosen für Mom wieder antanzte und alle so taten, als wäre das vollkommen normal.

YouAreJustMyType.com. Sie, die hübsche und kecke Kat Donovan, studierte die Seite einer Partnerbörse im Internet. Mannomann, keine Spur von wohldurchdachter Planung. Sie hob das Weinglas, toastete dem Bildschirm zu und trank einen kräftigen Schluck.

Leider war die Welt nicht mehr so eingerichtet, dass sie einem automatisch einen Lebenspartner präsentierte. Sex war etwas anderes. Das war kein Problem. Und genau das war auch die überwiegende Erwartungshaltung bei der Partnerbörse, für jedermann leicht erkennbar, ohne dass darüber gesprochen wurde. Und obwohl Kat die fleischlichen Freuden ebenso schätzte wie jede andere junge Frau, wusste sie doch genau, dass die Chance für eine langfristige Beziehung extrem sanken, wenn man mit jemandem zu früh ins Bett ging – ganz egal, ob es einem in dem Moment richtig oder falsch vorkam. Das war keine moralische Wertung. Das war einfach Fakt.

Ihr Computer piepte. Ein Nachrichtenfenster öffnete sich.

> Wir haben passende Partner für Sie gefunden! Klicken Sie hier, um eine Person kennenzulernen, die perfekt zu Ihnen passen könnte!

Kat trank den Wein aus. Sie überlegte, ob sie sich noch ein Glas einschenken sollte, aber nein, es reichte. Sie ging kurz in sich und wurde sich einer offensichtlichen, wenn auch bisher unausgesprochenen Wahrheit bewusst: Sie wollte jemanden, mit dem sie ihr Leben teilen konnte. Zeit, sich das einzugestehen, okay? Sosehr sie ihre Unabhängigkeit auch schätzte, wollte Kat doch einen Mann, einen Partner, jemanden, der nachts neben ihr lag. Sie schmachtete nicht danach, forcierte es auch nicht, gab sich wahrscheinlich nicht einmal viel Mühe, jemanden zu finden. Trotzdem war sie nicht fürs Alleinsein geschaffen.

Sie fing an, durch die Profile zu klicken. Man muss schon mitspielen, um gewinnen zu können.

Erbärmlich!

Manche Männer konnte sie bereits nach einem kurzen Blick aufs Profilfoto ausklammern. Ja, wenn man darüber nachdachte, war genau das der Schlüssel zum Erfolg. Das Profilbild, das der Mann sorgfältig ausgesucht hatte, war meist der erste, sehr bewusst gewählte Eindruck. Es sprach also Bände.

Daher: Wenn du die bewusste Entscheidung getroffen hast, einen Filzhut zu tragen, ist das ein automatisches Nein. Wenn du dich entschieden hast, kein Hemd zu tragen, ganz egal, wie gut du gebaut bist – ein automatisches Nein. Wenn du einen Bluetooth-Ohrhörer trägst – herrje, was bist du wichtig – automatisches Nein. Wenn du ein Unterlippenbärtchen oder eine Weste trägst, blinzelst, irgendwelche Gesten mit den Händen machst, ein orangefarbenes Hemd anhast (persönliche Abneigung) oder die Sonnenbrille oben auf der Stirn balancierst – automatisches Nein, Nein, Nein. Wenn dein Profilname das Wort Hengst enthält oder Sexy-Smile, RichPrettyBoy, LadySatisfier lautet – Sie merken schon, worauf das hinausläuft.

Kat öffnete ein paar Seiten von Männern, die, in ihren Augen … zugänglich aussahen. Alle Texte strahlten eine traurige, deprimierende Gleichförmigkeit aus. Sämtliche Männer auf der Webseite liebten Strandspaziergänge, gingen gern essen, trieben Sport, unternahmen Fernreisen, gingen zu Weinproben, in Theater und Museen, waren aktiv, abenteuerlustig und scheuten das Risiko nicht – gleichzeitig blieben sie aber auch gern zu Hause, um gemeinsam einen Film anzusehen, Kaffee zu trinken, sich zu unterhalten, zu kochen, ein Buch zu lesen und andere schlichte Freuden des Lebens zu genießen. Jeder Mann behauptete, die wichtigste Eigenschaft, die er in einer Frau suche, sei ihr Sinn für Humor – sowieso, auf jeden Fall –, was so weit ging, dass Kat sich fragte, ob »Sinn für Humor« eine Umschreibung für »dicke Titten« war. Natürlich beschrieb jeder Mann den bevorzugten Körperbau als sportlich, schlank *und feminin.*

Das klang schon richtiger, zeigte vielleicht sogar einen Anflug von Ehrlichkeit im Wunschdenken.

Die Profile entsprachen nie der Realität. Statt zu zeigen, wer man war, stellten sie wunderbare, wenn auch nutzlose Übungen dar zu beschreiben, wofür man sich hielt – oder wofür der potenzielle Partner einen halten sollte. Oder, was vielleicht noch wahrscheinlicher war, die Profile zeigten einfach (und ja, es wäre ein Fest für jeden Psychologen), wie man gerne wäre.

Fast jeder hatte ein persönliches Motto, und sie hätten unterschiedlicher nicht sein können, aber wenn man sie alle in einem Wort hätte zusammenfassen wollen, träfe *Melasse* es wahrscheinlich am besten. Das erste Motto lautete: »Das Leben ist jeden Morgen wieder wie eine leere Leinwand, die darauf wartet, bemalt zu werden« … klick. Einige versuchten, Ehrlichkeit zu beschwören, indem sie mehrmals wiederholten, dass sie ehrlich wären. Manche täuschten Aufrichtigkeit vor. Manche gaben sich hochtrabend, arrogant, unsicher oder bedürftig. Eigentlich wie im richtigen Leben, dachte Kat. Die meisten waren einfach zu bemüht. Wie billiges Parfüm verströmte der Computer-Monitor wabernde Wolken des Ruchs der Verzweiflung. Das allgegenwärtige

Geschwafel über Seelenverwandtschaft war bestenfalls abtörnend. Im richtigen Leben, dachte Kat, ist keiner von uns in der Lage, einen Menschen zu finden, mit dem er mehr als einmal ausgehen will, aber aus irgendeinem Grund glauben wir, dass wir auf YouAreJustMyType.com sofort die Person entdecken, mit der wir den Rest unseres Lebens verbringen wollen.

Wahnhaftes Verhalten? Oder starb die Hoffnung wirklich zuletzt?

Das war die andere Seite der Medaille. Es war leicht, zynisch zu sein und Witze zu reißen, aber wenn sie das Ganze mit ein wenig mehr Abstand betrachtete, wurde Kat etwas klar, das sie bis ins Mark traf: Hinter jedem Profil steckte ein Leben. Banal, ja, aber hinter jedem noch so klischeebeladenen, Bitte-liebe-mich-Profil verbarg sich ein Mitmensch mit Träumen, Zielen und Wünschen. Diese Leute hatten sich nicht umsonst angemeldet, Gebühren bezahlt und den Fragebogen ausgefüllt. Wenn man sich das überlegte: Jede einzelne dieser einsamen Personen war in der Hoffnung auf diese Internetseite gekommen – hatte die Anmeldeprozedur erledigt und auf Profile geklickt –, dass es dieses Mal anders laufen würde, hoffte, allen Widrigkeiten zum Trotz, dass sie hier auf den einen Menschen stoßen würde, der am Ende der wichtigste Mensch ihres Lebens wurde.

Wow. Einen Moment lang drohte diese Erkenntnis sie zu überwältigen.

Kat hatte sich gedankenverloren mit relativ konstanter, vielleicht leicht zunehmender Geschwindigkeit durch die Profile geklickt. Die Gesichter der Männer – Männer, die sich in der Hoffnung angemeldet hatten, hier »die Eine« zu finden – verschwammen vor ihren Augen zu einer breiigen Masse, als plötzlich ein Bild daraus hervorstach.

Ein, vielleicht zwei Sekunden lang traute sie ihren Augen nicht. Dann dauerte es noch eine Sekunde, bis der Finger aufhörte, die Maustaste zu bedienen, eine weitere, in der die Profilbilder langsam ausliefen und zum Stillstand kamen. Kat lehnte sich zurück und atmete tief durch.

Das war unmöglich.

Während sie über die Männer hinter den Bildern sinnierte, über ihre Leben, ihre Bedürfnisse, ihre Hoffnungen nachdachte, hatte sie extrem schnell geklickt. Ihr Gehirn, das in Kats Job gleichermaßen ihre Stärke als auch ihre Schwäche war, hatte sich mit den umherschweifenden Gedanken beschäftigt und sich nicht auf die Bilder vor ihr konzentriert, trotzdem hatte es das Wesentliche erfasst. In der Sprache der Strafverfolgungsbehörden bedeutete das, dass sie in der Lage war, Möglichkeiten wie Fluchtrouten, Alternativ-Szenarien oder eine versteckt lauernde Gestalt ausfindig zu machen, sowie Verdunkelungen, Hinderungsgründe oder Vorwände zu erkennen.

Es bedeutete aber auch, dass Kat das Offensichtliche manchmal übersah.

Sie fing an, langsam auf den Zurück-Pfeil zu klicken.

Es war vollkommen unmöglich.

Das Foto war nur kurz aufgeflackert. Die ganzen Gedanken über wahre Liebe, einen Seelenverwandten, die eine Person, mit der man sein Leben verbringen wollte… wie sollte sie ihrer Fantasie vorwerfen, ihr einen Streich gespielt zu haben? Es war achtzehn Jahre her. Sie hatte ein paarmal mehr oder weniger betrunken seinen Namen gegoogelt, aber nur ein paar alte Artikel von ihm gefunden. Nichts Aktuelles. Das hatte sie überrascht, ihre Neugier geweckt – Jeff war ein toller Journalist gewesen –, aber was sollte sie machen? Kat war zwischenzeitlich versucht gewesen, gründlicher nach ihm zu suchen. Das wäre in ihrer Position ohne allzu großen Aufwand möglich gewesen. Aber sie mochte es nicht, ihre Verbindungen zu den Strafverfolgungsbehörden für private Zwecke zu nutzen. Natürlich hätte sie auch Stacy fragen können, aber auch da galt: Was sollte es bringen?

Jeff war weg.

Einen Ex-Lover zu verfolgen oder auch nur zu googeln, war einfach nur jämmerlich. Okay, Jeff war mehr als das gewesen. Viel mehr. Geistesabwesend fuhr Kat mit dem Daumen über ihren linken Ringfinger. Leer. Das war er aber nicht immer gewesen. Jeff hatte um ihre Hand angehalten, hatte alles richtig gemacht. Er hatte ihren Vater um Erlaubnis gefragt. Er war vor ihr niedergekniet. Nichts Kitschiges. Er hatte den Ring nicht im Dessert versteckt oder die Frage im Madison Square Garden an die Anzeigetafel schreiben lassen. Es war stilvoll, romantisch und traditionell gewesen, weil er wusste, dass sie es sich genauso gewünscht hätte.

Tränen traten ihr in die Augen.

Kat klickte sich über den Zurück-Pfeil durch ein Potpourri aus Gesichtern und Frisuren, durch die vereinten Nationen verfügbarer Junggesellen, dann stoppte ihr Finger. Einen Moment lang starrte sie einfach mit angehaltenem Atem auf den Monitor und traute sich nicht, sich zu bewegen.

Dann stieß sie einen leisen Schrei aus.

Der zuvor tief verborgene Kummer war sofort wieder da. Die alte Wunde fühlte sich so frisch an, als wäre Jeff gerade erst durch die Tür gegangen und nicht vor achtzehn Jahren. Ihre Hand zitterte, als sie sie zum Monitor ausstreckte und sein Gesicht berührte.

Jeff.

Immer noch so verdammt attraktiv. Er war etwas gealtert,

die Schläfen waren leicht angegraut, aber, Mann, das stand ihm gut. Kat hatte das nicht anders erwartet. Ihr war damals schon klar, dass Jeff zu den Männern gehören würde, die im Lauf der Jahre attraktiver wurden. Sie streichelte sein Gesicht. Eine Träne löste sich aus ihrem Augenwinkel.

Oh Mann, dachte sie.

Sie versuchte, sich zusammenzureißen, versuchte, etwas runterzukommen und die Dinge ins rechte Licht zu rücken, aber um sie herum drehte sich alles, und sie sah keine Möglichkeit, die Bewegung zu bremsen. Sie legte ihre noch immer zitternde Hand auf die Maus und klickte auf das Profilbild.

Die nächste Seite öffnete sich. Da stand Jeff in einem Flanellhemd und Jeans, die Hände in den Taschen und mit so blauen Augen, dass man unwillkürlich nach dem Rand einer Kontaktlinse suchte. Er war sehr attraktiv. Sah so verdammt gut aus. Er wirkte fit und sportlich, und trotz allem machten sich andere Regungen tief in Kats Innerem bemerkbar. Sie riskierte einen kurzen Blick ins Schlafzimmer. Sie hatte schon damals, als sie mit ihm zusammen war, hier gewohnt. Nach ihm waren andere Männer in diesem Schlafzimmer gewesen, aber nichts war dem Hochgefühl nahe gekommen, das sie mit ihrem Verlobten erlebt hatte. Sie wusste, wie sich das anhören musste, aber als sie mit Jeff zusammen war, hatte er alles in ihr zum Klingen gebracht. Es lag nicht an einer Technik, der Größe oder sonst irgendetwas. Es lag – so unerotisch das auch klang – am Vertrauen. Dieses Vertrauen hatte den Sex so umwerfend gemacht. Kat hatte sich bei ihm sicher gefühlt. Sie war selbstsicher, schön, furchtlos und frei gewesen. Er hatte sie zwar gelegentlich herausgefordert, die Kontrolle übernommen, aber sie hatte sich bei ihm nie verletzlich oder befangen gefühlt.

Bei anderen Männern hatte Kat nie richtig loslassen können.

Sie schluckte und klickte auf den Link zum vollständigen Profil. Sein persönliches Motto war kurz und, wie Kat fand, perfekt: Lass uns sehen, was passiert.

Kein Druck. Keine grandiosen Pläne. Keine Bedingungen, Versprechungen oder hochgesteckten Erwartungen.

Lass uns sehen, was passiert.

Sie klickte auf seinen Status. Im Lauf der letzten achtzehn Jahre hatte Kat sich unzählige Male gefragt, wie es ihm ergangen war. Die erste Frage war also naheliegend: Was war in Jeffs Leben passiert, dass er auf einer Internetseite für Singles gelandet war?

Andererseits: Was war in ihrem Leben passiert?

Der Status lautete: Witwer.

Noch ein Wow.

Sie versuchte, sich das vorzustellen – wie Jeff eine Frau geheiratet, mit ihr zusammengelebt hatte, bis sie schließlich verstorben war. Der Gedanke ließ sie nicht los. Noch nicht. Sie sperrte sich gegen die Vorstellung. Das war okay. Mach einfach weiter. Es gab keinen Grund, sich länger damit aufzuhalten.

Witwer.

Dann ein weiterer Schock: Ein Kind.

Alter und Geschlecht waren nicht angegeben, aber das spielte natürlich auch keine Rolle. Jede Enthüllung, jede neue Information über den Mann, den sie einmal von ganzem Herzen geliebt hatte, drohte ihre Welt erneut aus der Bahn zu werfen. Er hatte ein ganzes Leben ohne sie gelebt. Warum überraschte sie das? Was hatte sie erwartet? Ihre Trennung war sowohl plötzlich als auch unvermeidlich gewesen. Auch wenn er sie letztendlich verlassen hatte, war es doch ihre Schuld gewesen. Er war einfach verschwunden, ganz plötzlich, und mit ihm das ganze Leben, das sie gekannt und geplant hatte.

Jetzt war er wieder da, als einer von ein- oder zweihundert Männern, durch deren Profile sie sich geklickt hatte.

Stellte sich nur die Frage, wie sie damit umgehen sollte.

ZWEI

Gerard Remington hatte nur wenige Stunden davorgestanden, Vanessa Moreau einen Heiratsantrag zu machen, als es um ihn herum schwarz wurde.

Der Heiratsantrag war, wie so viele Dinge in Gerard Remingtons Leben, sorgfältig geplant gewesen. Erster Schritt: Nach ausgiebiger Recherche hatte Gerard einen Verlobungsring gekauft: 2,93 Karat, exquisiter Schliff, Reinheit VVS1, Farbe F, Platinring mit runder Fassung. Er hatte ihn bei einem namhaften Juwelier im Diamantenviertel in Manhattan gekauft – nicht in einem der überteuerten, größeren Läden, sondern an einem Stand weiter hinten an der Ecke zur 6th Avenue.

Zweiter Schritt: Ihre Maschine würde als JetBlue Flug Nummer 267 um 7 Uhr 30 am Bostoner Logan Airport abheben und um 11 Uhr 31 in St. Maarten landen, wo er und Vanessa in eine kleine Klapperkiste nach Anguilla umsteigen und um 12 Uhr 45 auf der Karibikinsel ankommen würden.

Schritt drei, vier etc.: Sie würden sich in der zweigeschossigen Villa vom Viceroy Anguilla Hotel mit Blick auf Meads Bay entspannen, sich kurz im hauseigenen Infinity-Pool erfrischen, sich lieben, duschen und sich anziehen und im Blanchards essen gehen. Das Abendessen war für 19 Uhr reserviert. Gerard hatte angerufen und eine Flasche von Vanessas Lieblingswein vorbestellt, einen Château Haut-Bailly Grand Cru Classé 2005, einen Bordeaux aus dem Gebiet Pessac-Léognan. Nach dem Abendessen würden Gerard und Vanessa barfuß, Hand in Hand am Strand entlangspazieren. Er hatte im Mondphasenkalender nachgesehen und wusste, dass es beinahe Vollmond war. Einhundertachtundneunzig Meter den Strand hinab (er hatte es ausmessen lassen) stand eine schilfgedeckte Hütte, die tagsüber für den Verleih von Schnorcheln und Wasserski genutzt wurde. Nachts war sie leer. Ein örtlicher Blumenhändler würde die Vorderveranda mit einundzwanzig (die Anzahl der Wochen, die sie sich kannten) weißen Callas schmücken (Vanessas Lieblingsblume). Außerdem würde sie dort ein Streichquartett erwarten. Auf Gerards Stichwort würde das Quartett *Somewhere Only We Know* von Keane spielen, der Song, den Vanessa und er sich als den ihren erwählt hatten. Und weil beide Traditionen mochten, würde Gerard vor ihr niederknien. Gerard konnte Vanessas Reaktion vor seinem inneren Auge aufziehen lassen. Sie würde überrascht nach Luft schnappen. Tränen würden ihr in die Augen steigen. Sie würde erstaunt und erfreut die Hände vors Gesicht schlagen.

»Du bist in mein Leben getreten und hast es für immer verändert«, würde Gerard sagen. »Wie ein Superkatalysator hast du dieses einfache Stück Lehm in etwas unendlich Bedeutsameres, Glücklicheres und Lebensfroheres verwandelt, als ich es mir je hätte vorstellen können. Ich liebe dich. Ich liebe dich von ganzem Herzen. Ich liebe alles an dir. Dein Lächeln gibt meinem Leben Farbe und Struktur. Du bist die schönste und leidenschaftlichste Frau auf der Welt. Würdest du mich heiraten und mich damit zum glücklichsten Mann auf der Welt machen?«

Am exakten Wortlaut hatte Gerard noch gearbeitet – er musste perfekt sein –, als es um ihn herum schwarz wurde. Aber jedes Wort entsprach der Wahrheit. Er liebte Vanessa.

Er liebte sie von ganzem Herzen. Gerard war nie ein großer Romantiker gewesen. Sein Leben lang hatten die Menschen ihn immer wieder enttäuscht. Anders als die Wissenschaft. Ehrlich gesagt war er immer am zufriedensten gewesen, wenn er allein war und Mikroben und andere Organismen bekämpft, neue Medikamente und Gegenmittel entwickelt hatte, um die Kriege gegen sie zu gewinnen. Er war vollkommen zufrieden gewesen in seinem Labor bei Benesti Pharmaceuticals, wenn er an der Tafel eine Gleichung löste. In der Beziehung war er etwas altmodisch, wie seine jüngeren Kollegen immer wieder betonten. Er mochte die Tafel. Sie half ihm beim Denken, er mochte den Geruch der Kreide, den Staub, die schmutzigen Finger, die Leichtigkeit, mit der sich alles wieder wegwischen ließ, denn in der Wissenschaft sollte nur Weniges ewig währen.

Ja, in diesen verlorenen, einsamen Momenten war Gerard am zufriedensten.

Zufrieden. Aber nicht glücklich.

Seit er Vanessa kennengelernt hatte, war er das erste Mal im Leben glücklich gewesen.

Gerard öffnete die Augen und dachte an sie. Mit Vanessa war alles bis in die zehnte Potenz erhöht. Keine andere Frau hatte ihn je geistig, emotional und, ja, natürlich, körperlich so bewegt. Keine Frau, die er kannte, würde das jemals können.

Er hatte die Augen geöffnet, doch die Dunkelheit blieb bestehen. Erst fragte er sich, ob er irgendwie doch noch zu Hause wäre, aber dafür war es viel zu kalt. Sein digitaler Thermostat stand immer genau auf 21,9 Grad. Immer. Vanessa hatte ihn oft wegen seiner Präzision aufgezogen. Im Laufe seines Lebens hatten einige Leute Gerards Bedürfnis nach Ordnung für eine anale Fixierung oder sogar für eine

Zwangsstörung gehalten. Vanessa hingegen verstand ihn. Sie schätzte es und betrachtete es manchmal sogar als Vorteil. »Das macht dich zu einem großen Wissenschaftler und einem fürsorglichen Mann«, hatte Vanessa einmal zu ihm gesagt. Sie erläuterte ihm ihre Theorie, dass Personen, die wir heute als »etwas schräg« einordnen, in der Vergangenheit die Genies in Kunst, Wissenschaft und Literatur gewesen waren, die wir inzwischen mit Diagnosen und Medikamenten zurechtstutzten, sie gleichschalteten und ihre Sinne abstumpften.

»Genie entspringt dem Ungewöhnlichen«, hatte Vanessa ihm erklärt.

»Und ich bin ungewöhnlich?«

»Im allerbesten Sinne, mein Süßer.«

Doch während ihm vor Erinnerung das Herz überging, konnte Gerard doch den seltsamen Geruch nicht ignorieren. Es roch muffig, alt und moderig und wie …

Wie Erde. Wie frische Muttererde.

Panik erfasste ihn. In der pechschwarzen Dunkelheit versuchte Gerard, die Hände zum Gesicht zu führen. Es ging nicht. Seine Handgelenke waren gefesselt. Mit einem Seil oder, nein, etwas Dünnerem. Vielleicht Draht. Er versuchte, die Beine zu bewegen. Sie waren zusammengebunden. Er spannte die Bauchmuskeln an und versuchte, beide Beine nach oben zu schwingen, sie trafen jedoch auf etwas. Holz. Direkt über ihm. Als wäre er in …

Sein Körper fing an, sich vor Angst aufzubäumen.

Wo war er? Wo war Vanessa?

»Hallo?«, rief er. »Hallo?«

Gerard versuchte, sich aufzusetzen, doch er konnte sich nicht bewegen. Er wartete darauf, dass seine Augen sich an die Dunkelheit gewöhnten, aber es ging nicht schnell genug.

»Hallo? Hört mich jemand? Bitte helfen Sie mir!«

Er hörte etwas. Direkt über sich. Es klang wie ein Kratzen oder Schlurfen oder …

Oder Schritte?

Schritte direkt über ihm.

Gerard dachte an die Dunkelheit. Er dachte an den Geruch frischer Erde. Plötzlich kannte er die Antwort, auch wenn sie vollkommen unlogisch war.

Ich bin unter der Erde, dachte er. Ich bin unter der Erde.

Dann fing er an zu schreien.

Harlan Coben

wurde 1962 in New Jersey geboren. Nachdem er zunächst Politikwissenschaft studiert hatte, arbeitete er später in der Tourismusbranche, bevor er sich ganz dem Schreiben widmete. Seine Thriller wurden bisher in 40 Sprachen übersetzt und erobern regelmäßig die internationalen Bestsellerlisten. Harlan Coben, der als erster Autor mit den drei bedeutendsten amerikanischen Krimipreisen ausgezeichnet wurde – dem Edgar Award, dem Shamus Award und dem Anthony Award – gilt als einer der wichtigsten und erfolgreichsten Thrillerautoren seiner Generation. Er lebt mit seiner Frau und seinen vier Kindern in New Jersey.
Mehr zum Autor und seinen Büchern unter www.harlancoben.com.

Harlan Coben im Goldmann Verlag

Kein Sterbenswort. Thriller · Kein Lebenszeichen. Thriller
Keine zweite Chance. Thriller · Kein böser Traum. Thriller
Kein Friede den Toten. Thriller · Das Grab im Wald. Thriller
Sie sehen dich. Thriller · In seinen Händen. Thriller · Wer einmal lügt. Thriller · Ich finde dich. Thriller · Ich vermisse dich. Thriller

Die Reihe um Myron Bolitar:
Ein verhängnisvolles Versprechen. Thriller · Von meinem Blut. Thriller · Sein letzter Wille. Thriller

Alle Bücher sind auch als E-Book erhältlich.

GOLDMANN
Lesen erleben

Unsere Leseempfehlung

448 Seiten
auch als E-Book
und Hörbuch
erhältlich

Ein elegantes Haus, ein teures Auto, zwei wohlgeratene Kinder: Megan lebt den perfekten amerikanischen Traum. Und nicht einmal ihr Ehemann ahnt, wer sie wirklich ist. Denn einst verdiente sie sich ihr Geld als Stripperin. Bis etwas Schreckliches geschah und die junge Frau in einer Nacht voller Blut und Grausamkeit die Flucht in ein anderes Leben ergriff. 17 lange Jahre vermochte sie alle um sich herum zu täuschen – doch dann geschieht an ihrer alten Arbeitsstätte ein neuer Mord, ein einsamer Detective rollt einen alten Fall auf, und Megans heile Welt zerbirst in tausend scharfe Splitter ...

Michael Robotham
Um Leben und Tod

500 Seiten
auch als E-Book und
Hörbuch erhältlich

Audie Palmer hat zehn Jahre im Gefängnis verbracht wegen eines bewaffneten Raubüberfalls, bei dem vier Menschen starben und sieben Millionen Dollar verschwanden. Jeder glaubt, dass Audie weiß, wo das Geld ist. Deshalb wurde er nicht nur von seinen Mitinsassen bedroht, sondern auch von den Wärtern schikaniert. Und dann bricht Audie aus – nur wenige Stunden vor seiner Entlassung. Spätestens jetzt sind alle hinter ihm her, dabei will Audie nur ein Leben retten, und es ist nicht sein eigenes ...

www.goldmann-verlag.de
www.facebook.com/goldmannverlag

GOLDMANN
Lesen erleben

Unsere Leseempfehlung

Renée Knight
Deadline

352 Seiten
auch als E-Book und
Hörbuch erhältlich

Was vor zwanzig Jahren geschah, sollte für immer ein Geheimnis bleiben. Doch dann hält Catherine plötzlich diesen Roman in den Händen, in dem ihre geheime Geschichte bis ins Detail erzählt wird. Bestürzt blättert sie eine Seite nach der anderen um. Wer kann so genau von den damaligen Ereignissen wissen, und was will der mysteriöse Verfasser des Buches von ihr? Catherine gerät in Panik – und das ist genau das, was der Autor gewollt hat. Er kennt Catherine nicht, aber er weiß von ihrem Geheimnis. Und er hat sich geschworen: sie soll büßen für das, was sie getan hat, bis zu ihrem letzten Atemzug …

www.goldmann-verlag.de
www.facebook.com/goldmannverlag

GOLDMANN
Lesen erleben

Um die ganze Welt des
GOLDMANN Verlages
kennenzulernen, besuchen Sie uns doch
im Internet unter:

www.goldmann-verlag.de

Dort können Sie
nach weiteren interessanten Büchern ***stöbern***,
Näheres über unsere ***Autoren*** erfahren,
in ***Leseproben*** blättern, alle ***Termine*** zu Lesungen und
Events finden und den ***Newsletter*** mit interessanten
Neuigkeiten, Gewinnspielen etc. abonnieren.

Ein ***Gesamtverzeichnis*** aller Goldmann Bücher finden
Sie dort ebenfalls.

Sehen Sie sich auch unsere ***Videos*** auf YouTube an und
werden Sie ein ***Facebook***-Fan des Goldmann Verlags!